STAR WARS

THE HIGH REPUBLIC

# FORA DAS SOMBRAS

Justina Ireland

São Paulo
2023

Grupo Editorial
UNIVERSO DOS LIVROS

*Star Wars: Fora das sombras* é uma obra de ficção. Todos os nomes, lugares e situações são resultantes da imaginação dos autores ou empregados em prol da ficção. Qualquer semelhança com eventos, locais e pessoas, vivas ou mortas, é mera coincidência.



**Diretor editorial**
Luis Matos
**Gerente editorial**
Marcia Batista
**Assistentes editoriais**
Letícia Nakamura
Raquel F. Abranches
**Tradução**
Dante Luiz

**Preparação**
Jonathan Busato
**Revisão**
Guilherme Summa
e Tássia Carvalho
**Adaptação de capa**
Renato Klisman
**Diagramação**
Renato Klisman

Dados Internacionais de Catalogação na Publicação (CIP)
Angélica Ilacqua CRB-8/7057

I62s Ireland, Justina
Star Wars : fora das sombras (The High Republic) / Justina Ireland ; tradução de Dante Luiz. -- São Paulo : Universo dos Livros, 2023.
336 p.

ISBN 978-65-5609-326-0
Título original: *Star Wars – Out of the shadows (The High Republic)*

1. Ficção norte-americana 2. Ficção científica I. Título II. Luiz, Dante

23-2505 CDD 813.6

Universo dos Livros Editora Ltda.
Avenida Ordem e Progresso, 157 — 8º andar — Conj. 803
CEP 01141-030 — Barra Funda — São Paulo/SP
Telefone: (11) 3392-3336
www.universodoslivros.com.br
e-mail: editor@universodoslivros.com.br

A galáxia inteira comemora. Passaram-se os dias sombrios do desastre do hiperespaço. A Chanceler Lina Soh segue em frente com suas GRANDES OBRAS. A Feira da República será sua grande glória, uma celebração de paz, união e esperança das fronteiras do mundo Valo.

Mas um horror insaciável aparece no horizonte. Um por um, planetas morrem enquanto o carnívoro DRENGIR consome toda a vida que encontra em seu caminho. Enquanto a Mestra Jedi AVAR KRISS lidera a batalha contra esse terror, as forças Nihil se reúnem em segredo para o próximo estágio do plano diabólico de MARCHION RO.

Só os nobres CAVALEIROS JEDI estão no caminho de Ro, mas mesmo os protetores da luz não estão preparados para a terrível escuridão que os aguarda...

*Há muito tempo, em uma galáxia muito, muito distante...*

# PRÓLOGO

Sylvestri Yarrow tentou não gritar de frustração quando viu os números à sua frente. Por que ninguém a alertou sobre quão caro era ser dona de sua própria nave? Entre o custo do combustível, sempre subindo, e a ameaça Nihil forçando-a a alterar as rotas, ela e sua tripulação mal conseguiam se manter. Uma vez que o carregamento de vinho de gnostra — a carga mais lucrativa que eles tinham em *meses* — fosse liberado, eles ainda teriam dívidas estratosféricas graças ao custo do último abastecimento em Porto Haileap. Sem contar o quanto eles ainda deviam em Bantu. Com uma taxa assim, fariam dívidas com metade da galáxia.

Syl se recostou em sua cadeira na cabine da *Zigue-zague*, com todo seu orgulho e frustração, e assistiu às pacíficas linhas azuis do hiperespaço passarem. A cabine era escura o suficiente para que ela pudesse ver o próprio reflexo na panorâmica. Seu rosto de pele marrom-escura já não refletia apenas preocupação; ela estava positivamente perturbada, e, se seu copiloto Neeto a visse assim, saberia que as coisas andavam de mal a pior. Syl respirou fundo, fechou os olhos, e se forçou a pensar.

Devia haver uma resposta. Se eles ainda estivessem na Guilda Byne, que se dissolveu graças aos abusos causados aos tripulantes contratados, haveria ao menos uma certa proteção contra credores; mas, sem os empregos garantidos e os lucros compartilhados da Guilda, Syl estava à mercê de seu próprio faro para os negócios. Por isso mesmo ela estava se questionando, buscando uma resposta para seus problemas financeiros. Ela trabalhou a vida inteira como transportadora, mas, pelo que parecia, isso já não era mais o suficiente. A galáxia havia mudado, e não para melhor. E, como sempre, aqueles que mal conseguiam se manter eram quem mais sentiam a piora.

O que fazer? Alongar as rotas? Transportar passageiros? Dobrar as taxas, que já eram mais altas que as do ano anterior? Qual era a equação mágica que tornaria aquele trabalho mais lucrativo, especialmente em um momento em que os Nihil — piratas espaciais sem nenhum senso de autopreservação — atrapalhavam todas as vias de transporte? Como poderia ela pagar suas dívidas e manter seu lar?

Se seus credores a procurassem, eles tomariam a *Zigue-zague* para si, e Syl sairia de mãos abanando, assim como Neeto e M-227. Só de pensar naquilo já sentia o próprio estômago revirar. Ela precisava encontrar um jeito de resolver tudo aquilo, como sua mãe fazia antes dela. Mas não sabia a resposta, não ainda, e tentar solucionar o problema a estava deixando com uma bela enxaqueca.

— Emedois — ela disse, abrindo os olhos e se virando para o droide sentado na cadeira de copiloto. — Acho que estamos em apuros.

O droide de segurança virou a cabeça com um barulhinho estridente, e Syl estremeceu.

— A gente também precisa parar de te comprar óleo barato.

Ela pegou a lata de óleo mais próxima e começou a passar nas juntas do droide. Com mais de duzentos anos de idade, M-227 era o droide mais velho que Syl já havia conhecido, e meio inútil quando o assunto era segurança. Assim como a *Zigue-zague*, ele tinha sido parte da herança de Syl depois da morte da mãe pelas mãos dos Nihil, e era uma das poucas coisas que Syl poderia chamar de sua. Deveria tê-lo trocado depois de todas as dívidas que acumulou nos meses anteriores, mas não teve coragem. Era como se fosse membro da família. A existência dele a lembrava de tempos melhores.

O que fora só alguns meses atrás, na verdade. Aquele era o tempo que Syl começara a pensar como *Antes*. Antes dos Nihil terem destruído boa parte da capital de Valo e matado centenas de milhares de pessoas. Antes da República entender que eles eram uma ameaça real. A mãe de Syl, Chancey Yarrow, sempre soube que os Nihil eram perigosos, já que a violência deles atormentava a fronteira da galáxia mais do que qualquer outro lugar. Ela havia se juntado a vários outros cargueiros para exigir que os planetas da fronteira se aliassem para proteger as vias de transporte, especialmente depois da dissolução da Guilda Byne. Mas nada foi feito.

E nada impediu Chancey de perder a vida.

Syl sentiu lágrimas escorrendo pelo rosto.

— Por favor, não se preocupe — M-227 disse com sua vozinha falha. O decodificador de voz não era atualizado há anos, e o problema havia piorado muito nos últimos meses. Só mais uma das inúmeras tarefas que Syl estava adiando até ter fundos extras.

— Tarde demais — Syl sussurrou, mais para si mesma do que para o droide. Ela apoiou a cabeça entre as mãos e respirou fundo, passando os dedos entre seus cachos negros até que ficassem longe da própria cabeça. Syl amava a *Zigue-zague*. Ela amava voar pela escuridão do espaço e saltar pelo azul frio do hiperespaço. Ela amava conhecer gente nova e conhecer lugares estranhos e excitantes. E, mais do que tudo, ela amava que ninguém a questionasse sobre isso. Era muito mais independente do que a maioria das garotas de dezoito anos da galáxia.

Mas, a essa altura do campeonato, ela não seria capaz de alimentar a si mesma ou a Neeto, que dirá arrumar o sensível hiperdrive ou aperfeiçoar os motores como gostaria.

A *Zigue-zague* saiu do hiperespaço com um solavanco, e todos os alarmes de proximidade começaram a tocar ao mesmo tempo.

— Eu saio por um minuto e as coisas já começam a dar errado — disse Neeto Janajana, marchando pelo corredor do refeitório.

O Sullustano não correu, só esticou suas pernas um pouco mais. Os olhos pretos líquidos nunca refletiam a menor sombra de preocupação, e era raro ver os sulcos de seu rosto rígidos. Syl às vezes se perguntava se ele sabia o significado de "se apresse" ou se isso era algo em que não acreditava, assim como não acreditava em ficar na sua. — Você bateu em quê?

— Em nada! Só entramos no hiperespaço. E, antes que você pergunte, eu não fiz nada, nós fomos expulsos. Parece ser um pouco cedo — disse Syl, olhando nas leituras. Ela colocou o datapad de lado, de cabeça para baixo. Neeto não precisava saber que eles não estavam só falidos, mas também sangrando créditos. Ele poderia parecer imperturbável, mas a ameaça de escravidão mexia com qualquer um, e ele mesmo já tinha passado por isso antes.

Nem tudo a respeito da Guilda Byne tinha sido bom, agora que Syl podia pensar a respeito. Neeto tinha sido vítima de um de seus vários contratantes predatórios antes de vir trabalhar com Chancey, e nem Syl nem a mãe haviam descoberto isso antes da Guilda ser dissolvida.

M-227 ficou de pé com um guincho de metal, e Neeto substituiu o droide no assento de copiloto. Ele franziu o rosto, os sulcos ao redor dos olhos pretos se estreitando e suas longas orelhas se contraindo.

— Bem, não eram destroços, ou estaríamos tendo essa conversa com bem menos oxigênio.

Syl assentiu.

— Estou rodando diagnósticos pra ver o que aconteceu.

— Boa ideia — disse Neeto. — Você acha que os rumores lá de Porto Haileap são reais?

Enquanto pegavam a carga, uma fofoca de cais sobre carregamentos se perdendo nas vias do hiperespaço chegou aos ouvidos de Syl e Neeto, mencionando que alguns cargueiros mais supersticiosos acreditavam que aquilo era obra dos Nihil.

— Vocês viram o que fizeram na Feira da República em Valo — disse o velho e rabugento viajante espacial Migda, com as mandíbulas tremendo. — E se eles tiverem usuários da Força?

— Os Jedi nunca permitiriam isso — disse Neeto, e Syl concordou. Era impossível que os mais poderosos usuários da Força permitissem que os Nihil usassem a Força a favor da violência. De acordo com os holográficos, os Jedi estavam, naquele momento, lutando contra os Nihil pela República, em uma operação conjunta que prometia acabar com a ameaça.

Syl ainda não acreditava que um grupo de piratas maltrapilhos fosse capaz de algo tão sofisticado.

— Talvez tenha sido uma explosão solar — ela disse.

Neeto grunhiu, nem concordando nem discordando.

— Tem algo errado nisso.

Syl engoliu em seco. Neeto estava certo. Quando eles perderam a mãe dela, coisas esquisitas aconteceram antes do ataque: leituras estranhas, alarmes, e então uma súbita aparição das naves os atingindo. Mas certamente não eram os Nihil de novo, não? Ela havia planejado uma rota que evitasse qualquer setor que já tivesse reportado avistar os saqueadores. Eles provavelmente estavam a salvo.

Syl colocou suas preocupações de lado e começou a rodar testes no hiperdrive quando a nave entrou à deriva. Era um procedimento-padrão. Não era comum ser expulso do hiperespaço, mas com o hiperdrive ruim da *Zigue-zague* acontecia de vez em quando, especialmente se eles apressassem os cálculos ou a triangulação não fosse firme. Eles precisavam de um novo hiperdrive, e provavelmente um novo navicomputador. Um daqueles mais modernos, mais precisos.

E, assim, Syl se viu preocupando-se com créditos mais uma vez.

— Isso está errado — disse Neeto, puxando Syl para fora de seu desespero. — Você viu isso? Parece que, de alguma forma, fomos jogados no setor Berenge. Não há nada aqui além de uma estrela morta e um punhado de nada.

Syl piscou alarmada quando várias naves começaram a aparecer nas leituras.

— Como... Ai, não, não, não, não. Isso de novo não.

Neeto olhou pela panorâmica.

— São...? — ele perguntou em voz baixa.

Ela e Neeto trocaram olhares, e um arrepio passou por sua coluna.

— Os Nihil — ela disse.

Neeto assentiu.

— Sem dúvida. Suponho que as fofocas do Migda tinham um fundo de verdade.

O medo cresceu nas entranhas de Syl.

— Você não acha que eles são o motivo da gente ter sido expulso do hiperespaço, acha?

Neeto deu de ombros.

— Não faço ideia. Mas não vou ficar sentado esperando pra perguntar pra eles.

Syl assentiu, com toda sua preocupação focada nas naves que se aproximavam deles.

— Vamos dar o fora daqui.

— É o que estou fazendo — disse Neeto, apertando vários botões.

A *Zigue-zague* pegou potência e começou a se movimentar, se afastando das naves que se aproximavam e de volta ao ponto de onde haviam sido expulsos do hiperespaço.

— Não vejo um luzeiro sequer — disse Neeto. No setor Berenge e em outras partes mais inóspitas do espaço, luzeiros eram como faróis em miniatura; transmissores estrategicamente localizados que emitiam um sinal na velocidade da luz que navicomputadores pudessem usar quando uma rota segura não fosse conhecida. Eles eram um recurso vital para navicomputadores antiquados como aquele que tinham na nave.

Mas saltar para o hiperespaço sabendo a localização de um único luzeiro era muito perigoso. O ideal para um piloto seria calcular um salto de pelo menos três luzeiros. Quanto mais acertos, melhor uma nave poderia entender sua localização, e como chegar a outro lugar; daí a necessidade de triangulação.

— A gente pode saltar sem um destino fixo? — perguntou Syl, tentando fazer o navicomputador dar ao menos um salto curto. Era uma pergunta retórica. Ela sabia a resposta; só não gostava muito dela.

— Não é uma boa ideia, mas é preferível ao que quer que nossos amigos possam ter encontrado no local. E sim, eu sei. Mas é um risco que precisamos correr.

Syl fechou a cara.

— Estava com medo que você dissesse isso.

— Tudo bem, encontrei um luzeiro. Só um segundo — disse Neeto, refazendo a rota do salto baseado naquele único sinal.

Foi aí, é claro, que o motor morreu.

O som da nave desligando, de cada componente perdendo energia, fez com que Syl sentisse a barriga gelar de pavor.

— Ah, não. Agora não.

Neeto fez cara feia.

— Suponho que o regulador de coaxium não pôde esperar que o trocássemos, afinal — disse ele, sem uma única gota de medo ou estresse em sua voz. O único sinal de que ele não estava tendo um bom dia era a nova linha que apareceu entre seus enormes olhos líquidos.

— Somos um alvo fácil — disse Neeto, observando as naves que se aproximavam. — Precisamos evacuar.

— Não — disse Syl. O medo dela não havia diminuído, mas ela se endireitou um pouquinho.

— Sim. Os Nihil querem o carregamento e, talvez, a nave, e nós não temos tempo para consertá-la. Se corrermos, poderemos, talvez, salvar nossas vidas. Duvido que eles notariam uma nave auxiliar em fuga. Emedois? Diga a Syl nossa chance de sobrevivermos se evacuarmos agora. Antes de eles nos alcançarem.

M-227 se virou, rangendo.

— Evacuar é melhor.

— Não — disse Syl, curvando-se em seu assento. Ela abraçou a si mesma, sentindo calafrios com a ideia de sair da *Zigue-zague*. Tinha passado a vida inteira a bordo da nave, transportando carregamentos com sua mãe. Cada lembrança da mãe, tanto as boas quanto as ruins, eram naquele ferro-velho adorado. — Isto é tudo que eu tenho, Neeto. E você sabe que fugir não é o meu estilo. Se os Nihil quiserem minha nave, então que a tirem de mim. Beti e eu podemos lidar com eles. — Syl se esticou para pegar o rifle blaster modificado do coldre que ficava debaixo do painel de controle. O nome era uma piada que surgiu quando a mãe deu a ela o rifle, já que era o mesmo nome de sua boneca de infância. Mas ele pegou, e Syl e Beti eram uma dupla e tanto. Ela nunca errava um disparo com o rifle blaster de cano curto, e o único motivo pelo qual ela não havia matado os saqueadores que invadiram a nave no dia em que sua mãe foi assassinada foi o gás que os Nihil usaram.

Neeto suspirou.

— Syl.

— Uma capitã não foge da própria nave, não importa quão ruins as coisas fiquem. — Syl piscou várias vezes para não deixar as lágrimas quentes caírem, e voltou a se virar para Neeto. — Ela é tudo que eu tenho, e vale a pena lutar por ela.

Neeto ficou de pé e apontou para as naves que se aproximavam pela janela da cabine.

— Quantas pessoas você acha que morreram como a sua mãe? Precisamos contar a alguém o que está acontecendo por aqui. Você acha que a República ou até mesmo os Jedi sabem que os Nihil estão neste setor? Eles já mataram muita gente, e isso significa que não há lugar seguro. Precisamos contar para alguém na República. Senão, como vamos impedir que outras naves de carga passem por esta rota?

Syl piscou e M-227 começou a se mover em direção à nave auxiliar como um velhinho, cada movimento pontuado por uma série de mecanismos enferrujados. Era uma situação e tanto quando nem mesmo seu droide de segurança queria lutar. Syl sabia que eles tinham razão, mas, no momento, ela não conseguia evitar. Não queria fazer a coisa mais inteligente. Ela queria fazer com que seu coração parasse de doer.

— A *Zigue-zague* é meu lar — disse Syl.

— Ela virou meu lar, também — respondeu Neeto, a voz embargada em uma rara demonstração de sentimentos. — E eu prometo que você vai recuperá-la. Mas, primeiro, precisamos sobreviver.

Syl assentiu e se levantou de forma relutante, colocando Beti no coldre de sua mochila. E, então, correu em direção à nave auxiliar com Neeto e M-227, fugindo para salvar a própria vida, desistindo de uma das únicas coisas que ainda tinha de sua mãe.

Eles alcançaram a nave auxiliar assim que os sons dos Nihil invadindo a câmara de descompressão reverberaram na nave. Quando a auxiliar foi lançada na escuridão do espaço, Syl só conseguia pensar na *Zigue-zague*.

Faria de tudo para recuperar a nave.

Ou então cobraria o preço com sangue Nihil.

# UM

Vernestra Rwoh fechou os olhos e respirou fundo. O rosto verde da Mirialana relaxou, as linhas de preocupação que costumava ter desaparecendo, deixando as marcas nos cantos de seus olhos — seis diamantezinhos alinhados em duas fileiras verticais — lisos como quase nunca ficavam. Os pequenos pingos de um riacho lamurioso se tornaram um fluxo estável, que aumentou para ser um rio agitado, desembocando no vasto oceano que era a Força. Todos os Jedi percebiam a Força de maneira ligeiramente diferente; para Vernestra, ela sempre fora um canal que conectava todas as formas de vida na galáxia.

Conforme afundava no poder e na possibilidade da Força, Vernestra se sentiu mais em paz do que se sentira durante o dia inteiro. O jardim de meditação no Farol da Luz Estelar era, com certeza, o lugar favorito de Vernestra. Paz, tranquilidade, o cheiro enjoativo das trepadeiras gherullianas...

... e um doce silêncio divino.

Vernestra respirava lentamente ao meditar, todo seu ser conectado profundamente à Força. Ela continuava não sendo muito boa em deixar a cabeça vazia; era frequente que voltasse rapidamente ao seu corpo físico quando as preocupações do dia a dia a perturbavam, mas ela estava melhorando. Não que tivesse muito tempo para praticar. Com a frequência na qual ela tinha sido enviada para diferentes missões no último ano, esse tipo de tempo pessoal era uma dádiva. O distanciamento estável fez com que se sentisse mais calma e centrada, e era exatamente disso que precisava.

Ter um Padawan era *difícil*.

Passar pelas provações aos quinze anos havia parecido um feito impressionante, mas não era nada comparado a ter de ensinar outra pessoa a como ser um Jedi. Aos dezesseis, Vernestra teve o primeiro aprendiz Padawan e, um ano depois, ela ainda tinha dificuldade de lidar com a responsabilidade. Especialmente alguém tão inconscientemente conectado a tudo à sua volta quanto Imri Cantaros. Com verdadeira empatia, Imri era capaz de sentir até mesmo a menor mudança de humor daqueles ao seu redor.

Incluindo sua mestra.

Vernestra tomara Imri como seu Padawan por sentir que não fizera o suficiente por ele quando ficaram presos no planeta Wevo. Imri estava de luto por seu antigo mestre, e Vernestra não notou todos os sinais evidentes da perda, e toda a raiva e a dúvida que podiam surgir com uma emoção tão fértil. Ela achou que poderia ajudá-lo a ser mais confiante, e a mostrar que ele poderia ser um Jedi trabalhando duro e seguindo a Força. Ensinar era um pilar da Ordem, o compartilhamento do conhecimento sendo quase tão essencial quanto a proteção da vida. Vernestra pensou que ter um Padawan seria fácil, uma extensão natural de suas habilidades como Jedi.

Mas isso foi antes, e, no último ano, ela e Imri se aproximaram bastante e aprenderam muito a respeito das complexidades do relacionamento mestre/Padawan. Ela aprendera que o caminho ao título de cavaleiro era diferente para todo mundo, e que precisava focar menos no que funcionava para ela e mais no que funcionava para Imri. O que era difícil. Vernestra queria que Imri aprendesse com os mesmos métodos com os quais ela aprendera, porque sentia que esse era o melhor plano de ação. Mas não era, para ele.

Então Vernestra estava tentando ajudar Imri a forjar seu próprio caminho em direção ao título de cavaleiro. Às vezes, isso significava saber que ele tinha que encontrar o próprio caminho, que ela precisava se envolver menos em seus estudos diários. Tentou fazer com que ele seguisse outros Jedi no Farol, já que havia uns que não tinham aprendiz no momento. Além do mais, supôs que seria melhor para ele notar que, apesar dos Jedi estarem unidos pela mesma causa, eles eram todos muito, muito diferentes.

Ela estava começando a achar que parte do problema era o jeito como ela e Imri se davam bem. Só tinha alguns anos a mais que Imri, e muitas vezes o via mais como colega do que como aprendiz. Sempre se sentia um pouco boba dizendo para ele fazer isso ou aquilo. Não que ele a questionasse, mas o mestre de Vernestra, Stellan Gios, fora muito mais firme ao treiná-la, e ela sempre se sentira um pouco intimidada por ele. Talvez devesse tentar ver Imri mais como sua responsabilidade e menos como um amigo que precisava de uma ajudinha extra.

Isso não significava que Vernestra não tentasse, que ela não estivesse ensinando Imri a ser um Jedi. Só significava que ela passava mais tempo do que deveria se perguntando se estava ou não fazendo um bom trabalho. Só a Força sabia como ela estava tentando, mas ainda tinha a sensação irritante de que deveria fazer algo diferente.

Deveria fazer *mais*.

— Vern! Te encontrei.

Vernestra abriu os olhos para ver Imri à sua frente, com as bochechas pálidas de um tom rosáceo. Só uma pessoa no Farol a chamava de Vern, então ver seu Padawan no jardim de meditação não a surpreendeu. O rapaz, que já estava consideravelmente mais alto que ela, e robusto, ainda por cima, abriu um grande sorriso, como se tivesse acabado de descobrir um novo segredo da Força.

— Imagino que sua conversa sobre sabres de luz com a Mestra Avar foi boa?

Imri passara meses falando da técnica distinta de empunhadura e sabre de luz da Mestra Jedi, tanto que Vernestra finalmente desistiu e pediu para a oficial responsável do Farol se ela poderia treinar com o rapaz. Surpreendentemente, ela concordou de imediato. A Mestra Avar era mais do que generosa com seu tempo, especialmente quando Padawans eram o assunto, e Vernestra esperava em segredo que, um dia, fosse tão competente quanto a Mestra Jedi com Padawans. Já que ela se achava o contrário.

Parecia irônico que a primeira vez que ela questionou sua competência como Jedi fosse ao treinar um Padawan. Ela não deveria ser a pessoa com as respostas?

Imri pulava de animação, parecendo muito mais um garotinho do que um Padawan.

— Olha!

Imri sacou o próprio sabre de luz para deixar que Vernestra o inspecionasse. A empunhadura tinha uma nova série secundária de tubos, que se acenderiam quando ele ligasse o sabre.

— Eu estava falando para a Mestra Avar como gosto do sabre de luz dela, e ela me ajudou a criar meu próprio design para o cabo. Ela disse que o peso extra vai ajudar em golpes vindos de trás, e realmente a sensação na mão é muito melhor. E eu prometo não perder este — ele disse, sorrindo.

Imri era um pouco sensível a respeito de seu sabre de luz. O anterior se perdera um ano antes e, até agora, ele estava usando um emprestado no arsenal do Farol da Luz Estelar. Só fazia alguns meses que ele tinha conseguido fazer uma peregrinação para encontrar um novo cristal kyber, uma viagem que se tornou perigosa pela ameaça iminente dos Nihil. E, depois da tragédia em Valo, quando tantas vidas se perderam em um único dia terrível, era ainda mais importante que os Jedi tivessem suas armas a postos. O ataque deixara todos os Jedi em alerta. Alguns poucos ainda acreditavam que os Nihil eram uma ameaça pequena e localizada, e as últimas semanas fizeram com que até mesmo os Jedi mais pacíficos empunhassem seus sabres de luz rapidamente a qualquer sinal de perigo.

Em todos os lugares, menos no jardim de meditação.

— Imri — começou Vernestra, descruzando as pernas e ficando de pé. — Jardim de meditação.

— Ah, sim! Desculpa — disse ele, encabulado. Mesmo que Imri parecesse um filhote de nexu quando estava empolgado, ele sempre se apressava a corrigir os próprios erros, o que era uma coisa positiva. Porque ele cometia muitos erros.

— Aliás, tem um droide de comunicação esperando por você lá fora — disse Imri, colocando o sabre de luz de volta no coldre. — Suponho que eles também não são permitidos no jardim de meditação.

Vernestra sorriu e bagunçou o cabelo de Imri, apesar de o rapaz ser meia cabeça maior que ela.

— Correto. Ele disse quem está chamando?

Holos ao vivo no Farol, ao contrário dos holos gravados que enviavam diariamente, eram incomuns, geralmente usados só para alertas importantes. Vernestra não sabia de ninguém além da Mestra Avar que usasse holos ao vivo regularmente.

Imri sacudiu a cabeça. Ele seguiu Vernestra de perto enquanto ela saía do jardim, a paz e a tranquilidade do espaço dando lugar a jatos lançando vapor de água e, finalmente, um corredor branco longo e reluzente que levava a um dos principais pátios do Farol da Luz Estelar. A cacofonia da estação espacial era chocante depois do tempo que passou no jardim de meditação, e Vernestra suspirou.

Talvez ela devesse ter voltado a Porto Haileap quando a Mestra Avar lhe oferecera a oportunidade. A Mestra Jedi Jorinda Boffrey, uma Delphidiana com pele dura e listrada e um jeito gentil, tinha parado no Farol da Luz Estelar e dissera a Vernestra que haveria espaço para ela no pequeno templo que existia lá, mas também a encorajou a ouvir a Força e seguir para onde ela a levasse. Vernestra não tinha certeza se fora a Força que a manteve no Farol da Luz Estelar por tanto tempo, mas sua presença lá permitiu que ajudasse em várias missões com risco de vida. Além do mais, se ela tivesse saído do Farol naquele momento, ela e Imri teriam deixado de aprender muita coisa. Não acontecia muita coisa em Porto Haileap, e Vernestra atrasara seu retorno para experimentar plenamente a vida no Farol da Luz Estelar, que estava mais para uma cidade próspera do que para um posto avançado. Talvez ela tivesse se demorado demais por lá, e a Ordem a estivesse enviando de volta a Haileap.

— Ah, lá está ele — disse Imri enquanto um droide de duas rodas quicava na direção deles, parecendo surpreendentemente instável conforme se movia. Um barrote prateado conectado à base das rodas do droide se estendeu em uma tela reta piscando o nome de Vernestra.

— Sou Vernestra Rwoh — falou, quando o droide passou por eles, cambaleante, e quase caiu ao tentar dar meia-volta. O droide de comunicação bateu em um droide astromecânico, e este apitou várias vezes com irritação quando o droide deu marcha à ré e se virou até finalmente parar diante de Vernestra e Imri. — Vernestra Rwoh — disse mais uma vez, e a tela com seu nome piscou uma vez e então revelou dígitos numéricos.

— Por favor, insira sua senha — disse o droide.

— Hã, eu não tenho uma senha.

Eles estavam parados no meio do corredor, e o tráfego dos pedestres precisava contorná-los de cada lado. Vernestra tentou se aproximar de uma das paredes para se afastar de droides e pessoas fazendo suas próprias coisas. Imri piscou uma vez, depois outra, as bochechas geralmente coradas empalidecendo.

— Não parece que tem muito mais gente aqui hoje? — perguntou.

Vernestra assentiu.

— Deve ter um transporte grande passando pela fronteira.

— Tá tudo bem se nos virmos de novo na hora do jantar? — perguntou Imri. O garoto parecia nauseado, e seus olhos iam da esquerda para a direita enquanto observava o fluxo de corpos no pátio.

— Sobrecarregado? — perguntou Vernestra. Desde o desastre em Valo, Imri parecia ainda mais sensível ao humor daqueles à sua volta, e grandes grupos de pessoas que não eram usuários da Força pareciam afetá-lo ainda mais.

— Muito — disse ele.

— Por que você não volta ao jardim de meditação? Eu passo para pegá-lo depois que resolver este problema da senha — disse Vernestra. — E lembre de manter o sabre embainhado!

Imri assentiu e se apressou a voltar pelo caminho pelo qual vieram, enquanto Vernestra voltava sua atenção para a tela piscando diante dela.

— Por favor, insira sua senha — repetiu o droide.

— Ah, esse daí está quebrado — disse uma voz vinda do centro do pátio.

Vernestra se virou para ver um humano que conhecia muito bem sorrindo para ela.

— Reath! — disse Vernestra. — Você já voltou das ruínas de Genetia?

O Padawan assentiu. Reath Silas era um humano estudioso de pele pálida, cabelo castanho, olhos brilhantes e inteligentes, e uma aversão extremamente adorável a aventuras. Vernestra conhecia Reath desde que eles eram pequenos, e por isso era tão estranho vê-lo com uma trança de Padawan. Ele era um lembrete visual de que ela estava muito à frente de seus colegas, mesmo que estivesse se sentindo um pouco insegura no momento.

Reath coçou a nuca e riu um pouco.

— É, as ruínas foram bem menores do que nós imaginávamos e, com a tragédia em Valo, Mestre Cohmac achou que seria melhor voltarmos em vez de ficar esperando que nos chamassem de volta. Acho que seremos mais úteis aqui, lutando contra os Nihil.

— Sim. Valo foi... — A voz de Vernestra morreu enquanto ela pensava na carnificina que ocorrera no planeta que acabara de entrar para a República. A Feira da República deveria ter sido um evento grandioso que uniria a galáxia e mostraria a força e a diversidade da República, ao mesmo tempo que dava boas-vindas a Valo, mas, em vez disso, houve mortes de civis em massa quando os Nihil atacaram. Tanta dor, tanta perda. Nenhum dos Jedi que estivera lá parecia conseguir falar sobre a enormidade do momento, mesmo que as notícias da República estivessem cheias de falatórios sobre o desastre e as teorias da conspiração a respeito do que houve de errado. — Foi pesado.

— Ah, eu não sabia que você estava lá — disse Reath. — Sinto muito.

— Tudo acontece por um motivo, mesmo que a razão não esteja clara neste momento. É assim que a Força funciona. Quer dizer, é o que continuo dizendo a mim mesma. E sei que não diminui a tragédia do ataque, mas eu preciso focar nisso no momento.

Se não fizesse isso, ela talvez tivesse que encontrar outra forma de passar seu tempo desfrutando da calma tranquilidade da Força cósmica e nunca voltar à bagunça diária da Força viva.

A Força viva era a energia que conectava todos os seres vivos, mas a Força cósmica era a própria galáxia, e ela era ampla e vasta. Para se perder nesse poder massivo, bastava querer. Aqueles que negligenciavam as próprias formas físicas por muito tempo para seguir o chamado da Força cósmica eram malvistos por alguns Jedi.

Ainda assim, Vernestra conseguia sentir o chamado da Força cósmica como ondas distantes, e ela se perguntava o que encontraria se seguisse o som até a beira da galáxia conhecida. Não era um impulso ao qual cedesse com frequência.

— Por favor, insira sua senha — entoou o droide de comunicação.

— Eu não tenho senha! Juro que vou usar meu sabre — grunhiu Vernestra.

— Tem problema se eu...? — Reath apontou para o droide de comunicação.

Vernestra foi um pouco para o lado.

— À vontade.

Reath espalmou a lateral do droide com força, fazendo com que várias pessoas no pátio se virassem para olhar, e a tela piscou antes de mostrar uma sala vazia.

— Ei, obrigada! — disse Vernestra.

— Sem problemas! Bem, é melhor que eu volte a ajudar o Mestre Cohmac a descarregar a nave. Nos vemos por aí! — Reath sumiu na multidão do pátio, e Vernestra voltou sua atenção para o droide de comunicação.

Quem quer que estivesse chamando já deveria ter voltado ao que estava fazendo. Ela deu uma olhada na tela, tentando deduzir onde poderia ficar aquele fundo preto. Já estava meio acreditando que veria Avon Starros encarando-a de volta. Não seria a primeira vez que a menina que supervisara no passado aparecia em uma unidade de comunicação para uma conversa amigável.

— Olá? — falou Vernestra para a tela. Não parecia ter ninguém do outro lado.

— Vernestra! — Mestre Stellan Gios se inclinou até aparecer, fazendo com que ela abrisse um grande sorriso. — Desculpa, acho que subestimei o quanto demoraria para me conectar com Estelar.

— Mestre Stellan! Você parou de fazer a barba?

— Parei! Bem, eu não tive a oportunidade de fazê-la na maior parte do tempo, estive tão ocupado. — Ele esfregou o rosto e sorriu com pesar enquanto contemplava os pelos salpicando suas bochechas e queixo.

Mestre Stellan a fazia lembrar de Reath, e não porque todos os humanos fossem iguais, mas porque eles tinham a mesma pele pálida e cabelo castanho. Mas, enquanto Reath se encolhia para não ser notado, o Mestre Stellan andava a passadas largas e exigia, de forma justa, que dessem a ele uma posição de liderança. Ele tinha um jeito de assumir o comando que sempre impressionou Vernestra, e fazia com que se sentisse orgulhosa de ser sua Padawan.

— A barba por fazer fica bem em você — falou Vernestra com um sorriso. — Você parece o herói humano de um dos holos de aventura, *Perigo na fronteira*.

O Jedi mais velho deu risada.

— Só entre nós dois, eu a deixei crescer para ficar com uma aparência mais digna. O Conselho Jedi é coisa séria. — Sua expressão ficou sóbria. — Como você está, depois de Valo? Acredito que o ataque na Feira da República afetou a todos nós, mas foi a última vez que nos vimos. Sinto muito por não termos falado melhor depois do contra-ataque.

Depois dos Nihil terem assassinado milhares em Valo, os Jedi atacaram o forte dos Nihil em Grizal, fazendo-os se espalharem e limitando consideravelmente a capacidade deles de causar estragos. Agora, uma combinação de forças Jedi e da República estava batalhando contra eles em toda a galáxia, com a intenção de eliminar a ameaça Nihil de uma vez por todas.

Vernestra cruzou os braços. Ela preferia não pensar na batalha, mas não podia dispensar um Mestre Jedi.

— Estou tão bem quanto você poderia esperar. E estou feliz de falar com o senhor novamente. Estava preocupada. Depois de Valo... — A voz de Vernestra morreu.

Todos haviam visto a imagem de Mestre Stellan erguido no meio da destruição, com pessoas berrando de dor enquanto uma única lágrima corria por sua bochecha. Ele havia virado o herói de Valo no momento em que todos os outros eram vistos como vilões — incluindo a Chanceler, que ainda estava se recuperando —, e era estranho que o Jedi que guiou Vernestra em seu treinamento fosse agora uma celebridade galáctica.

Stellan assentiu.

— Valo mudou tudo, e é por isso que liguei, na verdade. Quero que você saiba que estou chamando você e seu Padawan de volta para Coruscant.

Vernestra piscou. Seu coração bateu um pouco mais forte, e ela precisou acalmar a própria respiração. Todo mundo sabia que ser transferida para o templo principal era algo importante, e ela sentiu o peso da responsabilidade cair sobre ela. Isso era bom, não era?

— Por algum motivo?

— Sim, na verdade. — Stellan abriu outro sorriso. — Você se distinguiu mais do que imagina por seu heroísmo e sua coragem, e um dos senadores da República pediu que você, especificamente, lidasse com um problema que estamos tendo no setor Berenge.

— Berenge? — disse Vernestra, repassando o que sabia a respeito daquela parte da fronteira. Ela ajustou a tira prendendo seu cabelo preto arroxeado, usando o tempo para pensar. — Mas não tem nada por lá.

— Esse é exatamente o problema. De qualquer forma, darei mais detalhes quando vocês chegarem.

Vernestra assentiu.

— Suponho que você já falou com a Mestra Avar?

— Essa será minha próxima chamada. Não se preocupe, Vernestra, isso é algo bom para você. Uma Cavaleira Jedi que já se distinguiu, mesmo sendo tão jovem? A Ordem é melhor com você nela. Que a Força esteja com você.

— E com você também — disse Vernestra, encerrando a ligação, mordendo o lábio enquanto desligava.

As notícias do Mestre Stellan deveriam tê-la enchido de alegria. Servir como Cavaleira no templo principal em Coruscant foi um dia o seu sonho e, agora, ele estava se tornando realidade, e ela tinha apenas dezessete anos.

Em vez disso, Vernestra estava desesperada. Ela ainda tinha tanta coisa para aprender no Farol da Luz Estelar, e a estação tinha se tornado seu lar. Ela também não queria deixar a Mestra Avar. A Jedi mais velha estava planejando uma grande missão, e Vernestra queria ser parte dela. Queria eliminar os Nihil da fronteira e ajudar os colonos a construir suas vidas a salvo de qualquer ataque.

Vernestra respirou fundo e voltou ao jardim de meditação para chamar Imri. Primeiro, eles jantariam, e então pediria por conselhos à Mestra Avar. Se alguém poderia guiá-la no momento, era ela.

# DOIS

Reath Silas não estava exatamente feliz por voltar ao Farol da Luz Estelar, mas sentia certo alívio. No último ano, desde sua luta contra os Drengir na estação espacial Amaxine, estava começando a se acostumar com aventuras. O Mestre Cohmac era um historiador e folclorista, mas também tinha propensão a procurar por artefatos que ficavam em locais muito, muito perigosos.

Até agora, Reath havia recebido disparos inúmeras vezes (sem nunca ser atingido), tinha sido sequestrado duas vezes (apenas um dos sequestros fora bem-sucedido), e lutara contra mais Nihil e Drengir do que conseguia contar. Tinha até mesmo tomado algumas vidas, um peso que caía sobre ele quando se permitia remoer as coisas por um momento. Apesar de tudo, ainda pensava que havia feito a escolha correta ao pedir ao Mestre Cohmac para ser seu mestre depois que sua antiga mestra, Jora Malli, tinha morrido lutando contra os Nihil depois do desastre da *Legacy Run*.

Mas, em alguns momentos, como agora, descarregando a nave depois da última missão, ele se arrependia um pouco do pedido.

— Mestre Cohmac, o senhor realmente precisava, hã, de todos os sessenta e quatro volumes de *Almanaque do Desconhecido* de Leric Schmireland? — perguntou Reath, olhando para o caixote diante dele. Por mais que ele amasse a informação que as datafitas continham, elas eram pesadas.

— A edição de datafitas tem algumas localizações e informações que o databanco não tem — disse Mestre Cohmac, levitando o caixote até a carreta esperando ali perto. — Schmireland é um dos maiores autores da Era da Exploração, e não termos uma cópia de seu trabalho aqui na biblioteca do Farol da Luz Estelar seria relapso de nossa parte.

Reath não disse nada e voltou a levitar caixotes para botar na carreta ali perto. O droide pilotando a carreta apitou, irritado, e Mestre Cohmac suspirou.

— Demora tanto quanto precisa demorar, meu amigo — disse em resposta à reclamação do droide, que dizia que precisava ir para outro lugar.

Reath esticou as mãos e usou a Força para empilhar os dois últimos caixotes. Era uma quantidade ridícula de artefatos e fitas, mas Mestre Cohmac era inflexível quanto à importância de preservarem tanto quanto fosse possível de Genetia, já que o planeta estava se encaminhando para uma guerra civil. A Ordem geralmente não se envolvia em assuntos assim, mas o Mestre Cohmac foi convencido pela petição da comunidade acadêmica do planeta, e conseguiu salvar artefatos que caberiam em duas bibliotecas inteiras e um museu. Um dia, quando as coisas voltassem a ficar estáveis, a Ordem devolveria os artefatos e fitas ao governo local. Mas, até lá, eles ficariam armazenados no Farol da Luz Estelar.

— Parece que acabamos — disse o Mestre Cohmac, passando a mão na testa para limpar o suor. Como Reath, ele ainda vestia as roupas de missão, e a túnica marrom era apenas um pouco mais escura do que o castanho cálido de sua pele. A barba escura era um pouco descuidada (nos últimos dias em Genetia, eles tiveram que se esconder dos revolucionários que acreditavam que os Jedi eram emissários de um rei demoníaco), mas, no geral, o Jedi parecia contente. Era uma expressão que Reath não via no mestre desde a tragédia em Valo e o ataque consequente de Pan Eyta, o Executor da Tempestade dos Nihil. A viagem para Genetia havia sido exatamente o que o Jedi mais velho precisava depois de tantas batalhas de grande porte, e Reath se sentiu aliviado ao ver Cohmac parecendo menos... preocupado.

— Será que deveríamos pegar algo para comer? — perguntou Reath.

— Depois de falarmos com Mestra Avar. Quero ver se ela tem alguma novidade quanto ao meu pedido de uma cópia de *Meditações* da Mestra Evelyn Qwisp, que fica nos arquivos de Coruscant.

Reath não suspirou alto, mas seu estômago roncou, e Mestre Cohmac deu risada.

— Você pode ir na frente e comer. Eu o encontrarei depois de falar com a Mestra Avar.

Reath não ficou esperando até o mestre mudar de ideia. Começou a andar a passadas largas em direção ao refeitório comunal. Uma das coisas que mais aguardava era comida de verdade, não as pastas e os pacotes que a viagem às vezes demandava.

O cheiro de vegetais assados e pães salgados envolveu Reath quando ele entrou no refeitório, e ele quase chorou de alegria. O refeitório do Farol da Luz Estelar era um negócio grandioso, assim como o resto da estação. Longas fileiras de mesas brancas e reluzentes se estendiam pelo espaço aberto, com droides de manutenção limpando-as enquanto oficiais da República e outros viajantes comiam e partiam. A fila do *buffet* ficava na outra ponta da sala, e os droides de cozinha cuidavam de cerca de cem pratos diferentes, todos colocados em vasilhas *réchaud* brilhantes e prateadas. O refeitório estava sempre aberto por conta dos diversos relógios internos das muitas espécies que passavam pelo Farol da Luz Estelar. Mas, pela primeira vez, ele parecia um pouco menos agitado que o normal, e Reath conseguiu pegar uma bandeja e ir até qualquer comida que quisesse sem precisar ficar esperando.

Ele pretendia encher o bucho de abóbora harmonia assada e pão de sementes recém-saído do forno com uma grossa manteiga azul e uma conserva de fruta sino amarela ainda mais grossa.

Depois de equilibrar uma bandeja cheia de comida, Reath foi até as longas fileiras de mesas, e estava prestes a sentar em uma mesa vazia quando uma figura verde e familiar acenou para ele. Reath deu um grande sorriso ao ver a cara alegre de Vernestra, e mudou o caminho para sentar com ela e o garoto que a acompanhava.

— Reath! Você já conheceu meu Padawan, Imri Cantaros? — disse Vernestra quando Reath sentou perto dela.

Reath piscou, perplexo. Ele ouvira falar do Padawan de Vernestra, mas a realidade de que uma Jedi que ele conhecia desde pequeno tinha um aprendiz o deixou um pouco inseguro e sentindo-se um tanto inadequado. Reath sabia que ele não estava pronto para fazer suas provações e virar um Cavaleiro, mas a competência natural de Vernestra fazia com que ele sentisse que precisava se esforçar mais. Empurrou para longe as dúvidas indesejadas e voltou sua atenção para a conversa.

— Ainda não. Hã, Reath Silas — disse, acenando para o rapaz do outro lado da mesa. Por seu tamanho, Reath achou que o garoto tivesse a mesma idade que ele, dezoito, mas Imri, sentado ali, parecia um pouquinho mais novo. Havia algo em seus olhos bem abertos e o cenho levemente franzido que fazia Reath lembrar de si mesmo quando era mais jovem.

Imri acenou para Reath e voltou ao próprio prato de comida, as linhas nunca abandonando sua testa pálida. Reath ergueu uma sobrancelha para Vernestra, mas ela fez que não, como se o que incomodasse o rapaz não fosse nada importante.

— Então, agora que não estou mais brigando com um droide de comunicação, me conte sobre Genetia. É um planeta tão bonito quanto dizem que é? — perguntou Vernestra. — Imri, você não é de lá?

Imri assentiu e depois deu de ombros.

— Sim e não. Meu pai era de Genetia e minha mãe de Hynestia, e nós morávamos nos dois planetas antes de meus pais me levarem ao templo de Hynestia quando eles descobriram que eu era sensível à Força. Tenho poucas lembranças de lá. — Ele franziu o cenho e continuou olhando para o prato de comida, como se relutasse a entrar na conversa. Reath não conhecia Imri bem o bastante para saber se isso era incomum para o rapaz, e não era especialmente bom em ler as emoções das pessoas ao seu redor; então, tentou oferecer um sorriso amigável a Imri.

O garoto nunca ergueu o rosto.

— Ah, então, Reath, você precisa nos contar como Genetia é hoje em dia. Por Imri. — Parecendo não ver nada de errado no comportamento de Imri, Vernestra sorriu, as tatuagens ao redor de seus olhos se enrugando, e Reath foi levado subitamente à época em que eram pequenos. Naquela época, Vernestra era uma garota quieta e estudiosa que passava tempo demais tentando aperfeiçoar suas lições. Talvez não tivesse sido tempo demais. Ela era Cavaleira, enquanto Reath continuava sendo Padawan, cujo mestre sequer mencionava prepará-lo para as provações.

A cabeça de Imri se ergueu, e seu cenho ficou um pouco mais franzido.

— Tudo bem. Eu também me sinto assim de vez em quando — disse o garoto, dando tapinhas solícitos na mão de Reath. A pontinha de inveja irritante que estava ameaçando crescer em Reath se esvaiu, e ele piscou.

— O que você acabou de fazer? — perguntou Reath, ignorando a pergunta de Vernestra a respeito de Genetia.

— Eu... eu não fiz nada — respondeu Imri, o rosto pálido corando.

— Você fez, sim. Eu também senti — disse Vernestra, cujo sorriso educado sumiu. — Parecia estar... — ela fez um gesto com a mão — suavizando. Mas o que você estava suavizando?

— Eu só... Reath parecia um pouco chateado, e eu queria que ele se sentisse melhor.

— Você acalmou minha irritação — disse Reath, intrigado pela forma como Imri usava a Força. — Não foi bem manipular, mas, sim, algo como diminuir a sensação.

Vernestra ficou de pé.

— Isso não é bom. Imri, você não pode usar a Força para manipular os outros.

Reath abriu a boca para defender Imri — ele havia conhecido Loden Greatstorm antes que o perdessem, e sabia que a técnica era rara, mas, quando utilizada corretamente, podia ser incrivelmente benéfica — porém, foi interrompido por uma explosão de emoção vinda do outro Padawan.

— Eu não fiz de propósito! — disse ele, e Vernestra ergueu as mãos, rendendo-se.

— Tranquilidade, Imri. Respire fundo. Eu sei que pode ter sido instintivo, mas precisamos trabalhar nisto para ter certeza de que você pode controlar esse poder. Mas, primeiro, vamos falar com Mestre Maru. Ele pode saber o que é isso que você fez e propor algum exercício adequado. Ou pode ter algo na biblioteca que podemos pesquisar. — Vernestra abriu um sorriso para Reath, como se pedisse desculpas. — Desculpe, eu realmente queria saber como foi sua viagem. As coisas estão difíceis desde a tragédia de Valo, e esta é uma das coisas que estamos tentando trabalhar.

— Ah, sem problema. Foi bom falar com você de novo, Vernestra. Espero vê-la por aí. — Ele notou que não era só por educação. Ele realmente queria vê-la de novo. Seu rosto esquentou um pouco com um enrubescimento feliz.

Imri lançou a ele um olhar atravessado e nada amigável, e Reath se perguntou se o rapaz conseguia ler suas emoções tão facilmente. Ele tossiu para cobrir o próprio desconforto e, conforme os viu se afastarem, sentiu um forte alívio.

Ele sabia que a Ordem não via bem coisas assim, mas não conseguia evitar ter uma queda por Vernestra. Ela era inteligente e amigável e levava a Ordem tão a sério quanto qualquer outro Mestre Jedi. Era difícil não gostar da Mirialana. Mas isso não significava que gostasse dela de forma romântica, certo? Casamento e crianças não eram coisas que os Jedi procuravam, e não havia jeito de Vernestra não levar seus votos a sério.

Por algum motivo, os pensamentos de Reath voltaram a Nan, a menina Nihil que conheceu no que parecia ser uma vida inteira atrás. Ele se perguntou de repente se voltaria a vê-la, e o que ela estaria fazendo. Será que ainda estava viva, ou tinha morrido em uma das muitas batalhas que os Nihil travaram com os Jedi e os pacificadores da República?

Reath não sabia, e não sabia nem por que estava pensando em Nan, ou por que pensava, de repente, em como seria beijar alguém. Lembrando que Nan havia sido doce apenas para que ele desse informação a ela, empurrou todos os sentimentos estranhos e desconfortáveis para longe e se jogou na comida, sabendo que, mais cedo ou mais tarde, o Mestre Cohmac apareceria para procurá-lo, e então seria hora de começar outra tarefa.

Não havia por que trabalhar de estômago vazio.

# TRÊS

Nan se afastou para a lateral do templo na *Olhar Elétrico* e observou conforme o Olho se encontrava com seus Executores da Tempestade. Como a maior parte da nave, a sala estava à meia-luz e cheirava um pouco a ferrugem e putrefação. Um dia, aquela sala havia sido um local de veneração, apesar de Nan não reconhecer nenhum dos símbolos gravados em suas paredes. Um dia, o Olho nunca teria sonhado em ter Executores da Tempestade em sua nave, mas, nos meses anteriores, a República e seus Jedi haviam causado um estrago e tanto nas muitas bases escondidas dos Nihil, fazendo com que se espalhassem para conseguir responder.

— Você não deveria estar aqui — sussurrou um garoto alguns anos mais novo do que ela, cujo cabelo loiro e claro cobria grande parte do rosto.

— E você deveria? — disse Nan, alisando o cabelo preto para trás e fingindo não se incomodar com o desafio. Krix tinha razão. Ela tecnicamente não deveria estar na sala, mas, se aquele mynock irritante ia ficar por lá e bisbilhotar, ela faria o mesmo. — Me deixe em paz antes que minha lâmina deslize no meio de suas costelas.

O menino riu com a garganta antes de se afastar, e Nan considerou como poderia acabar com a vida dele só para remover o fedor do garoto da sala.

No último ano, Nan vivera uma centena de vidas. Lutara contra Jedi e saqueara fábricas de naves. Coletara mais informação para o Olho do que qualquer outro de seus espiões de confiança. Sua aparência jovem e seu talento natural de mentir a tornaram imprescindível. Ela conseguia fazer com que qualquer pessoa acreditasse no que ela queria que acreditassem, e usara essa habilidade em nome do Olho, Marchion Ro.

Ela tinha conquistado seu lugar ao lado dele, ao contrário de Krix, que não era nada além de um humano dentuço e pegajoso que passava mais tempo causando problemas do que trazendo glória para a Tempestade. Nan queria verdadeiramente assassinar o garoto pálido, mas ficava preocupada que Ro pudesse gostar dele de fato por algum motivo; então, em vez disso, fez cara feia do outro lado da sala e torceu para que ele acabasse na mira de uma explosão de blaster.

— Por que estou ouvindo relatórios de uma perda Nihil em Dalna? — perguntou Marchion Ro. Ele se curvou em uma cadeira gigante que olhava de cima para as cadeiras ocupadas por seus Executores da Tempestade, parecendo, por todas as estrelas, entediado com a conversa.

Nan sentiu uma pontada de empolgação ao vê-lo assim: sem elmo, com o cabelo preto solto para cair sobre a pele nua e dura e seus ombros marcados por estrelas. Seus olhos impiedosos eram todos negros, e Nan se aproximou o suficiente para poder ver o leve farfalhar na ponta de suas orelhas. Ninguém sabia de que espécie era Ro. Todas as vezes que alguém lhe perguntava, acabava morto. Ele era tão mortal quanto belo, e Nan se considerava sortuda por ter a permissão de ocupar o mesmo espaço que ele.

— É só outra artimanha da República para diminuir nossas vitórias — disse a mais nova Executora da Tempestade, Kara Xoo, uma Quarren brutal que achava que tortura era um esporte. Nan gostava do jeito que Kara fazia as coisas, que era majoritariamente detonar e depois pegar um pouco. A única vez que Nan tinha ido com a Tempestade da Quarren em uma missão fora muito divertida, além de particularmente lucrativa. Ela só era uma Executora da Tempestade porque Pan Eyta havia desaparecido depois do ataque a Valo. A maior parte das pessoas achava que ele tinha morrido. Ninguém estava com saudades.

— Se esse for o caso, por que sua frota diminuiu para vinte naves? — disse Lourna Dee. Como Ro, ela ficou reclinada na cadeira, completamente confortável. Lourna era uma Twi'lek de um tom doentio de verde que vestia armadura e era muito mais mortal do que parecia, e era um erro que qualquer oponente subestimasse sua crueldade. Ela não contava vantagem como Kara ou o Executor da Tempestade anterior, Pan Eyta; sorria belamente e então matava qualquer um que a irritasse. Membros de sua Tempestade eram tão friamente eficientes quanto ela, além de tão reservados quanto. Ela era a única Executora da Tempestade que deixava Nan desconfortável. Não por ser perigosa, mas porque sua forma de falar às vezes ia sem querer para um sotaque de elite de Hosnian Prime. Por mais que Nan tentasse descobrir seus segredos, ela sempre voltava com as mãos abanando.

— Vinte naves? — disse o Olho, endireitando-se. — Quem estava encarregado dessa missão?

— Eu estava — disse um Ithoriano, o tradutor rangendo enquanto ele falava. — Perdi metade do meu Raio e toda minha Tormenta. A República estava nos esperando. Nós não tivemos uma única chance, nem mesmo com os propulsores de Trilha.

O Ithoriano continuava usando sua máscara, o que Nan via como um insulto a Lorde Ro. A *Olhar Elétrico* era a nave mais segura em toda a galáxia. Os Jedi tinham conseguido invadir a base em Grizal e vários outros abrigos seguros usados pelos Nihil. Mas a *Olhar Elétrico* seguia intocada, e alguns dos Nihil mais jovens começavam a falar de Marchion Ro como se ele fosse mais que um homem.

Nan não achava que o Olho tinha alguma habilidade incomum, mas ele era um sobrevivente, assim como ela, e sabia planejar de acordo com a ocasião, tendo vários planos correndo a qualquer momento. Ela gostava disso a respeito dele.

Marchion Ro pegou um pequeno objeto perto de sua cadeira e o jogou em direção ao Ithoriano. Nan só teve um vislumbre da coisa antes dela grudar em seu rosto. O outro pirata tentou puxá-la, e Nan conseguiu ver que era uma das cargas grudentas que os Nihil por vezes usavam contra câmaras de descompressão particularmente teimosas.

Não houve tempo para o Ithoriano dizer mais uma palavra antes da parte superior de seu corpo explodir, a detonação levando com ele alguns de seus amigos que estavam perto demais. O resto dos Nihil sequer piscou.

Não era uma festa sem um pouco de assassinato.

— Falando em naves, Lourna, onde está a arma que você prometeu? — disse Ro, voltando-se para a Executora da Tempestade enquanto Kara gesticulava para alguns de seus seguidores tirarem o corpo de lá. A Tempestade dela tinha ficado com menos Nihil, o equivalente a um Raio, mas Marchion Ro não estava mais focando nisso. — E os Jedi prometidos? Depois do último ter morrido, o açougueiro fica ansioso para ter cobaias para experimentos. Eu detestaria que ele começasse a achar voluntários em outros lugares.

Lourna deu de ombros, sem se incomodar com as ameaças.

— A ciência leva tempo, Ro. Ainda estamos mapeando as rotas com intersecção que passavam pela área. E, quanto aos Jedi, estou trabalhando nisso. A política, como você sabe, é algo impossivelmente lento. Mas a família Graf e eu desfrutamos de uma longa e lucrativa parceria. Você vai ter seus substitutos.

— Os Jedi importam menos que a arma. A República tem mais do que o suficiente de nossos propulsores de Trilha para começar a pesquisar de verdade. É questão de tempo antes da República entender as Trilhas — disse Ro. Ele ainda parecia tão entediado quanto antes, mas o tamborilar de suas garras pretas como obsidiana no braço da cadeira revelava a verdade que sua postura escondia. — Você prometeu uma forma de interromper isso.

— E o Coração da Gravidade o fará. Mas sem compreendermos todas as rotas do setor, nós não podemos interromper nada além dos manifestos que já temos. Você recebeu o dízimo de coaxium, não recebeu?

— Sim, mas não foi a tarefa que dei a você — disse Ro.

Lourna Dee sorriu para ele.

— Se você me desse a assistência de sua sábia, eu poderia terminar o projeto mais rapidamente.

A expressão fechada de Ro se transformou em surpresa.

— É mesmo?

— Sim. Ela conhece e esqueceu até mesmo as Trilhas mais tênues, os atalhos mais incontáveis do hiperespaço. Ela pode nos ajudar a fazer as rotas e a rastrear os picos de energia da área. Foi ela que sugeriu o setor Berenge em primeiro lugar.

Ro ajeitou-se na cadeira, subitamente mais interessado.

— Foi? Você anda se metendo nos meus fluxos, Lourna?

— De jeito nenhum. Foi a Trilha que pedi após Valo. Esqueceu?

As palavras de Lourna eram quase um desafio direto a Ro, e todos na sala tinham ouvido. Juntos, seguraram a respiração e se ajustaram um pouco para ver se Ro tomaria as palavras como uma ameaça ou não. Os Nihil sempre estavam prontos para lutar, mas, com seus números cada vez menores, Nan temia que uma briga para valer não seria sábia.

Se houvesse uma luta, Nan sabia exatamente onde ela miraria. Como se Krix tivesse lido seus pensamentos, seu olhar encontrou o dela, e Nan mostrou os dentes para o garoto.

Mas Ro apenas sorriu, revelando os próprios dentes pontiagudos para Lourna antes de se acomodar na cadeira.

— E por que eu deveria dar minha sábia? Qual seria o benefício?

Lourna endireitou-se no assento, lançando um olhar astuto para Ro.

— Onde acha que consegui o coaxium? A arma já é um sucesso, mas ela é imprecisa. Um bom mapeamento, com mais informações, significaria mais capturas lucrativas. E a arma seria mais poderosa em uma ofensiva da próxima vez que a República aparecer. Afinal de contas, seria um desastre se nos pegassem desprevenidos mais uma vez, como aconteceu com Pan em Cyclor.

As unhas de Marchion Ro se afundaram na cadeira, rasgando o metal. O lembrete da derrota em Grizal havia sido um assunto perigoso para Lourna comentar. Haviam perdido muitos Nihil, e as forças que se espalharam depois estavam fugindo desde então.

— Olho, posso ver que o desagradei — disse Lourna a Marchion Ro ao inclinar a cabeça, o desafio tornando-se reverência. — Apenas quis indicar que suas viagens iminentes farão com que as Trilhas se tornem inúteis ao senhor. Com a ajuda de sua sábia, nós poderíamos preparar a arma melhor, para que ela fique pronta depois de suas viagens.

Ro encarou Lourna Dee, e houve um longo momento quando o coração de Nan bateu mais forte. Ela fez um cálculo mental das adagas que carregava e a localização dos seguidores de Lourna na sala. Só para prevenir. Gostava de estar pronta quando a matança começava.

Mas o Olho não se ergueu para desafiá-la. Em vez disso, deu uma risada gostosa.

— Sim, sim, é claro. Talvez eu devesse fazer com que mandasse sua cientista misteriosa para o *Olhar Elétrico* em vez de dar a você minha sábia.

Alguém que não tivesse estudado Lourna Dee teria falhado em perceber o jeito que ela piscou, surpresa, mas não era o caso de Nan. Assim como percebeu a forma como ela se esticava e suspirava, os movimentos langorosos chamando a atenção de muitos olhares na sala enquanto ela se acomodava em sua cadeira.

— Olho, você sabe como são os acadêmicos. Se eu entregar minha cientista, ela vai ficar alterada por semanas, e daí os ajustes finais da arma nunca serão feitos. Mas, como sempre, estou à sua disposição. Tão fiel quanto sempre fui.

Marchion Ro sorriu, dessa vez foi um sorriso genuíno. Nan relaxou. Seu lorde estava se divertindo, o que significava que ele tinha achado graça de alguma das coisas que Lourna dissera. Ela desejava saber o quê.

— Compreendo. Tudo está começando a fazer sentido. Você pode pegar a sábia emprestada. Não tenho uso para ela em meu empreendimento. Mas ela não vai sozinha. Nan!

Nan ficou surpresa e correu para se ajoelhar ao lado de Marchion Ro.

— Senhor, estou às suas ordens.

— Você acompanhará minha sábia no Coração da Gravidade de Lourna. Cuide de meu prêmio com sua vida.

O coração de Nan batia atrás das orelhas, e ela lutou para esconder sua decepção ao levantar. Ela vira a sábia uma vez, uma humana frágil que parecia já ter morrido três vezes. Todos sabiam que a mulher estava viva há tanto tempo quanto os Nihil existiam. Ela era antiquíssima. E se a mulher morresse de um ataque cardíaco enquanto Nan ficava de olho nela? Não havia como não entender o que Ro quis dizer com Nan colocar a própria vida em jogo para protegê-la.

Se a velha morresse, ela também morreria. Não era uma tarefa; era uma sentença de morte. O que ela havia feito para merecer a ira do Olho? Quando havia falhado?

Nem uma única gota da angústia que sentia transpareceu em seu rosto. Em vez disso, ela se abaixou até a cintura como uma última demonstração de respeito.

— Estou honrada com este dever, Lorde Ro.

— De fato — disse Marchion Ro, mas seu olhar não estava nela, e sim em Lourna. — Vá ao laboratório e encontre o doutor. Diga a ele para preparar a sábia para a viagem. Ele vai acompanhá-la.

Nan assentiu brevemente.

— Pela Tempestade!

Nan deu meia-volta e partiu. Mas não antes de ver Krix abrindo um grande sorriso cruel do outro lado da sala.

Ela decidiu que acabaria matando o garoto, afinal de contas. Não agora, mas logo.

# QUATRO

Syl entrou na primeira taverna de doca que encontrou em Coruscant e deu um suspiro aliviado ao sentir o cheiro familiar de comida barata e de bebida mais barata ainda. Agora sim.

Ela passara os dois últimos dias em apuros. Havia tentado contatar todos os oficiais da República que conseguira encontrar, desde oficiais de frete a atendentes de transporte. Ninguém se importava com a anomalia no hiperespaço no setor Berenge, ou com o fato de Syl ter certeza de que os Nihil estavam por trás disso. Ela recebia ou a resposta vaga — a República está tratando do problema com os Nihil tão rápido quanto possível; somos gratos por sua preocupação — ou era enviada a outro oficial da República para preencher uma denúncia.

Ela ainda não havia oferecido qualquer tipo de testemunho para alguém importante dentro da República, só um monte de recepcionistas que claramente estavam tentando fazer com que ela fosse embora. Tudo que queria era que alguém sinalizasse as rotas que passavam pelo setor Berenge como locais perigosos, para que as pessoas que viajavam por elas soubessem do risco que estavam correndo. Era frustrante e irritante, e ela estava começando a perder as esperanças.

E se tivesse abandonado a *Zigue-zague* sem motivos? E se ninguém nunca parasse os Nihil na fronteira? O punhado de embates até agora não era suficiente. Se fosse, ela ainda teria sua nave.

Syl sacudiu a cabeça. A República e os Jedi precisavam ser melhores do que isso. A maior parte dos conflitos aconteceu na Orla Exterior, com as bases mais afastadas ainda sofrendo para se defender de ataques constantes. Ela não estava em Coruscant só por ter perdido sua nave. Também estava lá para fazer a coisa certa por aqueles que não tinham voz em Coruscant, que estava tão longe do medo e do derramamento de sangue decorrentes dos ataques Nihil. Se houvesse gente o bastante para reclamar, a República teria de ouvir e ver que os Nihil eram mais do que piratas espaciais roubando de transportadores desafortunados. Ela continuaria gritando até alguém prestar atenção.

Além do mais, sem sua nave, não é como se tivesse outra coisa para fazer.

Syl respirou fundo e entrou na taverna. Sentia falta do peso reconfortante de Beti, que deixara no cofre do quarto do hotel em que estava, o mais barato que conseguira encontrar. Normalmente, carregaria o rifle modificado nas costas, no coldre que fez para ele, mas Coruscant era civilizada, o que significava que as pessoas não viam com bons olhos aqueles que andavam por aí carregando blasters na frente de todo mundo. E Syl estava tentando se misturar à multidão. Era irritante, mas não exatamente um problema. Ela era uma garota engenhosa.

Syl encontrou uma mesa vazia no fundo, com um módulo de comunicação na parede. Era uma característica comum de tavernas de doca. Transportadores e expedidores costumavam gostar da privacidade relativa de uma unidade de comunicação pública pela qual podiam ligar para suas casas. Naves podiam ser locais claustrofóbicos e cheios de fofoca, e, às vezes, a última coisa que alguém gostaria era que o resto da tripulação soubesse tudo a respeito de suas vidas.

Quanto a Syl, ela só tinha certeza parcial de que a Ithoriana que cuidava do hotel questionável no qual estava ficando não era uma informante, e a última coisa de que precisava é que suas coisas fossem transmitidas para a galáxia inteira. Não que tivesse muitos segredos. Mas era melhor prevenir do que remediar.

Um droide garçom foi até lá, e Syl pediu o prato do dia com uma caneca da cerveja local. Ela não pretendia ficar bêbada, mas seria bom beber alguma coisa. Especialmente porque a comida poderia ser completamente intragável. Precisava que ao menos alguma coisa desse certo.

Assim que o droide garçom foi embora, Syl carregou a unidade de comunicação, colocando nela um par de créditos. Ela não tinha muito dinheiro, mas prometera a Neeto que mandaria um holo para ele. Como os três juntos não tinham créditos suficientes para que todos comprassem uma passagem de Porto Haileap para Coruscant, M-227 e Neeto ficaram trabalhando nas docas, onde conseguiram empregos como operários. Neeto prometeu que mandaria dinheiro para Syl voltar para Porto Haileap, mas ela não pediria um único crédito ao velho Sullustano. Já sentia culpa demais por tê-los deixado para trás, mas ir até Coruscant e fazer com que a República se envolvesse no problema parecia a melhor forma de mudar as coisas na fronteira da galáxia. Agora, ela não tinha mais tanta certeza. Só o ódio profundo que sentia pelos Nihil a levara até Coruscant. Era, pela primeira vez em sua vida, dos males o menor.

O que não significava que tivesse parado de odiar o planeta. Ele era cheio demais e repleto de prédios que esfaqueavam o céu. Syl mal podia esperar para voltar para os espaços abertos da fronteira. Mas recusava-se a partir antes de ter algo que justificasse a viagem, mesmo que fosse um caso de indigestão por uma semana.

Uma mulher esguia com uma túnica simples e calças passou por ela, e o coração de Syl pulou antes de voltar ao normal. Essa era outra coisa que odiava a respeito de Coruscant: a possibilidade de ver sua ex-namorada de novo. Ela se pegava procurando por Jordanna até demais, como se a garota fosse se alegrar ao vê-la. Por um momento, Syl estava de volta a Tiikae, rindo com a garota e pegando no pé dela por seus trejeitos bobos de San Tekka, e roubando beijos quando não tinha ninguém por perto para flagrá-las — nem a mãe de Syl nem, definitivamente, a rígida tia de Jor. Foram os melhores meses da vida de Syl, e a última vez em que ela estivera feliz.

Menos de duas semanas depois de Syl partir de Tiikae, a mãe de Syl, Chancey Yarrow, morreu e Tiikae havia sido devastada pelos ataques dos Drengir, restando poucos sobreviventes. Será que Jordanna continuava lá? Ou será que havia voltado para casa, derrotada?

Syl se puniu mentalmente. Imaginar que veria Jordanna em um *pub* de doca encardido era algo bobo. Ela nunca iria a um lugar assim. A família dela tinha uma torre em algum lugar da cidade, a elite de San Tekka sendo do tipo que gosta de tudo em grande estilo. Se ela saísse, seria para algum lugar chique, que só recebia gente ultrarrica.

Ainda assim, Syl não conseguia evitar a esperança de ao menos olhar para a garota que chegou tão perto de amar.

*A esperança é para tolos e holos*, pensou Syl, lembrando-se de um dos ditados preferidos de Chancey Yarrow. Pena que Syl não conseguia convencer seu coração disso.

A unidade de comunicação se acendeu, assustando Syl e interrompendo seus devaneios fora de hora, e ela abaixou os cachos crespos e bagunçados e abriu seu melhor sorriso. Neeto não estava atendendo, então a ligação iria para a fila de mensagens para que ele a ouvisse mais tarde.

— Ei, espero que você e Emedois estejam gostando de Porto Haileap! As coisas estão progredindo meio lentamente aqui em Coruscant. — Ela não contou a Neeto que ainda não conseguira falar com ninguém que a levasse a sério. — É só bem mais complicado do que eu achei que seria, isso de fazer uma denúncia e tudo mais. Você sabe como tudo é superocupado por aqui. — Ela estava divagando. Neeto saberia que havia algo errado. — Vou mandar outra atualização assim que tiver alguma novidade. Amo vocês!

— Você é Sylvestri Yarrow? — perguntou alguém com voz robótica assim que Syl desligou a unidade de comunicação, os créditos gastos rápido demais.

Syl olhou para cima. E mais para cima. A princípio, tudo que viu foi pelo branco como neve e uma juba de um lindo cabelo cor de creme. Mais acima, a máscara de algo que Syl supôs que era uma boca e um par de olhos pretos que brilhavam de inteligência. Syl nunca havia visto um Gigorano antes, mas não havia como errar pelo tamanho: tão altos quanto Wookies, mas mais largos nos ombros. E pálidos onde Wookies tinham, geralmente, apenas tons de marrom. A voz estranha vinha do vocalizador utilizado pela Gigorana, e Syl se forçou a relaxar.

— Sou Sylvestri Yarrow — respondeu, torcendo para que a Gigorana não fosse uma fiscal de um de seus muitos credores.

Quem mais sabia que ela estava em Coruscant? Só Neeto, mas ele não diria nada a respeito dela sem uma briga. Sentiu uma pontada de preocupação antes de empurrá-la para o lado. Neeto era um sobrevivente; ele havia ensinado muito do que sabia a Syl. E, seja lá o que aquilo fosse, Syl não tinha dúvidas de que conseguiria sair dessa.

Ela olhou de relance para a Gigorana mais uma vez e engoliu em seco. Talvez não. Syl era esperta e razoável em uma briga, mas a Gigorana tinha, no mínimo, o dobro de seu tamanho, e não havia jeito de ela virar qualquer coisa além de um caco em uma briga justa. Ou injusta.

Pelas estrelas, ela deveria ter trazido Beti. Que fosse a um sol vermelho o que os outros pensassem.

Para o alívio de Syl, a Gigorana deu um passo para o lado para revelar um humano esguio de pé no canto de sua mesa. Syl não o reconheceu, o que significava que o homem provavelmente não era um credor. Ela estava devendo para o tipo de gente que viria atrás dela eles mesmos.

Eles também não eram tão bonitos quanto essa pessoa. O estranho vestia uma túnica verde-escura que possivelmente custava mais do que Syl ganhara no ano anterior inteiro. Seu cabelo estava raspado dos lados, com a parte de cima longa e belamente esculpida em uma onda alta, e sua pele era de um marrom mais claro do que a pele de Syl, com um tom avermelhado. Os olhos dele eram do tipo de azul que raramente era natural e costumava ser o resultado de tratamentos estéticos, e parecia incongruente perto de uma pele tão escura. Tudo a respeito do homem gritava riqueza, e ele estava tão deslocado na taverna quanto um Jawa em uma cidade repleta de gente.

— Você se importaria se eu a acompanhasse? — perguntou ele, a voz tão suave quanto um pássaro das neves.

Syl notou que o estava encarando, e forçou-se a parar. Quem era esse homem, e o que, na galáxia conhecida, ele poderia querer? Syl estava curiosa, o que geralmente a levava a se meter em problemas. Mas, nesse caso, ela não tinha nada a perder.

— Eu te conheço? — Syl sabia que a resposta era não, mas era uma forma não tão sutil de forçar uma apresentação.

— Não, temo que não. Mas um amigo me disse que você poderia estar aqui. — Ele se dobrou na cadeira diante dela e abriu um sorriso amigável que não combinava com seus olhos perturbadoramente azuis.

Talvez ele não fosse humano, como ela pensara a princípio, mas alguma outra espécie que ela não havia encontrado em suas viagens. Tudo a respeito dele parecia fabricado, como se tivesse construído a si mesmo baseado nas expectativas dos outros. Syl havia conhecido uma canalha uma vez, dona de um salão de dança na lua de Neral, que tinha uma aparência bastante similar e passava uma sensação parecida. Ela era charmosa até chegar a hora de coletar dívidas; então, ficava alegre de fazer qualquer tipo de brutalidade se isso significasse coletar seus créditos.

Syl piscou e, de repente, as coisas se encaixaram. A lembrança de Lesha e sua propensão à violência fizeram com que entendesse bem quem esse homem poderia ser. Ela não precisava disso; agora não.

— Um amigo seu? Ah, você quer dizer a proprietária do hotel. Olha, eu já disse a ela que não preciso de companhia. Além do mais, você não, hã, faz o meu tipo. Não que você não seja muito bonito — Syl apressou-se a dizer, quando viu que a expressão do outro se transformara em horror. — É só que você é um pouco, hã, um pouco chique demais. Eu gosto de gente que seja um pouco mais bruta, se sabe o que eu quero dizer. De novo, não quero ofender, mas estou bem assim. Também estou dura, então não poderia pagar bem, mesmo que aceitasse sua oferta.

Syl estava divagando. Acontecia, às vezes, e a mãe costumava repreendê-la por isso. *Não deixe que sua boca venha antes de seu cérebro, Estrelinha*, ela sempre dizia.

Tarde demais.

— Não sou um acompanhante do prazer — disse ele, cada palavra tão gélida quanto um pôr do sol Hynestiano. — Mas tenho um assunto de grande urgência para discutir.

— Ah, desculpe — disse Syl. O droide garçom escolheu esse momento para jogar na mesa a caneca de cerveja de Syl, e ela tomou goladas da bebida amarga. Pelas estrelas, será que a situação poderia ficar ainda mais constrangedora?

— Basha — o homem chamou a Gigorana que continuava parada ao lado da mesa. — Você poderia esperar lá fora? — Não era bem um convite para sair, e sim um comando gentil.

— Sim, obrigada. Me chame se precisar. — A Gigorana saiu de forma tão silenciosa quanto havia chegado, incrivelmente leve mesmo com aquele tamanho todo.

O homem sorriu para Syl como se pedisse desculpas.

— Basha é minha guarda-costas, e eu geralmente a convidaria a se juntar a nós, mas temo dizer que a mesa que você escolheu não pode acomodar alguém tão grande, e parece indelicado ter alguém bisbilhotando.

— Eu não estava exatamente esperando companhia quando me sentei — respondeu Syl, cruzando os braços. Ele falara com ela como se desse bronca em uma criança pequena, e toda a simpatia que sentira por ele quando achou que era só alguém tentando trabalhar sumiu. É por isso que ela não gostava de gente chique assim. Eles falavam com todo mundo como se fossem seus empregados.

— É claro que não esperava — disse o homem, sorrindo suavemente para si mesmo. — Mas realmente deveria, depois de seu pequeno espetáculo hoje à tarde no Ministério do Comércio. Ameaçar pendurar aquela Twi'lek pelos lekku se ela a mandasse para outro departamento foi um show e tanto.

Syl corou. Havia sido um dia estressante, e aquele não fora seu melhor momento, mas como, pelos sete vales de Laveria, o homem sabia disso?

A paciência já restrita de Syl desapareceu. Tudo que ela queria era beber sua cerveja, comer sua comida e ser deixada em paz. Ela se inclinou para a frente.

— Olha, eu não conheço você...

— Mas eu conheço você. Syl Yarrow — disse ele, sem mudar a expressão. — Sua mãe, Chancey, era um pouco demagoga, organizando o Coletivo Lastelle antes de ele se dissolver, sem contar as petições que fez para desregular e abrir uma quantidade de avenidas privadas do hiperespaço. — Sua voz era monótona. — Ela foi assassinada alguns meses atrás depois de um infeliz ataque contra sua nave, a *Zigue-zague*. E você virou a capitã desde então, trabalhando com o esqueleto de uma tripulação e fazendo o que pode para se manter. Não está indo muito bem, mas as coisas estão difíceis para transportadores neste momento. Bem, os de coisas legítimas.

Syl se inclinou contra a cadeira, os braços ainda cruzados.

— Biografia legal. Isso segue sem me dizer quem é você.

Ele fez o mesmo na própria cadeira.

— Meu nome é Xylan Graf. E sim, antes de você perguntar, *aqueles* Graf.

Syl parou de cruzar os braços e olhou ao seu redor, procurando por possíveis saídas. Ela não poderia correr para a porta principal; a Gigorana estaria esperando por ela. Poderia dizer que precisava ir ao banheiro, torcendo para haver uma saída traseira. Mordeu o lábio inferior enquanto considerava as opções. A coisa estava feia. Todo mundo havia ouvido falar dos Graf, uma das famílias mais poderosas da galáxia. Não só eles financiavam fortemente o Farol da Luz Estelar, mas também controlavam uma grande parte das remessas na Orla Interior e tinham uma participação enorme na Orla Exterior. Tinham ficado ricos uma geração antes como prospectores do hiperespaço, mapeando novas rotas e atalhos. Ao menos metade das rotas de hiperespaço mais utilizadas havia sido descoberta e marcada pelos Graf, e diziam as más línguas que eles tinham até mesmo rotas privadas que poderiam ser usadas por uma taxa robusta.

Chancey Yarrow passara a vida inteira lutando contra gente como os Graf — gente com dinheiro e poder demais, e que ficariam felizes em moer a galáxia inteira embaixo das solas de suas botas caríssimas. Parecia desastroso que um deles estivesse falando com Syl agora.

Tudo isso passou por sua mente em menos de um instante, e ela ergueu uma sobrancelha para Xylan.

— O que você quer? — Ela estava curiosa, droga. Era seu defeito mortal.

Ele ergueu as mãos em súplica.

— Senhorita Yarrow, por favor. Entendo o peso que o nome de minha família carrega, mas asseguro que minha presença aqui é para seu benefício. — Ele pegou um pequeno cubo prateado e o deixou na mesa. Com um susto, Syl percebeu que se tratava de um datacron, um muito pequeno, que provavelmente custava mais créditos do que a *Zigue-zague*.

O droide garçom voltou com a comida dela e, quando Xylan viu o prato de um ensopado indistinguível, torceu o nariz de uma forma que Syl achou hilária. Ela tinha a sensação de que não havia muita coisa que o perturbasse, mas parecia que sua comida havia conseguido.

— Talvez nós devêssemos ir a um lugar mais... refinado para comer.

— Eu já tenho minha comida — disse Syl, regozijando-se com a virada de poder. Ela colocou um pouco do ensopado na boca e ficou satisfeita de descobrir que o molho era bom, deixando sua língua formigando um pouquinho com algum tempero picante que não conhecia. Ainda assim, era bem melhor do que estava imaginando.

Syl apontou para o datacron.

— É hora de abrir o bico, Graf. Você fez questão de interromper a minha janta. E aí, o que tem a dizer?

Quando todas as outras coisas não davam certo, fingir segurança era sempre um bom plano B. A verdade é que Syl só queria que o homem fosse embora; havia algo inerentemente suspeito a respeito dele, mas ela não era boba de achar que ele partiria antes de dizer o que queria dizer; então, era melhor fingir que não estava desconfortável.

Xylan Graf fez cara feia, mas obedeceu. Com um dedo esguio e manicurado, apertou o botão no cubo. Não houve sinal de que ele havia feito alguma coisa até um feixe de luz aparecer do datacron e um homem Togruta começar a falar.

— Nós fomos expulsos inexplicavelmente do hiperespaço em um lugar que meu navidroide diz ser o setor Berenge. Não há nada aqui, e nós não lemos nenhuma anomalia na rota antes de sermos ejetados. No momento, estamos vendo... o que foi isso? — O homem no holo foi de um lado para o outro, como se a nave tivesse sacudido de repente e ele estivesse tentando manter-se em pé. — É exatamente como o senhor disse, Lorde Graf. Estou enviando as leituras como o senhor pediu. Todos os nossos instrumentos começaram a relatar leituras que não fazem sentido algum, e estamos experimentando uma turbulência bastante real, como se estivéssemos voando por um campo de asteroides. O que...

O holo parou e voltou ao início, tocando em um ciclo repetitivo.

— Esta foi a última notícia de minha transportadora, a *Mensageira*. A nave carregava um valor de aproximadamente um milhão de créditos em coaxium — disse Xylan, fechando o datacron e guardando-o em uma das dobras de sua túnica.

— E o que isso tem a ver comigo? — disse Syl. — Você acha que eu estaria aqui se tivesse essa quantidade de dinheiro? — Ela já havia quase terminado o ensopado, e sua barriga ainda parecia impossivelmente vazia. Talvez ela conseguisse comer outra tigela se pulasse o café da manhã no dia seguinte.

— Tenho certeza de que não preciso explicar que temos pessoas dispostas a prezar pelos interesses de minha família em toda a República.

Syl suspirou, colocando as peças no lugar.

— Inclusive nos escritórios de frete e transporte.

Xylan inclinou a cabeça, concordando.

— A história que você anda contando por aí me é familiar, e eu espero que você possa me contar um pouco mais a respeito de sua experiência.

— Por que você se importa? Quer dizer, além da nave e de um milhão de créditos em coaxium, tenho certeza de que você não costuma se preocupar com problemas de transporte na fronteira. — Syl o olhou antes de gesticular em direção à sua túnica, que era muito brilhante. — Quanto ao dinheiro, parece que você tem para gastar.

— A *Mensageira* não estava trabalhando na fronteira. Estava viajando em uma rota do hiperespaço entre Hosnian Prime e Kessel.

Syl piscou de perplexidade.

— Peraí, então como ela acabou no setor Berenge? Isso fica do outro lado da galáxia.

O homem estava mentindo, e achava que ela era uma simplória se pensava que cairia em uma história assim. Era um longo caminho entre Kessel e Berenge, e nenhuma transportadora que se prezasse se perderia tanto assim, a não ser que quisesse. Em seguida, ele diria que tinha um bantha com cheiro de flor estelar para vender. Mas Syl queria saber qual era a intenção do bonitinho ali, então cooperaria com ele.

— De fato, é. E esta é a quarta nave que os Graf perdem em um mês.

— Mesmo?

Ele não parecia estar mentindo a respeito da última parte.

— Sim. É um problema e tanto em minha família.

Syl levou um momento para absorver a informação. Ela achava que o que os Nihil tinham feito era um problema localizado, dificultando a vida nas fronteiras da galáxia. A vida já era difícil o bastante na beira do espaço civilizado, então não era surpreendente que esbarrassem em piratas de tempos em tempos.

Mas um Graf sentado em uma taverna de doca encardida contando histórias malucas significava que havia algo muito diferente acontecendo, algo que perturbaria a vida de transportadores mesmo na Orla Interior, que era relativamente segura.

Xylan Graf poderia ser o maior golpista que Syl já conhecera. Mas havia algo na história e, quanto mais ele falava, mais Syl queria saber o que era.

— Sinto muito, não sei como algo assim funciona. Só sei que em um momento estávamos no hiperespaço, e no outro estávamos no espaço real. Não sou cientista para poder explicar tudo tim-tim por tim-tim.

O que era verdade, mesmo que ela soubesse mais do que queria demonstrar. Ela poderia ganhar daquele riquinho em seu próprio jogo. Descobriria o que ele sabia e planejaria sua próxima ação baseada nisso.

Xylan inclinou-se para a frente, descansando os cotovelos na mesa.

— Você pode não ser cientista, mas eu sou. E é por isso que eu estava torcendo para que você me contasse o que aconteceu com você, para que eu possa compreender. Sabe, senhorita Yarrow, você é a primeira pessoa a sobreviver depois de experimentar a anomalia.

O droide garçom foi até lá e Syl abriu um grande sorriso antes de apontar para a caneca e a tigela vazias.

— Olha só, você me paga uma janta de verdade e eu digo tudo que aconteceu em meu último transporte, incluindo os cálculos que usamos.

Se não conseguisse nada além disso, ela ao menos daria àquele mentiroso um pouco de conversa em troca de uma boa refeição. Syl podia não ter nada, mas tinha tempo, já que os escritórios da República já haviam fechado.

A verdade é que ela queria descobrir o que o homem sabia, queria saber que tipo de golpe fazia valer a pena ir para um dos lugares mais caídos da cidade em busca de uma transportadora imunda com uma mãe morta e uma nave roubada.

Xylan Graf jogou alguns créditos na mesa como se fossem lixo — a quantia deveria ser várias vezes mais do que o custo da conta de Syl — e começou a andar em direção à saída. Se Syl duvidasse da identidade do homem, aquele comportamento teria encerrado o assunto. Syl pegou alguns dos créditos extra e os colocou no bolso da calça antes de acenar para o droide, que pegou o resto com rapidez.

Então Syl, que costumava ser bem mais esperta do que isso, mas estava começando a perceber que a curiosidade a deixava mais do que só um pouco inconsequente, seguiu o homem bem-vestido e sua guarda-costas no meio da noite.

# CINCO

Vernestra e Imri foram do refeitório à seção restrita, onde os Jedi do Farol da Luz Estelar moravam e trabalhavam. Quando chegara lá pela primeira vez, Vernestra tinha ficado encantada com a vista do alto da torre principal dos Jedi. O elevador levava a uma sacada com janelas que não apontava para o resto do Estelar, e sim para a vastidão do espaço. As estrelas da galáxia pressionavam de todos os lados de uma forma que poderia fazer com que as pessoas se sentissem pequenas e insignificantes, mas que fazia Vernestra se sentir parte de algo muito maior. A Força era tudo, e a visão sem fim era um lembrete maravilhoso desse fato.

Mas, nas últimas semanas, Vernestra parou de notar a vista, sempre focando em ir para a cama ou falar com algum dos outros Jedi a respeito de um problema ou de outro. Mas, sabendo que logo iria embora do Estelar, ela parou diante das janelas e deixou que a Força cósmica a banhasse, sentindo nela o fluxo e refluxo das estrelas e da vida agitada da estação, uma dúzia de correntezas juntando-se no bater das ondas.

— Eu também vou sentir falta disso — falou Imri, parando ao lado de Vernestra.

— Achei que você queria voltar para Porto Haileap.

Imri deu de ombros.

— Eu queria. Quero! Sinto falta do carrinho de macarrão perto do escritório do mestre do cais e dos experimentos descuidados de Avon e do cheiro de acácias marmóreas. Até mesmo sinto falta do comportamento estranho de Jay-Six — disse Imri, dando risada. — Ainda não conheci nenhuma droide como ela. Mas não sei se eu seria o Jedi que sou agora se nunca tivesse partido. Ainda seriam só eu e o Mestre Douglas, falando com viajantes e, ocasionalmente, afugentando piratas.

Vernestra captou o elogio não dito de Imri e sentiu-se um pouco mais cálida.

— É. A vida seria bem diferente se nunca tivéssemos saído de Porto Haileap — disse ela, mas o conforto de Imri não afastou sua preocupação.

— Você está com medo do que vai acontecer se eu for a um lugar populoso como Coruscant — disse Imri.

— Você é bom demais em ler as emoções dos outros — disse Vernestra com um sorriso fraco. — Mas sim. Imri, ando me sentindo instável desde Valo. O sofrimento que vimos lá, a perda de vidas... — A voz de Vernestra morreu, e ela respirou fundo, centrando-se mais uma vez. — Eu nunca achei que algo tão terrível poderia acontecer, mas estou conseguindo meditar para lidar com esses sentimentos. Porém, sinto que, no seu caso, você está redirecionando isso para outras coisas. E estou preocupada com você.

Alguns momentos no jardim de meditação do Estelar ajudaram Vernestra a se sentir mais como ela mesma, mas Imri saía das meditações apreensivo e ansioso, como se os momentos de silêncio só tornassem as coisas piores para ele. Ela tinha torcido para que fosse um problema de curto prazo, mas a sensação que tinha quando ele meditava era próxima demais ao que sentira no refeitório apenas alguns instantes antes.

Imri andou até a fileira de janelas e encarou a distância por alguns momentos.

— Algo mudou em Valo, Vern. Eu sinto... Eu sinto tudo. E demais.

Vernestra andou até parar ao lado de Imri.

— É por isso que você tentou, não sei, fazer Reath parar de sentir inveja?

— Não, eu não parei ele. Eu só, tipo, tentei fazê-lo se sentir um pouco melhor. É como um sorriso através da Força. — Imri virou-se para olhar para Vernestra. — Olha, talvez fosse melhor se eu mostrasse para você?

Vernestra assentiu, e Imri colocou uma mão pesada em seu ombro. A preocupação e a apreensão começaram a se dissipar, como se os sentimentos fossem cubos de gelo e Imri fosse um sol de verão. Reath disse que ele estava suavizando, mas era menos que isso. Era como se Imri estivesse compartilhando um momento feliz com ela.

E Vernestra não gostou nada disso. Havia algo de errado na sensação, mas ela estava com dificuldade de explicar o motivo. Ela sempre temia que Imri acabasse em um caminho perigoso com suas habilidades com a Força, e aquilo suscitava mais preocupações.

— Ei — disse ela, afastando-se, e a expressão de Imri foi rapidamente da surpresa à mágoa.

— Desculpe — disse Imri, com um suspiro pesado. — Toda aquela gente estava sofrendo tanto em Valo, e eu só queria ajudá-los. Então pratiquei melhorar tudo, caso isso ocorresse de novo.

— Com quem você praticou? — perguntou Vernestra, preocupada.

— Sozinho e com alguns dos outros Padawans. Descobri que podia criar conexões com meus amigos e ajudá-los a se sentirem melhor, então fiquei praticando fazer isso com eles.

Vernestra assentiu.

— Querer ajudar é uma coisa boa, mas o que você está fazendo é excessivo, Imri. Um Jedi deveria ser capaz de sentir e compreender as pessoas ao seu redor, mas mudar os sentimentos alheios é outra coisa.

— É uma habilidade do lado sombrio? — perguntou Imri, como se tivesse levado um golpe.

Vernestra sacudiu a cabeça.

— Não, não é isso, nem um pouco. Histórias antigas contam que os Sith usaram emoções como armas, e é por isso que a Ordem nos aconselha contra coisas como manter ligações. Você está tentando fazer os outros se sentirem melhor, tentando diminuir a dor deles. Não é uma coisa ruim, mas é cruzar um limite. Todos têm direito às próprias emoções, a lidar com elas como acharem melhor. Você está tirando o direito de escolha delas.

— Ah — disse Imri. — Compreendo.

Ele tinha um olhar absolutamente sofrido, um tanto acabado, e Vernestra sentiu como se tivesse entrado em águas mais profundas do que esperava. Ela não sabia o que fazer com as crescentes habilidades empáticas de Imri. O forte dela sempre foi o duelo e a diplomacia. Ela conseguia ler intenções, mas não do jeito que Imri conseguia. Tinha certeza de que a habilidade dele já havia superado a sua nesse quesito.

Então como ela deveria treiná-lo, se ele tinha uma habilidade tão estranha e única? Ocorreu a Vernestra uma lembrança de sua própria época como Padawan. Por um tempo, ela sofreu por um talento estranho onde ela se perdia no hiperespaço, sua consciência viajando enquanto estava naquele espaço liminar. Ela ficou aterrorizada quando isso aconteceu pela primeira vez: nunca demonstrara a habilidade quando pequena. Mas o Mestre Stellan achou que era um talento impressionante e completamente único, e a instigou a praticar sempre que viajassem no hiperespaço.

Até que, um dia, a habilidade parou, e ela não conseguia mais colocá-la em prática. Pouco depois, ela passou por suas provações e foi promovida a Cavaleira, e nunca teve esse problema de novo. Ela não pensava muito em seu dom com o hiperespaço, mas havia algo no toque emocional e amigável de Imri que trouxe a lembrança de volta.

Vernestra respirou fundo.

— Você tem um grande talento, Imri. Tenho certeza de que você é muito especial com a empatia, muito além do que a maioria dos Jedi consegue alcançar, e de que essa habilidade será útil para a Ordem. Mas quero falar com o Conselho. Eles podem guiá-lo de uma forma que eu não tenho como e, já que estamos indo para o templo principal, acho que é um ótimo momento para saber o que posso fazer para você conseguir exatamente o que precisa.

A preocupação desapareceu do rosto de Imri e ele abriu um grande sorriso para Vernestra.

— Obrigado, Vern. Você sempre sabe o que fazer.

Vernestra suspirou. Ela não sabia como outros Jedi interagiam com seus Padawans, mas só havia um par de anos entre ela e Imri, e esse era um daqueles momentos nos quais ela se sentia mais como uma amiga mais velha e mais sábia do que como uma mentora de verdade.

— Eu só queria que não tivéssemos de ir neste exato momento. Tem tanta coisa em jogo com os Nihil rondando a fronteira. Me pergunto realmente se deveríamos tentar atrasar nossa viagem um pouco enquanto tentamos ajudar por aqui.

Imri assentiu.

— Talvez você devesse falar com a Mestra Avar. Ela saberá o que fazer.

Vernestra franziu os lábios. Imri idolatrava um pouco Mestra Avar — talvez até mesmo tivesse uma queda por ela —, o que havia se tornado rapidamente aparente nas últimas semanas, desde o desastre em Valo. Ninguém havia sido tão ferrenha em defender a galáxia contra os Nihil quanto a oficial responsável do Farol da Luz Estelar, provavelmente porque sabia do estrago que os saqueadores haviam causado na fronteira. Ignorá-los e torcer para eles irem embora não tinha só sido algo tolo; levara, inevitavelmente, a mais dor e sofrimento. Quantas vidas eles já tinham tomado? Milhões? Centenas de milhões?

A Mestra Avar e mais alguns outros Jedi estavam fazendo uma campanha em defesa de uma ação rápida e decisiva contra os Nihil antes de eles espalharem desgraça para ainda mais longe, mas o Conselho Jedi e a República agiram com lentidão antes da tragédia em Valo. E, agora, a República perseguia os Nihil para valer, mas as batalhas contra eles eram lentas e esparsas, uma rede lançada larga demais, sem a precisão necessária para capturar os saqueadores.

Vernestra viu o que os Nihil eram capazes de fazer, como eles não se importavam com a vida dos outros, quão destrutivos eles eram. Ela concordava com a Mestra Avar mais do que com qualquer outro Jedi, que via qualquer tipo de agressão como a antítese do objetivo da Ordem. Providenciar alívio para quem estava sofrendo não era parte do chamado dos Jedi? Eles não deveriam ajudar aqueles que não tinham como se defender? Como eles poderiam proteger a vida se ficassem parados sem fazer nada enquanto ela estava sendo tomada de forma tão gratuita?

Vernestra havia aprendido que esse não era um assunto com que todos concordavam, então fazia sentido procurar o aconselhamento de uma Jedi cujas crenças eram parecidas com as dela. Se Mestra Avar achasse que Vernestra deveria ficar mais um pouco antes de viajar para Coruscant, então ela deveria fazer isso. Imri ficaria bem por mais algumas semanas. E o Mestre Stellan compreenderia.

Não era como se Vernestra tivesse escolha. Uma Jedi deveria ir aonde a Força a levasse e, na maior parte do tempo, a Força trabalhava através da sabedoria do Conselho Jedi. Mas não custava nada negociar um caminho melhor. Era algo que Vernestra não havia aprendido com Stellan Gios, mas com o primeiro mestre de Imri, Douglas Sunvale, que nunca encontrara uma discussão que não conseguisse ganhar.

Mas Vernestra não falou nada disso em voz alta; em vez disso, deu um sorriso de lado para o Padawan e o provocou:

— Você só quer falar com a Mestra Avar porque está torcendo para ver o sabre de luz dela mais uma vez.

Imri corou.

— É realmente um ótimo sabre de luz — disse ele, e Vernestra deu risada, sentindo-se um pouco melhor agora que o momento de tensão havia passado.

— Bom, então vamos lá ver o que a Mestra está fazendo.

Mestra Avar estava, como de costume, no grande escritório da função que ocupava. Vernestra apertou a campainha e a porta abriu. Posicionada perto do centro de controle, que tinha um leque estonteante de telas de holo e droides e era cuidado por Mestre Maru, o escritório da oficial responsável era puramente funcional e não tinha nada mais complicado do que algumas cadeiras, um tapete felpudo, uma escrivaninha e uma unidade de comunicação. A parede de trás inteira do escritório ficava acima das operações ativas de docas do Farol da Luz Estelar, o fluxo do tráfego um tanto diminuído por ser tão tarde, mas, ainda assim, movimentado. Vernestra esperava encontrar Mestra Avar lendo um dos tantos relatórios que eram colocados em sua escrivaninha ou meditando, mas em vez disso encontrou a Jedi humana de pele pálida e cabelo loiro no meio de uma conversa muito tensa com ninguém menos do que o Mestre Stellan.

— Talvez nós devêssemos voltar mais tarde — murmurou Imri.

— Não, fiquem — disse a Mestra Avar, fechando a porta atrás deles com um aceno de mão. — Esta conversa tem a ver com vocês.

Não era necessário ter uma habilidade empática para sentir a frustração e irritação da Mestra Avar.

— É a Vernestra? Ótimo, talvez falar com ela diretamente esclareça algumas coisas. — A voz do Mestre Stellan foi brusca e não teve nada da calidez que ele demonstrara a ela horas antes.

— Stellan, eu não acabei... — começou Avar.

— Espero ver minha antiga Padawan o mais rápido possível para esta tarefa. Que a Força esteja com você, Avar.

O Mestre Stellan, que nunca fugia de uma batalha, desapareceu da unidade de comunicação, terminando a chamada.

A Mestra Avar suspirou e tirou o cabelo do rosto antes de se virar para Vernestra e Imri. Ela parecia mais pálida do que de costume, com exceção de dois pontos coloridos nas bochechas e o diadema na testa brilhando sem vida sob as luzes do escritório.

— O Mestre Stellan me contou que falou com você mais cedo a respeito de voltar para Coruscant — disse ela, como se Vernestra e seu Padawan não tivessem testemunhado a cena tensa. — Eu só estava explicando a ele que acredito que o momento para fazer isso é péssimo.

— Mestra Avar — começou Vernestra, mas ela ergueu a mão.

— Você não pode ficar, mesmo que eu precise de todos os Jedi capazes de erguerem um sabre de luz para a próxima missão. — A tristeza passou pelo rosto da Mestra Avar antes de sua expressão determinada de sempre voltar. — O que eu peço é que você volte assim que este favor, seja lá qual for, esteja completo. Os Nihil podem estar fugindo, mas eles não acabaram ainda, e os Jedi precisarão lutar de verdade contra eles, ou inúmeras pessoas sofrerão as consequências. Precisamos de ações mais rápidas, não politicagem.

Vernestra sorriu, porque era fácil concordar com o sentimento da Jedi.

— Voltarei, Mestra Avar.

O rosto dela relaxou, e ela abriu um sorriso cálido para Vernestra e Imri.

— Apreciei ter vocês dois aqui. Seus serviços foram inestimáveis.

Eles estavam sendo dispensados, e Vernestra assentiu e se virou para sair, com Imri logo atrás. Mas ela pausou.

— Imri, você pode nos dar licença por um momento?

Imri piscou de surpresa e assentiu.

— Claro.

Ele saiu do escritório, a porta fechando-se atrás dele em silêncio.

— Vernestra. O que houve? — perguntou Mestra Avar, ficando de pé e dando a volta na escrivaninha.

— Estou em um impasse.

— É a respeito de Imri? — perguntou Avar, olhando mais além de Vernestra, em direção à porta fechada. — As habilidades empáticas do garoto estão crescendo rapidamente. Você deveria se orgulhar que sua tutela o guiou até avançar tanto em seu uso da Força.

Vernestra sacudiu a cabeça.

— Não, é outra coisa. É sobre o meu sabre de luz.

A Mestra Avar assentiu e cruzou os braços.

— Ah, seu chicote. Você ficou bastante competente em duelar com ele neste último ano. Deveria achar isso reconfortante.

— Estou preocupada, Mestra Avar. Eu não tive um momento para documentar a mudança com o Templo, e quero mostrá-lo ao Mestre Stellan. Mas...

— Mas ele insiste em seguir o protocolo, e você tem medo de que ele se oponha às modificações que você fez.

— Sim — suspirou Vernestra em voz alta. — Ele sempre ensinou que o sabre de luz era uma ferramenta para ser utilizada de forma defensiva e em proteção da vida, e não sei se este chicote de luz segue essas regras.

— Seu chicote foi muito eficiente tanto em acabar com conflitos quanto em se proteger e proteger os outros Jedi. Apesar disso, se quiser evitar contar a informação ao templo principal por mais tempo, até você trabalhar seus próprios sentimentos a respeito da modificação, não vejo problema nenhum. Mas lembre-se de que segredos guardados por tempo demais podem ficar destrutivos.

Vernestra assentiu, e suas preocupações diminuíram um pouco.

— Obrigada, Mestra Avar.

— Você já tem a resposta, Vernestra — disse Avar com um sorriso amistoso. — Só precisa encontrá-la em si mesma. Agora vá encontrar esse seu Padawan antes que comece a achar que ele próprio é o problema.

Vernestra saiu e encontrou Imri andando de um lado para o outro.

— Tranquilidade, Padawan. Minha discussão não era a seu respeito. Eu precisava de esclarecimentos a respeito de outro assunto. — Ela sorriu para aliviar qualquer pontada que as palavras pudessem causar.

Imri expirou pesado.

— Eu não estava só preocupado com você! Acho que nunca vi a Mestra Avar brava antes — disse.

— Eu também não — concordou Vernestra.

— O que você acha que a deixou assim? Que nós vamos embora ou que o Mestre Stellan tenha falado com você antes de falar com ela? Ou alguma coisa completamente diferente?

Vernestra não respondeu. A cena, por mais moderada que fosse, a perturbara. Tanto Stellan quanto Avar costumavam ser tão controlados. Era incomum vê-los discordando de algo. E a observação de Avar — que o Mestre Stellan era apegado demais às regras — e o tempo que passou longe de Coruscant ensinaram a Vernestra que as regras da Ordem deveriam ser tratadas como sugestões. Sim, algumas estavam lá para beneficiar os Jedi, mas muitas pareciam atrapalhar a efetividade deles na hora de proteger a vida, se seguidas de forma muito estrita.

Mas Imri tinha razão. Isso não poderia ser a respeito deles partirem do Estelar, certo? Na teoria, nenhum dos dois deveria ter continuado na estação. O local oficial deles era Porto Haileap. Eles só passaram tanto tempo no Farol por umas quantas missões, e muitos Jedi que deveriam estar na estação tinham se atrasado, primeiro pelo fechamento de rotas do hiperespaço, depois pelos crescentes ataques Nihil.

Se o Mestre Stellan precisava deles em uma missão em Coruscant, então era para lá que eles iriam. Vernestra era uma Cavaleira, não uma Mestra Jedi. Seja lá o que tivesse causado o atrito entre o Mestre Stellan e a Mestra Avar, não tinha nada a ver com ela.

Ao menos era isso que tentava dizer a si mesma.

— O problema entre o Mestre Stellan e a Mestra Avar não é da nossa conta. Descanse bem esta noite, Imri. Amanhã nós vamos para Coruscant.

# SEIS

Reath não conseguia dormir de jeito nenhum. Ele deitou na cama confortável demais de seus alojamentos por um punhado de horas, tentando se forçar a dormir e até mesmo tentando meditar no conforto azul e frio da Força. Mas, cada vez que ele começava a divagar, era puxado por pensamentos que não paravam.

Fazia tempo demais que ele não passava uma noite no seio da segurança. Estava acostumado a cair em um sono inquieto, exausto e perguntando-se o que aconteceria no dia seguinte, sem estar estufado de comida boa e envolto em cobertores suaves.

Talvez ele tivesse sido quebrado com toda aquela aventura.

As luzes do corredor estavam fracas quando Reath saiu do quarto. Era, tecnicamente, o ciclo do sono, apesar de ainda haver Jedi acordados fazendo suas próprias coisas. Nem todas as espécies eram diurnas, então o Farol da Luz Estelar estava ativo a qualquer hora, apesar de ter a tendência a ficar um pouco mais calmo quando a maior parte de seus habitantes descansava.

Ele andou pelos corredores, seus pés levando-o mesmo sem ter um destino em mente. Quando passou diante da fileira de janelas perto do elevador, ele parou e se voltou para a vastidão do espaço.

— Não conseguiu dormir?

Reath se virou para ver Vernestra perto dali. O suor pontilhava sua testa e ela segurava um copo d'água. Reath viu a porta da sala de treinamento deslizando até fechar ali perto no corredor.

— Não.

— Acontece. Todas as vezes que partimos e voltamos, leva mais ou menos um dia para o meu corpo se reajustar à gravidade da estação. — Ela tomou uma longa golada de água enquanto olhava para a escuridão do espaço através das janelas. — Duelos me ajudam quando não consigo dormir.

Reath assentiu e Vernestra apontou para o lugar de onde viera.

— Já que você está acordado, venha duelar comigo. Os droides de treinamento já estão cansados de levar uma surra, e eu adoraria ter um parceiro.

Reath assentiu.

— Parece divertido — disse, e Vernestra respondeu com uma risada.

— Você está falando como um homem prestes a ser executado — disse ela enquanto voltava para a sala de treinamento.

— Hã, é que eu costumo praticar com o Mestre Cohmac, e ele é muito, muito apaixonado por formas.

— Bom, então duelar comigo deve ser divertido, já que eu gosto de usar de tudo um pouco. Você pode criticar minha forma. Vai ser uma mudança boa no seu caso. — Vernestra piscou ao falar, e Reath notou que estava vermelho.

Quando eles eram Padawans, a forma de Vernestra havia sido uma obra de arte, sinuosa e eficiente, e mais de um Mestre havia ido até a sala de treinamento para vê-la com os próprios olhos.

Reath sempre vira os duelos como parte dos requerimentos para ser um Jedi; então, ele duelava com a mesma determinação obstinada com a qual lidava com qualquer tarefa para a qual não tinha muita inclinação.

Depois de jogar uma túnica de treinamento para Reath, Vernestra pegou um sabre de treinamento da estante no canto e ele fez o mesmo, testando-os até achar um que parecesse seu sabre de luz. Quando o ligou, o sabre brilhou em um azul sereno, e o que Vernestra escolheu brilhou em um verde pacífico. Aqueles sabres de luz, apesar de terem uma certa carga, não tinham a capacidade de matar dos sabres de luz reais. Isso não significava que ser atingido por um não doesse. Só significava que nem Reath nem Vernestra precisavam se preocupar em acabar cortando as mãos do outro por acidente. A túnica também era feita de um material sensível ao calor, e um golpe direto apareceria no material branco como uma queimadura escura.

— Pronto? — perguntou Vernestra, e Reath assentiu com o coração acelerado.

Vernestra não era como o Mestre Cohmac, que era paciente e estável em seus ataques. Ela ia adiante e entregava uma enxurrada de golpes, contra os quais Reath se defendia para sua própria surpresa. Vernestra sorriu, aparentemente sem se incomodar, e a sensação que Reath sentia vir dela era uma correnteza traçando seu caminho merecido até o mar, com intenção e propósito.

— Respire, Reath! Você vai ficar exausto se prender a respiração o tempo todo!

Reath soltou a respiração com um som alto e respirou fundo novamente enquanto Vernestra brandia o sabre em um ataque amplo, exalando ao bloquear o golpe.

Eles continuaram assim por um longo tempo, Reath forçando-se a lembrar onde colocar os pés, a ficar de ombros retos, a observar os ombros de Vernestra para entender de onde o próximo golpe viria. Minutos se passaram, e Reath limpou o suor da testa, sentindo a pressão de manter uma defesa competente contra os ataques entusiasmados de Vernestra.

Ela era ainda melhor do que lembrava.

Finalmente, Reath sentiu-se mais lento, e Vernestra também diminuiu a velocidade de seus ataques. Quando se lançou em um salto mortal no ar por cima da cabeça dele e o pegou por trás, o sabre chiando sobre suas costas, ele grunhiu e levantou as mãos, desistindo.

— Eu me rendo — arfou ele, e a risada de Vernestra foi tão ofegante quanto.

— Cohmac deve ser um professor incrível. Sua forma é impecável — disse Vernestra, desligando o sabre e deixando-se cair no chão acolchoado com os braços abertos.

— Talvez seja — disse Reath, sentando, pesado. — Mas ainda assim eu perdi.

— Só porque você quis perder. — Vernestra rolou até ficar de lado, apoiando a cabeça em uma mão. — Você poderia ter ganhado muitas vezes. Mas estava tão focado na defesa que nunca atacou. Eu entendo, a Ordem quer que a gente defenda a vida — disse ela, os olhos desfocando enquanto seus pensamentos vagueavam. — Mas às vezes acho que a melhor forma de defendermos a vida é a ofensiva.

— Ainda estamos falando sobre duelos? — perguntou Reath.

Vernestra sentou-se e suspirou.

— Não, não estamos. É que, quando eu era Padawan, achava que os Jedi mais velhos já sabiam de tudo, e que a Força me daria a mesma compreensão quando eu virasse Cavaleira. Mas aqui estou, mais de um ano depois, e sigo me sentindo tão confusa e indecisa como quando era pequena. — Vernestra caiu de novo no tatame. — E não só isso, temo que ninguém me leve a sério por eu ser tão nova, todos exceto meu Padawan, e não tenho certeza se estou dando a ele as ferramentas adequadas para que se torne um bom Cavaleiro. — Ela virou a cabeça e sorriu para Reath. — Você sabe, reflexões normais de madrugada.

— É — disse Reath, deitando também. — Todo o tempo que o Mestre Cohmac e eu passamos em Genetia, ele ficou falando que precisava pegar esse ou outro volume, que a Força o levou a este lugar ou outro. Mas não sei se ele realmente acreditava nisso. A destruição de Valo afetou todo mundo, mas, desde então, sinto que o Mestre Cohmac está se voluntariando e a mim para missões mais e mais perigosas. Senti culpa nele, mas não sei de onde ela vem, e ele não tem o costume de compartilhar pensamentos íntimos.

— Eu provavelmente não deveria, também, mas nos considero amigos — disse Vernestra. — Tenho sentido essa apreensão vinda de muitos Jedi nos últimos tempos, especialmente quanto mais batalhamos contra os Nihil. É correto persegui-los e destruí-los antes de eles tomarem mais vidas? Até agora, eles adulteraram rotas do hiperespaço, semearam os Drengir pela galáxia e atacaram a Feira da República. Não consigo ver como poderiam se tornar menos perigosos se os deixássemos em paz.

— Mas isso parece ir contra a Ordem e o equilíbrio da Força — disse Reath. Nada que Vernestra dizia era alarmante. Ele tivera os mesmos pensamentos em mais de uma ocasião e, no fim, sempre voltava para sua fé de que a Força o guiava ao caminho que seria mais adequado para ele.

— Exatamente. Então acabo no mesmo lugar onde comecei, questionando se estou seguindo o que a Força quer ou o que eu quero. Mas, já que não pensei a respeito de voltar para Coruscant, suponho que deixar o Farol da Luz Estelar seja, de todo, o desejo da Força — falou Vernestra com uma risada. — Sinto muito que você não possa dormir, Reath, mas estou feliz que tenha aceitado treinar comigo.

— Eu também fico feliz — disse Reath enquanto Vernestra se levantava para guardar os materiais de duelo antes de sair. — E, da próxima, não vou passar tanto tempo na defensiva.

Vernestra riu.

— Ficarei esperando.

Reath não se moveu quando ela saiu, escolhendo ficar deitado no tatame enquanto sua mente se dispersava.

As apreensões de Vernestra não eram diferentes das dele e, como ela, um dia ele achou que se sentiria diferente assim que fosse promovido a Cavaleiro. Não que ele acreditasse que isso fosse acontecer em breve. Se suas provações pedissem que ele pesquisasse algo obscuro como a história dos rituais de casamento de Genetia, ele não teria problema algum, mas, para a maioria, as provações Jedi requeriam que eles lidassem com algo no qual não eram habilidosos. E, apesar de Reath não achar que era uma causa perdida, ele definitivamente sentia que tinha muito a aprender antes de aceitar mais responsabilidades.

A questão inteira da responsabilidade da Ordem em relação aos Jedi provava como ele era despreparado para ser um Cavaleiro.

Reath já ouvira o Mestre Cohmac ter a mesma conversa com outros Jedi, a discussão do quanto a Ordem devia à República. Alguns Jedi estavam preocupados de que o foco deles estivesse se afastando da pesquisa, da educação e do caminho da Força em direção à guerra e à política. O Mestre Cohmac havia, definitivamente, expressado sua preocupação com o grau de conforto com o qual a Chanceler e suas ajudantes se inseriam nas reuniões do Conselho Jedi mesmo depois do Grande Desastre ter sido resolvido. E ele até poderia ser alguém que se preocupava bastante, mas detestava se sentir preso aos caprichos da República, mesmo que também acreditasse que os Nihil eram uma ameaça perigosa.

Reath não sabia o que sentir a esse respeito. Ele entendia os dois lados, e não era como se alguém estivesse procurando a opinião de Padawans para tomar uma decisão. Graças à Força.

Ele se levantou do tatame, os músculos avisando que sentiria o efeito da sessão de treinamento por um bom tempo e, depois de guardar o sabre e a túnica de treinamento, voltou para seu quarto e logo caiu num grato sono.

# SETE

Vernestra acordou se sentindo melhor do que se sentia há um bom tempo. Duelar com Reath havia sido surpreendentemente agradável, o que a fez acreditar que, um dia, ele seria tão bom quanto seu mestre; isso, claro, se tivesse um pouco mais de confiança em suas habilidades. Reath sempre fora do tipo estudioso, que passava longas horas ruminando a respeito de filosofia e teoria, capaz de citar alguns dos Jedi mais obscuros que já existiram, mas Vernestra achava que, com um pouco de incentivo, ele poderia ser o tipo de Jedi que fazia grandes trabalhos.

Só precisava acreditar em si mesmo.

Vernestra se lavou e colocou uma roupa limpa antes de fazer as malas. Ela tinha pouca coisa. Como a maior parte dos Jedi, seus pertences consistiam em robes brancos de templo, um par extra de botas e uma segunda vestimenta de missão, caso fosse necessário para o favor de Stellan. Assim que acabou, com o cinto de várias bolsinhas colocado e o sabre de luz no coldre, ela foi atrás de Imri.

Encontrou seu Padawan facilmente, carregando uma massa folhada do refeitório para ela, assim como uma xícara de chá.

— Imaginei que você ia tentar pular o café da manhã — disse, com um sorriso grande e encabulado.

Ele tinha jogado a mochila por cima do ombro, e estava com as mesmas vestes diurnas que Vernestra.

Ela pegou o chá e a comida com gratidão.

— Muito obrigada. Pronto?

Imri assentiu, apesar da expressão em seu rosto ser de tristeza.

— Vou sentir falta do Farol da Luz Estelar.

— Você voltará, eu prometo — disse Vernestra, afundando os dentes na massa folhada pontilhada de fruta. — Vamos procurar uma nave.

Eles foram até o escritório do intendente que ficava perto do primeiro andar da baía de docas. Ao saírem do elevador — o trânsito esparso naquela parte do Farol por ser ainda tão cedo —, eles precisaram parar para um trio de Ithorianos algemados, os rostos chapados marcados por várias tatuagens Nihil, sendo levados por tropas da aliança da República pelo hangar até um cruzador ali perto, provavelmente voltando para Coruscant para serem julgados.

— Nihil — murmurou Imri, e Vernestra assentiu, bebendo seu chá enquanto a raiva enchia seu peito ao ver os piratas.

Ela notou de súbito que queria muito, muito dar uma lição nos Nihil. Vingança não era o caminho dos Jedi, mas Vernestra não conseguia parar de ver a destruição em Valo. Em algumas noites, ela acordava ouvindo os prantos das pessoas feridas no ataque, os berros de dor e terror ecoando em sua mente apesar de muitas semanas terem se passado. Um dos mestres, Josiah, que aconselhava outros Jedi e assegurava que eles continuassem equilibrados após eventos terríveis, disse a ela uma vez que lembrar era parte de como as pessoas lidavam com a dor e o trauma de um desastre, mas Vernestra gostaria de lembrar um pouco menos. A raiva que sentia contra os Nihil poderia se tornar inconveniente se ela sucumbisse a ela completamente, em vez de reconhecer sua existência, deixá-la ir e lembrar seus juramentos como Jedi.

— Vernestra? — disse Imri, olhando para ela com preocupação conforme eles esperavam do lado de fora do elevador.

— Estou bem, Imri, obrigada — disse, sentindo a pergunta do Padawan. Ela respirou fundo e prometeu que tiraria um tempo para meditar assim que eles tivessem uma pausa ao entrar no hiperespaço. — Quando foi a última vez que você foi no templo principal? — perguntou Vernestra, mudando de assunto.

Imri franziu o cenho e apertou os lábios enquanto pensava.

— Não sei, talvez quando o Mestre Douglas me escolheu como Padawan? — A expressão iluminada e feliz de Imri se ofuscou por um momento, e Vernestra se arrependeu de ter perguntado, mas o sorriso dele voltou rapidamente. — Você acha que nós poderíamos ir à casa de ópera enquanto estivermos em Coruscant? Nunca consegui ir da última vez em que estive lá.

— Sim, definitivamente — falou Vernestra, sorrindo com alívio. Ela sabia que era provável que estivesse se preocupando demais com Imri; ele era um ótimo Padawan e aprendia algo novo todos os dias, mas ela não conseguia evitar um sentimento perturbador de que algo ruim aconteceria com o garoto e ela não teria como ajudá-lo. Ela não sabia de onde vinha a sensação; talvez a destruição da Feira da República em Valo, ver tantos mortos, a tivesse afetado mais do que admitia.

— Podemos ir depois de determinarmos a extensão de suas habilidades empáticas — disse Vernestra. Ela ainda sentia nele uma certa resistência em ser examinado, provavelmente porque Imri ficava preocupado quando pensava que estava prestes a decepcioná-la, mas eles já haviam superado as objeções há um bom tempo. Como a comunicação com feras e as táticas de batalha meditativas, as habilidades empáticas tendiam a precisar de um treinamento adicional, apesar de alguns Jedi serem naturalmente melhores no poder que outros. Alguns mestres praticavam a vida inteira para aperfeiçoar as habilidades em uma área, mas Imri parecia ter um dom natural que estava crescendo muito mais que o normal. Vernestra sempre gostou de ter uma segunda opinião. Não porque ela não confiasse no próprio instinto, mas porque era melhor prevenir do que remediar.

A multidão aumentou conforme eles se afastavam dos elevadores e se aproximavam das docas. Mesmo sendo tão cedo, havia gente de todas as espécies indo de lá para cá. Aqui estava um Mon Calamari discutindo com um humano a respeito do custo dos reparos, e lá estava uma família de Twi'leks apressando-se para não perder o voo. Um pouco mais longe, uma humana de pele escura em uma cadeira flutuante ria com um trio de Neimoidianos de robes cor de cobre. No último ano, o Farol da Luz Estelar se tornara uma espécie de encruzilhada daquela parte da galáxia, oferecendo asilo e esperança a pessoas de todas as espécies.

Vernestra ficava triste de ir embora, por motivos diferentes do que antes. Ela sentiria falta da estação que havia se tornado um lar em um período relativamente curto de tempo. Os ritmos caóticos e o fluxo constante de vida a empolgavam e a lembravam da responsabilidade dos Jedi de uma forma que lugares superlotados como Coruscant e postos avançados vazios como Porto Haileap não o faziam. No Farol, a batalha entre a luz e as trevas parecia mais imediata, mais importante. Ela se orgulhava de fazer parte disso.

— Vern? — perguntou Imri, hesitante, e Vernestra sacudiu a cabeça. Ela estava devaneando, e abriu um sorriso para o rapaz confuso. — Desculpe, fiquei perdida em pensamentos. Vamos procurar o intendente.

O escritório do intendente ficava no fim de um grande saguão marcado por sinalizações em várias línguas que avisavam que apenas Jedi podiam entrar. Um droide escaneava todos aqueles que entravam no saguão, uma nova adição desde o ataque em Valo. Todo mundo na fronteira estava com os nervos à flor da pele e por um bom motivo, por conta dos ataques Nihil, que passaram de um punhado para vários por dia. Umas quantas naves que chegavam ao Farol da Luz Estelar relatavam um ou outro combate e, às vezes, os relatos eram muito mais sombrios, de destroços e pedidos de socorro que ninguém respondia.

A Mestra Avar enviava patrulhas regulares para checar os relatos, mas já não havia mais nada que pudessem fazer. A República estava atacando localizações Nihil conhecidas, mas parecia que, quanto mais atacavam, mais Nihil encontravam — como levantar uma pedra e encontrar artrópodes correndo debaixo dela. Algo mais precisava ser feito. O que era um dos motivos pelos quais Vernestra estava feliz de ser chamada para Coruscant, apesar de seus receios com a ideia de deixar o Farol da Luz Estelar. Talvez houvesse algo no templo principal que aliviasse o sofrimento da fronteira.

Vernestra e Imri passaram pelo droide e várias portas fechadas que levavam ao estoque de uniformes e ao arsenal. O destino deles era a escrivaninha no fim do corredor, que se abria para a própria baía de docas. Atrás da escrivaninha estava uma Padawan humana de aparência ansiosa tocando em uma tela. Ao lado dela, havia um frasco cilíndrico vazio que era tão alto quanto Imri e quase tão largo.

A humana era pequena para a idade e tinha pele marrom e reluzente e cabelo preto e liso em um corte curto e angular, a trança de Padawan pendendo apenas até os ombros. Ela era jovem; talvez fosse nova no Farol da Luz Estelar, a julgar pelos olhos arregalados de medo que demonstrava ao tocar no terminal e o fato de que Vernestra não a reconhecia. Ela olhou para Vernestra, demonstrando pânico, mas, quando espiou Imri, seus ombros relaxaram um pouco.

— E aí, Preeti — disse Imri com um sorriso largo.

A garota sorriu de volta, mostrando cada um de seus dentes. Um quê de rosa apareceu em suas bochechas, e Vernestra teve que esconder um sorriso divertido e conhecedor. Imri tinha uma admiradora.

— Oi, Imri. Ah, hã, essa é sua mestra?

— Isso aí! Preeti, por favor, conheça a Mestra Vern Rwoh.

— Hum, é Vernestra Rwoh — disse ela, pedindo desculpas com um sorriso. Deixou que Imri continuasse chamando-a de Vern, um apelido do querido e falecido Mestre Douglas Sunvale, mas ela se recusava a deixar o nome se tornar comum.

Preeti piscou, os olhos castanhos se arregalando.

— Você passou por suas provações aos quinze anos.

— Hã, sim. E agora eu tenho dezessete. — Não era para soar desdenhoso, mas soou, e Vernestra sorriu para aliviar o golpe. — Você tem alguma nave que possamos usar? Estamos indo para Coruscant. Somos só nós dois, então um esquife funcionaria bem.

A Padawan balançou a cabeça e olhou para baixo, para seu terminal. A coisa apitou e soltou um brilho vermelho, e a garota engoliu em seco.

— Sinto muito, Mestra Vern, quero dizer, Vernestra. Você não tem permissão para receber uma nave.

— O quê? — disse ela, incapaz de esconder a surpresa em sua voz. — Fui transferida para Coruscant. Isso certamente aparece aí.

— Sim, hã, aparece. Mas a ordem que a baniu de ter uma nave vem de Mestri* Nubarron.

— E Nubarron está aqui para termos uma conversa? — perguntou Vernestra docemente.

Preeti olhou para cima, e lá, pairando no teto, estava Mestri Nubarron, cujo corpo amorfo tinha tons roxos e rosa.

*VOCÊ NÃO HÁ DE TER OUTRA NAVE PARA DESTRUIR, VERNESTRA RWOH.*

Vernestra estremeceu por conta do volume da voz em sua cabeça, conforme ela vibrava por seu corpo. Ninguém sabia qual era a espécie de Mestri Nubarron. Alguns teorizavam que vinha de um planeta no Espaço Selvagem, que talvez fosse de uma raça desconhecida de Filar-Nitzan, pelo tom roxo deles; outros especulavam que, seja lá qual fosse sua espécie, ela era particularmente boa em evitar ser descoberta, optando por misturar-se como parte do clima. As histórias a respeito de Mestri Nubarron correram como loucas quando se mudou para o Farol da Luz Estelar, apesar de já ser uma lenda antes de virar intendente. A história favorita de Vernestra era a de que descobriram Nubarron como um show à parte em um circo de reputação duvidosa, e que, quando um Jedi Andarilho encontrou a jovem criatura, ela

* Para nos referirmos a Nubarron, ser sem gênero definido, optamos pelo termo Mestri, uma vez que utilizamos Mestre para personagens masculinos e Mestra para femininos. (N. da T.)

ficara aliviada de finalmente encontrar alguém com quem pudesse se comunicar, e exigiu sua liberdade.

A nuvem roxa poderia ter péssimo humor, mas este era um dos motivos pelos quais Vernestra a adorava. Mestri Nubarron não tinha um pingo de medo de ser quem era, sem importar com quão desagradável fosse.

— Mestri Nubarron... — começou Vernestra, mas foi interrompida extremamente rápido.

*NÃO. OUVI SUA HISTÓRIA E SEUS APELOS DA ÚLTIMA VEZ EM QUE ESTEVE AQUI. E VOCÊ PROMETEU DEVOLVER A PORCARIA DO MEU TRANSPORTE EM CONDIÇÕES RAZOÁVEIS. QUE, ENTÃO, FOI DESTRUÍDO POR COMPLETO.*

Vernestra sorriu com doçura.

— Mas ela foi danificada no ataque em Valo. Certamente, Mestri Nubarron, não há como esperar que eu seja responsável por todas as coisas que acontecem na galáxia?

*E O VECTOR ANTES DISSO?*

— Aquele foi atingido pelos Nihil — acrescentou Imri para ajudá-la. Preeti estremeceu, e era bem assim que Vernestra se sentia também. Mais tarde, teria de lembrar Imri que, às vezes, menos é mais.

Mestri Nubarron meramente mudou do roxo ao escarlate, com pequenos raios elétricos iluminando as curvas inchadas. Os raios não estavam sendo enviados pela sala inteira, então Vernestra e Imri estavam bastante seguros.

*NENHUMA NAVE PARA VOCÊ. VOCÊ É UMA PILOTA TERRÍVEL, VERNESTRA RWOH, E EU NÃO DEIXAREI QUE ARRUÍNE O QUE RESTA DE MINHA FROTA*, enviou Mestri Nubarron, a mensagem de caráter definitivo ecoando na mente de Vernestra.

— Mestri Nubarron, o que houve? — uma voz masculina ecoou no corredor atrás de Vernestra. — Vai dar uma enxaqueca em todo Farol, se continuar assim.

*MESTRE COHMAC.*

Vernestra se virou para ver o Jedi mais velho indo até eles em passadas largas, com Reath um pouco atrás. Cada um deles carregava uma mochila similar às de Vernestra e Imri. Mestre Cohmac parecia mais um senador do que um Jedi. As vestes do humano tinham sido cuidadosamente ajustadas a seu corpo esguio, e sua barba escura era minuciosamente precisa em sua pele castanha. Vernestra vira mais de uma pessoa se esforçar para cruzar o caminho do Mestre Jedi, mas ele parecia mais resoluto em seus votos que muitos outros. Ouvira rumores de que ele se apaixonara uma vez, mas, como a maior parte das conversas paralelas, ela achou que eram coisa de gente que tinha tempo demais e pouco a fazer. E um pouco de inveja, provavelmente. Mestre Cohmac era muito bonito.

— Está sem naves, Mestri Nubarron?

*NÃO.*

— Então por que não dá uma nave a Vernestra e seu Padawan? — disse Cohmac, erguendo uma única sobrancelha perfeita. Vernestra jurou que havia ouvido Preeti suspirar baixinho.

*VERNESTRA RWOH NÃO TERÁ PERMISSÃO DE RECEBER UMA NAVE. NÃO ENQUANTO EU FOR INTENDENTE. SE ELA PRECISAR DE UMA CARONA, PODE FRETAR UM DOS CRUZADORES DE ALUGUEL.*

— Essas naves quase nunca servem para o espaço — exclamou Vernestra, incapaz de continuar calma. — Já fiquei presa em uma lua, uma vez. Não é um evento que gostaria de repetir.

— Por que vocês não vêm conosco? — perguntou Reath, as sobrancelhas se juntando. — Vocês estão indo para Coruscant, assim como nós.

— Essa é uma ótima ideia — disse Imri com um sorriso aliviado. Ele começara a parecer preocupado conforme Mestri Nubarron se irritava. Vernestra se perguntou se ele havia ouvido o boato de que Mestri Nubarron não carregava um sabre de luz porque podia criar os próprios raios. Ela sabia que não era verdade; vira Nubarron utilizando um sabre de luz verde nas salas de treinamento, mas não pretendia revelar o segredo. A nuvem também dava várias aulas de logística para os Padawans, e cadeias de suprimentos eram muito mais complicadas do que qualquer um jamais imaginara. Mestri Nubarron precisava de qualquer tipo de vantagem possível.

— Excelente — falou Mestre Cohmac, inclinando a cabeça para Vernestra. — Então parece que vamos precisar de algo um pouco maior do que um esquife para ir até o Templo.

Mestri Nubarron voltou a ser lavanda e afundou no frasco enquanto Preeti liberava uma nave para o Mestre Cohmac.

— Ouvi dizer que Nubarron lançou raios em uma sala inteira de crianças quando um professor perguntou se sua espécie comia alimentos — sussurrou Imri enquanto eles seguiam Cohmac e Reath até as docas.

— Ouvi dizer que foi em uma aula de Padawans — disse Reath por cima do próprio ombro. — É por isso que ninguém tentou pesquisar suas origens.

Vernestra passou ao redor dos Padawans, deixando-os com suas fofocas, e andou ao lado de Mestre Cohmac. Ele olhou para baixo para vê-la, sem achar graça.

— Você deve ser uma pilota e tanto para ter aborrecido desse jeito Mestri Nubarron. Quantas naves você destruiu?

— Duas — disse Vernestra.

— Bom, isso não é tão ruim na vida de uma Jedi...

— Só desde que eu vim para o Farol.

O Mestre Cohmac tossiu de surpresa.

— Quem era seu mestre?

— Stellan Gios.

— Bom, isso explica tudo — disse Mestre Cohmac, assentindo. — Excelente Jedi, mas nem sempre o melhor piloto.

— Ah, é? — perguntou, torcendo para que ele explicasse, mas o Jedi mais velho só sacudiu a cabeça e liderou o caminho até a nave.

Vernestra fez uma anotação para lembrar de perguntar a Stellan quantas naves havia destruído quando eles se vissem. E levar Imri com ela caso seu antigo mestre tentasse mentir.

# OITO

Syl andava de um lado para o outro. Não conseguia evitar. O quarto pelo qual Xylan Graf pagara de forma tão generosa, depois de declarar que seus aposentos anteriores eram "uma boa forma de contrair febre hemorrágica", era mais do que suntuoso. Suas botas gastas afundavam no carpete felpudo em tons de azul e verde, e uma parede inteira havia sido tomada por um aquário cheio de uma miríade colorida de peixes exóticos de todos os cantos da galáxia. Havia uma área de dormir que se ajustava dependendo da espécie que lá dormia, e ela passou a noite inteira se sacudindo na cama mais luxuosamente antiga em que ela já deitara na vida. A cada quinze minutos em que não estava fingindo dormir, um droide serviçal aparecia e perguntava se ela queria alguma coisa, e parecia bastante incomodado quando ela repetia que não. Até agora, só havia dito sim duas vezes: da primeira foi para saber onde cada coisa ficava (atrás de uma porta escondida que ocultava um lavatório e um chuveiro, além de várias outras coisas que Syl não sabia identificar e provavelmente não haviam sido feitas para seres humanos), e a segunda para pedir café da manhã, que foi tão extravagante que ela se sentiu na obrigação de provar tudo, o que fez com que sentisse vontade de vomitar depois. A comida de gente rica não se parecia em nada com rações de naves.

Era bem gostosa, porém.

Syl sabia que estava fora de seu hábitat natural; geralmente, conseguia sacar as regras de um lugar e se adaptar. Foi assim que veio a entender várias línguas, inclusive Shyriiwook. Ela descobria o que precisava fazer para se virar, fazia o que devia e ia para a próxima tarefa. Uma coisa de cada vez, como dizia sua mãe.

Mas o quarto era tão bizarro e pouco familiar que ela não conseguia relaxar. E se deixasse marcas de dedo no vidro inteiro?

A certo ponto da noite anterior, sua curiosidade se transformou em avareza pura, a fome pela vida boa ganhando do bom senso. Ela sabia que isso traria problemas mais tarde; a questão era só como e quando.

Xylan Graf ouvira sua história e parecia ser a primeira pessoa que se importou não apenas com o fato de os Nihil aparentemente terem uma forma de remover naves do hiperespaço, mas também de que havia algo peculiar acontecendo no setor Berenge. Ele não quis dizer a Syl, porém, por que estava tão interessado nas atividades diárias dos Nihil. Ou qual era sua opinião científica a respeito do mistério da anomalia do hiperespaço. Ou por que ele tinha inventado uma história ridícula a respeito de um transportador de coaxium desaparecer e reaparecer do outro lado da galáxia.

— Confie em mim, vou ficar feliz de contar tudo assim que eu verificar sua história. Mas, até lá, tente aproveitar os arredores — dissera ele quando mostrou a ela o quarto depois do jantar.

Ele a levara a um restaurante onde a mesa deles era uma sala por si só, completamente selada dos outros clientes, cheia de almofadas feitas de uma espuma arejada que moldava seu corpo de forma luxuosa, enquanto um *spray* lançava uma variedade de aromas florais junto aos pratos servidos. O desfile de minúsculas iguarias fez com que Syl se perguntasse quando o prato principal chegaria, mas ela notou, ao ver a conta, que só havia iguarias. Que bom que aquela era sua segunda janta.

Syl suspirou e deu outra volta no quarto, pensando melhor andando de um lado para o outro. Ela estava sendo tola, confiando em um estranho, mesmo que ele fosse cheio de créditos. Não era assim que as pessoas acabavam sendo vendidas aos Zygerrianos? Além do mais, havia algo perturbador a respeito de Xylan Graf, mesmo com a aparente gentileza. Syl ficou se perguntando qual era o golpe. Afinal, gente rica enriqueceu de alguma forma, e honestidade não costumava ser o motivo.

Mas a unidade de comunicação do quarto permitiu que ela enviasse uma mensagem para Neeto sem nem mesmo cobrar pelo holo, e ela podia ir e vir como bem quisesse; então Syl decidiu que, seja lá qual fosse a de Xylan Graf, essa coisa não era escravidão.

O que a fez pensar no que ele estava tramando, exatamente. E foi assim que ficou morta de curiosidade outra vez. Além do mais, ela tinha que admitir que o café da manhã fora muito, muito bom.

Em sua décima primeira volta ao redor do tapete, Syl viu um vislumbre de seu reflexo no espelho que ocupava a parede da área de dormir. Quando acordara naquela manhã, era uma janela, não um espelho. Um botão deixava o vidro transparente, revelando uma visão estonteante do tráfego diário de Coruscant. Syl vira os aerocarros passando disparados por exatos dez segundos antes de precisar fechar o vidro outra vez. Era nauseante pensar em quantos seres apinhavam o planeta. Não era surpreendente que os oficiais da República com quem falou ignorassem totalmente seus pedidos de ajuda. Como eles poderiam se importar com um punhado de vidas na fronteira se tinham tudo isso ao seu redor?

Os Nihil deveriam parecer uma ameaça vaga e distante para pessoas com suas próprias vidas agitadas.

Agora, uma Syl de olhos arregalados a encarava de volta no espelho. O cabelo crespo estava emaranhado e achatado de um lado da cabeça depois da noite inquieta. Os olhos escuros aparentavam ser grandes demais em seu rosto moreno, fazendo com que parecesse uma criança assustada. Seria por isso que nenhum dos oficiais da República a levara a sério no dia anterior? Ela estava um desastre.

Syl respirou fundo e soltou o ar com um grunhido sem vontade enquanto tentava avolumar o cabelo para ficar com ao menos um semblante de ordem. Ela não havia sido feita para isso! Se dessem a ela um compressor quebrado, piratas e um plano arriscado de voo, ela ficaria bem. Mas lidar com oficiais do governo e extorquir os ultrarricos aparentemente a deixava um caco.

— Seu batimento cardíaco está elevado — disse o droide serviçal, vindo para seu ciclo de quinze-em-quinze minutos. — Vou deixar as luzes mais fracas e colocar músicas calmas.

— Não, estou bem — disse Syl. Mas as luzes já estavam mais fracas, e o som desarmônico de uma harpa Saleucami começou a tocar.

— Já que você é da fronteira, selecionei músicas populares na Orla Exterior. Se quiser outra coisa, por favor, especifique.

— Eu não queria nenhuma música — disse Syl, cruzando os braços. Um droide poderia ajudar demais? Porque esse ajudava.

O toque de um sino ecoou na sala e Syl olhou ao redor, surpresa. O droide serviçal não estava tão surpreso.

— Há um visitante — disse enquanto andava. O droide era um modelo desengonçado, com um par extra de braços e um corpo prateado e polido. A parte do meio girava enquanto ele ia em direção à porta, um dos braços passando algum tipo de *spray* floral no ar. — Você está nervosa. Este cheiro foi projetado para acalmar humanos nervosos.

— Hã, obrigada? — disse Syl.

Ela meio que sentia falta da parte ruim da cidade. Lá, ninguém ligava para o que ela sentia, e sua maior irritação eram os insetos gigantes roendo o interior das paredes. Syl não vira nenhum no pouco tempo que passara lá; o som deles mastigando havia sido substituído por patas passando quando ela entrou no quarto do hotel acabado para pegar Beti e sua pequena mochila na noite anterior. Mas, ao menos, ela sabia como lidar com pestes.

O droide se aproximou da porta, que deslizou silenciosamente.

— A ocupante deste quarto ainda não pediu pela refeição do meio-dia — começou o droide. Foi tudo que conseguiu antes de que dois disparos de blaster abatessem o serviçal mecânico, um buraco chamuscando o local onde ficava sua unidade processadora.

Syl teve um vislumbre de um homem Mon Calamari vestindo um uniforme gasto do hotel antes de se jogar atrás de uma cadeira ali perto. Outros dois disparos sibilaram no ar, deixando marcas chamuscadas no carpete onde ela estava parada um momento antes.

— Ei, você aí, seja boazinha e torne as coisas mais fáceis — disse o homem. O Básico dele tinha um sotaque forte, como o de muitas pessoas na fronteira, e isso a fez pensar que ele não deveria ser de Coruscant. O Mon Calamari vinha de Mon Cala? Não que ela se importasse de onde ele era. Era óbvio que estava tentando matá-la.

Os pensamentos que passam na cabeça de alguém que está tentando não levar um tiro são estranhos.

Syl considerou suas opções, agachada atrás da cadeira. Era sorte dela que as luzes do quarto estivessem fracas, e que o homem parecesse não conhecer o formato do quarto, e que uma parede inteira não fosse nada além de um espelho. Ele entrou com cuidado, o blaster pronto para atirar. Syl conseguia seguir seu progresso na superfície refletiva do outro lado. Ele era uma forma escura contra sombras mais reconhecíveis. De instantes em instantes, o droide soltava faíscas, iluminando bruscamente o espaço mal iluminado. Syl precisava de um plano e precisava rápido, antes que o homem descobrisse que ele podia vê-la da mesma forma que ela o via.

O lavatório estava na parte de trás e a porta podia ser trancada, mas ela ficaria presa. Poderia tentar lutar, mas não tinha seu blaster; Beti estava no armário perto do lavatório e, quando conseguisse pegá-la, já teria virado pó. Ainda assim, Syl considerou que lutar era sua melhor opção. Mas o que ela usaria como arma? Uma escultura decorativa?

Não era má ideia, na verdade.

Syl se esticou bem lentamente na direção da quinquilharia mais próxima — um pequeno vaso pesado que parecia ser feito de alguma pedra rosa muito chique. Ela puxou o braço para trás e ergueu o vaso. Não era tão pesado quanto queria, mas era melhor do que um punho.

— Emergência. Emergência — baliu o droide, o processador de voz extremamente danificado e soltando um som conflitante.

O barulho repentino foi suficiente para o homem se virar, e Syl não perdeu tempo. Ela plantou o pé no assento da cadeira onde havia se escondido e se jogou por cima das costas altas, pousando atrás do homem com o blaster. Quando ele se virou, ela investiu com toda a força que tinha contra sua cabeça, mas ele se esquivou de última hora. Syl ajustou o golpe de leve e o vaso foi contra o blaster que ele segurava. Ele uivou quando seus dedos compridos foram torcidos nas direções mais erradas.

Syl não deu tempo para ele se recuperar. Mirou um chute no tronco que o fez voar para trás, caindo sobre a forma prostrada do droide. Agarrou o blaster — um modelo pesado e antiquado —, mas, antes de conseguir apontar para o homem, ele tinha rolado para fora da porta ainda aberta, voltando a ficar de pé e fugindo para sabe-se lá onde.

Syl deixou a mão que segurava o blaster cair. Um droide de segurança, todo preto e com braços desproporcionalmente longos em comparação com seu corpo, irrompeu no quarto.

— Um pedido de socorro foi feito. Por favor, diga sua emergência — disse o droide, várias luzes amarelas brilhando em seu torso.

— Alguém acaba de tentar me matar! Se você correr, talvez consiga alcançá-lo — disse Syl, irritada. Agora que não estava mais em perigo imediato, ela estava com muita, muita raiva. Como alguém ousara tentar *matá-la*?

O droide se apressou para ir na mesma direção que o Mon Calamari fugira, mas Syl tinha a sensação de que o assassino já havia desaparecido. Em um lugar tão agitado quanto Coruscant, seria uma busca inútil.

Syl jogou o blaster em uma mesinha lateral e colocou as mãos nos quadris, analisando o dano feito ao quarto. O carpete estava chamuscado, e o droide estava vazando diversos fluidos por todos os lados. Tinha algumas rachaduras no aquário, o material transparente derretido e retorcido. Syl perguntou-se com quem deveria falar a respeito disso. Se um lado do aquário quebrasse, ela estaria com um problema e tanto.

— Pelas estrelas, o que houve aqui? — falou uma voz vinda da porta.

Syl afastou sua atenção do aquário danificado para encontrar Xylan Graf parado na porta, com Basha, a Gigorana, parecendo uma parede branca atrás dele. Xylan estava de vermelho e branco: a capa de um vermelho profundo com um traçado bege nas pontas, uma camisa e uma calça de tons pálidos, cada uma decorada com uma estampa que espiralava do vermelho profundo ao escarlate enquanto Syl a olhava. Onde, em toda a galáxia, ele arranjara uma roupa assim?

Antes de Syl poder explicar os últimos cinco minutos, o som de algo quebrando surgiu atrás dela. Instintivamente, ela pulou em um divã baixo. Depois de fazer isso, a parede do aquário cedeu e abriu espaço para uma onda de água vazar para o quarto, levantando o droide assassinado e lançando-se em direção à porta. Em defesa de Xylan, ele não gritou nem entrou em pânico, meramente erguendo uma sobrancelha escura de pontas perfeitas enquanto a água e dezenas de peixes que se debatiam iam velozmente contra ele e passavam por cima de seus sapatos, molhando-o até os joelhos.

— Lamentável — disse Basha, e o vocalizador fez com que a palavra não fosse tanto uma exclamação de infortúnio, e sim a declaração de um fato. Ela abaixou a cabeça para olhar diretamente para Syl, o batente da porta pequeno demais para sua altura. — Foi o resultado de algum tipo de ataque?

— Sim! Alguém tentou me matar — disse Syl cruzando os braços e permanecendo onde estava no sofá. Xylan poderia ter outros sapatos, mas ela estava usando seu único par de botas e não tinha a intenção de molhá-lo. Já tivera contratempos demais por um dia.

— Vamos ter que deslocá-la a um lugar mais seguro — disse Xylan, olhando para as próprias botas com uma expressão entre o lamento e a irritação. — Se tentaram assassiná-la, isso significa que alguém acredita que você tenha uma informação crucial.

Basha assentiu, o cabelo branco se movendo junto.

— Também deveríamos alertar o hotel. Eles vão precisar de um novo aquário.

Syl não sabia se devia rir ou chorar. Mas uma coisa era certa: ela definitivamente começaria a carregar Beti consigo para onde quer que fosse.

Coruscant poderia brilhar mais do que a fronteira, mas o planeta reluzente era tão mortal quanto os cantos mais afastados da galáxia.

# NOVE

Nan olhou pela panorâmica de sua nave, a *Sussurro Mortal*, no terminal central do Coração da Gravidade, e tentou entender por que havia sido exilada em um bueiro daqueles. Se a maioria das naves dos Nihil era uma confusão de partes e modificações, então o Coração da Gravidade reinava entre elas. Ao chegar voando, Nan analisou atentamente a estação em forma de roda, que ficava no meio de uma nuvem de radiação laranja e amarela no setor Berenge. Parecia que alguém tinha despedaçado e juntado mais de dez naves, conectando-as para formar a parte externa da roda, enquanto contêineres vazios faziam o papel de raios. Umas quantas naves Nihil, todas pequenas, se moviam do lado de fora da estação, provendo proteção para quem estava soldando algo aqui ou ali, com tochas de combustão flamejando enquanto trabalhavam no Coração.

Não era a superarma que Lourna Dee prometera a Marchion Ro. Era um campo de coisas resgatadas. E Nan, de verdade, não queria estar lá.

Ela enviou um pedido de aterrissagem e aguardou as instruções. Não via evidência de um hangar, então deixou sua nave pairando enquanto checava seu carregamento.

A Oráculo dormia em seu módulo, o rotundo doutor Kisma Uttersond enrolando com os botões e discos que controlavam as mangueiras de seu tanque limpo, a perna robótica do homem tilintando enquanto ele se movia pelo espaço. A velha não vestia nada além de uma simples bata e, quando o doutor abriu o tanque para dar banho nela, Nan precisou correr para a cabine para cuidar de uma tarefa inventada. Havia algo na mulher humana, a pele enrugada e solta, a cabeça quase careca e os olhos fixos e vazios, que causava repulsa em Nan de uma forma muito física. Até olhar para ela no tanque, adormecida, a deixava meio enjoada.

Mas a vida de Nan estava conectada à vida da Oráculo de Ro, então precisava checar se a velha estava bem, quisesse ou não.

Os sistemas de suporte de vida do módulo chiavam ao reciclar os fluidos da anciã, e Nan virou o rosto quando a Oráculo murmurou algo para si mesma, adormecida.

— Ela vai poder ajudar a cientista de Lourna? Parece morta.

— Ah, é só o efeito da câmara rejuvenescedora, com certeza, com certeza — disse o Chadra-Fan atarracado, os olhos que não combinavam parecendo olhar através dela, como se as preocupações de uma pirralha Nihil não estivessem à altura de sua mente brilhante. O médico dissera poucas palavras a Nan durante a viagem, optando por permanecer no porão de carga com a Oráculo, exceto pela vez que exigiu que parassem em Tiikae, para que ele pudesse pegar alguns suprimentos com carregadores de lá.

— Quanto tempo falta para ela, hã, acordar de novo? — perguntou Nan, observando conforme um líquido verde e cintilante fluía por um tubo transparente que desapareceu em algum lugar próximo ao coração da mulher.

Nan não tinha medo da morte — ela morreria como viveu, seguindo suas próprias regras —, mas essa vida artificial que a Oráculo experimentava era um horror. Nan não ponderava a respeito da diferença entre o bem e o mal — era tudo uma questão de perspectiva, afinal —, mas o destino da Oráculo era definitivamente aterrador.

— Ela está acordada agora mesmo — disse Uttersond, um quê de asco em sua voz, como se Nan fosse quem tinha pelo oleoso e óculos de proteção sujos. — Quer trocar uma palavrinha com ela?

— Hã, não — disse Nan. — Você ainda tem a caixa?

Antes de partir, Marchion Ro depositara uma pequena caixa-segredo na mão de Nan. Era alguma bugiganga que a Oráculo gostava, e Nan a dera ao médico.

— Ela fica mais frágil e mais distante todos os dias, e eu notei que as antigas motivações não funcionam sempre — dissera ele, os olhos escuros e ilegíveis como de hábito. Nan vira o jeito que Ro usava choques elétricos na velha para fazer com que colaborasse, e Nan conseguia entender facilmente o que não havia sido dito. — Use isto. Será valioso se precisar forçá-la a cooperar.

O doutor assentiu e acenou com desdém para Nan. Então ela voltou para a cabine, estremecendo. Aquela missão só podia ser um teste de Marchion Ro. Ela fora a espiã mais leal e corajosa em seu arsenal. Ele certamente estava tentando ver se ela podia aguentar missões maiores ao fazê-la cuidar de sua mais importante arma? Todos no restrito círculo interno de Ro suspeitavam que as Trilhas eram dadas pela Oráculo, e eram as Trilhas que, quando usadas corretamente, davam a vantagem aos Nihil contra a República e os Jedi. Eram as Trilhas que permitiriam que eles derrubassem a galáxia e forjassem suas próprias regras.

Nan não era especialista no hiperespaço; sua educação havia sido, no mínimo, fragmentada, e ela não tinha cabeça para ciências navegacionais. Mas ela sabia que as Trilhas permitiam que os Nihil saltassem para o hiperespaço em lugares que pareciam impossíveis, lugares onde a gravidade interferiria com os cálculos dos navicomputadores e droides mais avançados. As Trilhas tornavam os Nihil imprevisíveis e altamente bem-sucedidos, e esses cálculos vinham da Oráculo.

E lá estava Nan, cuidando de tudo. Ela notou que isso não era um teste nem uma punição. Era uma *oportunidade*. Ela usaria esse momento para aumentar sua influência, para ascender ainda mais entre os Nihil. Talvez algum dia ela tivesse a própria Tempestade. Não saqueadores e ladrões como os de Kara Xoo, ou assassinos de aluguel como os de Lourna, mas um esquadrão de espiões e informantes, que entendiam o valor de um segredo descoberto e um oficial subornado.

Ela voltou para a cadeira de piloto e sorriu, imaginando tudo isso. As instruções de aterrissagem do Coração da Gravidade começaram a aparecer e, assim que ela mudou a trajetória da nave, o intercom voltou à vida.

— Você, menina — chamou a voz rangente do médico. — Temos um problema.

O coração de Nan disparou, e ela moldou no rosto uma carranca.

— Se a Oráculo estiver morta, você é o próximo.

Assim como Nan, se Marchion Ro descobrisse. Talvez houvesse algum planeta recém-descoberto na fronteira para o qual ela pudesse fugir?

— Não, não, a Oráculo continua bastante bem. Mas a caixa-segredo desapareceu. Alguém nos roubou.

# DEZ

Os Jedi se acomodaram rapidamente na nave, a *Fraunesaa*, uma transportadora antiga em formato de cubo confiscada de um escravagista Hutt que fora interceptado ao ser forçado a pousar no Farol da Luz Estelar. Era óbvio que a nave já vira dias melhores. Uma nova série de canhões laser fora colocada no casco, acréscimos recentes em todas as naves do Farol da Luz Estelar por conta da ameaça crescente dos Nihil, mas essa era a única modificação que Vernestra conseguira ver. Assim que a nave foi ativada e a navegação foi programada, eles partiram sem estardalhaço. Cohmac tomou a cadeira do piloto, e Reath a do copiloto, depois de um acordo tácito com Vernestra.

— Acho que o Mestre Cohmac pode estar um pouco preocupado a respeito de suas habilidades de voo — murmurou Imri. O compartimento de passageiros ficava bem atrás da cabine naquele modelo, o que significava que tinha alojamentos constrangedoramente próximos. Reath se virou para argumentar, mas Vernestra respondeu dando de ombros.

— Não ligo para quem pilotar, contanto que cheguemos em Coruscant.

Ela não conseguiu reprimir um bocejo, e Imri franziu o cenho quando Reath voltou a se virar para os controles. Ela não se incomodava em não voar. Ir de carona com outros Jedi continuava sendo bem melhor do que pedir carona em um transporte público. Era mais rápido, também, por ser um voo direto.

— Mestre Cohmac, Reath, vocês se importam que eu pergunte por que estão indo para Coruscant? — questionou Vernestra, em parte para mudar o assunto de sua terrível pilotagem, mas principalmente por curiosidade.

— As atrocidades que testemunhamos em Genetia atraíram a atenção do Senado, e fomos chamados para testemunhar diante de um comitê que consiste de alguns senadores conhecidos e do Alto Conselho Jedi — respondeu Cohmac com um suspiro. — Não sou fã de burocracia, mas espero de verdade que isso convença a República a intervir na guerra civil. Tem gente boa sofrendo e, até agora, eles ignoraram os pedidos de ajuda.

— Por que você não poderia só falar em holo? — perguntou Vernestra. Parecia bobo pedir que dois Jedi deixassem seu trabalho para trás apenas para testemunhar em pessoa.

— Aparentemente, o Senado gosta que todos estejam na mesma sala — disse Cohmac, os lábios se torcendo em um sorriso pesaroso. — E será uma reunião da República, não do Alto Conselho. O que a República quer, ela consegue.

— Isso é algo que o Alto Conselho geralmente faria? Pedir para a República se envolver? — perguntou Imri.

Mestre Cohmac sacudiu a cabeça.

— Geralmente não. Mas, desde o Grande Desastre, o Alto Conselho ficou mais e mais envolvido nos assuntos da República. Ela está fora de alcance no momento, e a Ordem ajuda a todos aqueles que pedirem por nosso auxílio. E, é claro, existem aqueles que verdadeiramente pensam que este trabalho nos afasta do trabalho mais importante da Ordem, de nossas meditações e filosofias. É um tempo de mudança para todos nós. Os Nihil rondam as rotas do hiperespaço, a República cresceu em tamanho e poder de uma forma nunca antes vista e, conforme mais planetas entram em contato uns com os outros, as coisas haverão de mudar.

— Você não parece concordar com o fato de o Alto Conselho trabalhar com a República — disse Vernestra, sentindo que a conversa era um eco de seu diálogo com Reath na sala de treinamento.

— Não é isso, de jeito algum. Os Jedi têm o dever de proteger a vida e manter o equilíbrio; então, trabalhar com o governo da República é natural. Mas os Jedi seguem a Força. Somos a luz, e não podemos seguir cegamente nenhum outro decreto além deste. Vamos para onde pudermos melhor afugentar a escuridão da galáxia, e não devemos servir nenhuma outra causa. — Mestre Cohmac sacudiu a cabeça. — Historicamente, lutar nas batalhas da República nem sempre foi bom para a Ordem.

— Mestre Cohmac, o senhor está falando do massacre em Dalna muito tempo atrás? — perguntou Reath, mas o Mestre suspirou.

— Sim, mas onde estou com a cabeça? Vamos deixar a conversa política para o Alto Conselho e seguir para onde a Força nos levar.

E esse foi o fim da conversa, já que o Mestre Cohmac voltou sua atenção para o navicomputador, deixando Vernestra sentindo que o Jedi mais velho se sentia tão dividido a respeito do caminho atual da Ordem quanto ela.

— Vamos saltar no hiperespaço tão perto do Farol da Luz Estelar? — perguntou Imri. Geralmente, as naves se distanciavam bastante da massa do satélite antes de calcular um salto.

— Sim, mas só porque estou planejando fazer um pequeno salto inicial para evitar algumas das rotas que foram marcadas pela República.

— Por que elas foram marcadas? — Vernestra pensou em voz alta, sentindo o alarme tocar dentro dela. — Certamente não houve Emergências recentes?

Mais de um ano antes, a *Legacy Run,* uma nave carregando milhares de passageiros, foi destruída no hiperespaço, partindo-se em muitos pedaços que emergiram em diferentes cantos da República. Por meses depois do ocorrido, todos achavam que o incidente tinha sido resultado de um problema nas rotas do hiperespaço, até descobrirem que os Nihil estavam por trás de tudo.

Reath se contorceu no assento.

— Há rumores de que algumas rotas ficaram instáveis. Quando estávamos voltando para o Farol, ouvimos histórias de naves sendo forçadas para fora do hiperespaço para entrar no espaço real e sumindo.

Mestre Cohmac sacudiu a cabeça.

— É difícil dizer. Há muito que nossos especialistas ainda não sabem sobre o hiperespaço, apesar de milhares de anos de pesquisa e análise. Mas eu também sou do tipo cauteloso, então a ideia de ficar nas rotas mais conhecidas por enquanto é muito mais segura.

Vernestra assentiu, concordando, e o Mestre Cohmac voltou a se preparar para o salto ao hiperespaço. Mas ela não conseguia se livrar da sensação de que, de alguma forma, os Nihil tinham algo a ver com a mais nova instabilidade no hiperespaço. O que poderia fazer as naves saírem das rotas e voltarem ao espaço real?

Vernestra não era especialista no hiperespaço de maneira alguma, mas, como a maior parte dos jovens aprendizes e dos Padawans, tivera longas aulas sobre como o hiperespaço funcionava, tanto literal quanto filosoficamente. Alguns acadêmicos Jedi pensavam que ele era parte da Força cósmica, que as rotas eram rios de energia que nasciam de alguma fonte desconhecida. Outros viam o hiperespaço como outra dimensão, uma sombra do mundo ocupado pela Força viva, e diziam que era por esse motivo que planetas e outros objetos reais o impactavam daquela forma. Vernestra não sabia quem tinha razão; pelo que ela tinha visto, era raro que a filosofia tivesse a ver com provar uma teoria; tinha a ver com abraçar as possibilidades, e não havia uma resposta final dizendo o que o hiperespaço *era*. Todos sabiam como usá-lo, mas só acadêmicos continuavam debatendo sua natureza.

Mas ter objetos caindo para fora do hiperespaço era algo estranho e antinatural. E, na experiência dela, se havia algo terrível na galáxia, era provável que os Nihil fossem os culpados.

O guincho do hiperpropulsor dentro da pequena nave tirou Vernestra de seus pensamentos, e ela ficou surpresa ao encontrar Imri encarando-a, preocupado. Vernestra franziu a testa.

— Algo errado?

Ele sacudiu a cabeça.

— Só uma sensação. Mas não sei o que é. Não se preocupe comigo — disse ele, reclinando-se em seu assento e fechando os olhos, sua respiração aprofundando e estabilizando enquanto ele começava a meditar ou cochilar, Vernestra não sabia qual dos dois.

A nave se sacudiu e saltou, e o azul do hiperespaço passou pelas janelas da cabine. Vernestra bocejou uma e outra vez, e logo...

Ela estava no deserto de um planeta que nunca vira antes. Andou para frente, em um estado parecido com um sonho, tudo ao seu redor nebuloso e irreal.

*Ah, não*, pensou, alarmada. *Está acontecendo de novo*.

Vernestra estava consciente o bastante no momento para saber que estava tendo uma de suas visões do hiperespaço, que não tivera de novo desde que virou Cavaleira, mas era completamente incapaz de sair do devaneio. Sentiu-se levar, então acabou relaxando, deixando que a visão mostrasse o que queria.

A areia vermelha do deserto deu lugar a arbustos rasteiros e um pequeno aqueduto com um fio doentio de musgo azul crescendo, grosso, na parte mais baixa. Vernestra andou na parte de cima de um sulco, até uma cidadezinha que consistia em alguns edifícios desgastados. No fim da única estrada da cidade havia um templo Jedi, a insígnia da Ordem pintada na fachada sendo a única coisa que Vernestra reconhecia.

Blasters foram disparados e vozes rugiram. Um grupo heterogêneo atirava aleatoriamente contra os prédios, sem resistência.

— Pelo Raio! Pela Tormenta! Pela Tempestade! — gritavam. Um Jedi de pele azul saiu do templo, o sabre de luz ligado e pronto para a batalha.

Alguém a chamava.

Vernestra andou como um fantasma, afastando-se da batalha na rua e escorregando dentro das sombras de uma pensão. Uma família de Ugnaughts se amontoava no fundo de uma sala, os olhos focando em algo na mesa.

— Eu disse que era uma má ideia roubar dos Nihil! — a mulher gritou com o homem. — Você matou todos nós.

— O velho Jedi vai lidar com eles — disse o homem, apesar de estremecer a cada disparo de blaster. Em uma bandeja na mesa estava uma caixa. Parecia um holocron, mas havia glifos que Vernestra não reconheceu do lado de fora. Rabiscos e riscos em tons de preto e prata.

*Pegue-o. Encontre-me. Tenho algo para você*, disse uma voz que Vernestra não conhecia, e que certamente não era a dela.

No sonho, Vernestra se esticava para pegar a caixa, os segredos que ela guardava, a oportunidade de responder o chamado...

— Vern! Ei, você está acordada?

Vernestra acordou de repente, piscando conforme os últimos resquícios do sonho — visão? — iam embora. Imri estava de pé sobre ela, e deu um passo atrás quando Vernestra se endireitou.

— Eu... eu devo ter caído no sono — disse, esfregando os olhos, o coração batendo mais rápido com a mentira. — Ainda estamos no hiperespaço?

— Não, acabamos de sair, e agora estamos indo ao próximo ponto de salto. Você está bem? — quis saber Imri, dezenas de perguntas no olhar que direcionou a ela.

— Estou ótima, estou bem.

Ela detestava a forma com que era tirada de seu corpo, a falta de controle enquanto se movia de uma cena para outra. Mas ainda queria um tempo para analisar o que havia visto, meditar e entender tudo, como fazia com todos os seus problemas. Antes, quando ainda era Padawan, ficava assustada e perturbada depois de uma crise, como se estivesse usando mal a Força.

Agora, Vernestra estava se perguntando por que elas estavam acontecendo de novo.

Visões não eram incomuns para aqueles conectados profundamente com a Força, mas a profecia não era um dom; em vez disso, muitos usuários da Força a viam como uma maldição a ser suportada. Vernestra não tinha propensão à profecia. Tais usuários da Força costumavam ser encontrados muito cedo, e nenhuma de suas divagações mentais se tornaram realidade, então a visão deveria ser outra coisa. Alguém estava tentando falar com ela? Estava vendo coisas que aconteciam naquele momento? Mas como e por que agora?

Imri, sempre sensível, franziu o cenho enquanto as questões explodiam dentro de Vernestra. Ele a olhou com preocupação e abriu a boca para falar. Mas, seja lá o que ele fosse dizer, foi interrompido quando a unidade de comunicação começou a apitar.

— O que houve? — perguntou Vernestra, ficando de pé e afastando-se tanto da preocupação de Imri quanto da estranheza da visão que ainda sentia.

— Parece que o templo em Tiikae enviou um pedido de ajuda. Eles relataram que vários caças Nihil estão saqueando e ameaçando a população local.

— Qual é a distância disso? — perguntou Imri, aparecendo atrás de Vernestra. Ela conseguia sentir as perguntas que ele queria fazer, mas ela o evitaria por enquanto. Esta não era a hora de ponderar a respeito de suas habilidades inesperadas.

— Não é muito longe — disse Reath, a preocupação franzindo seu cenho pálido. — Deveríamos auxiliá-los.

— Concordo — falou Cohmac. — Reath, atualize nosso percurso. Vern e Imri, posso largar vocês lá de cima para gastar menos tempo? Pela mensagem, parece que a luta acabou de começar.

— Claro, Mestre Cohmac. Faremos o que for possível. Vamos — Vernestra falou para Imri. — Quanto antes pararmos os Nihil, menor é a chance de fazerem muitas vítimas.

— Eu também vou — disse Reath enquanto terminava de atualizar a localização. Ele tirou o cinto de segurança do assento. — A nave só precisa de um piloto pra aterrissar.

— Assim que estivermos acima do centro da luta, vou abrir a rampa de carga — disse o Mestre Cohmac. — Parece que vou ter que levar um pouco esta nave chique para passear.

Vernestra assentiu, e os três Jedi correram para a rampa de carga. Ela afastou a estranheza da visão para lidar com ela depois e voltou toda sua atenção para a batalha abaixo de si.

Vernestra deu comunicadores a Imri e Reath para que eles os colocassem em seus ouvidos, antes de pôr um. Depois de rápidos testes no comunicador para ter certeza que não só ouviria Imri e Reath, mas o Mestre Cohmac também, ela tocou no sabre de luz e respirou fundo, centrando-se na Força. Vernestra não estava muito preocupada com Reath — ela sabia que ele era suficientemente capaz —, mas se virou para Imri.

— Você acha que consegue? — perguntou. Imri era um lutador proficiente, mas Vernestra costumava se preocupar com ele mesmo assim. Ela se preocupava que todas as batalhas deixassem uma marca maior do que deveriam em Imri. Ele não era covarde, mas não tinha o fogo de um Jedi como o Trandoshano Mestre Sskeer.

Imri puxou o próprio sabre de luz do coldre e jogou o cabo de mão em mão, girando-o para aquecer o pulso.

— Vamos lidar com esses Nihil.

Reath assentiu e mudou a postura, mas não disse nada.

A porta que levava à plataforma de carga se abriu lentamente, e todos olharam para a paisagem abaixo deles. Mestre Cohmac manteve a nave a cerca de dez metros do chão. Eles estavam acima de uma cidade no meio do deserto. Telhados se curvavam em abóbodas pintadas em cores brilhantes e logo abaixo estava uma praça com uma feira, uma fonte e vários combatentes. Fogo blaster chovia das janelas e das portas e, em meio ao caos, um único Jedi de vestes de templo cor de mármore repelia os disparos, o sabre verde parecendo um borrão enquanto se movia. Ele parecia lutar completamente sozinho.

O cheiro de calor e areia queimada pelo sol fez Vernestra piscar por um momento, sentindo-se estúpida. Ela conhecia aquele lugar, apesar de tê-lo visto sob um ponto de vista diferente da última vez.

A cidade era a mesma que vira em sua visão.

— Vern? — chamou Imri, incerto, a voz dele alta em sua orelha, tanto pelo comunicador quanto por estar de pé ao lado dela.

Ela afastou a lembrança e o desconforto ao ver uma das visões se tornar real, e assentiu rapidamente para ele.

— Vamos. Assim que seus pés tocarem no chão, proteja o Mestre.

Então, Vernestra estava saltando no ar, deixando que a gravidade a puxasse em direção à superfície do planeta, rápido demais. Esta era a parte onde pular de uma altura tão alta era tão delicado. Sucumbir ao medo, desfocar-se e perder a conexão vital com a Força poderia significar um desastre, e então, em vez de deixar a Força controlar a queda no último momento e pousar de pé com rapidez, ela se esborracharia no chão, e esse seria o fim de Vernestra Rwoh.

Havia, é claro, pouca chance de isso acontecer.

Vernestra apontou para a terra que se aproximava em direção a ela e usou a Força para empurrar até pousar, dobrando os joelhos para absorver o impacto. Reath pousou à sua esquerda e Imri à sua direita. A menos de um metro deles estava o Mestre, um Chagriano de pele azul e brilhante sem um dos chifres, a ponta chamuscada pela metade. Ele inclinou-se quando Vernestra e os Padawan chegaram, repelindo os tiros de blaster. Em grupo, eles moveram o Jedi mais velho até uma alcova segura entre dois prédios, onde ele desmoronou contra a parede.

— Mestre, meu nome é Vernestra Rwoh. O senhor está ferido? — disse Vernestra, um olho no Mestre Jedi e o outro na ameaça atrás deles.

O fogo blaster havia parado, mas Vernestra não conseguia ver de onde ele vinha. Até onde sabia, as ruas estavam completamente vazias. Era diferente de sua visão, mas, ainda assim, quase exatamente igual, e a falta de conexão entre o que vira e o cenário atual deu a ela uma sensação estranha.

— Jedi, sou o Mestre Oprand Qwen, o oficial responsável daqui. Os potes de lama pegaram um dos meus chifres — disse, estremecendo ao tentar tocar na própria cabeça. — Mas, fora isso, não estou ferido.

Chagrianos tinham um par de chifres de marfim no topo da cabeça e dois lethorns que pendiam sob seus queixos. Ele tivera sorte de só ter perdido um chifre, considerando o volume de fogo blaster disparado contra ele.

— O que está acontecendo aqui? O alerta disse que havia presença Nihil — disse Reath, gesticulando para as janelas. Houve outra torrente de fogo blaster, perto o suficiente para Reath pular um pouco mais para dentro da alcova, mas sem atropelar o Jedi.

— E há. Cinco, pelo que pude contar. Mas esse gás maldito dificulta tudo. O prédio do outro lado daquela rua é a única estalagem da cidade. Os Nihil o tomaram e o declararam posse deles. E eles têm uns quantos reféns. Estão exigindo algo que foi roubado de um dos seus quando pararam aqui, em troca de soltar a família de lá, mas tenho certeza que só estão ganhando tempo, esperando os reforços chegarem.

A boca de Vernestra ficou seca. Ela se lembrava do pequeno cubo que os Ugnaughts tinham em sua visão. O que os Nihil procuravam?

— Os oficiais da cidade não podem mandar ajuda? — perguntou Vernestra. — Onde estão suas tropas de proteção da aliança? Este é um planeta signatário.

O Mestre suspirou.

— Talvez seja, mas a presença da República consiste em visitas esporádicas, e nem isso, agora que ela está totalmente ocupada com os Nihil e direcionando recursos para outros locais. Até os San Tekka, que possuem grande parte da área e têm um representante no planeta para cuidar da maior parte dos assuntos, estão sobrecarregados para conseguir suprimentos para seus vassalos. E nosso templo aqui tem um certo propósito duplo. Originalmente, fomos estabelecidos para ser um ponto de parada para Jedi levando crianças para a fronteira; antes do Farol da Luz Estelar ser construído, é claro. Mas também resolvemos disputas na cidade propriamente dita. Os colonos só estão aqui há aproximadamente setenta e cinco anos, e isso foi graças aos San Tekka. Não tem muito aqui além do que veem com os seus próprios olhos.

— Então não há reforços — disse Vernestra, mordiscando o lábio enquanto considerava a situação.

O Mestre Jedi sacudiu a cabeça.

— Temo que não.

— E você está aqui sozinho, Mestre? — perguntou Imri. Ele tinha razão de querer saber. Era estranho ver um Jedi sozinho em um papel de proteção.

— Eu não estava, mas tivemos uma série de infortúnios. Um de nossos Jedi foi assassinado na semana passada, em um ataque Nihil, e eu perdi outro em Valo. O último foi chamado para ajudar com a dispersão de uma célula Nihil em um quadrante próximo, deixando-me só. O que, no geral, não seria um problema, já que a representante nomeada pelos San Tekka é uma mulher competente que é excepcionalmente boa em proteger as pessoas daqui. Mas ela esteve fora a manhã inteira, tentando reunir os rebanhos de banthas espalhados. Achamos que eles tinham fugido por conta de uma tempestade de poeira, e ela só descobriu a respeito do ataque Nihil depois. Ela vai voltar, mas temo que não chegue antes de haver uma tragédia. — O Jedi franziu o cenho. — Achei que poderia derrotá-los sozinho, mas estava errado. Graças à Força vocês chegaram.

— De fato, graças à Força — Reath assentiu.

Vernestra olhou para a estalagem através da praça empoeirada. O tempo era inimigo deles, já que, sem dúvida, os Nihil não demorariam a matar os reféns. Se já não tivessem começado a matá-los lá dentro. Na experiência de Vernestra, os Nihil não eram conhecidos por seu autocontrole. Eles tinham que manter os piratas ocupados para que eles não focassem suas tendências violentas em civis inocentes.

— Onde está a nave Nihil? — perguntou Vernestra. Parecia estranho ver o lado planetário dos Nihil sem um meio rápido para que escapassem. Eles não eram soldados; eram ladrões. Costumavam invadir um local, tomar o que queriam e então fugir antes que pudessem ser confrontados por ninguém mais ameaçador do que um punhado de fazendeiros e transportadores.

— Não tenho certeza — disse Mestre Oprand.

— Ao norte da cidade, Vern — disse o Mestre Cohmac em seu ouvido. — Estou sobrevoando a nave agora mesmo, e não tem como confundir o propulsor de Trilha. Não parecem ter deixado ninguém para trás, então vocês devem estar lidando com uma das equipes menores.

Vernestra engoliu um suspiro. Então agora o estimado Mestre Cohmac também a chamava pelo odiado apelido? Misericórdia.

Ela deixou a pequena irritação de lado e focou na missão.

— Tudo bem, isto é o que acho que devemos fazer, Mestre Oprand — disse Vernestra. — Reath e eu vamos entrar na estalagem. Assim que estivermos lá dentro, os Nihil devem ficar distraídos, e então o senhor e Imri virão atrás de nós. Pode fazer isso?

O Mestre assentiu e ficou de pé.

— Sim, meus ferimentos não são sérios o bastante para me tirar do campo de batalha.

— Lembre-se de se moverem rapidamente, e não baixem a guarda perto dos Nihil — disse ela aos Padawans.

— Eles não têm honra — disse Imri, assentindo com solenidade.

— É o que ouvi dizer — falou o Mestre Oprand. — Mas, Jedi, como você e seus Padawans entrarão na estalagem, em primeiro lugar?

— Ah — disse Vernestra com um sorriso divertido —, tenho meus truques. Reath? — Vernestra ativou seu sabre de luz, a lâmina roxa brilhando na escuridão do beco.

— Estou bem atrás de você — disse ele, seu próprio sabre de luz um verde sereno.

Vernestra respirou fundo e saiu correndo do beco, em direção à estalagem. Os Nihil estavam prontos, e o fogo blaster irrompeu após apenas alguns segundos. Vernestra repeliu os disparos de blaster perto dela, primeiro com o sabre de luz, a conexão com a Força guiando seus movimentos. Mas, quando se aproximaram, os disparos ficaram mais precisos, e Vernestra precisou ir mais rápido.

Ela ficaria exausta assim que chegasse à porta.

— Reath, me dê um pouco de espaço e fique um pouco atrás de mim — disse, inclinando-se para a esquerda para driblar um disparo de blaster enquanto torcia o engaste no topo de seu sabre de luz.

A lâmina pareceu derreter, jogando faíscas até onde a ponta do chicote de luz tocava o chão. Então, Vernestra girou o chicote por cima de sua cabeça, veloz o suficiente para ser pouco mais do que um borrão roxo. Em vez de tentar antecipar para onde cada disparo iria utilizando a Força, Vernestra conseguiu dar a si e a Reath um escudo constante de proteção.

Eles correram pelo resto do trajeto até o prédio.

— Reath, porta — disse Vernestra, e o Padawan ergueu a mão na direção da fachada da estalagem, arrancando a porta e o batente e lançando a coisa toda para a rua ao lado.

Quando eles cruzaram a entrada, Vernestra virou o engaste mais uma vez para transformar o chicote de luz em um sabre. Por mais útil que o chicote pudesse ser, era terrível em lugares fechados, e eles não tinham como saber o que encontrariam na estalagem.

A porta levava a um saguão mal iluminado, um corpo humano curvado sobre uma mesa. Os Nihil não esperaram para matar os reféns, afinal.

Um homem humano sem máscara correu pela porta que levava a outra sala, blaster em mãos, e Reath ergueu a mão, usando a Força para levantar o homem e jogá-lo para o outro lado da sala antes de ele sequer ter a oportunidade de disparar. O Nihil grunhiu e se curvou contra a parede, e Reath checou o pulso dele antes de ficar de pé.

— Não está morto, só inconsciente.

— Deixe-o para Imri e Mestre Oprand. Parece que o resto está depois daquela porta — disse Vernestra, uma sensação de ameaça vindo do arco pelo qual o Nihil passara.

— Concordo — disse Reath, ajustando a empunhadura de seu sabre de luz.

Reath odiava conflito mais do que a maior parte dos Jedi; ele preferia a segurança de bibliotecas, e fora ele que ajudara Vernestra a aprender como usar a biblioteca do Farol da Luz Estelar para a pesquisa que ela fez a respeito das habilidades empáticas de Imri. Mas, apesar de ele se sentir mais em casa em uma biblioteca do que em uma batalha, Vernestra estava feliz de tê-lo ao seu lado. Ela sabia que ele era um lutador competente, especialmente depois de treinarem juntos, mesmo que ele não gostasse.

Vernestra liderou o caminho ao passar pela porta. Ela andou devagar e deliberadamente procurando ameaças, não só com seus sentidos físicos, mas também com a Força. A sala adiante estava escura, mas seu sabre lançava uma luz roxa e vívida que revelava mais duas portas fechadas.

*Encontre o cubo.*

A voz veio do nada, distraindo Vernestra por um instante.

— Esquerda! — gritou Reath, assim que a porta se abriu e uma saraivada de disparos de blaster voaram na direção deles. Não havia tempo de repeli-los com o sabre de luz, então Vernestra abaixou-se atrás de uma cadeira próxima, enquanto Reath deu passos para trás, saindo da sala.

— Estamos em maior número do que vocês, Jedi — falou alguém com uma voz aguda.

Vernestra não disse nada. Se os Nihil estavam falando, era uma distração. Em vez disso, levantou-se e esticou a mão, empurrando com todo o poder da Força que conseguiu reunir. Os Nihil estavam correndo de volta para a sala e Vernestra os seguiu, deixando a lembrança da destruição em Valo dar a ela energia para prosseguir.

Vernestra entrou na sala, esperando fogo blaster. Em vez disso, encontrou uma porta aberta e uma família de Ugnaughts amarrados e amordaçados em um canto. As queimaduras de blaster no meio de seus peitos causaram um aperto em seu coração, mas os sinais de tortura acenderam um fogo dentro dela. Os Nihil torturaram e mataram a família.

A mesma família de sua visão, Vernestra notou estremecendo. Mas não era hora de refletir sobre o que isso poderia significar. Os Nihil estavam fugindo.

Vernestra correu pela porta aberta, preparada para ser recebida com fogo blaster, mas tudo que viu foi uma moto deslizadora saindo pelo terreno empoeirado. Reath a seguiu, correndo para o beco e parando perto de Vernestra.

— Precisamos ir atrás deles.

Vernestra desligou o sabre de luz e suspirou.

— Mestre Cohmac, consegue ver os Nihil fugindo? — A deslizadora que já desaparecia subiu uma grossa nuvem de poeira enquanto passava pelo cenário.

Não havia nada além de estática, e Vernestra voltou-se para Reath.

— Acho que ele pode estar fora de alcance. Precisamos ir atrás deles.

Outra deslizadora passou voando na esquina, dirigida por uma motorista esguia que usava um capacete completo cobrindo seu rosto.

— Vamos — gritou uma voz feminina.

Vernestra hesitou por menos de um momento antes de pular atrás dela.

— Tente continuar ligando para o Mestre Cohmac — berrou para Reath enquanto a deslizadora acelerava para seguir os Nihil em fuga.

Ela pararia os Nihil antes de machucarem mais alguém.

# ONZE

Syl seguiu Basha e Xylan Graf por um corredor ecoante localizado no prédio mais grandioso que já vira. Depois de decidir que Syl não podia ser deixada sozinha — como se o assassino que abateu o droide e o aquário tivessem sido ideia dela —, Xylan mandou-a pegar suas coisas e segui-lo.

— Detesto estar errado, e pareço ter calculado mal seu potencial para ser assassinada — dissera Xylan, o que agradou e irritou Syl. — De qualquer forma, é de mau gosto deixar uma hóspede morrer, então você vai ficar em minha casa, onde posso garantir sua segurança.

— Também é muito mais agradável que o hotel. Você vai gostar de lá — falara Basha enquanto eles andavam até o aerocarro. Syl pensara que a Gigorana era guarda-costas de Xylan, mas parecia que era também algum tipo de companheira ou secretária.

Syl se perguntava como eles haviam se conhecido.

Normalmente, ela teria se recusado a ser levada para a casa de um homem qualquer, mas depois de ter quase morrido naquela manhã, estava disposta a ser um pouco flexível. Além do mais, ela estava se perguntando onde um homem como Xylan Graf, que não reclamara nenhuma vez da destruição de seu traje, morava.

Não se decepcionou.

Xylan Graf morava na cobertura de um prédio que mais parecia um diamante reluzindo. O andar principal tinha vários droides de proteção, outra Gigorana, um Wookiee e guardas humanos de aparência feroz, com uniformes que não diminuíam a malícia nos olhos deles. As pessoas no saguão não pareciam tanto agentes de segurança contratados, e sim gladiadores, mas quando eles viram Basha, todos assentiram e a saudaram.

— Sou a chefe da segurança — disse ela em resposta à sobrancelha erguida de Syl.

— Todo mundo neste prédio te conhece? — perguntou Syl. Ela estava falando tanto com Basha quanto com Xylan, já que havia muitos acenos de cabeça e batidas no peito quando ele passava, também.

— Certamente espero que sim — disse ele, as botas agora vermelhas e rosa chapinhando enquanto eles andavam sobre um chão que parecia feito de um inestimável mármore Baffiano. — O prédio é meu.

Syl olhou ao seu redor mais uma vez, vendo a estrutura com novos olhos. O saguão era duas vezes maior que a *Zigue-zague* de cabo a rabo, e dúzias de obras de arte preenchiam o espaço. Ao menos ela achou que fossem obras de arte. Como poderia descrever as plantas retorcidas e as rochas multicoloridas cobertas de bolhas que decoravam o saguão senão como obras?

— Tem dois mil andares — disse Syl quando alcançaram o elevador, o olhar correndo pelos números. — Como uma pessoa mora em dois mil andares diferentes?

— Eu não moro neles, moro nos dez andares de cima. E, tecnicamente, há dois mil cento e vinte e cinco andares no prédio, mas algumas centenas deles são abaixo da terra. Para os aerocarros. — Os lábios se curvaram de forma divertida. — Nem todos são meus, claro. Eu alugo os andares que não ocupo. Esta é só minha entrada privada — disse, gesticulando para o saguão grandioso atrás de si.

O maravilhamento de Syl morreu, substituído por confusão. Ela não conseguia entender esse nível de riqueza. Em vez de fazer com que se sentisse melhor por tirar vantagem de Xylan Graf, só fazia com que se sentisse boba. Ela achara que estava tramando um grande plano, mas alguém tão rico nem piscaria por algumas centenas de créditos.

— Eu não entendo. Como você tem um prédio inteiro? Um com um exército privado? Você tem o que, vinte anos? Vinte e um?

— Vinte e dois, na verdade, e sim, seu ponto é válido. Minha *grandmere* me deu este prédio de presente quando fiz dezoito anos e aceitei meu lugar na família, com a compreensão de que é meu trabalho torná-lo um lugar não só autossustentável, mas lucrativo. — Uma expressão pensativa tirou a diversão do rosto de Xylan, e ele franziu os lábios cheios. — Levou dois anos, mas consegui. E, quando consegui, o prédio se tornou meu de fato. A Matriarca é dura, mas justa. Ela gostaria de você.

— Porque eu consegui destruir um quarto de hotel em menos de um dia?

Xylan deu risada. O homem tinha um senso de humor esquisito.

— Não, porque você é uma sobrevivente. *Grandmere* costuma contar histórias de antigamente, de quando os Graf saíram do negócio sujo da exploração do hiperespaço para o transporte. Ela admira coragem e determinação, e você tem ambos em abundância, Sylvestri Yarrow.

Syl não disse nada e, por sorte, o elevador escolheu chegar com um tinido reconfortante que ecoou pelo saguão. Xylan e Syl entraram, mas Basha ficou para trás. Syl se sentiu meio perdida ao ver a Gigorana partir. Ela até que gostava de seu senso de humor seco, apesar de não saber se era porque o vocalizador roubava a emoção da voz de Basha ou se ela era realmente engraçada.

Ela decidiu que não gostava de ser elogiada por Xylan Graf. Não gostava muito dele, na verdade. Sua atitude parecia condescendente. E daí se ele tinha pegado um imóvel altamente desejado no mercado e o tornara algo lucrativo? Pfff, ele já começara ganhando. Ela nascera perdendo, uma vida inteira tentando sobreviver nas margens da galáxia. Crescendo em uma nave, se virando de uma carga até a outra, às vezes lutando por sua vida contra piratas e outros tipos de escória, nada para ela jamais fora fácil. E as coisas só ficaram mais difíceis quando sua mãe morreu. Nos últimos meses, ela lutou e planejou e pechinchou e fez tudo que conseguiu para continuar como transportadora e, no fim, nada disso importou. Perdera tudo em um ataque aleatório.

Nada a respeito da vida na galáxia era justo, mas estar ali parada ao lado de Xylan Graf, inalando sua colônia cara demais, só tornava o fato ainda mais evidente. E isso deixava Syl com raiva. A raiva era uma emoção bem melhor do que o desespero, então ela a mantinha com todo o resto que tinha.

Também seria mais fácil tirar mais alguns créditos do homem sem sua consciência atrapalhando tudo.

As portas do elevador se abriram, a subida até a cobertura tão suave que Syl nem notou que eles tinham se movido. Xylan chapinhou para fora do elevador — as botas molhadas pareciam se desintegrar quanto mais ele as usava; que pessoa normal pagaria por um sapato tão frágil? — e acenou, expansivo, em direção ao saguão e à sala de estar adiante.

— Vou me trocar — disse Xylan com um sorriso irônico, sem notar a irritação e o desconforto de Syl. — Sinta-se em casa. Bem, quero dizer, tente não colocar fogo em nada. — Ele piscou com a piada e então andou com fluidez por um corredor com suas longas pernas.

Syl voltou a atenção para a sala que se abria diante dela. Como o quarto de hotel, era luxuosa de uma forma óbvia na decoração cuidadosa e na particularidade de cada item. Aqui estava a mesa lateral entalhada em uma peculiar madeira preta e branca; ali, um tapete inteiro feito de pele gherliana, uma quantia exorbitante jogada casualmente no chão. Se Syl fosse vigarista, teria afanado alguma das quinquilharias espalhadas pela sala e corrido para levar tudo para uma loja de revenda. Poderia ter comprado facilmente uma frota inteira com o valor das decorações daquela única sala.

Em vez disso, deixou-se cair em uma cadeira de formato estranho e suspirou ao afundar no material cálido, resignada a sentir-se sempre instável e irritada ao lado do belo enigma que era Xylan Graf. Ela podia não gostar dele, mas, talvez, se o ajudasse, poderia convencê-lo a patrociná-la com uma nave ou algo assim. Ela não precisava gostar dele para gostar de seu dinheiro.

Ele era sua melhor oportunidade de assegurar que a viagem até Coruscant não havia sido uma perda de tempo.

— Você sabe que isso não é uma cadeira, não? — disse Xylan ao voltar para a sala em passadas largas.

Ele havia trocado a roupa vermelha e creme por uma combinação simples de calça e camisa, algo que um mecânico vestiria. Parecia o tipo de coisa que alguém encontraria nas docas, normal e ordinária. Syl decidiu que gostava mais da aparência discreta do que qualquer uma de suas montagens de alta-costura, e então se perguntou se ele havia feito isso para deixá-la mais confortável. Isso a irritou de novo. Ela não gostava de ser manipulada, especialmente por homens bonitos.

— Se não é uma cadeira, o que é? — perguntou Syl, voltando a ficar de pé.

— É Plinka, minha cachorra da neve da raça Grand Theljian. Não se preocupe, ela não se importa.

A criatura se levantou e se sacudiu enquanto Syl a olhava, horrorizada.

— Eu sentei na sua cachorra.

O animal era enorme, com seis pernas robustas e uma grande boca sorridente. Dois pares de olhos piscaram para Syl, e uma enorme língua azul a lambeu antes que ela pudesse se defender.

— Argh — disse Syl, coçando atrás das orelhinhas (as únicas coisas pequenas na criatura) enquanto ela grunhia, apreciando o carinho. Parte da irritação de Syl sumiu. Era difícil odiar alguém que tinha um bicho de estimação tão incrível. — Suponho que mereça essa baba toda, já que sentei em você.

Xylan riu.

— Ela faz isso o tempo todo, se agacha e espera até alguém decidir ver se ela é tão confortável quanto parece. Uma safada.

A criatura foi até Xylan, a cabeça dela na altura da dele. Enquanto ele afagava a cachorra, Syl tentou imaginar como seria ter uma criatura tão enorme a bordo da *Zigue-zague*. Não conseguiu.

Pensar na *Zigue-zague* a deixou com uma intensa saudade de casa; então ela reprimiu o pensamento e focou, em vez disso, em quão irritantemente bonito era Xylan Graf. Ela faria com que ele lhe desse outra nave.

— Tá, você pediu que eu esperasse para discutir o ataque até a gente chegar aqui — falou Syl, apontando para os esplendorosos aposentos de Xylan. — Agora quero saber por que alguém se deu ao trabalho de tentar me matar, se sou uma simples transportadora de carga.

A expressão de Xylan se fechou, e Plinka, como se sentisse o humor dele, foi até o que parecia ser uma cama gigante.

— Tem razão — disse Xylan com um suspiro. — Temo que eu só tenha dito parte da verdade quando jantamos ontem à noite. Para conseguir contar tudo, preciso primeiro mostrar uma coisa. Venha comigo.

Syl assentiu, mas não disse nada. Ao menos agora ela sabia que seus instintos estavam corretos.

Xylan se virou e passou pelo saguão até chegar a uma sala que parecia ser uma área de encontro, e então continuou até outro elevador que não tinha números. Dentro, ele apertou uma série de botões, nenhum dos quais parecia indicar para onde iam.

— Que língua é essa? — perguntou Syl, apontando para os estranhos garranchos acima de cada andar.

— É Graffiano. É a língua secreta de minha família.

Syl piscou de perplexidade.

— Sua família tem uma língua secreta?

Xylan fechou a cara.

— Acho que, talvez, quando eu explicar tudo, você entenderá exatamente o que está ocorrendo aqui e por que alguém mandou um assassino de aluguel para matá-la. Ah, chegamos.

As portas do elevador se abriram para revelar uma sala completamente diferente, um laboratório cheio de bugigangas e dispositivos que pareciam caros e complicados. Xylan passou por todos eles até chegar a um quadro que brilhava com vários pontos. Era um mapa da galáxia. Tomava uma parede inteira, e muitos pontos piscavam em vermelho, verde ou azul, com sistemas reluzindo em dourado.

— Uau — disse Syl. Ela já vira um mapa estelar parecido só uma vez na vida, em um museu onde sua mãe a levara quando foram a Hosnian Prime.

— Sim, é impressionante. Acho que, para explicar a você o que vou dizer agora, preciso contar um pouco sobre a história de minha família. Os Graf nem sempre foram ricos. Alguns séculos atrás, éramos transportadores de carga como você e, então, minha família teve a ótima ideia de se dividir na exploração do hiperespaço, descobrindo novas rotas e atalhos no espaço. Um trabalho perigoso, o que também significava que era lucrativo.

Syl assentiu. Ela já ouvira falar de exploradores. Antigamente, levava meses para alguém cruzar a galáxia. As viagens eram mais rápidas agora pelas rotas do hiperespaço, esses atalhos entre locais que, de alguma forma, dobravam o espaço e o tempo.

— Não quero entrar no debate a respeito da natureza do hiperespaço — disse Xylan com um sorriso pesaroso. — Alguns dirão que rotas do hiperespaço são buracos de minhoca, e outros juram que são caminhos escavados por uma raça antiquíssima que não existe mais. De qualquer forma, enquanto a República se expandia, havia uma certa corrida para mapear e reivindicar as rotas existentes, mas desconhecidas. Era um pouco de matemática, navegação e muita sorte. Minha família, é claro, mapeou várias rotas, algumas das quais eram privadas até sua mãe e pessoas como ela fazerem campanhas para que a República as tornassem acessíveis para todos.

Syl ficou ouriçada e abriu a boca para responder, mas Xylan ergueu a mão.

— Estou apenas falando sobre fatos. Para entender o que está acontecendo agora, você precisa entender a história e a teoria por trás do hiperespaço.

— Eu não sou burra — disse Syl, cruzando os braços. — Sou uma pilota. Entendo como o hiperespaço funciona. Minhas perguntas são como foi que fui tirada do hiperespaço enquanto estava cuidando da minha própria vida e por que alguém tentaria me matar por compartilhar o que aconteceu.

Xylan esfregou a mão no rosto e apontou de volta para o mapa.

— Esse é o problema. Eu não sei como você foi expulsa do hiperespaço. As teorias para tal coisa são puramente hipotéticas, e há algumas circunstâncias que poderiam justificar tal fenômeno, como a precipitação de uma supernova ou a colisão contra um objeto ou a sombra de sua massa.

— A gente não bateu contra nada — disse Syl.

— E não há relatos de nenhuma supernova no sistema Berenge; eu procurei.

Syl gesticulou para o mapa.

— O que todas essas luzes significam?

— Essa é a segunda peça do quebra-cabeça, a outra coisa incompreensível que os Nihil estão fazendo. Há lugares onde eles saem do hiperespaço e então voltam a entrar nele. Estou monitorando locais onde os Nihil foram vistos e tentando entender o que faz com que eles basicamente apareçam onde não há nenhum sinal navegacional para montar coordenadas confiáveis de salto. Há uma teoria que diz que o hiperespaço poderia ser adentrado de qualquer lugar, incluindo a atmosfera de um planeta, mas os cálculos para algo assim seriam muito além de qualquer unidade navegacional, ou até mesmo um droide astromecânico. Isso sem contar os ajustes que precisariam ser feitos levando em consideração a gravidade! O que eles estão utilizando são, em poucas palavras, estradas não mapeadas para entrar e sair do espaço real e evitar tanto os Jedi quanto as naves que a República manda atrás deles.

— Como? — perguntou Syl, sentindo, de repente, que não conhecia o hiperespaço tão bem quanto pensava.

Xylan deu de ombros.

— Eu não sei.

— Achei que você trabalhava com física teórica do hiperespaço — disse Syl, andando enquanto estudava o mapa da galáxia, as luzes piscantes parecendo, de súbito, menos bonitas e mais ameaçadoras agora que sabia o que elas representavam.

— Eu trabalho. Mas isto está além de mim. E, sem contar vantagem, mas sou considerado um dos melhores de minha área — disse Xylan. Parecia que ele estava contando vantagem. Não era de se surpreender que Xylan Graf não fosse bom no quesito modéstia.

— Então o que você acha que está acontecendo?

— Acho que os Nihil estão usando caminhos temporários através do hiperespaço, rotas que só são úteis por um pequeno período de tempo por conta das órbitas de corpos celestes. Como este aqui. — Xylan apontou para um pontinho perto de Valo, um planeta pequeno e fora do caminho que entrou na mente de todos após o desastre que aconteceu lá. — Houve um relato de uma nave Nihil saltando para o hiperespaço aqui, mas a oclusão da órbita dessas luas deveria ter impedido que isso acontecesse. E, dois dias depois, o eclipse trianual teria tornado a localização desse salto uma sentença de morte.

— Esses não são só alguns dos cálculos armazenados que os navicomputadores têm? — perguntou Syl, dando de ombros.

— Nenhum navicomputador tem todas as rotas possíveis. Os Nihil são capazes de mapear essas rotas sem usar nenhum dos sinais, mesmo em setores onde nunca foram vistos antes ou locais onde os sinais estão desativados. Porque eles já possuem a informação.

Syl se sentia sem chão desde que chegou a Coruscant, mas aquela nova revelação foi pior ainda. Os Nihil não eram brilhantes ou estratégicos; eles eram oportunistas cruéis que, de alguma forma, esbarraram em uma forma de usar o hiperespaço que superava a de todos os outros. Isso parecia algo estranho e mágico, como as histórias que as pessoas às vezes contavam sobre os Jedi e seus grandes feitos, histórias que pareciam meio conversa de cantina e meio pensamentos desejosos. Se os Jedi fossem tão incríveis, por que eles não previram o ataque em Valo? Ou o acidente da *Legacy Run*? Se eles eram tão bons, por que não apareceram para salvar sua mãe?

Syl respirou fundo. Era bobo o jeito que o luto que sentia pela mãe podia reaparecer sem aviso. Essa não era a hora de senti-lo.

— Tá, tudo bem, então como podemos pará-los? Como fazemos para a República intervir? — perguntou Syl, parando na ponta do mapa e dando meia-volta para encarar Xylan. — Decerto você já compartilhou essa informação com eles?

Ele assentiu.

— Mas não é o bastante. A República, no momento, está tentando parar a ameaça Nihil atacando suas localizações conhecidas, e, com a ajuda dos Jedi, os ataques estão indo bem. Mas, se não conseguirmos encaixar essa outra peça do quebra-cabeça, e entendermos quanto da natureza do hiperespaço eles estão explorando, nós sempre estaremos enxugando gelo.

Syl sacudiu a cabeça.

— Por que você acha que posso ajudá-lo? Eu já disse tudo o que sei a respeito do dia em que a *Zigue-zague* foi roubada.

Xylan lançou um olhar firme para Syl, e ela notou que o homem que vira antes era uma atuação, ainda que bastante ruim. Sua gentileza evaporou e seus olhos endureceram quando ele a encarou diretamente.

— Porque — disse Xylan, cruzando os braços enquanto estudava Syl — existe uma teoria que diz que sua mãe está por trás de tudo isto. E acho que esse é o motivo pelo qual alguém quer que você morra.

# DOZE

Vernestra se arrependeu de saltar nas costas da deslizadora segundos depois que ela e a outra mulher aceleraram em direção aos Nihil em fuga. Não porque ela não quisesse pegar os assassinos, mas porque não tinha um capacete, e a motorista era inconsequente o bastante para Vernestra se perguntar no que havia se metido.

Que a Força a protegesse; seria uma pena morrer por algo tão bobo quanto um acidente de deslizadora.

O vento fazia Vernestra lacrimejar, e ela apertou os olhos enquanto elas alcançavam a deslizadora mais à frente.

— Dispare de volta — disse a mulher dirigindo.

— Com o quê? — perguntou Vernestra, berrando para ser ouvida por conta do vento.

— Você não tem um blaster?

— Não, eu tenho um sabre de luz!

Aquela provavelmente não era a hora de dizer à outra mulher que Vernestra não ligava muito para blasters. Por que alguém carregaria uma arma tão grosseira tendo um sabre de luz?

A mulher grunhiu alguma coisa e se esticou para pegar algo no coldre de sua perna, e então entregou o blaster a Vernestra.

— Aqui.

Vernestra embainhou o sabre de luz e pegou o blaster, o movimento da deslizadora dificultando os disparos. Ainda assim, conseguiu acertar alguns disparos como resposta, o bastante para que a deslizadora diante delas guinasse e mudasse de direção.

— Pegamos vocês agora! — disse a mulher dirigindo quando os Nihil tomaram um caminho baixo por uma valeta.

— Você não vai segui-los? — berrou Vernestra enquanto a deslizadora virava numa curva de leve para a direita.

— Vou! — disse a motorista. —Prepare-se para pular.

— Pular? — perguntou Vernestra, olhando ao seu redor. Os Nihil estavam na valeta seca abaixo, só um pouquinho à frente.

— Você pode pular ou dirigir — disse a mulher e, quando Vernestra não respondeu, ela deu de ombros e ficou de pé no assento, escalando agilmente até a frente da deslizadora e gesticulando para que Vernestra tomasse seu lugar.

Vernestra se moveu sem jeito para a frente conforme a deslizadora começava a diminuir a velocidade, dando o blaster para a mulher antes de tomar os controles.

— Me deixe na frente deles! — gritou a mulher. Vernestra se perguntou quem seria essa pessoa imprudente. Ela não poderia estar realmente pensando que pularia? Era um movimento arriscado para um Jedi, e extremamente inconsequente para qualquer outra pessoa.

Vernestra empurrou a deslizadora e a coisa trepidou um pouco e depois tiniu, irritada, enquanto ela acelerava o máximo que a moto permitia. Os motores gemeram de forma estranha, a fumaça começando a crescer um pouco conforme a deslizadora ficava superaquecida, mas a moto ultrapassou a outra bem a tempo de a mulher se jogar pelo ar em direção à valeta.

De alguma forma ela conseguiu, de fato, pousar bem acima da pessoa dirigindo a deslizadora fugitiva, fazendo o veículo rodopiar antes de escorregar até parar.

Vernestra tentou acalmar a moto deslizadora, mas os motores estavam tomados por labaredas. Então ela saltou da parte de trás, usando a Força para cair de pé na terra, e não de cara. Foi por pouco, porém, e definitivamente não foi seu melhor momento; tossiu enquanto abanava uma nuvem de fumaça. Vernestra entendeu onde estava e olhou para baixo, enquanto a outra mulher dava um chute para trás, expulsando a passageira Nihil da deslizadora antes de usar o blaster no motorista. Ela saltou para fora da máquina, indo atrás da última Nihil enquanto ela se arrastava para trás no chão. A deslizadora roubada pairou, sem ninguém para dirigi-la, e Vernestra correu até o lado íngreme do penhasco para ajudar a mulher a subjugar os Nihil.

— Isso foi bem impressionante — disse Vernestra, ainda tossindo um pouco pela fumaça da deslizadora queimando mais acima. — Eu não achei que você acertaria o pulo.

A mulher misteriosa tirou o capacete para revelar que era humana, com um longo cabelo cacheado e escuro que ia até a metade das costas. Sua pele tinha cor de areia e uma porção de sardas, e seus olhos escuros pareciam cortar Vernestra.

— Você me deve uma deslizadora — disse ela, com a voz impassível e indiferente.

Vernestra olhou para cima, na altura do cume, onde a moto estava, definitivamente, em chamas.

— Tudo bem, é justo. Será que deveríamos levar essa aqui de volta para a cidade?

— Não tem motivo para isso, ela está morta — disse a mulher, apontando para as profundas marcas de garra no meio do peito da Nihil.

— Você a matou? — perguntou Vernestra, sem conseguir acreditar.

— Não, Remy a matou. Ela estava caçando, mas deve ter vindo aqui para ver o que estava acontecendo. Ela gosta de caçar aqui na valeta. É por isso que conheço tão bem o local. — Um gato de caça com rosetas verdes e azuis, mais ou menos do tamanho de um ser humano pequeno, mas bem menor que os targons da Chanceler Soh, rondou os Nihil já mortos, eletricidade estalando nos chifres com curvas elegantes de sua cabeça. Ela coçou as orelhas da fera. — A pirata a ameaçou, e a vollka se defendeu como deveria.

Aquela mulher era estranha e parecia curiosamente indiferente às pessoas mortas a seus pés. Estava desinteressada de tudo que acontecia ao seu redor, como se tivesse coisas melhores a fazer além de parar assassinos. A vida era tão brutal assim na fronteira?

— Meu nome é Vernestra Rwoh, aliás. — Talvez, se mudasse de assunto, a outra mulher se abrisse um pouco mais.

— Jordanna Sparkburn — disse a mulher esguia. — Sou a representante San Tekka aqui em Tiikae. Onde está sua trança? E faixa? Ou a Ordem não faz mais isso?

Vernestra piscou, surpresa. Era sua imaginação, ou a mulher parecia não gostar da Ordem?

— Eu, hã, já sou uma Cavaleira — disse Vernestra, sentindo-se constrangida sob o olhar impávido de Jordanna. Ela sentia como se tivesse entrado em um lago e descoberto que era muito mais fundo do que esperava que fosse.

— Uma Cavaleira... Quantos anos você tem, doze? Mirialanos podem não envelhecer como humanos, mas você parece muito jovem mesmo.

Vernestra franziu os lábios, irritada.

— Tenho dezessete. Passei por minhas provações mais cedo.

— Parabéns — disse Jordanna, indiferente. Remy, a vollka, deu um grande bocejo, como se estivesse pontuando a falta de entusiasmo de Jordanna. Sentou-se perto dela e se inclinou para cutucar o quadril da mulher com a cabeça. Jordanna coçou as orelhas da gata um pouco mais, enquanto olhava, na distância... para nada, pelo que Vernestra conseguia ver. A combinação do estranho comportamento da representante e a aparência da vollka a desequilibraram tanto que ela precisou lembrar que havia duas pessoas bastante mortas no chão ali perto.

— Vocês são atacados pelos Nihil com frequência por aqui? — perguntou, mudando de assunto mais uma vez. Talvez houvesse alguma explicação para o comportamento gélido da outra mulher.

— Desde o ano passado, este planeta virou uma zona de guerra — disse Jordanna, gesticulando fracamente para os corpos no chão. A expressão dela não mostrava nada do horror que Vernestra esperaria encontrar nesse tipo de situação. A representante só parecia cansada. — Minha família, os San Tekka, colonizou este planeta cerca de um século atrás, e a maior parte das outras famílias estão aqui desde o começo. Tiikae costumava ficar na junção de duas rotas do hiperespaço de tamanho decente, mas um cometa veio algumas décadas atrás e os escombros fizeram com que uma das rotas se tornasse perigosa demais para a travessia. E, desde então, tudo tem sido... terrível. Primeiro vieram os Nihil; então, contratamos mercenários que bebiam demais e causavam seu próprio estrago na cidade em vez de fazer o seu trabalho. Depois que nos livramos deles, achamos que as coisas ficariam melhores, mas não ficaram. Perdemos alguns dos Jedi do templo, e então vieram os Zygerrianos tentando sequestrar colonos, e os Hutts logo depois. E tudo isso sem contar os Drengir. — Jordanna se virou para olhar nos olhos de Vernestra. — Então, sim. Tivemos um ano interessante. E supostamente temos que lidar com tudo isso com poucos recursos, já que os outros estão sendo desviados para propriedades mais lucrativas dos San Tekka.

A vollka se endireitou de repente, olhando para um dos corpos e sibilando. Energia dançou entre os chifres dela, e Jordanna se retesou. Por instinto, Vernestra pegou o sabre de luz, mudando sua postura de leve em antecipação para uma nova ameaça. Jordanna ergueu a mão e foi até os cadáveres.

— Relaxa, Jedi, eles continuam mortos. Remy encontrou outra coisa. — Jordanna remexeu os bolsos da Nihil e pegou um item em forma de cubo.

— O que é isso, um holocron? — perguntou Vernestra, embainhando o sabre de luz e andando até onde Jordanna estava parada, examinando a caixa.

— Parece ser. Mas essas marcas são estranhas — disse Jordanna, intrigada com o cubo antes de passá-lo para Vernestra. — Você as reconhece?

Vernestra pegou a caixa. Um calafrio correu por sua coluna, apesar do calor irradiando do sol carmim.

Era, nem tão surpreendentemente, a caixa de sua visão.

Era menor que a maior parte dos holocrons, com uma decoração intrincada e bem-feita. Era robusta, como se pudesse sobreviver a uma queda ou talvez até a uma batalha de uma determinada altura, como havia feito, obviamente. A caixa era decorada com um arco-íris de cores. Os glifos do lado de fora pareciam uma mistura de Aurebesh e os garranchos frívolos de uma criança; palavras ou letras, não eram algo que Vernestra já vira antes.

— Não, eu não reconheço a escrita. Acho que não é um holocron. Não parece nada Jedi — disse Vernestra, lutando para ficar calma. — Você se importa de eu ficar com ela? Estamos indo para Coruscant, e talvez um dos arquivistas no Templo possa decifrar o exterior. Parece importante, já que os Nihil estavam dispostos a matar por ela.

Jordanna deu de ombros.

— Talvez. Eles são Nihil. Pelo que vi, não ficam escolhendo demais quem matar. — Ela procurou no bolso da Nihil por mais alguma coisa, indo para o homem depois de acabar com a mulher. — Nada além de alguns créditos.

Uma deslizadora atravessou o cenário em direção a elas, deixando um rastro ondulante de poeira, e Vernestra ligou o sabre de luz mais uma vez conforme o veículo se aproximava. Jordanna só ficou de pé com os braços cruzados, uma expressão irritada torcendo seus lábios. A vollka deixou-se cair para o lado e começou a se lamber.

Jordanna apontou para o veículo que se aproximava.

— É um Jedi. Um dos seus?

— Sim, é um dos Padawans. — Conforme a deslizadora chegava, Vernestra conseguiu distinguir bem a silhueta de Reath contra a areia avermelhada, o rosto franzido em concentração enquanto ele ia na direção delas. Ele estacionou a alguns metros dali e ficou de pé.

— Ei, parece que você os pegou — disse ele.

— O Mestre Oprand disse que eram cinco deles — falou Vernestra.

Reath assentiu.

— Eles fugiram de volta para a nave e escaparam. O Mestre Cohmac tentou pará-los, mas eles saltaram para o hiperespaço bem na frente dele.

— Acontece — disse Jordanna enquanto Vernestra pulava na deslizadora. A mulher mais velha apontou para a moto ali perto. — Vou nessa.

— E os corpos? — perguntou Vernestra, sentindo uma estranheza em deixar os mortos para trás, expostos e sem cuidados.

— Deixe-os para as serpentes da carniça. — Sem nenhuma outra palavra, Jordanna e sua gata de caça correram para a deslizadora.

— Está tudo bem? — perguntou Reath, o rosto marcado de preocupação.

— Suponho que bem o bastante. Vamos voltar para a cidade — disse Vernestra. — Ela é a representante San Tekka daqui. Acho que sabe o que faz.

Reath girou a deslizadora para voltar para a cidade, Jordanna seguindo-os, a vollka desviando para um caminho diferente do que eles iam. Ele dirigia como se estivesse sendo perseguido, a deslizadora de terra correndo pela areia, e Vernestra precisou meditar para acalmar as batidas de seu coração. A imagem da família, queimaduras de blaster em seus peitos, os corpos mostrando sinais de tortura, e o jeito que eles estavam em sua visão, vivos e assustados, voltou à sua mente. Por que os Nihil queriam tanto aquele cubo? Ele tinha algum segredo?

Era por isso que ela havia sido levada até ele por sua visão?

A deslizadora chegou na cidade e Vernestra não a esperou parar para saltar para fora do veículo. Imri e o Mestre Cohmac estavam com o Mestre Oprand, os três conversando em voz baixa. Eles se viraram ao ver Vernestra.

— Está tudo bem? — disse Vernestra, e Mestre Cohmac sacudiu a cabeça.

— Infelizmente, nenhum dos reféns sobreviveu — falou o Jedi mais velho com uma expressão sóbria.

— Mas haveria mais mortes se vocês não tivessem respondido nosso chamado — falou Mestre Oprand, ignorando Jordanna. — Você disse que os saqueadores saltaram antes que você pudesse capturar os Nihil que fugiram?

— Sim. Para o hiperespaço. Eles têm uma forma de saltar para o hiperespaço de qualquer lugar — disse Mestre Cohmac.

— Um enigma que, tenho certeza, a República está trabalhando com afinco para resolver — falou Mestre Oprand. Ele sorriu com educação e gesticulou em direção à mulher encarando o grupo de braços cruzados. — Ah, onde estão meus modos? Mestre Cohmac, deixe-me apresentar a representante San Tekka, Jordanna Sparkburn. Ela é responsável pelo bem-estar dos colonos de Tiikae. Jordanna, estes são o Padawan Reath Silas e Imri Cantaros. Parece que já conheceu a Jedi Vernestra.

Reath acenou sem força.

— Quero checar algo que vi na estalagem, se não tiver problema — disse ele. O Mestre Cohmac assentiu e Reath foi para lá.

Imri sorriu com timidez para Jordanna, que assentiu, brusca, os braços ainda cruzados. Ela abriu a boca para falar, mas foi interrompida pela aproximação de Remy, sua expressão severa derretendo em felicidade quando a vollka a cutucou, como se quisesse a própria apresentação.

O rosto pálido de Imri se abriu em um sorriso divertido e ele foi até Remy.

— Pelas estrelas, é uma vollka? — perguntou ele, arregalando os olhos, maravilhado.

— Sim — disse Jordanna. A gata se endireitou e olhou para Imri com olhos que pareciam fendas.

— Eu li a respeito delas, mas não sabia que tinham saído de Mirran Seis. Ah, que amor — disse Imri, coçando a gata entre seus chifres espiralados.

— Ela está em minha família por mais de um século, e foi encontrada muito tempo atrás quando filhote por um de meus ancestrais mais aventureiros. E ela morde — disse Jordanna, bem quando a vollka tentou pegar a mão de Imri. O Padawan puxou a mão de volta antes que a gata pudesse pegar seus dedos, mas a quase mordida não diminuiu nem um pouco seu sorriso.

— Você é tão bonita — sussurrou Imri para a vollka, que decidiu que tinha coisas melhores para fazer e foi inspecionar um barril coletor de chuva ali perto.

Mestre Cohmac limpou a garganta, chamando a atenção de todos.

— Então, Mestre Oprand, parece que seu assentamento deve estar seguro por enquanto. Mas o que vocês farão quando os Nihil voltarem?

Mestre Oprand sacudiu a cabeça azul e coçou um dos lethorns.

— Não tenho certeza. Gostaria de saber por que eles nos atormentam, em primeiro lugar. Somos um pequeno assentamento longe das rotas mais populares do hiperespaço, com muita pouca coisa de valor. Não há motivo para eles nos verem repetidamente como um alvo adequado.

— Nós deveríamos falar com Coruscant para pedir por um conselho, Mestre Oprand — disse Jordanna. — Este é o terceiro ataque Nihil, sem contar todos os outros tormentos do assentamento, e a violência só está aumentando. Ou recebemos mais Jedi que nos ajudem a defender a população local, ou precisaremos realocar os colonos para algum lugar seguro até eles lidarem com os Nihil. A desordem que eles causam está fazendo com que muitos outros se sintam ousados. Não podemos cuidar do assentamento só nós dois.

— Temo que tenha razão, Jordanna — disse o Mestre Oprand, a voz carregada de pesar. Ele se virou para o Mestre Cohmac. — Enviei muitos pedidos de assistência ao Templo de Coruscant, mas os reforços prometidos continuam sendo enviados para outros locais. Acha que há algum Jedi no Farol da Luz Estelar que possa nos auxiliar?

— Talvez. Não tenho como saber. Temo que o tempo que passei na estação foi breve, e que eu, também, estou sempre em missões contínuas — disse Mestre Cohmac.

— Quantos colonos há aqui? — perguntou Vernestra.

Havia espaço de sobra para refugiados no Farol da Luz Estelar se o Mestre Jedi tivesse como transportar a todos, e a Mestra Avar certamente não recusaria ninguém. Seria a solução mais razoável, a curto prazo.

Mestre Oprand suspirou e enfiou as mãos nas mangas grandes e em forma de sino de suas vestes.

— Antes do massacre? Duzentas e sessenta e três pessoas, sem contar nós.

Vernestra se virou para ver um grupo de humanos tirando os corpos da estalagem. Todos pareciam soturnos, mas ninguém chorava ou pranteava, emoções típicas em uma catástrofe. Aqueles habitantes estavam acostumados com a dificuldade e a perda. Talvez isso explicasse de alguma forma a rispidez de Jordanna.

— Se tiver uma forma de mandar todo mundo para o Farol da Luz Estelar, essa seria uma opção — disse Vernestra. — A Mestra Avar Kriss, a oficial responsável do Farol, tem espaço para acomodá-los e sempre abre as portas para aqueles que foram deslocados por ataques Nihil.

— Sim, Vernestra tem razão — disse Cohmac. — Posso mandar uma mensagem direta para o Farol antes de sua chegada, ou mesmo pedir que eles os levem. O Farol da Luz Estelar fica a apenas umas horas daqui, em rotas do hiperespaço patrulhadas pelo corpo de voluntários da República.

— E podemos levar algumas pessoas para Coruscant se elas preferirem — disse Vernestra. — Temos espaço.

— Podemos e iremos — concordou Cohmac.

Então houve uma comoção perto da entrada da estalagem. O Nihil que Reath subjugara antes conseguiu se livrar de seus captores, roubando um dos blasters. Ele apontou para os Jedi e disparou duas vezes, errando ambos os tiros.

— Morram, escória Jedi!

Jordanna apontou para o homem com o queixo. Remy deu dois passos e, então, pareceu desaparecer.

Vernestra não teve tempo de se perguntar para onde a vollka fora; ela puxou o sabre de luz e ativou a lâmina roxa. Mas nem precisava ter se incomodado. Remy reapareceu diante do Nihil, os chifres estalando e os dentes à mostra, e com um único pulo rasgou a garganta do Nihil com suas presas afiadas. O sangue jorrou em um arco e o Nihil caiu no chão, morto.

— É real — arfou Imri, arregalando os olhos.

Vernestra desligou seu sabre de luz e o colocou de volta no coldre, o coração ainda batendo rápido pela súbita violência do ataque da gata.

— O que é real?

— Vollkas são apenas muito velozes quando estão caçando. A invisibilidade é um rumor — disse Jordanna, mas ela parecia estar apenas repetindo uma frase decorada. — Vollkas foram caçadas até quase serem extintas por cientistas tentando testar e replicar essa ideia, mas ela simplesmente não é real.

— Você acha que esse pode ser o motivo pelo qual os Nihil continuam atacando o planeta? — perguntou Vernestra. — Remy parece que seria valiosa.

Jordanna estreitou os olhos escuros para Vernestra em uma expressão que lembrava a vollka e sacudiu a cabeça.

— Acho que os Nihil nos atacam porque somos um alvo fácil e frágil que não consegue resistir muito. Podemos ter algumas centenas de colonos aqui agora, mas antigamente eram milhares. E esses prédios? É tudo que restou. Não tivemos a chance de reconstruí-los. Somos todos sobreviventes de um ano perigoso, e esse assentamento pode não parecer grande coisa, mas é o lar de muitas pessoas. Nunca esqueça que os Nihil nos atacam pelo mesmo motivo que eles atacaram Valo: porque eles podem.

Vernestra estremeceu. Jordanna não tinha como saber que ela estivera em Valo durante o ataque. Ela não sabia da síndrome do sobrevivente que Vernestra carregava consigo como uma mochila cheia demais. Havia algo que poderia ter feito a mais? Um rápido olhar na direção de Imri confirmou que ele não sentira seu luto repentino, e ela respirou fundo para liberá-lo. Enquanto conseguisse controlar suas emoções o bastante para que seu Padawan não as sentisse, ela ainda estaria lidando tão bem quanto poderia esperar.

Talvez ela encontrasse um momento para meditar quando voltassem a viajar. Era a única forma que Vernestra conhecia para acalmar o turbilhão de emoções que a atormentava desde o ataque à Feira da República.

— Sim, sim, de fato. Obrigado, Jordanna — interrompeu Mestre Oprand, um olhar de asco misturado com desespero cruzando seu rosto quando vislumbrou o Nihil morto sangrando por todo o chão e a gata de caça lambendo fastidiosamente o sangue de seus bigodes. — Acredito, porém, que é uma ideia brilhante que eu leve os que quiserem ir ao Farol da Luz Estelar.

Jordanna assentiu.

— Pegaremos todas as naves que conseguirmos encontrar e vou falar aos colonos que preferirem ficar que o farão por sua própria conta e risco. Vou pegar um dos capitães menores para ir a Coruscant e falar com o escritório do conglomerado San Tekka, para ver se consigo negociar funções para aqueles que quiserem ficar como vassalos dos San Tekka.

— Você está mais do que convidada a vir conosco, se for mais fácil — disse Mestre Cohmac. — No momento, estamos a caminho de Coruscant. Não teríamos dificuldade alguma de incluí-la.

A representante assentiu.

— Agradeço muito. Assim, há mais uma nave para levar o pessoal para o Farol da Luz Estelar. Vou pegar minhas coisas.

Ela se afastou do grupo para ir até um prédio pequeno no fim da estrada empoeirada, a vollka logo atrás, os passos das duas levantando pequenas nuvens de poeira. O prédio atarracado tinha glifos que indicavam que era um escritório do conglomerado San Tekka. Vernestra não estivera em muitos planetas como Tiikae, mas já vira propagandas de corporações como a do conglomerado San Tekka procurando por colonos que quisessem morar em seus planetas mais afastados, o trabalho de estabelecer infraestruturas locais sendo pago generosamente, especialmente quando o planeta virava um posto avançado importante.

Era provável que aguentar tantos ataques não valesse os créditos.

— Imri, encontre Reath e diga a ele que vamos partir em breve — disse Vernestra, e o Padawan foi para lá.

Cohmac assentiu para Vernestra, agradecendo, e então se virou para o Mestre Oprand.

— Acha que Jordanna será um problema? — perguntou Mestre Cohmac. — Ela parece capaz, mas sinto muita... discórdia nela.

— Jordanna passou anos demais na fronteira — disse Mestre Oprand, endireitando os ombros. — Ela era uma assistente até bem recentemente. A representante anterior morreu no ataque Drengir alguns meses atrás e, quando eu cheguei, ela estava lutando há meses sem parar, ela e aquela gata fazendo tudo o que podiam para proteger os cidadãos locais. Ela é teimosa e tem uma manha excepcional com animais, mas tem uma tendência para a violência que considero... perturbadora. — Mestre Oprand soltou um suspiro pesado. — Mas também temo que eu tenha passado tempo demais na fronteira, e conheci muitos colonos como ela. É por isso que nossa luz é tão importante para a galáxia. Quanto mais conseguirmos diminuir o sofrimento daqueles que são como ela, melhor protegeremos a vida.

Mestre Cohmac assentiu, rígido.

— Tempo demais na fronteira faz com que qualquer um perca a perspectiva, e ficaremos felizes de ter mais uma pessoa conosco na viagem.

Reath e Imri voltaram, o rosto de Reath torcido em desespero, e Imri lançando olhares preocupados para ele. Vernestra franziu o cenho ao notar a confusão e o transtorno em Reath. Se ela conseguia sentir como ele estava perturbado, então algo muito ruim acontecera. Pobre Imri, deveria estar sobrecarregado, e ela foi para mais perto dele para colocar uma mão em seu ombro e dar ao seu Padawan um pouco de força antes de voltar sua atenção para outros lugares.

— Reath. O que houve?

Os dois Mestres Jedi se voltaram para o Padawan, e Reath corou com a atenção repentina.

— Eu estava passando pela estalagem, tentando entender o que poderia ter atraído os Nihil a um lugar assim. E, bem, encontrei algo que acho que todos deveriam ver.

Mestre Cohmac fez um gesto para Reath guiá-los e, quando Vernestra entrou mais uma vez na estalagem, notou que tivera apenas uma breve impressão do local em sua primeira vez. Antes, ela estava focada em encontrar os Nihil e impedir que machucassem os colonos que mantinham como reféns. Agora, ela se deu tempo de realmente observar o espaço: as marcas chamuscadas causadas pelos blasters dos Nihil, as manchas curiosas no chão onde vidas foram perdidas. Era tudo tão sem sentido. Por que os Nihil mataram todas aquelas pessoas? O que eles esperavam ganhar?

E por que os Jedi não os paravam com mais rapidez?

Imri lançou um olhar penetrante para Vernestra, que respirou fundo antes de controlar mais uma vez suas emoções desenfreadas. Fora um dia corrido, mas ela ainda precisava ser um exemplo para Imri, e desabar era o contrário disso.

Reath atravessou o chão empoeirado e foi até um painel na parede, que estivera fechado da última vez que Vernestra esteve ali, disfarçando-o do resto do cenário.

— Escutei um som estranho, de algo apitando, quando vim aqui mais cedo, e acabei de encontrar este painel. Olhem.

Os Jedi se agruparam ao redor de uma porta estreita, olhando no pequeno espaço ali dentro. Era pouco mais do que um armário, mas estava lotado de uma unidade de comunicação de alta energia, o tipo utilizado para mandar mensagens interplanetares. Piscava com um holo recebido recentemente. Reath apertou o botão de play para que todos vissem a mensagem juntos.

— Sabemos que vocês a têm — disse uma menina humana bonita e pálida; o tipo de garota que você esquecia logo após vê-la, sem nenhum traço memorável. Bochechas redondas, pele pálida, cabelo preto com mechas azuis em um estilo comum entre os Nihil, mesmo que não houvesse nada além disso que marcasse a garota como uma deles. Ela não tinha tatuagens faciais ou piercings e, definitivamente, não tinha máscara. — E, em breve, vocês estarão mortos. Então parem de resistir e nos deem o que queremos. Ou invoquem a fúria da Tempestade.

— Ela é Nihil? — perguntou Imri, confuso.

— Sim, o nome dela é Nan — disse Reath. — Seja lá o que os Nihil faziam aqui, eles não estavam procurando por um alvo frágil. Era algo que eles pegaram. Parece que esta família talvez estivesse trabalhando para os Nihil? Essa não foi a única mensagem que encontrei. E, se Nan está envolvida nisso, é algo ruim. Ela não é como a maior parte dos Nihil; é inteligente e sagaz. — Uma expressão de dor cruzou o rosto de Reath antes de notar o que estava fazendo e treinar seus traços até ficar indiferente. — Mestre Cohmac e eu a conhecemos quando estávamos presos na estação Amaxine. Se ela estiver envolvida de alguma forma com o que aconteceu aqui, não pode ser nada bom. Ela é implacável.

Mestre Cohmac assentiu, grave.

— Acredito que transportar aqueles que quiserem sair de Tiikae é uma ótima ideia.

O cubo consistente no bolso de Vernestra ficou subitamente mais pesado.

— Acho que talvez eu saiba o que eles queriam — disse ela, pegando o objeto que parecia um holocron que Jordanna encontrara com a Nihil morta que, por sua vez, certamente o pegara da família de Ugnaughts de sua visão. A família que agora estava morta. — Jordanna e eu encontramos isto com uma das Nihil. Suponho que pode ser o que eles procuravam?

Mestre Cohmac afagou a própria barba, estreitando os olhos.

— Talvez seja. E, se for, é possível que, pela primeira vez, estejamos à frente desses piratas. Você a abriu e inspecionou seu conteúdo?

Vernestra sacudiu a cabeça.

— Eu não entendo estes glifos, mas talvez algum de vocês os reconheça?

Mestre Oprand tomou o pequeno cubo de Vernestra e o virou em suas mãos azuis.

— Eu não os reconheço — disse ele antes de passá-lo ao Mestre Cohmac.

Cohmac sacudiu a cabeça.

— Nem eu. Mas parece ser algo muito, muito antigo. Eu diria que me lembra uma caixa-segredo de tempos passados, mas, sem saber da linguagem nas laterais, seria apenas uma suposição baseada no que eu conheço. Reath? — O Padawan sacudiu a cabeça, e o Mestre Cohmac devolveu o cubo a Vernestra. — Você deveria levar isso à linguista quando chegarmos ao Templo. Talvez ela possa traduzi-lo.

— E talvez então teremos uma resposta que diga por que tantas vidas foram perdidas no dia de hoje — disse Mestre Oprand. — Mas essa descoberta só deixa claro que ficar aqui só trará mais desgraça. Você está correto em sua dedução, Mestre Cohmac. Devo ir e aconselhar os colonos que ainda estão aqui a partirem comigo enquanto vocês levam essa coisa amaldiçoada ao Templo.

— Sim, precisamos continuar para Coruscant. Eles, afinal, nos esperam — disse Mestre Cohmac.

Enquanto eles saíam do prédio, o cubo misterioso pesou na mão de Vernestra.

O que poderia valer tantas vidas?

Ela quase tinha medo de descobrir.

# TREZE

— Desculpe, você pode repetir? — disse Syl. Suas mãos faziam punhos nas laterais de seu corpo, e ela se perguntou quanto tempo demoraria para Basha e o resto da equipe de segurança responderem se ela desse uma porrada em Xylan Graf.

— Você me ouviu. Vamos, Sylvestri Yarrow, você não é uma atriz, e nós dois somos pessoas muito espertas — disse Xylan, encostando seu corpo alto contra um balcão próximo. Um sorriso maldoso brincava em seus lábios, estopim para a chama do temperamento de Syl.

Só um soco. Ah, como isso seria satisfatório! Era bom que Basha tivesse levado Beti quando saíram do hotel; se não fosse por isso, Syl seria presa por homicídio.

— Eu não estou fingindo que quero te bater. Acredite, eu *quero*. E não estou fingindo ser burra, também. Minha mãe está morta. Não que ela fosse um gênio do hiperespaço, de qualquer forma.

— Bobagem. Sua mãe foi a aluna mais brilhante para a qual lecionei, bem mais inteligente que Xylan, aqui. Você certamente sabe disso, não sabe? — falou uma voz vinda da porta.

Syl se virou. Parada na entrada do laboratório de Xylan estava um Gungan grisalho, as longas orelhas caídas retas contra a cabeça. Bigodes compridos pendiam de seu bico, e um par de óculos fazia seus olhos parecerem enormes. Ele vestia calça e camisa combinando, as duas com uma curiosa estampa xadrez com listras azuis e verdes. Syl só vira um outro Gungan em sua vida, e aquele falava Básico em um dialeto estranho que o fazia parecer bobo e estúpido, uma afetação que usava para separar mais facilmente suas vítimas do dinheiro delas nos antros de apostas das docas.

Xylan se aproximou do Gungan com um enorme sorriso.

— Professor Wolk! Que surpresa agradável. Achei que estivesse de volta a Naboo.

— De maneira nenhuma; mandei um aviso dizendo que voltaria duas semanas atrás. Você continua sendo um péssimo mentiroso, Graf. — O professor abaixou a cabeça para entrar na sala. Apesar de a maior parte da equipe de segurança ser de outras espécies, as dimensões do espaço acomodavam humanos acima de tudo, o que Syl supunha ser algo como um símbolo de *status* para Xylan, uma esnobada contra qualquer um que não fosse como ele. As poucas pessoas ricas que Syl conheceu na vida sempre gostaram do poder de estar confortável enquanto os outros não estavam, e o sorridente, risonho e jocoso Xylan Graf não parecia diferente.

— E você não respondeu minha pergunta — disse o Gungan, os olhos bulbosos focados em Syl.

Ela olhou para o Professor Wolk e depois para Xylan.

— Eu não entendo por que vocês dois parecem pensar que minha mãe, que, aliás, está morta, era algum tipo de gênio do hiperespaço.

Ela fora apressada demais achando que poderia tirar algo de Xylan Graf. Afinal, ele vinha de uma família capaz não apenas de grandes feitos, mas também de grandes horrores. As pessoas na Orla Exterior e na fronteira ainda sussurravam sobre o papel dos Graf na Corrida do Hiperespaço séculos depois. O desespero não era uma desculpa para jogar a precaução pela janela, e, no tempo todo que passara planejando como o convenceria a lhe patrocinar uma nave, ele a estivera manipulando para seus próprios fins.

— Talvez você e o Professor Wolk devessem ser apresentados de maneira apropriada antes de eu entrar em, ah, tópicos menos agradáveis de discussão — disse Xylan com um sorriso vitorioso.

— Olha, eu não tenho como ajudar — Syl deixou escapar. Era hora de jogar seu ás. — Não tenho uma nave, e minha tripulação atual consiste em um velho Sullustano e um droide enferrujado mais velho ainda. Então, boa sorte ao tentar me extorquir para te ajudar. Tudo o que eu tenho são três créditos, um macacão extra e um rolo de enxaguantes bucais. Não faço a mínima ideia do que vocês estão falando, você está começando a me assustar, e eu só... eu só... — Syl fungou e tentou fazer com que algumas lágrimas caíssem, os olhos queimando pelo esforço. Pelas estrelas, como ela era ruim nisso.

O Professor Wolk soltou um coaxo curioso que Syl entendeu como uma risada.

— Ah, muito dramática. Sua mãe era igual na sua idade. — O Professor Wolk andou até um banquinho próximo e se sentou, dobrando os longos membros em uma pose relaxada demais para o gosto de Syl.

Xylan soltou um suspiro alto.

— Syl, este é o Professor Thaddeus Wolk, o proeminente especialista em física teórica do hiperespaço.

Syl piscou, perplexa.

— O cientista mais inteligente do hiperespaço é Gungan?

— Que grosseria — disse Wolk, mas sua voz não era dura. — E sim. Eu entendo a ironia, já que meu povo não gosta de deixar Naboo, por bons motivos, preciso acrescentar, considerando os eventos recentes... mas publiquei uns quantos estudos quanto à possibilidade de trânsito superluminal através de um meio atmosférico particulado, e a proposta de projeção de supercordas emaranhadas que apresenta o hiperespaço e a Força compartilhando um cordão em um volume mundial de cinco dimensões.

Syl piscou, atordoada. Era um monte de palavras, das quais ela havia entendido umas seis.

— A Força? Isso é coisa de Jedi. Quanto mais vocês falam, menos dizem coisa com coisa.

— Talvez — disse o Professor Wolk. — Mas temo que o caro Xylan esteja ofuscando o assunto importante aqui, e é por isso que a lógica é tão confusa: eu conhecia sua mãe. Ela era minha aluna quando eu lecionava na Academia de Carida.

— Quê? — disse Syl, sentindo-se tonta de repente. Xylan pegou seu cotovelo, guiando Syl a um banquinho perto deles. Ela afundou nele, grata, e Xylan ofereceu um sorriso gentil antes de soltar seu braço. Apesar de até mesmo o cavalheirismo ser parte da farsa, ela ficou feliz de que ele não a tivesse deixado cair no chão.

A mãe dela, ativista e defensora dos oprimidos, estudou em um colégio militar? A ideia era ridícula.

— Sim, suponho que isto seja um tanto chocante se você não sabia que sua mãe era uma estrategista do hiperespaço teórico — disse o Professor Wolk, tocando na ponta de seu bico.

Syl piscou, sentindo como se tivesse acabado de levar um soco, e Xylan fechou a cara.

— Professor, talvez o senhor devesse começar do início. Esta abordagem não está indo a lugar algum.

Wolk voltou a ficar de pé e inclinou a cabeça na direção de Xylan, assentindo em concordância. Juntou os longos dedos antes de se endireitar.

— Sinto muito, estava apenas organizando meus pensamentos. Suponho que eu deva mesmo começar pelo início, já que isso explicaria como conheci sua mãe. Como você, sem dúvida, sabe, a Academia de Carida foi, um dia, uma proeminente escola de estudos não apenas da guerra, mas do complicado negócio que é desencorajar o conflito. Em nossa época, a faculdade já não era vista de forma tão favorável pela maior parte das pessoas, já que a paz em grande parte da República nos torna indulgentes e felizes. Ainda há alguns planetas onde a guerra é a norma e a instrução da guerra é almejada, mas não é nem perto do número necessário para encher o corpo de estudantes. A faculdade, desanimada pelo decrescente número de matrículas, instituiu um programa para recrutar estudantes na Orla Exterior e planetas menos populosos para tentar continuar relevante.

Syl respirou fundo e voltou a recuperar o juízo.

— O que significa que agora eles deixam os pobres desesperados da fronteira irem para sua faculdade chique de graça para as pessoas não esquecerem que eles existem. — Syl sabia como a zona interior via os planetas da fronteira. E quem poderia culpá-los? Não havia nada tão bom e chique quanto o que ela viu em Coruscant.

O Professor Wolk balançou a cabeça e andou de um lado para o outro conforme continuava, as palavras tomando o ritmo e o tom de um palestrante experiente.

— Sim, para colocar em termos simples. Certos senadores estavam, mesmo naquele momento, fazendo pressão para termos uma frota permanente, algo para manter as rotas estabelecidas em segurança, enquanto planetas que acabavam de se juntar à República não queriam mandar seus cidadãos para lutar. De qualquer forma, estou me precipitando. O curso de instrução ainda focava principalmente em táticas, mas programas de várias artes e ciências foram trazidos para enriquecer a instrução e torná-la mais palatável para estudantes que nunca pensaram que suas vidas seriam tocadas pela guerra. Fui trazido para liderar e guiar o departamento de teoria e filosofia do hiperespaço, focando em como este poderia ser explorado melhor em tempos de combate. Mas os estudantes passavam um bom tempo teorizando sobre a verdadeira natureza do hiperespaço e as possibilidades além da viagem tradicional. Foi assim que conheci sua mãe. Pode me trazer um copo d'água?

— É claro — disse Xylan, e um droide rodou para oferecer a bebida ao professor.

— Suponho que eu não poderia ganhar um copo de algo um pouco mais forte que isso? — murmurou Syl.

As sobrancelhas de Xylan se ergueram e ele saiu da sala, só para voltar com um decantador de algo azul.

— Toniray. De Alderaan — disse enquanto servia um copo para Syl. Ela assentiu e bebeu metade. Poderia ter sido mijo de bantha e ela não teria se importado, contanto que arrumasse um pouco do latejar que começara em sua cabeça.

Xylan não disse nada, apenas ergueu uma sobrancelha perfeitamente arqueada e encheu mais uma vez o copo antes de servir um para si mesmo.

— Sim, sim, muito bem — disse o Professor Wolk, lambendo a água de seus bigodes com sua língua preênsil antes de devolver o copo ao droide. — Como eu estava dizendo, sua mãe me abordou depois de uma de minhas palestras. Ela tinha uma mente brilhante e inquisitiva, e não tinha vergonha de desafiar as hipóteses de seus colegas e do corpo letivo. Escrevi uma carta de apresentação para ela direcionada ao Ministério do Transporte, mas ela decidiu continuar estudando. Sabe, ela tinha uma teoria a respeito de poços de gravidade artificiais e como eles poderiam ser utilizados para forçar naves a saírem do hiperespaço em momentos oportunos. Era a mistura perfeita das táticas de batalha que aprendera e da teoria do hiperespaço que amava. Mas Chancey Yarrow era inconsequente. As táticas do hiperespaço durante épocas de conflito sempre se revolveram ao redor de modificar sinais ou criptografá-los, uma tática passiva com a intenção de confundir navicomputadores, nunca algo violento. Ora, a energia necessária para tal máquina replicar a gravidade de um planeta seria massiva. E os cálculos necessários para saber onde uma nave estaria em um determinado ponto do hiperespaço para o mecanismo funcionar... — A voz do Professor Wolk morreu antes de ele dar outra risadinha, sacudindo a cabeça ao pensar em algo tão bobo. — Eles acharam que sua mãe tinha enlouquecido. Ela estava tão encantada com sua ideia que, quando a faculdade a rejeitou pouco antes de receber seu doutorado, ela nem discutiu, apenas pegou suas coisas e foi embora. E não acredito em coincidências.

Syl tentou manter a expressão neutra, mas sabia que estava falhando miseravelmente. A história era tão inacreditável que ela estava começando a achar que poderia ser verdade. Ninguém mentia tão bem assim. Nem as aventuras de holo tinham enredos tão absurdos.

— Então você acha que eu sou a filha de um gênio maligno do hiperespaço que, coincidentemente, trabalha para os Nihil — disse Syl, as peças começando a se juntar. — É por isso que alguém tentou me matar?

O Professor Wolk parou, as longas orelhas erguendo-se um pouco com a surpresa.

— Alguém tentou assassiná-la, é isso?

Syl assentiu.

— Hoje cedo.

— Ah. Então não fomos apenas nós que percebemos sua chegada. Talvez os Nihil tenham decidido que você é um inconveniente, já que é possível que tenham simpatizantes até aqui em Coruscant. Se isso a consola, eu também já sofri diversas tentativas contra minha vida. Acredito que os Nihil não são os únicos atrás da arma experimental de Chancey Yarrow, e estou, no momento, montando um caso para apresentar à República. É por isso que sua assistência é tão vital.

Syl sorveu o vinho azul mais uma vez. O gosto ficava melhor a cada gole. O que não era muito. Ela preferia bem mais uma cerveja alta e espumosa de grãos e um prato quente de ensopado. Não fora feita para a vida de gente rica.

Suspirou antes de se voltar ao Gungan.

— Eu nem sabia que minha mãe tinha ido à universidade.

Tudo isso era como ouvir a história de uma estranha. Eis aqui essa mulher que estudou cálculos e teorias complexas do hiperespaço, uma mulher que Syl nunca conheceu. Tinha mais chance de sua mãe disparar contra um problema do que fazer equações complicadas. Chancey Yarrow era descarada e, às vezes, vergonhosa, amorosa e severa, mas uma física do hiperespaço?

Syl não conhecia essa mulher. E ouvir essas histórias de um desconhecido era como perder sua mãe mais uma vez. Chancey Yarrow levou uma vida agitada antes de ter sua filha, mas Syl não sabia até agora o quanto ela tinha feito.

— Bom, isso tornará meu trabalho bem mais difícil, então — disse o Professor Wolk, balançando a cabeça.

— Isso não tem nada a ver comigo — disse Syl. Ela tomou outro gole do vinho azul, mas isso não a fez se sentir nem um pouco mais firme. Foi o oposto, na verdade, e isso só a irritou. — Não posso ajudar.

O Professor Wolk cruzou a distância entre eles para colocar uma mão pesada sobre o ombro de Syl.

— Tem certeza de que você não sabe de nada? O último projeto no qual sua mãe trabalhou, antes de ser expulsa de Carida, era um projetor de poço de gravidade. Negaram-lhe uma bolsa de pesquisa mais de três vezes, antes de ela fingir mudar a direção da pesquisa e garantir uma bolsa direcionada ao aumento da economia de energia nos saltos do hiperespaço. Mas ela mentiu no requerimento e, quando descobriram que estava, na verdade, tentando construir um projetor de poço de gravidade de qualquer forma, ela foi convidada a sair da universidade. E agora há um distúrbio no setor Berenge que desafia todas as explicações racionais.

— Então você acha que minha mãe deu seus planos aos Nihil e eles construíram o projetor de poço de gravidade no meio do espaço morto? Como eles fariam isso, em primeiro lugar? Não tem nada no setor Berenge. É por isso que todo mundo pega um atalho para passar por lá. Sem preocupação de sair do caminho. E não há recursos; então, como alguém construiria algo lá?

— Nós não achamos que sua mãe deu os planos aos Nihil. Duvido que eles tenham alguém que conseguiria entender os cálculos complexos requeridos para prever os posicionamentos propostos e o momento correto para usar tal arma — disse Xylan, soando um tanto exasperado. — Achamos que ela a *construiu*.

— Não — disse Syl, lutando para ficar de pé. Ela precisava ficar longe desses homens e de suas acusações malucas. A mãe dela estava morta. Ela estava presente no momento em que os Nihil atacaram, acordou com dor de cabeça pelo gás. Ela vira o sangue no corredor de manutenção. A mãe dela não tinha como estar viva. E, se estivesse, não trabalharia com os Nihil.

*Mas e se ela trabalhasse?*, sussurrou uma vozinha no fundo de sua cabeça. *Você nem sabia que ela quase se formou doutora.*

— Senhorita Yarrow — disse o Gungan, baixando a cabeça para olhar nos olhos de Syl —, sua mãe está viva, e está trabalhando com os Nihil. E, de uma forma ou de outra, eu vou pará-la.

# CATORZE

Reath acordou num pulo quando a nave tocou o solo. O Mestre Cohmac o mandara descansar assim que fizeram o último salto — a nova companheira a bordo, Jordanna Sparkburn, era mais do que capaz de ser a copiloto, se necessário —, e seu sono foi repleto de sombras mal lembradas e pesadelos despertos. Não era de se surpreender que sua cabeça doesse e ele estivesse indisposto.

Cada vez que tentara fechar os olhos durante o voo, ele era transportado aos corredores que cresceram demais do arboreto na estação espacial Amaxine, onde vira os Nihil pela primeira vez. E onde conhecera Nan. Seu coração se apertou ao pensar na garota, as mechas azuis e bonitas em seu cabelo escuro, o jeito que ela perguntava tanto a respeito dos Jedi, quão maravilhada ela parecia.

Tudo fora uma mentira. Ele só fora outro alvo dela, outra fonte de informações para dessangrar até não haver mais dados. Ele não achou que ainda teria sentimentos remanescentes a respeito dela, mas ver seu rosto aparecer no holo o levou de volta à vergonha e ao constrangimento que sentira então.

Vernestra diria para ele meditar até o sofrimento ir embora. O Mestre Cohmac o levaria para a sala de prática e tentaria tirar o sofrimento de seu coração com um duelo enquanto criticava gentilmente sua forma. Mas Reath não queria ignorar o sentimento ou parar de senti-lo até suar. Ele não era o mesmo Padawan que fora da última vez que se encontrara com Nan — e nunca seria de novo. Ela ensinara a ele uma lição muito valiosa a respeito de precaução e como algumas pessoas podiam ferir com gentileza. Se a visse de novo, agradeceria pela lição.

E, então, a levaria em custódia para que a República lidasse com ela e seus crimes, seja lá quais fossem. Ele não tinha dúvida alguma de que ela tinha algo a ver com as mortes em Tiikae, e essas pessoas mereciam justiça.

Mas Reath não estava amargurado ou magoado. Ele estava, bem lá no fundo, feliz de que Nan estivesse viva. Porque isso significava que ela poderia, se assim escolhesse, se redimir de alguma forma, se a Força quisesse. E isso fazia Reath sentir esperança de que todos os Nihil poderiam, um dia, se transformar em pessoas melhores e respeitar a vida na galáxia.

Aconteceria mesmo? Provavelmente não. Mas ele podia esperar que sim.

Reath ficou de pé e pegou seus pertences. Ao olhar rapidamente pela panorâmica da cabine, viu o movimento agitado de Coruscant. Ele estava de volta ao lugar a que, um dia, pensou pertencer, mas isso foi antes dos acidentes do hiperespaço, de uma infestação de Drengir e de semanas salvando artefatos de uma guerra civil prestes a acontecer. Agora, Reath sentia que pertencia às estrelas, fazendo o que podia para proteger a galáxia de pessoas como Nan. Estava ansioso para voltar ao Farol da Luz Estelar e à sua missão lá. Era uma compreensão estranha.

— Vai ficar parado assim o dia inteiro?

Reath se virou. Atrás dele estava Jordanna, com sua mochila pequena, a vollka pressionada contra sua perna. Ela não conversara com ninguém durante a viagem inteira, e Reath percebeu que a mulher só falava agora porque ele estava bloqueando a rampa de bordo da nave.

— Desculpe — disse Reath, desembarcando. No fim da rampa, Imri dava pulinhos na ponta do pé, o rosto iluminado com um sorriso enorme e divertido.

— É tão incrível quanto eu lembrava — disse Imri, apontando para o Templo que ficava perto dali. O sol estava nascendo por cima da cidade, e os cinco pináculos do Templo cintilavam em dourado e branco com a luminosidade.

Reath esqueceu de imediato do cansaço e sentiu o peito encher de felicidade. Era o local mais próximo de um lar que ele já tivera, e ver o Templo novamente o deixou alegre. Ele gostava do Farol da Luz Estelar, onde sentia que estava ajudando a galáxia de alguma forma, mas o templo principal levantava sua moral e reforçava sua crença na Força.

— Uau. Eles botaram mais um pináculo? — disse Jordanna, tapando os olhos enquanto estudava o Templo.

Vernestra estava descendo a rampa, mas parou, chocada pelas palavras de Jordanna. Reath sabia que sua expressão era a mesma, e Imri parecia tão incomodado quanto.

— O Templo sempre teve cinco pináculos — disse Vernestra, as palavras um tanto cortantes.

Reath se perguntou o que poderia ter acontecido entre elas no deserto. Ele nunca vira Vernestra ser algo além de gentil com os outros, até mesmo com os Nihil que às vezes tomavam como prisioneiros.

Mestre Cohmac piscou.

— Ela está te provocando.

Vernestra se virou para Jordanna, que deu um sorriso largo e piscou para ela.

— Eu estava mesmo. Remy e eu vamos relatar o ocorrido ao escritório do conglomerado. Obrigada pela ajuda em Tiikae e obrigada pela carona.

— Que a Força esteja com você — disse Cohmac quando Jordanna e Remy se foram, e Vernestra lançou um longo olhar de lado para Reath.

— Senso de humor estranho — disse ela, mas Reath deu de ombros.

— Eu achei que foi engraçado.

— Sim, quem poderia imaginar que representantes San Tekka poderiam ser tão hilárias — falou Vernestra, com a voz indiferente. Ela definitivamente estava de mau humor. Havia algo ali. Reath decidiu que, da próxima vez que falasse com Vernestra a sós, perguntaria o que aconteceu.

Reath, Mestre Cohmac, Vernestra e Imri se dirigiram à entrada principal do Templo. A construção se assomava sobre eles conforme se aproximavam, e os sons da cidade ao redor pareciam ensurdecedores depois de tanto tempo na fronteira. Até mesmo o Farol, com o fluxo constante de viajantes e burocratas e Jedi, não parecia tão caótico quanto Coruscant. Deslizadoras aéreas voavam lá perto, e droides passavam pela multidão, vendendo coisas e oferecendo serviços. Por mais que sentisse saudade do Templo e sua energia fresca e reconfortante, ele não sentia falta da energia caótica criada por tantas pessoas vivendo dentro e ao redor dele.

Reath se virou para Imri e estava prestes a perguntar algo quando notou que a expressão dele se transformou de empolgação alegre a algo próximo do pânico. Reath se lembrou da cena no refeitório do Farol, da forma como o rapaz criava ligações da Força por instinto com aqueles ao seu redor, e perguntou-se como seria para alguém tão sensível às emoções dos outros quanto Imri ser arremessado, de repente, na massa de vida irrequieta de Coruscant. Deveria ser parecido com ser empurrado para dentro de um rio feroz, especialmente depois de tanto tempo na fronteira, que era tão pouco populosa. E, a julgar pelos olhos arregalados de Imri, o garoto estava se afogando.

Antes de Reath poder fazer alguma coisa, Vernestra estava lá, ao lado do rapaz.

— Imri — disse Vernestra. Quando Mestre Cohmac ergueu uma sobrancelha, ela fez um gesto com a mão, dizendo para ele e Reath irem na frente, mas Reath não se moveu, nem o Mestre Cohmac.

— Comunique-se com o garoto. Mostre a ele como bloquear o que está acontecendo ao seu redor e como focar apenas em suas próprias emoções — disse o Mestre Cohmac. Vernestra assentiu, os olhos arregalados, muda e alarmada.

Ela fechou os olhos e colocou as mãos dos dois lados da cabeça de Imri.

— Está tudo bem. Deixa que passe por você. Respire.

Reath observou enquanto Imri adotava o mesmo ritmo de respiração de sua mestra, a forte cor em suas bochechas apagando até virar um tom mais próximo de sua coloração normal. A tensão de Vernestra também arrefeceu, e um sorriso apareceu em seus lábios quando ela abriu os olhos para soltar o rapaz.

— Está melhor? — perguntou Vernestra, e Imri deu a ela um sorriso trêmulo.

— Estou, sim. É que foi tanto. Foi como se as emoções de todos estivessem me inundando ao mesmo tempo, e não havia nada que eu pudesse fazer a respeito. — Imri mordeu o lábio, preocupado. — Eu nunca senti nada assim antes.

Vernestra colocou uma mão reconfortante no ombro de Imri.

— Imri, essa foi a primeira vez que você ficou sobrecarregado assim? — perguntou Mestre Cohmac quando voltaram a andar. Eles se juntaram ao fluxo de pessoas entrando no Templo: Jedi e oficiais da República, cidadãos e alguns vendedores que mostravam quinquilharias aos visitantes que se aproximavam.

— Não, mas nunca foi tão ruim. É bizarro. Desde que saímos do Farol, eu me sinto estranho. Como se devesse procurar por alguém. Cheguei até mesmo a ouvir uma mulher sussurrando algo. Então, quando saímos da nave, eu me senti expandir. Não sei por que fiz isso.

Vernestra parou de súbito, e um vendedor viu isso como uma oportunidade para abordá-los.

— Jedi! Olhem! Tenho cristais kyber autênticos da Cidade Sagrada de Jedha! — disse o Weequay, empurrando um punhado de cristais na direção dela.

Vernestra o empurrou para longe com gentileza e Reath teve uma ideia.

— Imri, você já leu as filosofias de Samara, a Azul? Ela era uma Jedi transferida para o templo em Genetia. Os Genetianos têm mudanças de humor muito violentas; em um momento estão felizes, no outro estão bravos, e projetam essas emoções uns nos outros instintivamente através da Força. Ela inventou uma série de meditações para ajudá-la enquanto estivesse no templo de lá. Eu e o Mestre Cohmac enviamos uma cópia para a biblioteca principal, que fica aqui. Você pode achar as técnicas dela úteis.

Mestre Cohmac assentiu.

— Boa ideia, Reath. As respostas para nossos problemas atuais costumam ser encontradas no que foi escrito por aqueles do passado. Acredito mesmo que é uma ideia excelente. Reath, por que você e Imri não vão para a biblioteca enquanto eu e Vernestra cuidamos do que temos de fazer aqui? A não ser, é claro, que você tenha objeções? — disse Mestre Cohmac, dirigindo a última pergunta a Vernestra.

— Não, também acho que é uma ótima ideia — disse Vernestra, mas havia algo estranho em seu rosto, como se quisesse dizer outra coisa. Reath ficou preocupado em ter passado dos limites ao sugerir que Imri tentasse uma técnica diferente. Mas ela sacudiu a cabeça, como se quisesse espantar um pensamento errante, o cabelo se soltando da tira com o movimento. — Reath, obrigada.

Reath assentiu e, enquanto ele e Imri caminhavam até a biblioteca, localizada no zigurate principal do Templo, teve o pensamento reconfortante de estar exatamente onde deveria estar, assim como a Força desejava.

Então, por que sua mente continuava voltando ao holo de Nan em Tiikae e à certeza de que seus caminhos se cruzariam mais uma vez?

# QUINZE

Vernestra observou Imri sair de lá com Reath, sentindo-se dividida. Ela estava feliz de que Reath parecesse achar que tinha alguns ensinamentos que poderiam ajudar Imri a lidar com sua sensibilidade à emoção dos outros. Era uma boa ideia, e ela esperava que ajudasse mesmo. Mas, ao mesmo tempo, queria ter tido um momento para discutir o que Imri dissera a respeito de ter ouvido a voz de uma mulher.

Será que ele tinha, de alguma forma, ouvido a mesma voz que atormentava Vernestra desde a visão que teve no hiperespaço? Era uma voz que parecia vir da própria Força; era a única explicação. Como, senão assim, alguém teria falado com Vernestra em sua visão e também em Tiikae? Quem poderia existir tão completamente e em tantos lugares ao mesmo tempo?

Vernestra não sabia, e queria ter tido a oportunidade de questionar Imri a esse respeito. Porque, se mais alguém havia ouvido a mulher, então talvez suas visões não tivessem retornado, afinal. Talvez fosse algo completamente diferente — o que era ainda pior. Se havia algo que Vernestra não gostava, era ficar incerta sobre si mesma.

Ela e Mestre Cohmac entraram no Templo em silêncio, os guardas acenando para que passassem. Dentro, as sombras eram abençoadamente frescas. Grandes estátuas de Jedi corajosos e honrados decoravam o saguão, e uma enorme tapeçaria que representava a batalha entre os Jedi e os Sith havia sido pendurada na entrada, fazendo os dois Jedi pararem para admirá-la como se fossem duas crianças maravilhadas. Na tapeçaria, os Jedi, representados como redemoinhos azuis e serenos, batalhavam contra os Sith, caracterizados como raios vermelhos. No centro da tapeçaria havia uma Jedi humana de pé acima de um Sith Zygerriano caído no chão, a mão esticada como se pedisse pela misericórdia e o perdão pelos quais os Jedi eram conhecidos.

— Que incrível — disse Vernestra, parando ao lado do Mestre Cohmac.

— Não estava aqui da última vez em que visitei o Templo — disse ele. — E sim, é bem incrível.

— Bem-vindos novamente, Jedi — disse uma Jedi Devaroniana com uma leve camada de pelo branco como giz e um punhado de sardas. Seus passos, conforme se aproximava, eram tão leves que ela parecia flutuar. — Vejo que notaram a nova adição à entrada, um presente dado pela República pelo auxílio dos Jedi durante o desastre do ano passado.

— Sim — disse Vernestra. — É lindo.

— É mesmo. Verdadeiramente evoca a dualidade da Força, não é? — a guia do Templo respondeu.

— Quem o criou? — perguntou Mestre Cohmac.

A Devaroniana apontou de volta para a obra de arte.

— Esta tapeçaria foi feita cerca de duzentos anos atrás por Sherche La Plenn, de Ubduria, que defendeu o templo de Sag Kemper. Acreditava-se que esta bela obra havia se perdido, mas temos a sorte de tê-la conosco mais uma vez.

— Interessante. Obrigado por essa informação — disse Mestre Cohmac, sem nenhuma pontada de sarcasmo.

— É claro. Aproveitem a visita, e que a Força esteja com vocês — disse antes de se mover para cumprimentar outros Jedi entrando no templo.

Vernestra e Cohmac seguiram pelos corredores, passando por Mestres Jedi debatendo algum assunto em voz alta, esquivando-se de uma classe de crianças correndo, rindo e brincando no corredor de um jogo cujas regras só elas sabiam. Pararam diante dos elevadores, e Cohmac apontou para o último.

— Aquele a levará para o andar utilizado pelo Conselho — disse. — Temo que meu compromisso fique em outro lugar do prédio.

— Bom, então muito obrigada novamente pela carona até Coruscant — disse Vernestra com um sorriso. — Talvez da próxima vez você me deixe pilotar um pouquinho.

Mestre Cohmac deu uma risadinha grave no fundo da garganta.

— De jeito nenhum. Dê meus cumprimentos a Stellan e pergunte a ele como foi a primeira vez que ele pilotou um Vector sozinho.

Mestre Cohmac afastou-se e Vernestra entrou no elevador, o único com um Guarda do Templo, que estava parado e mascarado perto do painel de botões.

— Quem está indo ver? — perguntou, sua voz ressoando, grave.

— Stellan Gios.

Ele pressionou alguns botões. Quando o elevador começou a se erguer, Vernestra balançou na ponta do pé, feliz de ver seu mentor novamente. Na última vez, estavam no meio da batalha em Valo, e havia pouco tempo para jogar fora. Tinha tanto para conversar com ele.

Vernestra saiu do elevador para entrar em um corredor cheio de Jedi, oficiais da República e droides fazendo seus afazeres diários. Era assustador, e ela ficou parada no meio do corredor por um momento, tentando descobrir para onde ir.

— Você está perdida — falou uma voz familiar, e Vernestra se virou para ver a Mestra Yaddle andando em sua direção com um grupo de crianças muito sérias atrás dela.

A Jedi de pele verde não era nem um pouco mais alta que os pequeninos que vinham com ela, mal chegando à cintura de Vernestra.

Sentiu o coração derreter ao ver as crianças. Ela sempre fora tão pequena assim?

— Mestra Yaddle! Como a senhora está? Achei que ainda estivesse de licença em Kronk!

— Retornei, por enquanto, ao menos. — O cabelo castanho e comprido da Jedi estava trançado como sempre, e ela usava as mesmas vestes de templo douradas e brancas de Vernestra. — Senti falta do tempo com os jovens aprendizes. Ouvi muitos comentários a respeito de seus feitos, Vernestra Rwoh.

— Obrigada, Mestra Yaddle. Espero estar fazendo jus a seus ensinamentos.

A Jedi mais velha riu como se Vernestra tivesse dito algo engraçado, apesar de ela não saber o quê. Mestra Yaddle colocou uma mão em seu braço, os olhos dourados esverdeados focados nos de Vernestra.

— Não rejeite seus instintos, Jedi. Entendido?

Um calafrio de premonição correu pelo braço de Vernestra.

— Sim, Mestra.

Tão rápido quanto antes, a Mestra se endireitou.

— Procurando por Stellan?

— Sim. Poderia me dizer qual é o escritório dele?

— À esquerda, o último. Fique bem, Vernestra Rwoh.

Mestra Yaddle foi embora, voltando à sua aula a respeito das responsabilidades dos Jedi em mudar a galáxia, e Vernestra foi em direção à porta que a Jedi mais velha indicara.

A porta deslizou para o lado antes mesmo que ela a alcançasse, e um humano alto e de pele escura com olhos gentis saiu, o antigo mestre de Vernestra uma figura familiar ao seu lado.

— Por favor, mantenha-me a par do que descobrir. Seu contato com a República será... difícil. Mantenha em mente a missão maior — disse o antigo mestre de Vernestra em voz baixa.

— Mestre Stellan! — disse Vernestra, talvez um pouco alto demais. Mas havia algo a respeito do encontro de Stellan que parecia um tanto clandestino, e ela não queria que parecesse que estava bisbilhotando. A maior parte das culturas que já conhecera achava isso algo rude.

Mestre Stellan franziu o cenho na direção de Vernestra antes de seu rosto se transformar em um enorme sorriso ao reconhecê-la.

— Bem, vejo que você finalmente conseguiu vir do outro lado da galáxia. — Ele fez um gesto para Vernestra se aproximar. — Emerick, você conhece Vernestra Rwoh, minha antiga Padawan preferida?

O homem sorriu, cálido, e Vernestra sentiu uma onda de serenidade tomar conta dela. Era como se conhecesse o homem de longa data, e teve o estranho desejo de contar sua vida inteira a ele antes de notar o que estava causando a situação.

— Emerick Caphtor. É um prazer conhecê-la — disse o homem de pele escura. — Stellan falou muito a respeito de seus feitos, e espero que possamos trabalhar juntos um dia para poder vê-la duelar. Ouvi falar que seu estilo é bastante único.

— Ah, não é tão diferente do de Mestre Yoda. Mas nem de perto tão competente — disse, rindo. O estilo de duelo do Mestre Yoda era um que admirava e gostaria de um dia emular, mas levaria muita prática para chegar lá. — Mas sempre estou à procura de um novo desafiante, então espero que tenhamos a oportunidade de nos ver na arena de treino algum dia. — Vernestra corou um pouco; sempre se sentia assim ao ser elogiada. Mas saber que o Mestre Stellan falava tão bem dela a fazia se sentir centrada e calma.

Com outro aceno de cabeça para Stellan, Emerick Caphtor partiu, e Vernestra notou que estava extremamente curiosa a respeito dele. Por que estava tendo uma reunião com Mestre Stellan, afinal?

— Bem, esperava que chegasse um pouco mais cedo — disse Stellan, indicando que Vernestra entrasse em seu escritório.

Era como a maior parte das salas do Templo, espartano e utilitário, com várias almofadas circulares para sentar e um datapad em uma mesa ali perto. A sala era exatamente como lembrava da última vez que fora a Coruscant, quando o escritório pertencia a Rana Kant, a antiga Mestra de Stellan. Vir visitá-lo agora, no mesmo espaço, deu a Vernestra a peculiar sensação de viajar em um padrão repetitivo, sem ir para a frente, mas ocupando os mesmos espaços de novo e de novo.

Dessa vez, porém, Stellan estava sentado em uma das almofadas de meditação, e indicou que Vernestra pegasse a que ficava diante dele. Ela acomodou-se no disco antes de responder a pergunta implícita de Stellan.

— Tivemos um desvio por conta de um pedido de socorro vindo de Tiikae. Eles tiveram um problema com os Nihil e nós estávamos por perto; então, os auxiliamos.

Stellan assentiu.

— Fico contente que estivessem na área. Você estava viajando com Mestre Cohmac, então? O Conselho também o aguarda.

— Ah, sim — disse Vernestra, sentindo o rosto quente. — Houve, hã, uma falta de naves.

Stellan riu, um som vindo do fundo de sua barriga.

— Tem certeza de que isso não é porque alguém continua destruindo-as?

Vernestra grunhiu.

— É uma reputação terrível. E só um pouquinho verdade.

— Avar pode ter me ligado de novo depois de você partir para reclamar a respeito de perder uma Jedi competente enquanto se prepara para sua própria ofensiva. E ela pode ter mencionado que minha antiga Padawan pilota tão mal quanto eu antigamente. — Ele sorriu com pesar. — Não se preocupe, Vernestra, você vai melhorar. Um dos desafios de se tornar Cavaleira tão cedo é que, às vezes, algumas coisas levam mais tempo para melhorar do que outras. Tenha paciência consigo mesma.

— Está falando por experiência própria? Ouvi dizer que o senhor tem sua própria lenda envolvendo um Vector, segundo o Mestre Cohmac.

Stellan deu uma única gargalhada que parecia um latido.

— Aquele Jedi lembra de coisas demais — disse ele, os olhos perdendo-se em uma lembrança de muito tempo antes. — Mas, de qualquer forma, é uma história e tanto, uma para quando tivermos mais tempo para conversar, definitivamente.

Vernestra assentiu.

— Fico contente que tenha falado com Mestra Avar. E espero que o Conselho esteja prestando atenção aos avisos dela quanto aos Nihil. Se eles não forem parados, temo que, mais cedo ou mais tarde, encontrem uma forma de destruir a galáxia.

Mestre Stellan assentiu.

— Concordo. Mas, aqui em Coruscant, a questão dos Nihil é bastante polêmica. Metade do Senado pensa que eles deveriam ser destruídos pela Ordem, e o restante pensa que são um problema da fronteira, que por isso deve ser deixado aos planetas locais afetados. Vários planetas mandaram tropas para ajudar, mas com a Conselheira Soh ainda em recuperação, anda difícil mobilizar alguns dos senadores relutantes, mesmo que eles concordem que devemos parar os Nihil.

Vernestra queria impedir que os Nihil tomassem mais vidas, e não tinha problema algum em ajudar. Mas não podiam ser apenas os Jedi contra aqueles flagelos. Parecia que a República estava mais interessada em debater o assunto do que impedir o perigo que assolava suas rotas no hiperespaço.

Vernestra percebeu que não gostava da política. Era exaustivo demais brigar a respeito de como fazer algo quando todos já concordavam que era uma questão a ser resolvida.

— De qualquer forma, você deveria saber que ainda há discussões a esse respeito. Até agora, o Conselho concordou que algo deve ser feito para remover a ameaça, mas temo que ainda estamos um pouco divididos a respeito de como isso deveria acontecer, apesar de todos concordarmos que nossa resposta está fragmentada e precisa ser um pouco mais coesa. Que é precisamente o motivo pelo qual a chamei — disse Stellan.

Vernestra esqueceu da ideia perturbadora dos Jedi lutando uma guerra em nome da República e levantou a cabeça.

— Você tem uma missão secreta para mim?

Stellan sacudiu a cabeça.

— Acalme-se, é só uma tarefa diplomática. A Senadora Ghirra Starros pediu que você acompanhasse um membro muito influente da família Graf ao setor Berenge. De acordo com os Graf, os Nihil podem ter algum tipo de tecnologia experimental que estão testando, e sua missão é ir até lá e verificar que não é uma anomalia do hiperespaço.

— Por que eles precisariam de uma Jedi para isso? Parece trabalho para um cientista.

Vernestra tentou não ficar decepcionada, mas estava. Ela viajara até Coruscant para — como diriam em Haileap — ser um elefante branco: uma tarefa que não era nada além de uma perda de tempo.

Stellan franziu o cenho.

— Você não está testando suas habilidades no hiperespaço como discutimos? Achei que seria uma boa escolha por essa sua afinidade com o hiperespaço.

Vernestra se remexeu um pouco na cadeira.

— Já disse, foi só um golpe de sorte.

Ela não queria contar a Stellan a respeito de sua visão mais recente, porque ele acharia que fora algo maior do que era, especialmente se dissesse que, dessa vez, a visão se tornara realidade, que ela viu algo real e definível, não só impressões de lugares que nunca vira antes. Mestre Stellan sempre a teve em alta estima, mas, às vezes, era difícil corresponder às suas expectativas. E, apesar de Vernestra não ser mais sua Padawan, ainda não queria decepcioná-lo.

Stellan se endireitou um pouco mais no assento e lançou-lhe um olhar perscrutador.

— Nunca conheci nenhum outro Jedi capaz de navegar no hiperespaço utilizando apenas a Força. Sei que você nega que fosse o que ocorria, mas não estou convencido. Suas estranhas visões podem ser precursoras de uma rara habilidade. Sabe, dizem que, antigamente, foram os Jedi que primeiro saltaram para o hiperespaço, e o fizeram apenas usando a Força.

Vernestra não conseguiu evitar uma gargalhada.

— Stellan! Isso é fábula para jovens aprendizes! Da próxima vez você vai dizer que os Sith podiam se tornar imortais ao beber o sangue de bebês. — Ela ficou de pé, sacudindo a cabeça. — Posso ter passado por minhas provações cedo, mas não sou especial. Irei nessa viagem. Talvez Imri goste de viajar para um setor quase vazio da galáxia. Não é como se tivéssemos mais utilidade lutando contra os Nihil com a Mestra Avar no Farol da Luz. — Seu tom foi amargo, e ela se arrependeu das palavras assim que as proferiu.

— Ei! — disse Stellan, levantando. — Esta é uma missão séria, Vernestra. Você deveria tratá-la como tal. Vá ao escritório da senadora logo depois de sair daqui. Ela a aguarda, e estou contando com você para demonstrar a qualidade dos mais jovens Cavaleiros da Ordem.

Vernestra respirou fundo, centrando-se. Estava irritada. Não conseguia evitar. Lá estava ela, pensando que receberia uma missão de verdade, algo importante, e estava sendo enviada para fazer o mesmo tipo de trabalho de Padawan que Stellan lhe dera muito tempo atrás. E lá estava ele, lembrando-a de suas experiências esquisitas no hiperespaço assim como nos velhos tempos. O sentimento de estar parada no mesmo lugar voltou, mas Vernestra o engoliu com o resto de sua frustração.

— Farei isso, Mestre Stellan. E entregarei um relatório ao senhor quando voltar.

— É assim que se fala — disse Stellan com um sorriso gentil. — E, talvez, tente praticar aqueles exercícios quando estiver no hiperespaço. Considere-o como um favor para mim. Agora, havia mais alguma coisa que você queria discutir comigo? Continuo tendo a sensação de que tem algo que você não está me contando.

Vernestra gelou ao lembrar da conversa que teve com a Mestra Avar. A visão do hiperespaço não era a única coisa que escondia do Mestre Stellan. Ela quisera mostrar a ele o chicote de luz em Valo, mas não houve tempo enquanto entravam na batalha. Planejara mostrar a ele as modificações que fez da próxima vez que se vissem, mas o aviso de Avar assomou em sua memória, e ela notou que contar ao seu antigo mestre sobre aquelas modificações parecia algo muito maior agora do que antes.

De repente, ela lembrou-se do estranho cubo no bolso de seu cinto.

— Ah! Quase esqueci. — Ela tirou o cubo e o levantou para Stellan. Era melhor mostrar aquilo do que o chicote de luz ou a visão esquisita. — Você sabe o que é isso?

Ele o pegou das mãos dela, virando o objeto.

— Onde você o encontrou?

— Estava com uma das Nihil que atacou Tiikae. Acho que eles foram mandados para lá para pegá-lo de volta. Também havia um holo de uma Nihil que o Padawan Reath Silas já encontrou antes, ameaçando com violência caso o cubo não fosse devolvido.

Stellan olhou de relance para Vernestra antes de voltar sua atenção para a caixa. Ela não conseguiu ler direito a expressão no rosto dele, e arrependeu-se um pouco de lhe ter mostrado o cubo. Será que ele sentia que isso merecia sua atenção? Era algo que não deveria ter compartilhado com ele? Parecia importante, já que os Nihil queriam o objeto, mas ela poderia estar errada, e odiava fazer o Mestre Stellan perder tempo. Era bem possível que ele visse assuntos assim como triviais, agora que estava no Alto Conselho.

Vernestra tinha a estranha sensação de conhecer e não conhecer o homem diante dela. O Stellan que conhecera como Padawan era cuidadoso e acessível. Este vestia o manto do trabalho como se fosse um fardo. Enquanto ele estudava a caixa-segredo, ela notou as olheiras debaixo dos olhos de Stellan e o fato de que sua túnica estava mais folgada do que o comum, um indicador de perda de peso.

— Mestre Stellan, o senhor está bem?

Stellan pareceu acordar do escrutínio da caixa-segredo e abriu um sorriso débil.

— Já estive melhor, isto é fato. Mas não se preocupe, estou bem. — Ele devolveu o cubo a Vernestra. — Parece uma caixa-segredo de antigamente. Costumavam ser populares há o que, uns cem anos atrás? O quebra-cabeça geralmente era resolvido ao colocar a frase correta e, dentro da caixa, havia uma melodia ou holo que tocaria como recompensa.

Vernestra assentiu.

— É o que Mestre Cohmac pensou que seria.

Stellan sondou o quebra-cabeça nas mãos de Vernestra, mas, mesmo com ele tocando o exterior de várias maneiras, o cubo não respondeu.

— Todas as vezes que estes cubos-segredos eram resolvidos, eles se reconfiguravam. A maior parte dos quebra-cabeças tinham diversas respostas, mas não entendo estes selos. Espere. — Stellan pegou a caixa da mão de Vernestra e a virou antes de devolvê-la. Apontou para um glifo que parecia uma flecha com várias pontas. — Acho que este é um antigo símbolo prospector. Vi imagens assim quando visitei o templo em Hon-Tallos.

— Prospectores? — perguntou Vernestra. Ela voltou a colocar a caixa-segredo no bolso do cinto.

— Prospectores do hiperespaço. Hmmm, você deveria ir aos escritórios do Senado e pedir para falar com o Professor Wolk. O velho Gungan foi trazido como consultor para analisar as ações Nihil em Valo. Ele pode saber como decifrar isso. Se eu estiver lembrando bem, ele estava contando vantagem por ter entrevistado alguns desses coroas antes de eles desencarnarem.

Vernestra assentiu.

— Suponho que fique no meu caminho. Obrigada, Mestre Stellan.

— Que a Força esteja com você, Vernestra — disse ele, abafando um bocejo. — E tente aqueles exercícios. Não tenha medo do que você é capaz de fazer. Aprendemos neste ano que se passou que há muito que ainda não sabemos sobre o hiperespaço.

Vernestra saiu do escritório do Mestre Stellan sem dizer mais nada, mas sabia que não tentaria mais nenhuma bobagem da Força no hiperespaço — nunca mais. Os eventos em Tiikae foram inevitáveis, mas a voz teria que esperar. Ela não tinha tempo para missões secundárias. E não praticaria de jeito algum aqueles exercícios bobos de navegação no hiperespaço que Stellan adorava. Aquilo era algo que ela fizera como Padawan, mas não cederia novamente. Já estava perturbada o bastante por conta da visão mais recente. E se os exercícios trouxessem mais visões?

Algumas coisas precisavam ficar no passado.

# DEZESSEIS

Syl acordou com raiva. Quando ela era criança, acontecia a mesma coisa, especialmente se a mãe a mandava para a cama antes de estar pronta.

— Você é mais obstinada quando está ressentida do que um caçador Solubriano com um osso — costumava provocar Chancey Yarrow, que achava charmoso o temperamento de Syl. Agora a lembrança voltou enquanto ela rolava na cama, furiosa, puxando a coberta para cima da cabeça para bloquear a luz entrando pelo vidro fosco da janela.

A janela de Xylan Graf.

Syl virou-se para deitar de costas, libertando as lágrimas raivosas que conseguira esconder na noite anterior. Depois do Professor Wolk mostrar alguns dos holos tremeluzentes que trouxera — todos de Chancey Yarrow dando alguma palestra enquanto vestia uma roupa com as linhas retas das vestes militares e nada dos vestidos soltos dos quais ela lembrava —, ele finalmente aceitara que Syl não sabia nada do passado da mãe. E tampouco era um gênio do hiperespaço fingindo ser idiota.

Era só uma menina com uma mãe morta que podia ter sido em segredo um gênio maligno.

Esse pressuposto teria sido difícil de engolir em qualquer uma das aventuras holo que Syl amava, mas, na vida real, era simplesmente inacreditável. Chancey Yarrow não havia sido um gênio do hiperespaço, postulando teorias que causavam inveja em seus colegas por sua complexidade. O Gungan tinha que estar mentindo. Syl já ouvira falar de droides que conseguiam adulterar holos. Talvez, pelo menos. Era possível que ela estivesse inventando tudo isso.

Syl rolou para deitar sobre a barriga e puxou o travesseiro para cima da cabeça. Queria acreditar que o Gungan era um ator contratado, que tudo era uma conspiração elaborada por Xylan Graf para... o quê? O que ela tinha que Graf poderia querer? Os Graf eram ricos o bastante para financiar um projeto tão massivo quanto o Farol da Luz Estelar. Sylvestri Yarrow era uma pilota insignificante com uma pilha de dívidas e uma nave ruim, uma nave roubada pelos Nihil. Não havia motivo para que mentisse. Ele ficara quieto o tempo inteiro, sem sequer comentar a forma como ela bebeu todo seu vinho sem nem agradecer.

Syl sabia que cada palavra dita pelo professor Gungan era verdade. O problema é que não sabia como combinar essa informação, essa enorme peça da mãe dela que nunca soubera existir, com a lembrança que tinha da mulher pela qual passara meses em luto.

Mas, quanto mais pensava sobre isso, mais brincava com as possibilidades, mais a estranheza do setor Berenge fazia sentido. É claro que alguém construíra um projetor de poço de gravidade para remover naves do hiperespaço. O que mais poderia ser? E era provável que uma dessas pessoas fosse sua mãe, pois por que mais os Nihil não atacaram e mataram a ela e ao resto da tripulação enquanto fugiam? Os Nihil não eram conhecidos por serem estratégicos ou gentis, então por que fora tão fácil escapar? Eles obviamente haviam permitido que escapassem.

Syl riu sozinha. Estava enlouquecendo. Ela realmente estava considerando que sua mãe pudesse estar viva, trabalhando com os Nihil em algum setor deserto da galáxia?

Não, não estava. Nunca acreditaria que sua mãe seria capaz de algo assim. O que mais poderia fazer com toda a evidência que o Professor Wolk mostrou a ela? Ou a mãe de Syl estava morta, ou Chancey Yarrow era refém deles, forçada a trabalhar para os Nihil. Eram as únicas explicações lógicas, até mesmo levando em consideração as teorias de Wolk. Ele não conhecia Chancey como Syl; ele não havia morado com ela por anos, se virando com pouco, aprendendo a ser transportador, lutando para sobreviver.

E torcer para que Chancey Yarrow ainda estivesse viva era demais para Syl. Sua mãe estava morta, e pensar em qualquer outra perspectiva era bobagem. Tinha que focar em sobreviver e no que faria agora. Afinal, Neeto e M-227 contavam com ela.

A porta tiniu antes de deslizar para o lado, e um droide rodou para dentro do quarto.

— Trouxe a refeição matinal — disse, carregando uma bandeja cheia de iguarias e um pacote bastante notável de analgésicos. — Mestre Xylan gostaria que você se vestisse e se juntasse a ele assim que possível. O armário contém roupas criadas usando suas medidas e devem lhe servir bem. E, por favor, apresse-se. Você tem um compromisso agora cedo.

O droide deixou a bandeja em uma mesa perto dela antes de partir, e Syl saiu da cama, relutante. Não havia nada a respeito do dia que ela fosse gostar, mas ao menos Xylan fora atencioso o bastante para deduzir que ela estaria com enxaqueca. Ela havia bebido — não, o termo correto era tragado furiosamente — vinho azul demais para a manhã ser sua amiga.

Syl tomou os analgésicos, que espumaram em sua língua, antes de tomar o café da manhã composto de frutas e queijos. Havia um folhado recheado de carne, que ela evitou comer, já que sempre se sentia extremamente culpada ao ingerir qualquer tipo de carne, mas, por sorte, um dos folhados que abriu não tinha carne animal escondida dentro. Pensou que deveria dizer a Xylan que não gostava de carne, mas imediatamente achou que seria presunçoso da parte dela. Por quanto tempo se aproveitaria de sua hospitalidade?

Syl suspirou. Era hora de ir embora de Coruscant. Não havia mais nada a fazer lá. Ligaria para Neeto para avisar que voltaria a Porto Haileap em breve, e que poderia levar um tempo até encontrar uma carona. Ela era uma pilota competente e até que lutava de forma decente. Certamente conseguiria ser contratada por algum transportador indo em direção à fronteira?

Syl acabou de comer e foi até o guarda-roupa para ver o que o droide mencionara. Dentro havia um pequeno exército de vestidos, todos cheios de babados, complicados, com alças e fechos e brilhos demais. Syl fechou a porta devagar. Para onde estavam indo, exatamente?

Na noite anterior, Xylan dissera algo sobre ela ajudá-lo... no quê? A lembrança era confusa — revelações demais para uma única noite — e ela notou que, apesar de o droide ter falado como se Syl soubesse exatamente a programação do dia, ela não fazia ideia do que Xylan planejara. Precisaria encontrá-lo para perguntar. Mas não vestindo uma dessas roupas. Ela estava farta de mudar a si mesma por Coruscant. Faria as coisas do seu jeito a partir de agora.

Syl comeu mais um folhado, tomou uma chuveirada e colocou a única muda de roupa que tinha. Então, pegou um folhado de queijo, o enrolou em um guardanapo e o enfiou no bolso antes de procurar Xylan. Nunca se sabe quando se vai precisar de um lanchinho.

O quarto onde Syl dormira ficava no fim de um longo corredor que levava a uma área de estar. Um estranho aroma floral fez cócegas em seu nariz enquanto ela caminhava, fazendo com que sentisse saudade do cheiro de óleo de juntas e borracha queimada que a acompanhava na viagem com a *Zigue-zague*. Suas botas de trabalho afundaram no carpete felpudo, e o lembrete de que era um peixe fora d'água no local fez com que ela endireitasse os ombros ao entrar na sala. Não precisava demonstrar que estava desconfortável.

Xylan estava de pé falando com Basha em voz baixa no meio da sala, os braços cruzados e a expressão preocupada enquanto a Gigorana relatava algo em palavras sussurradas pelo vocalizador. Quando os olhos dele encontraram Syl, sua preocupação se transformou em felicidade, e ela ficou perplexa com a visão. Fazia muito tempo que ninguém ficava tão feliz em vê-la, e a emoção resultante era muito mais perturbadora do que a riqueza casual de Xylan.

Mas Syl não precisou se preocupar com o sentimento por muito tempo, já que a expressão alegre de Xylan derreteu rapidamente até virar horror.

— Sylvestri, o que é isso que você está vestindo? — perguntou Xylan, e Syl piscou de apreensão por um momento.

— Eu... eu estou usando minha roupa — disse Syl, olhando para seu macacão azul e utilitário de mecânica. Ela também tinha fixado o coldre na mochila para o blaster, apesar de Basha ter levado a arma ao saírem do hotel no dia anterior; Syl não a vira desde então.

— Você vai vestir um macacão para visitar o Senado Galáctico? — perguntou Xylan, incrédulo. — Para falar com uma senadora?

Syl deu de ombros. Tinha esquecido que eles iriam para lá, mas isso explicava o desfile de vestidos no armário. O plano do dia não importava. Ela estava confortável.

— É a única roupa limpa que tenho.

— Eu mandei fazer trajes apropriados para você ontem à noite. Eles estavam em seu closet — disse Xylan, falando devagar, como se ela fosse uma criança.

— Prefiro minha própria roupa, obrigada — disse Syl com um sorriso decidido. — Além do mais, acho que você já é sofisticado demais por nós dois.

Ele vestia uma túnica justa e sem mangas com um padrão rodopiante em azul e verde que abraçava seu torso antes de se abrir ao redor dos quadris. A calça, também justa, combinava com a túnica e ia até o joelho, para mostrar melhor as botas altas e prateadas que ele estava usando.

Ele estava, para ser gentil, um verdadeiro espetáculo.

— Aqueles vestidos são muito bonitos — começou ele, mas Syl levantou a mão para interrompê-lo.

— Xylan, você foi extremamente generoso, mas cheguei ao ponto onde duvido que possa retribuir de alguma forma à sua hospitalidade. Você foi gentil comigo porque achou que eu poderia ajudá-lo a encontrar minha mãe, ou que eu soubesse de algo, mas não sei. Temo que eu não seja nem um pouco útil para você, não como você achou que eu seria. E, para ser sincera, estava torcendo para me aproveitar de sua gentileza e convencê-lo a me dar uma nave, mas não acho que isso vá acontecer. Então, acho que o melhor que posso fazer é pegar Beti e tentar encontrar alguém que me leve de volta a Porto Haileap — disse Syl, respirando fundo.

— De jeito nenhum — falou Xylan. — Não viu como você arrasou o Professor Wolk ontem? Sua presença valeu toda a pena.

Syl piscou de perplexidade.

— Lembro de tê-lo decepcionado completamente.

Os olhos de Xylan se iluminaram, empolgados.

— Sim, você acabou com a teoria dele de que você era uma agente Nihil enviada para levar a República a uma armadilha.

Syl franziu o cenho.

— Não estou entendendo.

Xylan abriu um enorme sorriso.

— O Professor Wolk não é meu aliado. Ele é um impedimento. Minha família está fazendo uma campanha no Senado para que o setor Berenge possa ser colocado de lado para alguns experimentos com o hiperespaço, já que estamos rastreando a anomalia por lá. Os San Tekka tinham, originalmente, o direito do aluguel, mas, já que tiveram uma onda de azar com seus investimentos, cederam os direitos ao setor anos atrás. É exatamente o que minha família precisa: uma área vasta e desocupada do espaço. A República estava colaborando a princípio, mas o aluguel foi suspenso por conta das besteiras de Wolk a respeito de uma possível arma Nihil. Dentre as pessoas que mais ouve Wolk está a Senadora Starros. Ela bloqueou nosso requerimento, baseada na teoria de Wolk de que há algum tipo de arma do hiperespaço operando naquela parte do espaço.

— Você não acredita na arma? — perguntou Syl, pensando no holo e na história ridícula que ele contara na primeira noite na taverna. — E as naves que desapareceram?

— Ah, isso. — Xylan pareceu sentido por um momento antes de dar de ombros. — Temo que tenha sido um tanto teatral de minha parte. Queria testá-la antes de apresentá-la a Wolk, considerando a possibilidade de que fosse uma agente Nihil enviada a Coruscant para conseguir informações.

A raiva de Syl foi ágil e veloz.

— Os Nihil mataram minha mãe. Eu nunca me aliaria a eles de forma alguma.

Xylan afastou a ideia com a mão despreocupadamente.

— É claro que não. E, obviamente, não há uma arma. É só uma viagem da imaginação ativa de Wolk. Meu holo mostrava apenas um ataque Nihil. Mas, se você fosse uma agente Nihil, então sua reação ao vídeo não teria sido de um asco tão grande. Você certamente não é uma atriz.

Syl fechou a cara.

— Fico feliz em ajudar.

— Ah, ajudou imensamente. E que você tenha dito, em essência, a mesma coisa para Wolk foi muito convincente. Então agora eu preciso da mesma energia quando falarmos com a Senadora Starros. Se ela concordar conosco, vou me certificar de que seja recompensada. Generosamente.

Syl sentiu um gosto amargo na boca. Era esse tipo de politicagem que afastava muita gente de Coruscant, e agora Syl estava ali, bem no meio de tudo. Ela nunca confiara em Xylan Graf de verdade, mas estava parada nos aposentos dele, comendo a comida que ele oferecia, só porque isso facilitava sua vida um pouquinho.

— Então o Professor Wolk mentiu? — perguntou Syl em voz baixa, mudando o assunto enquanto tentava organizar seus pensamentos inquietos. Como ela poderia ter a vantagem naquela situação?

— Ah, não, ele acredita em tudo que disse, o velho tolo. Você entende o nível de recursos necessários para construir o tipo de tecnologia que, segundo ele, os Nihil construíram? Um poço de gravidade artificial? É ridículo. Mas já que a Senadora Starros ouve Wolk, eu precisava provar a ele que sua teoria é ração de bantha. E você foi a forma perfeita de fazer isso.

Syl sentiu vontade de vomitar, o café da manhã irritando seu estômago de súbito. Mas ela cruzou os braços e encarou Xylan Graf, esperando que sua expressão não mostrasse nem um pouco de sua revolta.

— Então, eu o ajudo a convencer a senadora de que Wolk tem mais parafusos soltos que um droide. O que ganho com isso?

Xylan dessa vez deu um sorriso que parecia genuíno, a julgar pela covinha que raramente aparecia sob a camada de pelo facial.

— Por ser a filha de Chancey Yarrow, você está na posição peculiar de ter o poder de refutar as afirmações de Wolk. Você viu sua mãe morrer, e pode me ajudar a convencer a Senadora Starros de que o velho Gungan está procurando pelo em ovo. Se me ajudar a conseguir o aluguel do setor, vou quitar todas as suas dívidas e assegurar que saia de Coruscant com sua própria nave e uma linha de créditos Graf até o ano que vem.

O coração de Syl deu duas batidas dolorosas.

— Você está falando sério.

— De fato estou — disse Xylan. Ele havia parado com a falsa gentileza que coloriu seu rosto nos últimos dias. Seus olhos cintilaram, e ele encarou Syl como se ela fosse só mais uma coisa que poderia comprar e vender, só mais um produto no mercado aberto.

E, de alguma forma, era. Mas ao menos agora ele estava sendo honesto com ela.

Pena que queria que ela mentisse.

— Se Wolk estiver errado, por que minha nave foi ejetada do hiperespaço? — perguntou Syl. — Posso dizer a essa sua senadora que minha mãe está mesmo morta, mas isso não muda o fato de que, quando tudo aconteceu, os Nihil estavam bem ali para dar uma festa de boas-vindas.

— Um simples erro de seu motor de hiperespaço. Você não tinha contado que sua nave já estava nas últimas? Parece bastante lógico que ela tenha parado de funcionar e que os Nihil, coincidentemente, estavam lá para tirar vantagem de seu infortúnio.

Syl fez uma careta. Isso parecia exagerado e altamente improvável. E mentir para uma senadora a respeito da possibilidade de uma ameaça Nihil era o contrário do que a levara até Coruscant. Mas Xylan estava oferecendo uma quantia de dinheiro que poderia mudar sua vida. Só a nave valeria mais dinheiro do que ela jamais vira, e a linha de crédito, além disso? Syl mordiscou o lábio enquanto pesava a oferta de Xylan na consciência.

Acabou que até a sua melhor índole tinha um preço.

— Tudo bem. Mas quero Beti de volta e quero que envie dez mil créditos aos meus amigos em Porto Haileap até o fim do dia como prova de sinceridade. — Estava pedindo o olho da cara, mas Graf nem piscou.

— Feito. E, em troca, você vai nos acompanhar em uma viagem ao setor Berenge como nossa pilota.

Syl franziu o cenho.

— Por que preciso ir ao setor Berenge?

Xylan soltou um suspiro grave.

— Provavelmente será parte da lista de condições da Senadora Starros. Ela vai querer uma verificação de que as teorias de Wolk não são reais, o que vai exigir uma avaliação completa do setor. Planejo oferecer uma tripulação para inspecionar visualmente o setor, em vez de contar com droides, já que ela rejeitou esses dados anteriormente. É provável que tenhamos que acomodar Wolk na viagem, com quem quer que Starros envie como representante.

— Ótimo. Quero falar de novo com Wolk — disse Syl. A decisão de mentir para uma senadora que nunca vira antes a incomodava, e talvez falar mais uma vez com o Professor Wolk aliviasse um pouco da apreensão que sentia.

— Isso não será um problema. Ele é um Gungan velho e tolo com muito tempo nas mãos — disse Xylan, com um gesto desdenhoso. Mas Syl conhecia Xylan Graf bem o bastante para saber que o homem estava mentindo, que havia algo que ele não estava contando. Xylan concordara em dar esses créditos com muita facilidade, por mais rico que fosse. As mentiras de Syl não seriam algo tão valioso assim para ele.

Mas se Graf estava disposto a pagar tanto pelo prazer duvidoso da companhia de Syl, ela não tinha certeza se se importava tanto. Se a família dele queria controlar o setor Berenge, que o fizesse. Ela tentara fazer as coisas da forma certa; talvez fosse hora de tentar outros métodos. O mais importante era que conseguisse cuidar de sua tripulação. Tudo mais eram apenas detalhes.

— Temos um acordo? — perguntou Xylan.

Syl corou, empolgada. Sua própria nave. E o nome dos Graf custeando qualquer empreitada que decidisse fazer por um ano. Era a resposta que procurava há tanto tempo, e agora ela caíra em suas mãos.

Então, por que sentia que estava sendo usada?

— Temos — disse Syl, empurrando o desconforto irritante para longe.

Ela podia não gostar de Xylan Graf ou da reputação de sua família, e podia não gostar da ideia de mentir, mas seus créditos valiam como todos os outros, e ele parecia ser mais generoso com eles do que qualquer outra pessoa que já conhecera. Ela e Xylan apertaram as mãos para selar o trato, como se fazia na fronteira, e ele ajustou a própria roupa.

— E, para deixar isso claro, nós poderíamos ter feito o acordo ontem à noite, depois de Wolk ir embora, mas achei que seria cruel demais negociar com você depois de ter bebido tanto Toniray.

— Se o faz se sentir melhor, não pretendo beber uma gota desse vinho azul nunca mais.

Xylan riu, pegando uma capa prateada de uma cadeira perto deles e a jogando sobre as costas com um floreio.

— Bem, então, hora de partir. A Senadora Starros já nos aguarda. Basha, você poderia, por favor, pegar o blaster de Sylvestri?

Ele andou a passadas largas até o elevador, seguido por Syl. Ela devia estar feliz. Devia estar empolgada de conseguir exatamente o que queria de Xylan Graf.

Em vez disso, tudo o que conseguia pensar é que nada conquistado de forma tão fácil jamais acabou bem.

# DEZESSETE

Nan estava parada na sala de controle do Coração da Gravidade, indignada. Os Raios que enviara para Tiikae tinham um trabalho. Um único trabalho. E eles estragaram tudo da forma mais horrível possível.

— Era uma família de Ugnaughts — disse Nan, alisando o cabelo preto por trás das orelhas. — Quão difícil isso pode ser?

— Havia Jedi lá — exclamou o Weequay que liderara a missão. Ele tinha baixa estatura e clicava os dentes de uma forma que deixava os nervos já exaustos de Nan à beira de um ataque.

— Os Jedi podem morrer, assim como qualquer outra pessoa — rosnou Nan. — Como foi que você sobreviveu e o resto de seus Raios viraram carniça em Tiikae? Onde está sua coragem?

Ela estava descontando seu medo no único sobrevivente dos Raios, e por um bom motivo. Ela e a Oráculo voltariam em algum momento à *Olhar Elétrico*; quando isso acontecesse, o que diria a Marchion Ro a respeito da caixa desaparecida? Que ela a perdera? Que estava distraída e uma família de Ugnaughts entrou na *Sussurro Mortal* e a roubou? Agora estavam todos mortos, e ela não tinha nada. Parecia fraca e estúpida, duas coisas que não era.

Nan pegou o blaster e atirou no peito do Weequay. Ele caiu e, conforme guardava a arma, ela deu meia-volta e foi até o laboratório onde eles mantinham a Oráculo.

Lá, a cientista, Chancey Yarrow, estava de pé com um pequeno tablet, falando com a Oráculo em voz baixa. Pelo que Nan conseguia ver, a idosa continuava inconsciente, mas a cientista, uma humana de pele escura com cabelo comprido torcido em uma multidão de pequenas tranças, ria antes de dar batidinhas no tanque, como se estivessem no meio de uma conversa. Nan nunca vira uma Nihil como aquela mulher. Ela trajava vestidos soltos, leves e ondulantes que pareciam combinar mais com uma comunidade pastoril do que com saques, e tinha os pés descalços, tatuados com traços giratórios que não significavam nada para Nan. A mulher parecia mais jovem do que era, e suas conversas com a Oráculo quase morta deixavam Nan um pouco mais do que apenas nervosa. Era o tipo de pessoa que ela não conseguia ler direito, e a menina mais jovem decidiu que não gostava da cientista apenas por princípio.

Quando a mulher mais velha se virou e viu Nan, sua alegria se esvaiu. O desgosto era mútuo.

— Acabei de ouvir um blaster? — perguntou Chancey Yarrow.

— Sim. O Raio voltou sem o item que mandei ele trazer.

— Então você atirou em um dos meus sem me perguntar e sem minha permissão? — perguntou a mulher, os olhos ainda no tablet.

Nan deu de ombros, e soube imediatamente que havia cometido um erro. Em um instante estava abrindo a boca para dizer à cientista que era uma Nihil e fazia o que bem entendia; no outro estava de costas contra o chão, o pé descalço da mulher pressionado contra sua garganta.

— Você não vai matar os meus. Você pode ser o bichinho de estimação de Marchion Ro, mas este é meu domínio, e a próxima vez que levantar a mão ou o blaster contra qualquer um dos meus, sua vida acabou. Está entendido?

Nan assentiu e gorgolejou o mais próximo de um consentimento que conseguiu. A cientista se afastou de imediato, e Nan se sentou, com uma tosse molhada, a garganta já começando a doer. Ela ficaria com um hematoma maravilhoso, mas valera a pena. Agora ela sabia mais da cientista do que soubera um momento antes; às vezes, o preço da informação era alto.

Ela não cometeria o mesmo erro novamente, porém.

— Levante-se e encontre algo útil para fazer — disse Chancey, indo até um dos navicomputadores enfileirados nas paredes e fazendo alguma anotação. Pelo que Nan sabia, a sala inteira estava cheia de máquinas, e havia até mesmo alguns navidroides cambaleando. Por que eles precisavam de tantos navicomputadores? Não era como se estivessem levando a porcaria para voar por aí.

— Meu trabalho é vigiar a Oráculo — disse Nan, com a voz mais rouca do que gostaria. Engoliu em seco.

— A Oráculo. É assim que a chama? Que engraçado — disse a cientista, apesar de não estar rindo.

— Por que é engraçado? — perguntou Nan, indo até a cadeira que trouxera para a sala mais cedo, para seus turnos de guarda. Ela e o médico concordaram em alternar turnos para cuidar da velha, o que significava, em grande parte, que Nan ficava sentada observando-a dormir em seu estranho módulo.

— Ela não é um oráculo. É a lendária Mari San Tekka. Achei que Lourna estivesse me provocando quando disse que Ro tinha uma erudita do hiperespaço como prisioneira, mas agora, depois de vê-la? Não tenho dúvida de quem ela é. Ninguém mais poderia fazer o que ela faz. Nem mesmo uma sala cheia de Siniteens.

— Mari San Tekka? — perguntou Nan, olhando para a mulher velha e murcha. — Como Joral San Tekka?

— Sim, mas não tenho certeza qual é a relação dela com ele. Aqui, tem um holo sobre a garota. Deve ter ao menos cem anos. Bem da época em que desapareceu.

Havia uma unidade de holo no canto da sala, e a cientista apertou um botão do lado para fazê-la ligar.

— A família San Tekka roga a todos que possam ouvir e ver esta transmissão que a auxiliem a encontrar uma criança perdida. Eles pedem que a filha mais nova, Mari, seja devolvida sem incidentes — o droide que anunciava disse em uma voz baixa e hesitante. A imagem de uma menina risonha apareceu na tela, e Nan achou difícil considerar que a velha e a menina eram a mesma pessoa. — A perda dela é uma angústia para todos aqueles que a conheceram.

O holo começou a repetir e Chancey desligou o aparelho.

— O desaparecimento de Mari San Tekka foi um dos grandes mistérios do século passado. Isso aconteceu depois da Corrida do Hiperespaço, quando o hiperespaço nas regiões exteriores não era tão mapeado quanto é agora, nem de perto. Os San Tekka sempre foram um tanto sofridos, mas eles tiveram um pouco de sorte mapeando essas rotas por locais como o Relgim Run e o Bitmus Cloud, rotas de alto valor. A família Graf, seus rivais, contrataram um informante para descobrir o segredo deles, e era ela — disse Chancey Yarrow, apontando para o módulo. — Aquela mulher tem a habilidade de ver todas as possíveis rotas do hiperespaço em sincronia com o tempo e o local. Sabe como isso é impossivelmente raro? O cérebro dela é o equivalente a aproximadamente dez mil navicomputadores trabalhando ao mesmo tempo. No mínimo.

— Você está me dizendo que ninguém na galáxia consegue fazer o que ela faz? — perguntou Nan, dando um longo olhar de relance na direção da Oráculo.

— Não em centenas de anos. Há alguns textos antigos comentando a respeito de isso ser um truque dos Jedi e de seus já extintos inimigos, os Sith, mas não dá para saber o que é verdade e o que é lenda. — Chancey sacudiu a cabeça com um leve sorriso. — A maior parte das pessoas pensou que a família fingiu que ela havia desaparecido para protegê-la, já que ela sofreu alguns atentados um pouco depois de começarem os boatos a respeito de sua habilidade. Mas isto? Os San Tekka teriam feito qualquer coisa para destruir os Nihil se soubessem que Mari esteve aqui todo esse tempo, em cativeiro.

A mulher tocou nos próprios lábios, franzindo-os enquanto pensava.

— Sabe, acho que vou ter que repensar o seu papel e o do médico aqui no meu *Coração*. Realmente não há como saber por que Marchion Ro mandou vocês.

Nan sabia que o Coração da Gravidade era de Lourna, não daquela cientista, mas isso não significava que a mulher não pudesse tornar sua vida miserável. A mulher foi até um botão de chamada e um grupo de homens humanos enormes, extremamente musculosos e vestindo os trajes da Tempestade de Lourna, entrou na sala.

— Preciso que a guardiã de Mari tenha aposentos novos e mais seguros. Encontrem o Chadra-Fan e assegurem-se de que ele fique restrito de forma similar. Precisamos presumir que ambos são uma ameaça direta ao meu trabalho aqui.

Os homens assentiram, e um deles foi até Nan para agarrá-la pelo braço e arrastá-la para fora da sala. Assim, tão rápido, ela passara de um membro respeitável dos Nihil para uma prisioneira.

Chancey Yarrow voltou ao seu trabalho e, enquanto era arrastada para fora dali, as engrenagens na cabeça de Nan começaram a funcionar. Ela era leal a Ro, mas isso não era uma vantagem naquele local. Além do mais, ela tinha todos os motivos para temê-lo, agora. Ela o vira matar outras pessoas por ofensas menores do que a perda de um objeto de valor, e culpar o médico não a levaria a lugar algum. Não havia forma de ela voltar, não sem aquele cubo e não sem aquela velha, mas talvez conseguisse encontrar outra explicação para ele ter desaparecido. Era só uma caixa-segredo idiota, afinal. E, talvez, se a velha morresse, poderia haver um bom motivo para isso também.

Talvez aquela arma construída pela metade não fosse tão estável quanto parecia.

Nan começou a formular um plano, um que cobriria seus erros e a ajudaria a proteger suas apostas. Talvez até a fizesse parecer ser o bem mais valioso de Ro.

Ela era uma sobrevivente, afinal.

E definitivamente encontraria uma forma de sair viva daquele desastre.

# DEZOITO

Foi uma surpresa agradável descobrir que a Senadora Ghirra Starros de Hosnian Prime era uma pessoa completa e absolutamente normal. Durante a viagem na deslizadora que os levou ao escritório da senadora, uma mistura peculiar de empolgação e medo tomou conta de Syl, e ela começou a ficar preocupada com a ideia de passar vergonha quando visse a senadora. Talvez fossem os comentários mordazes de Xylan a respeito de suas roupas, com Beti presa às suas costas e debaixo do macacão, ou o jeito que ele a olhava de soslaio como se fosse uma bantha selvagem solta nas ruas civilizadas de Coruscant. Syl não tinha certeza se Xylan realmente queria que ela o acompanhasse, apesar de sua insistência de que era a peça-chave que estava faltando. De qualquer forma, ela faria o que tinha de fazer para manter o seu lado do acordo.

Mas, quando Xylan e Syl foram acompanhados até o escritório da Senadora Starros — Basha optou por permanecer do lado de fora e vigiar a porta, já que não confiava tanto na segurança do prédio, especialmente por ninguém ter notado o blaster de Syl escondido debaixo da roupa —, Syl viu uma pessoa que parecia muito mais com ela mesma do que com Xylan. A Senadora Starros era uma mulher pequena que vestia uma toga simples e pesada de um verde muito profundo e, embaixo, um vestido justo em um tom verde mais pálido. A única joia que usava era um colar bronze pesado com um medalhão que ficava bem acima dos seios. Sua pele era marrom-escura como a de Syl, mas, enquanto seus cachos estavam livres, a senadora mantinha grossas tranças arranjadas em um coque no topo da cabeça. Ela não usava cosméticos, pelo que Syl conseguia ver, nem um toque de tintura de lábios, e a compreensão de que sua beleza não era aumentada de nenhuma forma por fatores exteriores deixou Syl completamente pasma.

A mulher era lindíssima e, se o coração de Syl não tivesse sido partido tão recentemente, ela poderia ter uma nova quedinha.

Seu equilíbrio emocional voltou rapidamente quando a Senadora Starros colocou uma mão no coração e fez uma pequena mesura.

— Xylan Graf. Vejo que continua me fazendo perder tempo com estas visitas. Mas ao menos hoje trouxe alguém com a qual vale a pena conversar. Sylvestri Yarrow. Eu conheci sua mãe, e você é a cara dela.

Syl devolveu o cumprimento da fronteira, a mão no coração e a meia-reverência, antes de franzir o cenho.

— Você também é professora do hiperespaço? — Houve tantas revelações a respeito do passado de Chancey Yarrow que Syl se sentia apertar como um punho cada vez que sua mãe era mencionada.

A Senadora Starros gargalhou, o som surpreendentemente grave para uma mulher tão pequena.

— Ah, não, o trabalho de sua mãe de abrir todas as rotas do hiperespaço era diretamente contra o trabalho que eu fazia com a família San Tekka — disse ela, sorrindo com pesar. — Mas, apesar de eu e sua mãe discordarmos a respeito da remuneração apropriada para a viagem no hiperespaço, eu sempre a respeitei muito.

— Assim como minha mãe e avó — disse Xylan com um sorriso gentil. — E, Senadora Starros, apesar de a senhora ser aliada dos San Tekka, por favor, não se esqueça de que, no momento, está em dívida com os Graf. Sem nós, o Farol da Luz Estelar e seu tratado Dalnano não seriam nada além da esperança de uma mulher rapidamente perdendo popularidade.

— Xylan, eu estava negociando acordos entre as paredes do Senado quando você ainda estava aprendendo a andar. Eu ter concordado em vê-lo a respeito desse assunto ridículo no setor Berenge é uma gentileza, não se esqueça. O aluguel deve ser deixado de lado para propósitos acadêmicos, não para sua família ter um pouco de espaço vazio para testar suas armas, especialmente porque não fazemos ideia do que elas poderiam fazer com as rotas do hiperespaço que passam por lá. Consegue imaginar como seria difícil redirecionar todo o trânsito que flui por aquela parte da galáxia? Isso parece bastante esforço por um pedacinho de espaço. Mas suponho que esteja aqui mais uma vez para me convencer do contrário.

A Senadora Starros indicou que eles deveriam sentar, e Syl deixou-se cair de forma pesada em uma cadeira ali perto, grata. Aquilo não estava sendo como pensou que seria, de jeito algum. A Senadora Starros claramente não gostava de Xylan Graf; seu lábio se torcia cada vez que olhava para ele, e o próprio desdém de Xylan mostrava que ele correspondia ao sentimento.

A situação seria muito, muito mais difícil do que Syl esperava que fosse. Como é que poderia mentir para aquela mulher? Especialmente quando era bastante claro que a senadora já estava decidida. E Syl não tinha como culpá-la. Por que fazer tanto por um setor de nada no espaço? Decerto existiam outros locais onde os Graf poderiam conduzir seus experimentos?

Assim que Xylan se acomodou na cadeira, Starros pegou a cadeira que havia obviamente sido feita para ela, já que ficava um pouco mais acima na área de sentar. Syl perguntou-se se isso era um costume de Hosnian ou se apenas birra da senadora.

— Ghirra, obrigado novamente por aceitar nos ver — disse Xylan. — Sei que está muito ocupada tentando aprovar projetos que ajudarão os seus a ganharem dinheiro no desastre mais recente. Parabéns pelo contrato de Restauração de Valo, que vai para uma das empresas-mãe de sua família. — O sarcasmo era mordaz e cruel, mas ele falava como um homem elogiando a decoração. Syl ficou um pouco mais reta na cadeira. Não queria perder uma única troca de farpas.

Ghirra riu, o som melodioso.

— A República se juntou lindamente após a tragédia em Valo, e tenho sorte de ter muitos parentes altamente qualificados que ganharam aquele contrato pelos próprios méritos. Mas você não veio aqui discutir política ou meus projetos mais recentes no Senado. — Um droide serviçal entrou na sala com pequenas xícaras de chá, e Syl ficou satisfeita de a bebida ser frutada e fresca, e não quente e adstringente. Ela bebericou o chá enquanto os dois conversavam.

— Tem razão — disse Xylan com uma risadinha, apesar de não haver nenhum humor nas palavras. — Estou aqui mais uma vez para pedir que você e sua facção aprovem o aluguel do setor Berenge, e agora estou na posição de acatar com suas exigências. Sylvestri está aqui como, digamos, uma embaixadora da boa vontade, para mostrar que realmente estou levando Wolk a sério. Se a filha de Chancey Yarrow não acha que a mulher é capaz de construir uma arma no meio do espaço, ou que ela sequer está viva, então talvez Wolk esteja cometendo um erro grave.

A Senadora Starros sorriu, sem se abalar com as palavras de Xylan.

— Estou ocupada. E, ainda assim, você e seu clã me pedem mais e mais favores que não fazem nada além de promover a própria agenda. O Senado acaba de aprovar um projeto que dá uma cláusula de cinco anos de privacidade para qualquer rota do hiperespaço mapeada por empresas privadas, um projeto que sua família estava especialmente interessada em tornar realidade. Isso deveria ter feito a velha gata tooka que você chama de avó me deixar em paz por ao menos uma quinzena, e diga a ela que falei tudo isso quando relatar minha rejeição mais recente a seu requerimento.

Xylan gesticulou como se afastasse a afirmação da senadora.

— Pfff. Aquele projeto foi uma perda de seu tempo. Teria sido melhor se tivesse respondido uma de minhas muitas chamadas. Os Graf não se envolvem com exploração do hiperespaço há décadas. As pessoas que se beneficiarão com tal lei são aproveitadores como os San Tekka, e esse é o verdadeiro motivo pelo qual você aprovou o projeto. — Xylan pousou a xícara em uma mesinha próxima e se inclinou para a frente. — Quero que concorde que, se eu financiar uma tripulação para ir ao setor Berenge registrar as leituras enquanto inspeciona a área, e não encontrar nenhuma arma, você vai parar este exercício tolo de bloquear meu requerimento pelo aluguel do setor.

— E como pretende provar que essa arma não existe? Voar por todo o setor, metro a metro? — zombou a senadora.

Xylan tocou no queixo enquanto considerava a questão.

— Uma arma como a que Wolk acredita existir teria uma assinatura energética distinta. Minha tripulação e eu inspecionaremos a área e, se as leituras indicarem alguma arma, voltaremos a Coruscant imediatamente e compartilharemos a informação.

— Você já fez isso com seus droides exploradores — disse a senadora, entediada. — Vi seus primeiros relatórios. Não há indicação de nenhum tipo de atividade fora do comum. — Ghirra pegou a xícara delicada e bebericou dela, pensativa. — Mas Wolk parecia acreditar que, se a arma estivesse desligada, haveria resultados similares a esse.

— É possível, e por isso fiquei tão feliz em conhecer minha querida Sylvestri. Ela confirmou que não acredita que sua mãe esteja viva, e muito menos que ela poderia trabalhar com os Nihil. Tanto que ofereceu sua assistência. O que estou pedindo, senadora, é uma oportunidade para provar pela última vez que não há nada no setor Berenge. Nem os Nihil, nem uma anomalia no espaço profundo. Sylvestri concordou em ir para limpar o nome de sua amada e falecida mãe, e eu adoraria convidar o Professor Wolk a ir conosco. Tudo que preciso da senhora é uma carta oficial de autorização.

Syl se remexeu no assento pela mentira de Xylan. Apesar de não ser uma mentira, apenas uma omissão de informações. Ainda era o bastante para Syl reavaliar o trato, mas, quanto mais considerava se deveria falar algo ou não, mais ficava lá de boca fechada. Tudo que conseguia pensar era que, um dia, quando fosse uma transportadora bem-sucedida, ela olharia para trás, pensaria naquele momento e saberia que ficar de boca fechada havia sido a escolha correta a fazer.

*Mas e se Wolk estiver certo?*, sussurrou uma vozinha no fundo de sua cabeça. Syl a ignorou.

A Senadora Starros ficou de pé e foi até a escrivaninha que dominava a parte de trás da sala, com uma expressão pensativa. Syl não entendia por que Xylan precisava de uma carta oficial de autorização da senadora. Seria para ela manter sua palavra?

— A carta de autorização vai te dar o aluguel? — Syl murmurou para Xylan.

— Vai me forçar a aderir a sejam quais forem as descobertas oficiais, então, sim, se Xylan estiver correto — disse Starros. — Sua proposta é interessante, Xylan. Posso oferecer a assistência de Wolk em estudar o espaço, fazer leituras e coisas assim. Ele já me pediu para ser dispensado para fazer algo similar ao que está descrevendo.

— Então, agora — disse Xylan com um sorriso vitorioso —, estamos concordando. Vou completar essa missão com Wolk e Sylvestri aqui ao meu lado, e você vai endossar o requerimento de minha família quando eu retornar.

Syl olhou para Xylan e depois para a Senadora Starros. As coisas correram bem como Xylan havia dito que correriam. Ela não acreditava realmente que tudo seria tão fácil.

— Não exatamente — disse a Senadora Starros. — Preciso de uma testemunha incontestável. Como posso saber que não subornará Wolk? E se ele nunca voltar?

Xylan soltou um suspiro pesado, sem nem se ofender com a insinuação da senadora de que ele poderia matar o velho Gungan.

— Ghirra, se você queria vir comigo, era só pedir.

— Baixe a bola. Eu estava pensando mais em alguém como um Jedi. — A senadora apertou um botão e a porta ao lado da escrivaninha se abriu.

Syl ficou de pé, observando de boca aberta quando uma menina Mirialana e um garoto humano robusto entravam na sala. Ambos vestiam as túnicas e tabardos da Ordem Jedi, e uma sensação entre o deslumbramento e a raiva acometeu Syl.

O que os Jedi estavam fazendo em Coruscant, em vez de ficar na fronteira, lutando contra os Nihil? Todos sabiam que os Jedi tinham poderes muito acima dos outros, com sua misteriosa Força, sem contar as espadas de plasma que podiam cortar qualquer coisa e repelir disparos de blaster. Era ridículo que estivessem ali, aguardando para ajudar Xylan Graf a conseguir os direitos do setor Berenge, em vez de lutar contra os Nihil.

Onde estavam eles quando os malditos piratas roubaram sua nave? Onde estavam quando os Nihil assassinaram sua mãe?

Pessoas ricas realmente não eram como os outros.

Syl piscou com força para impedir as lágrimas de raiva que ameaçavam cair. Ela não conseguiria fazer isto, nem por milhares de créditos. Não poderia trabalhar tão de perto com gente que a lembrava de tudo que havia perdido. Não poderia.

Especialmente quando eles poderiam ver por trás das mentiras com tanta facilidade. Syl podia ficar de boca fechada e convencer a senadora de que Xylan Graf não era apenas um vigarista extremamente caro, mas não seria possível enganar os Jedi.

Não só isso, mas este era *exatamente* o motivo pelo qual viera a Coruscant! Ela havia, enfim, conseguido sua audiência, uma senadora e os Jedi, que poderiam fazer algo a respeito da estranheza que experimentou no setor Berenge. Ia mesmo sentar ali e não dizer nada, para assegurar o próprio futuro?

*Não só o meu*, pensou. *Não posso esquecer de Neeto e M-227.*

Respirações profundas. Syl inspirou, prendeu a respiração, expirou. Queria fugir da sala, mas, em vez disso, ficou lá. Torceu as mãos no macacão e contou as respirações do jeito que a mãe a ensinara a fazer muito tempo antes. Ela conseguiria. Por Neeto e M-227 e seu futuro, ela mentiria para os Jedi.

*Um Jedi só pode colocar em prática seus truques mentais se você for pega desprevenida. Ao focar em seus próprios pensamentos, ao fortalecer sua mente contra eles, você pode tirá-los de sua cabeça. Enquanto for forte e sincera consigo mesma, não há motivo para temê-los.* A lembrança voltou, o jeito que a mãe sorrira para os Jedi parados fora do templo em Tiikae, o jeito que ela sempre sorrira e falara tão bem dos Jedi. Syl empurrou a lembrança e todas as emoções para o fundo, tão fundo que nunca pensaria em Tiikae de novo. Porque estava perto demais da lembrança em que Jordanna terminara com ela.

Ela estava cheia de pensar no passado; era hora de se voltar para o futuro.

Agora não era a hora de deixar as emoções correrem, desenfreadas; então Syl respirou fundo e imaginou a sensação da *Zigue-zague* decolando, a sacudida familiar e a investida que sempre a deixaram feliz. Logo, ela teria outra nave, que seria ainda melhor. Imaginou a nave nova, as modificações que faria com os créditos dos Graf que teria por um ano inteiro. Qualquer coisa para evitar os sentimentos conflitantes que ameaçavam tomar conta dela.

— Então você tinha Jedi de prontidão. Já planejava concordar com meu pedido e, ainda assim, deixou que eu sentasse aqui para tentar convencê-la de que minha proposta faz sentido — disse Xylan, um músculo retesando em sua mandíbula. Syl entendia por que ele estava com raiva. A Senadora Starros dera-lhe uma grande dose do próprio veneno.

A senadora ignorou a irritação dele.

— Xylan Graf, conheça Vern Rwoh e seu Padawan, Imri Cantaros. Eles poderão oferecer segurança em sua viagem caso encontre algum problema — disse, voltando a sorrir. O sorriso não agradou a Syl como antes; agora sabia que era uma mentira. Tanto Starros quanto Graf eram víboras, e Syl só precisava ficar fora do caminho deles.

Ela até sentiu um pouco de pena dos Jedi, na verdade, já que pareciam tão jovens e inocentes. Eles não faziam ideia da bagunça na qual estavam tão contentes em se meter.

— Hã, é Vernestra — corrigiu a Mirialana, mas ninguém se incomodou em prestar atenção em suas palavras.

Os olhares da senadora e de Xylan estavam focados um no outro, e a mandíbula dele retesou ao olhar para os Jedi e depois para a Senadora Starros mais uma vez, o rosto corando. Syl notou que ele estava furioso, mas não entendia por quê. Os Jedi eram mediadores e acadêmicos. Ele não queria alguém que o ajudasse a analisar as leituras que registrasse lá? Porque esse alguém certamente não seria Syl.

Ou talvez esse fosse o problema. Ele não poderia subornar os Jedi da forma como convencera Syl a mentir por ele com tanta facilidade. O que havia no setor Berenge que a família Graf queria tanto assim? Syl não acreditava que conseguir um local para conduzir experimentos era mesmo o objetivo final.

— Nós não teremos problema algum, então por que chamar os Jedi? Eles são crianças! — disse Xylan. — Isso é ridículo até para você, Starros. Quer me mandar para lá com um Gungan avoado e crianças? Eu não me importo que eles sejam Jedi.

A expressão da Mirialana vacilou um pouco diante do insulto de Xylan. Syl podia imaginar como ela se sentia.

— Eu sou uma Cavaleira Jedi — disse ela, olhando nos olhos de Xylan. — Lorde Graf.

— Xylan — ele corrigiu de maneira brusca.

— Xylan, confie em mim quando digo que eu e meu Padawan temos experiência não apenas em lutar contra os Nihil, mas em proporcionar segurança.

— Foram Vern e Imri que mantiveram minha Avon e aquele menino Dalnano, Honesty Weft, a salvo quando os Nihil destruíram a *Asa Firme* ano passado — disse a Senadora Starros.

— Nós também estávamos em Valo quando os Nihil atacaram — disse a Jedi Vern, cruzando os braços.

— Ah, e vocês Jedi fizeram um trabalho fantástico lá, não fizeram? — disse Syl, irritada de repente com o tom arrogante da menina. Ela estava tentando ficar de boca calada e fora da conversa, mas algo a respeito da menina verde a aborrecia, especialmente quando a Jedi acabara de trazer de volta um luto tão fresco quando Syl não estava preparada para isso. A perda, para ela, era assim às vezes, fosse com a lembrança de Jordanna ou de sua mãe. Ela podia continuar, viver sua própria vida como sempre viveu e, de repente, estar com raiva ou magoada, o gatilho sendo algo benigno como o cheiro dos biscoitos que sua mãe adorava ou ver uma figura esguia que a lembrava de Jordanna.

Mas o desgosto espontâneo que sentiu pela Jedi era algo diferente. Talvez fosse o jeito que ela falava tudo em voz baixa, como se nada a perturbasse, o completo oposto de Syl. A menina parecia calma e controlada, tudo que Syl, que se sentia particularmente desequilibrada desde que chegou a Coruscant, não era. Ou talvez fosse porque os Jedi, que batalharam contra a crueldade na galáxia mais do que qualquer um, a lembrassem duramente que havia vendido a própria consciência por créditos, e que esse não era um sentimento maravilhoso. Voltar seus ressentimentos com suas escolhas contra os Jedi parecia um plano tão bom quanto qualquer outro.

— Acho que vai precisar me desculpar se eu confiar mais em Beti do que em um par de monges com roupas engraçadas — disse Syl, descontando a frustração na Mirialana.

— Beti? — perguntou a garota verde. Ela parecia imperturbada pelo tom de Syl, o aborrecimento de antes se dissipando. Irritava Syl que a garota fosse na verdade bem bonitinha, com as tatuagens faciais nos cantos de cada olho. Ela não conseguia distinguir o design à distância, mas fazia com que seus olhos parecessem maiores do que eram.

Ah, ela não estava prestes a se apaixonar por uma *Jedi*, estava? Talvez fosse a droga do uniforme. *Se toca, Yarrow*.

— É o rifle blaster dela — respondeu Xylan, interrompendo os pensamentos de Syl.

— Xylan, por favor, não entenda mal minha oferta. Foi um pedido veemente de sua avó. Ela sugeriu que os Jedi seriam a melhor forma de resolver o assunto.

O comportamento de Xylan mudou de imediato. Ele inspirou fundo antes de passar a mão em seu cabelo escuro, apesar de nenhum fio estar fora do lugar. Ele parecia ter chegado a algum tipo de decisão, e Syl queria desesperadamente saber o que estava pensando. Pena que ela não era uma Jedi capaz de examinar mentes.

— Senadora Starros — disse Xylan após alguns instantes —, agradeço sua oferta, mas não posso acreditar que minha avó imporia tal condição sem me avisar da mudança de situação. Eles são crianças.

A Senadora Starros inclinou as costas contra a cadeira e suspirou com pesar.

— Está me chamando de mentirosa?

— De forma alguma. Mas não vou levar bebês para a boca da fera, por assim dizer. Realmente acha que vou acreditar que esta é a concessão que *grandmere* concordou em fazer? A senhora sabe que os Graf não negociam. — A voz dele não estava inflamada; era só a declaração de um fato. A família dele era tão poderosa que sempre conseguia o que queria. — Pedi por uma solução adulta. Você ofereceu crianças.

— Nós somos Jedi — o menino pálido murmurou em voz baixa, e a Mirialana fez um sinal para que parasse.

De repente, Syl sentiu que o último lugar no mundo onde gostaria de estar era naquela sala com aquela gente, brigando por minúcias e fingindo que sua consciência não a mordia por dentro. Então ela ficou de pé, deu meia-volta e andou até a porta para ir embora.

— Syl? — chamou Xylan. Syl parou, surpresa que ele sequer houvesse notado sua partida.

— Eu ainda quero falar com o Professor Wolk enquanto estamos aqui — disse Syl. — E parece que você e a senadora têm assuntos a discutir. — Syl não sabia como a política funcionava, mas Chancey Yarrow sempre dissera que nada era o que parecia ser em Coruscant. E, pelo visto, ela não tinha o temperamento correto para observar uma demonstração de manobras políticas tão mesquinhas na busca pelo poder, mesmo que o lucro fosse seu. Havia sido intrigante no começo, mas agora só a perturbava.

— Professor Wolk? — disse a Jedi verde, desfazendo sua expressão entediada. — Também precisamos falar com ele. Tenho uma caixa-segredo que ele talvez possa decifrar por mim. — A Jedi tirou a caixinha do bolso de seu cinto, e o visual do objeto lembrou Syl do datacubo que Xylan mostrou quando eles se conheceram.

— Por que vocês não vão todos falar com o Professor Wolk enquanto Xylan e eu terminamos de discutir os detalhes do acordo? — disse a Senadora Starros com um sorriso falso. — Vou pedir que um dos auxiliares os acompanhe.

— Excelente ideia — falou Xylan, os dentes aparecendo em um sorriso largo. Syl sentiu que o que aconteceria assim que eles saíssem da sala não teria nem um pingo de civilidade.

Ao colocar o pé para fora do escritório da senadora, Syl respirou fundo. Já se sentia melhor.

Bem, se sentiria, se não fossem pelos malditos Jedi seguindo-a como crianças perdidas.

# DEZENOVE

Vernestra não sabia o que havia feito para a garota de pele escura parada diante do escritório da Senadora Starros junto com eles, mas o desgosto fluía dela em ondas pesadas, tanto que, cada vez que Imri a olhava de relance, ele fazia careta, como se estivesse sentindo dor física. A garota não gostava mesmo de Jedi.

Vernestra não estava surpresa. Só queria saber o porquê.

Nem todos amavam os Jedi. Claro que não. Havia quem achasse a Ordem muito restritiva, outros usuários da Força que não acreditavam que o equilíbrio era tão importante ou que a usavam livremente de uma forma que os Jedi não permitiam. E também havia culturas que sempre batiam de frente com os Jedi — os Hutts e os Zygerrianos, além de contrabandistas e vigaristas de todos os tipos. E, é claro, os Nihil, a adição mais recente à lista.

Mas a maior parte das pessoas, especialmente aqueles no seio da República, não os viam como um mal necessário, e sim como heróis da boa ordem e da paz. Porque, é claro, é isso que eles eram.

Sylvestri Yarrow não parecia ser contrabandista nem vigarista, e ela era obviamente humana. A garota não era Nihil; ela não olhava para os Jedi com o desdém e asco com o qual os Nihil os olhavam. Em vez disso, parecia infeliz com a aparição de Vernestra e Imri, como se eles a lembrassem de algo que perdera.

— O quê? — disse a garota de repente, voltando-se para Vernestra. Enquanto eles saíam do escritório da senadora, ela desafivelou o macacão, amarrando as mangas ao redor do quadril estreito. Embaixo, vestia uma camisa justa que combinava com uma nave, mas parecia inapropriada no corredor do prédio do Senado. Com o macacão abaixo, era fácil ver a mochila coldre que ela usava, um rifle blaster modificado, a Beti que mencionaram antes, aninhada no espaço entre suas omoplatas.

— Só estava me perguntando se a ofendi de alguma forma — disse Vernestra. — Você parece incomodada. — Ela não pensou em mentir. Em sua experiência, mentir só causava mais problemas. Era melhor dizer a verdade ou não dizer nada.

— Não é nada pessoal — disse a garota. — Você só me lembra de algo que passei.

Qual era mesmo o nome dela? Vernestra vasculhou a própria memória.

— Só isso? — perguntou Imri, e a garota fez uma carranca.

Sylvestri Yarrow! Era esse o nome dela.

— Você sabia que a Senadora Starros ia usá-los assim? — Syl perguntou a Vernestra de repente, uma forma brutal e eficiente de mudar de assunto.

Vernestra franziu o cenho.

— Assim como?

— Como forma de perturbar Xylan. — A garota humana olhou de Imri para Vernestra e de volta para ele. — Vocês sabem que ela os usou para provocar o bonitão, não sabem?

— Nós fomos trazidos para ajudar por um requerimento especial — disse Vernestra. Ela olhou para Imri, mas ele também estava confuso com as palavras de Sylvestri.

— Ah, por favor, Vern. É Vern, né?

— Na verdade, prefiro Vernestra...

— Olha, Vern, ela os escondeu atrás de uma porta secreta... uma porta que a gente não conseguia ver até ela se abrir, aliás... e fez vocês aparecerem do nada quando ele perguntou a respeito de um dos detalhes finais da viagem dele. Você não achou isso estranho? Vocês dois deveriam estar na conversa desde o começo. — Syl riu sem vontade. — Pelas estrelas, odeio Coruscant. Muita política e pouca honestidade.

Vernestra sacudiu a cabeça.

— Mestre Stellan disse...

— Seu mestre armou para vocês. Ou armaram para ele. Ela os usou para mostrar ao Xylan que as preocupações deles são triviais. Ela deve ter algum ângulo em que está trabalhando, com aquele comentário sobre a avó dele... — Sua voz morreu quando ela considerou algo. — Ela definitivamente está tramando algo, ou os dois estão. O clima estava todo estranho.

— Sim, concordo. Imri me disse a mesma coisa — ofereceu Vernestra, mas a garota não estava prestando atenção nela, ainda pensando no que a colocara em um caminho de ruminações.

— Por que uma senadora tentaria usar Jedi como se vocês fossem uma pegadinha? Só pensa no que parecia do meu ponto de vista: "Aqui tem duas crianças para sua missão *superimportante*. Boa sorte". — A garota sacudiu a cabeça. — Ela realmente queria provocar Xylan. Reconheço um insulto quando aparece na minha frente, mesmo que esteja embrulhado em palavras bonitas. A questão é: por quê? A pesquisa acadêmica é tão importante assim?

Uma humana de pele pálida com cabelo vermelho tricotado em um estilo parecido ao da Senadora Starros apareceu no corredor diante deles.

— Olá — disse ela, o sorriso não parecendo combinar com o olhar. — Meu nome é Kyrie. Devo levá-los ao Professor Wolk. Ele está em outro prédio, então precisaremos pegar uma deslizadora. Podem me seguir?

Sylvestri Yarrow calou-se e — depois de lançar a Vernestra e Imri um último olhar fulminante, as sobrancelhas erguidas em uma expressão que dizia *Dá para acreditar?* — deu a volta para seguir Kyrie. Enquanto o grupo seguia a auxiliar da senadora em silêncio, Vernestra começou a pensar. Será que Sylvestri tinha razão?

Depois de sair do escritório de Mestre Stellan, Vernestra tinha ido ao encontro de Imri e Reath. Na caminhada de volta ao prédio do Senado, os dois a entretiveram com anedotas sobre os escritos de Samara, a Azul, e que era possível que as habilidades de Imri estivessem conectadas à sua ascendência Genetiana. Então, ela e Imri se despediram de Reath e foram para uma série de prédios que abrigavam o Senado Galáctico. A Senadora Starros os esperava, e Vernestra achou que ela era cálida e amigável da forma que sua filha, Avon, não era. Avon desconfiava da maior parte das pessoas, analisando-os como se fossem espécimes. A Senadora Starros fez piadas e agradeceu Vernestra e Imri por terem cuidado da segurança de Avon em Wevo.

— Sei que os Jedi se orgulham de proteger a paz da galáxia, mas preciso agradecer novamente por também salvarem minha filha — dissera a Senadora Starros, a expressão aberta e grata. — Tenho fé que alguém com tantas realizações quanto as suas, Jedi Vern, será a pessoa perfeita para esta missão de grande importância.

E, então, ela apressara Vernestra e Imri a entrarem em uma sala de estar próxima para aguardarem enquanto ela recebia outros convidados. Vernestra nem soubera qual trabalho ela e Imri seriam encarregados de fazer, e a cena que ocorreu a seguir foi tão estressante para ela e Imri quanto para a garota humana, Sylvestri Yarrow. O desfile de emoções foi confuso, e Vernestra começava a entender por que Avon era tão desconfiada por natureza.

Mas, agora que ela considerava o evento — a lisonja, os elogios desnecessários, a estranha apresentação para Xylan Graf —, Vernestra conseguia ver que fora um peão em um jogo muito maior.

Não foi algo que lhe agradou.

Eles chegaram na plataforma e esperaram pela deslizadora privada. Kyrie tentou apontar algumas atrações turísticas no céu, mas só Imri parecia prestar atenção. Sylvestri se apoiava de um pé para o outro, impaciente, ignorando todos ao seu redor.

Vernestra estudou a garota ao seu lado. A pele dela era escura, e seu cabelo cacheado era como uma nuvem ao redor da cabeça. Ela vestia o macacão simples de um mecânico, e parecia muito maior do que era. Imri era enorme perto dela, e ela era até alguns centímetros menor que Vernestra, não fosse o cabelo. E, mesmo assim, tinha a sensação de que ela deveria ser formidável em uma luta.

— Acho que você tem razão — disse em voz baixa. — Sinto muito por ter constrangido seu amigo.

Sylvestri se virou para Vernestra, franzindo o cenho.

— Ele não é meu amigo. É só alguém que me deve dinheiro. Não confio nele, e você também não deveria confiar. Na verdade, você não deveria confiar em ninguém deste planeta miserável. Minha mãe costumava falar que a política é onde a verdade vai para morrer, e estou começando a entender o que ela queria dizer.

Vernestra piscou, surpresa, mas não teve tempo de analisar a lógica de Sylvestri. A deslizadora aérea chegou, e todos entraram — Imri e Vernestra atrás, Sylvestri no meio e a auxiliar na frente, com o droide pilotando. Sylvestri se esticou de imediato na fileira de bancos e foi dormir, seus roncos baixos ecoando no veículo.

— Talvez ela só precisasse tirar um cochilo — murmurou Imri, e Vernestra não pôde evitar um sorriso.

— Como você está? Alguma outra crise? — perguntou, e o menino sacudiu a cabeça.

— Não. Aqueles exercícios descritos por Samara, a Azul, foram muito úteis. Estou me sentindo bem. No geral.

Uma pontada de culpa acometeu Vernestra, mas ela a esmagou para que Imri não notasse como estava decepcionada consigo mesma. Ela é que deveria ter passado exercícios que o acalmassem quando ele ficasse sobrecarregado.

— Imri, quero fazer uma pergunta. Você mencionou ouvir uma mulher sussurrando para você hoje mais cedo. O que foi aquilo? — perguntou, fingindo uma calma que não estava sentindo.

— Sobre uma mulher que estava tanto viva quanto morta? — disse Imri. Ele sacudiu a cabeça. — Não sei. Acho que eu podia estar conectado demais a você. Você está muito preocupada nos últimos tempos, mesmo que eu saiba que está tentando esconder esses sentimentos.

Vernestra mordeu o lábio, assentindo. Era próximo demais da verdade.

— Não consegui dormir na viagem para Coruscant porque ando muito preocupada pensando em como parar os Nihil e desejando que a Ordem estivesse tomando mais ações. A forma como continuamos atacando os Nihil... uma batalha atrás da outra e, ainda assim, eles seguem aterrorizando tanta gente — disse. Imri não precisava saber sobre sua estranha visão do hiperespaço. Ela manteria isso em segredo o tanto que fosse possível.

A deslizadora parou com uma sacudida. Sylvestri foi a primeira a levantar, esfregando os olhos e dando um enorme bocejo enquanto saía. A plataforma ficava situada no meio do prédio, assim como o Senado. Kyrie deu a eles um sorriso educado, mas não saiu da deslizadora.

— O escritório do Professor Wolk fica no primeiro andar. É só pegar o elevador até lá embaixo e vocês o verão à direita. Boa sorte! — disse ela, a deslizadora partindo antes que pudessem perguntar alguma coisa.

— Não achou que ela parecia apressada? — perguntou Imri.

— Deve ter algum saco para puxar — disse Syl, colocando as mãos nos quadris.

— Ei, Padawan, nova Cavaleira. O que vocês estão fazendo? — falou uma voz atrás deles. Vernestra se virou para ver Jordanna Sparkburn e Remy caminhando em direção a eles, e teve que engolir um suspiro. Ótimo; era tudo de que ela precisava. Mais uma pessoa de pavio curto sem motivo.

— Jordanna! Bom ver você novamente. Como foi sua excursão? — perguntou Vernestra, tentando irradiar positividade na direção da outra mulher.

Jordanna deu de ombros. Ela vestia uma versão melhor de seu traje de colona, uma túnica preta e simples com calças cinza e justas por baixo.

— Andamos por boa parte do distrito e tudo está começando a parecer a mesma coisa, então eu estava indo para o escritório corporativo dos San Tekka.

Vernestra piscou de surpresa. Ela havia esperado hostilidade de Jordanna, mas a mulher parecia de bom humor. Abriu a boca para responder quando notou que Jordanna não estava prestando atenção nenhuma nela. Em vez disso, seu olhar estava fixo em Sylvestri, e a garota parecia igualmente fascinada pela visão de Jordanna, parecendo esquecer todo o mau humor.

— Syl — disse a representante San Tekka, sua voz pouco mais que um sussurro.

Sylvestri empalidecera, e seus olhos pareciam grandes demais para seu rosto.

— Jordanna? O que você está fazendo aqui? Achei que você não podia sair de Tiikae. Por seu dever e tudo mais.

Imri estremeceu, e até Vernestra conseguiu sentir as ondas de tristeza e saudade irradiando do par. Havia uma história por trás disso, que não pertencia nem a ela nem a Imri.

— Nós vamos na frente — disse Vernestra, abrindo um sorriso brilhante para elas e agarrando o braço de um Imri extremamente distraído para arrastá-lo até o elevador. — Sylvestri, nos encontramos lá dentro.

Os dois Jedi saíram da plataforma e foram até o elevador que os levaria ao térreo. Imri parecia ter sido atingido por uma deslizadora, meio triste, meio feliz, e qualquer pessoa que o visse pensaria que ele não estava bem. A máquina chegou logo e, assim que estavam na segurança do elevador, Imri encheu Vernestra de perguntas.

— O que foi aquilo? Parecia que... elas eram um casal? Que eram apaixonadas? Mas algo ruim aconteceu, e Syl estava triste e Jordanna estava com raiva, raiva de si mesma, em grande parte. — Lágrimas corriam pelo rosto dele, como se fosse seu próprio coração que se partia.

Vernestra respirou fundo. Sua leitura não fora tão boa quanto a de Imri, mas chegara perto.

— Já falamos muito a respeito de ligações e como elas podem ser perigosas. Mas, até para aqueles que podem ir atrás do amor, essa busca pode ser um risco. Acho que, talvez, a história de amor entre Jordanna e Sylvestri não correu tão bem quanto elas esperavam que corresse. Mas elas estão juntas mais uma vez, porque a Força funciona de maneiras misteriosas. Mas esses sentimentos que existem entre elas podem não dar certo. Só podemos torcer para que não terminem em tragédia.

— Eu sei de tudo isso, Vern — disse Imri, sua voz baixa. — Já assisti holos. Você está falando como se temesse que eu fosse me apaixonar.

Vernestra suspirou. Sentia que era muito ruim em falar. Por que não podiam só duelar ou meditar? Aquela conversa era difícil para ela porque nunca tivera antes nenhum desses sentimentos por outra pessoa, independentemente de quem fosse. Sabia quando alguém era atraente, e havia pessoas de quem ela gostava mais do que de outras, mas nunca sentira o magnetismo da atração que tantos outros Padawans sentiam quando amadureciam. Supunha que isso facilitava as coisas para ela, mas isso não significava que o caminho de Imri seria tão fácil quanto o seu.

— Eu só... Não estou dizendo para não explorar os sentimentos que possa vir a ter por outra pessoa — disse Vernestra com cuidado. — Só... seja cuidadoso. Assim que outros sentimentos acabam envolvidos, as coisas... se complicam.

Imri coçou as bochechas e abriu um sorriso largo e divertido para ela.

— Entendi, Vern. Relaxa. Eu estava me perguntando a respeito de Jordanna e Sylvestri, só isso. Nunca senti alguém ficar tão feliz ao ver outra pessoa, mas também tão... assustada. Assustada como se lutasse contra os Drengir. Não estou prestes a sair por aí partindo corações. Já é difícil o bastante eu ter que me afastar dos sentimentos de estranhos. Não imagino como seria um romance.

Vernestra riu e, por sorte, o elevador escolheu esse momento para chegar ao térreo. Eles saíram e ela pegou a caixa do bolso do cinto, estudando-a mais uma vez.

— Você acha que esse tal professor saberá o que é? — perguntou Imri. Ela lhe dissera o que conversou com Stellan no caminho para o Senado, para que soubesse tudo o que tinha feito. Não que fosse muita coisa. Vernestra ainda não sabia o que deveria fazer com aquela missão onde ninguém parecia feliz por tê-la por perto; os detalhes se perderam com o horror sentido por Xylan Graf pela ideia de ficar encarregado do que ele presumia ser duas crianças, mas ela acreditava que as coisas sempre acabavam bem, então só estava um pouquinho irritada. Ao menos ela ainda tinha a misteriosa caixa-segredo. Decifrá-la poderia ser uma das realizações do dia.

— Talvez. Eu só estou curiosa para saber o que tem dentro.

— Você realmente acha que os Nihil mataram aquela família em Tiikae por isso? — perguntou Imri, uma expressão apreensiva passando por seu rosto enquanto eles começavam a andar pelo caminho do elevador ao prédio propriamente dito. — Parece uma perda tão grande de vidas.

— Sim — disse Vernestra, trincando o maxilar. — É por isso mesmo que quero saber o que tem dentro. Talvez a caixa mostre outra coisa, como a chave de um quebra-cabeças. Ouvi falar que algumas culturas usam isso para ter outra camada de segurança.

— O que significa que o quer que tenha na caixa deve ser bem valioso, hein? — perguntou Imri, olhando para o cubo. — Talvez nós devêssemos levá-la de volta ao Templo, para que o Conselho a mantenha em segurança.

Vernestra não sabia o motivo, mas sentiu uma forte rejeição pela sugestão. Ela perguntara a Imri sobre a mulher misteriosa, mas não lhe dissera que uma visão a guiara até a caixa, em primeiro lugar.

— Não, preciso ficar com ela. Sinto que há algo que devo fazer em relação à caixa.

O sentimento era estranho, e Vernestra não sabia dizer de onde ele vinha, mas, quanto mais pensava nisso, mais certeza tinha de que a caixa-segredo precisava ficar com ela por enquanto.

As portas principais se abriram, revelando um pequeno saguão, depois um longo corredor vazio com outros dois que se abriram à direita e à esquerda. Havia várias portas, todas idênticas, e nenhuma placa. Vernestra parou e colocou as mãos nos quadris.

— E como a gente deveria saber qual delas é a do Professor Wolk?

Ela se virou para Imri, e foi aí que uma porta à direita no fim do corredor explodiu.

# VINTE

Syl estava no meio de um sonho. Ou um pesadelo, não sabia decidir.

— Oi — disse Jordanna, abrindo um pequeno sorriso. Remy começou a ronronar alto, a vollka se aproximando para se enrolar ao redor de Syl com afeto, quase jogando-a no chão.

— Oi — respondeu Syl, coçando Remy entre os chifres, um movimento que teria feito a maior parte das outras pessoas perderem um membro. Estava tão impressionada que sequer conseguia falar. Queria correr atrás de Vern e Imri, usar a presença deles para diminuir o constrangimento e fingir que seu coração não estava alternando entre dar saltos e parar. Remy deu com a cabeça contra Syl, batendo seu peito, e ela desistiu e sorriu, movendo a mão para coçar a gata de caça azul e verde atrás das orelhas. — Você ficou mais mandona.

— Ela estava com saudade — disse Jordanna, os ombros se curvando. — Eu também.

A confissão fez uma pontada de dor atingir o peito de Syl; com isso, estava de volta a Tiikae, aguardando para ver Jordanna ou Remy aparecerem no cenário desolador na rampa de embarque da

*Zigue-zague*, torcendo para elas aparecerem enquanto o sol vermelho nascia e, finalmente, desistindo e entendendo que elas nunca viriam.

— Eu pedi para virem comigo — disse Syl, beijando o topo da enorme cabeça de Remy antes de soltar a gata. — Você poderia ter dito à sua tia que não queria ser representante e ter ido conosco.

— Eu sei — disse Jordanna, sua voz pesando com… era arrependimento? Syl não se permitiu ter esperança nem imaginar o que era. Controlou-se. Enquanto não deixasse que aquilo doesse, não doeria.

Mas, pelas estrelas, era bom ver Jordanna de novo.

— Eu provavelmente deveria ir atrás de Vern e Imri — disse Syl, apontando para o elevador.

— Deixa eu ir com você — disse Jordanna. Syl nunca a vira assim: hesitante, questionando-se. Ela sempre fora uma mulher de poucas palavras, mas isso era apenas porque acreditava que ações falavam mais alto. Ela só tinha dois anos a mais que ela, mas, aos vinte, Jordanna era tão segura de si, tão confiante que Syl se sentira boba discutindo com ela. Agora parecia como se uma luz vital dentro dela estivesse fosca, fazendo Syl querer saber o que acontecera desde que se falaram pela última vez.

Também queria só passar tempo com Jordanna. Syl já conseguia sentir aquela força indescritível puxando-a em direção à garota de pele escura, e se amaldiçoou por ser tão fraca. Queria ser distante, magoar Jordanna da mesma forma que Jordanna a magoara, mas não tinha o apetite para tal. Tudo que queria era encontrar um café e se aconchegar com ela em um canto enquanto Remy ameaçava quem chegasse perto.

— Tudo bem — disse Syl ao notar que o silêncio se esticou um pouco demais. Jordanna sorriu um pouco, um misto de alívio e tristeza, e Syl perguntou-se o que estava acontecendo na cabeça de sua ex-namorada. Será que ela também estava feliz de vê-la?

Elas foram até o elevador e entraram, o silêncio entre ambas pesado e desconfortável. Remy, que ocupava mais do que a metade da máquina, tocou Jordanna com a pata e soltou um grunhido baixo.

— Tá, tá — resmungou ela. Jordanna respirou fundo. — Preciso dizer uma coisa.

Syl engoliu em seco, seu coração na garganta.

— O quê?

— Eu estava errada. Eu deveria ter ido junto quando você pediu.

Syl congelou. Estava alucinando? Aquilo era mesmo real? Não podia ser.

Por tanto tempo imaginara este momento. É claro, em seus devaneios, elas não estavam em um elevador em Coruscant; estavam em um lugar bonito e romântico, ou até mesmo em suas próprias naves. Jordanna entraria com sua gata assassina e suas sardas e se desculparia lindamente, jurando que nunca mais sairia do lado de Syl. E, então, elas se beijariam como humanos faziam nas aventuras holo, apaixonadamente e com música tocando no fundo.

Não assim. Nem um pouco.

— Ei, eu só... — disse Jordanna quando as portas se abriram. — Eu só queria pedir desculpas.

E então deu de ombros.

Ela *deu de ombros*.

Syl congelou, e todo aquele sentimento feliz-infeliz foi incinerado pelas chamas de sua raiva. Jordanna realmente achou que seria fácil assim? Que ela poderia pedir desculpas e isso apagaria os meses que passou sentida e chorando e procurando por uma garota alta com cachos escuros e um sorriso torto em cada canto da galáxia? Todo aquele tempo esperando e aguardando e desejando, Jordanna realmente achou que seria apagado tão facilmente?

Syl fechou os punhos.

— Que legal da sua parte — disse antes de sair do elevador pisoteando o chão. Ela teve uma breve visão do olhar de surpresa de Jordanna antes de ir a passadas largas em direção à porta do prédio onde ficava o escritório do Professor Wolk.

Ouviu um barulho estranho, e Syl pegou-se olhando para o céu, esperando ver raios. Coruscant tinha clima? Ou isso era algo provinciano demais para o planeta?

Syl voltou para as portas principais só para se ver jogada violentamente contra o chão por Jordanna enquanto dois disparos de blaster passavam por cima delas.

— O que, nos sete vales amaldiçoados, foi isso? — berrou Syl. — Quem está atirando contra mim agora?

— Fique aqui — disse Jordanna, correndo para dentro do prédio, para o perigo, Remy logo atrás. Syl sentou no chão e descansou a cabeça nos joelhos, o coração disparado e os olhos queimando com lágrimas que não caíam.

Ela precisava ter raiva. A raiva era a única coisa que impediria Jordanna de partir seu coração mais uma vez.

# VINTE E UM

Vernestra jogou as mãos para cima, usando a Força para bloquear grande parte dos destroços que voaram na direção dela e de Imri. Mas não foi rápida o suficiente, e alguns pedaços de alvenaria atravessaram mesmo assim. Um pedaço de pedra, afiado como uma faca, cortou sua bochecha. Imri grunhiu quando outro pedaço cortou a parte de cima de seu braço esquerdo, dividindo a manga de sua túnica e pintando o material de escarlate.

Vernestra brandiu o sabre de luz, e Imri fez o mesmo.

— Eles continuam aqui — disse Imri, e Vernestra assentiu. Ela conseguia sentir alguém com más intenções ali perto, possivelmente a pessoa por trás da bomba, aguardando para desfrutar de seu trabalho. Mas era difícil ver alguma coisa com a fumaça subindo pelo corredor, preenchendo o saguão.

Um corpo apareceu correndo através da fumaça, indo direto para Vernestra e Imri. Vernestra esticou a mão e empurrou a pessoa para a esquerda com a Força, segurando-se para não fazer mais nada quando notou que o Gungan a olhava com olhos arregalados e aterrorizados.

— Eles estão tentando me matar — disse ele e, menos de um instante depois, um disparo de blaster passou pela fumaça, atingindo o Gungan bem no meio das costas. Seguiram dois outros disparos, voando além dos Jedi em direção às portas principais.

— Imri! — disse Vernestra, apontando para o homem ferido antes de correr pela fumaça para encontrar o atirador. Não queria esperar para ver se estava sendo clara; não queria perder mais tempo para deter a pessoa responsável pela violência.

No começo, os olhos de Vernestra queimaram e ela tossiu enquanto acelerava pela área próxima à explosão, mas assim que saiu da fumaça, viu um Twi'lek fugindo no corredor com um blaster na mão. Ele se virou uma vez e disparou contra Vernestra, que se jogou para a direita para evitar o disparo antes de ligar o sabre de luz — a lâmina soltando uma luz violeta e brilhante no corredor — e, correndo, usou a Força livremente, para que cada passo a levasse duas vezes mais rápido que o normal. Usar a Força de tal maneira não era aconselhável, mas se o homem escapasse em uma das multidões de Coruscant, Vernestra nunca seria capaz de encontrá-lo.

O Twi'lek atirou sem parar por cima do próprio ombro, e Vernestra bloqueou os tiros com facilidade com o sabre de luz. Enquanto corria, procurou algo que pudesse parar o Twi'lek, mas não foi necessário. As forças de segurança da República explodiram um corredor à distância, e o Twi'lek derrapou até parar, atirando contra os guardas no fim de corredor.

Eles dispararam de volta, e seus tiros eram bem mais certeiros do que os do Twi'lek, em grande parte por serem tantos atirando ao mesmo tempo. Vernestra deslizou, parando, erguendo o sabre de luz e virando o engaste para a lâmina virar um chicote. Ela girou o chicote em um círculo veloz para se defender da chuva de disparos de blaster. O Twi'lek não tinha esse tipo de defesa, e caiu no chão, estatelando-se sem vida.

— Parem de atirar! Sou Jedi! — exclamou Vernestra. Por um momento, teve a impressão perversa de que, talvez, as forças de segurança não gostassem dos Jedi assim como Syl e continuariam atirando, mas então a saraivada de blaster parou e Vernestra pôde desligar e guardar o sabre de luz.

— Jedi, saudações — disse uma Balosar alta, a única coisa que indicava que não era humana sendo seus antena-palpos. — Sou Ashdree Marq.

— Vernestra Rwoh — disse Vernestra com as mãos nos quadris. Seu peito ofegava de correr, e um forte pesar floresceu nela ao ver o Twi'lek morto. Tanta morte, tanta vida perdida, e pelo quê? Nada, pelo que Vernestra conseguia ver.

— Pode me dizer o que houve aqui?

Vernestra explicou tudo que vira a Ashdree, incluindo o Gungan ferido, enquanto o resto da equipe de segurança se apressava para voltar ao incêndio no fim do corredor.

— Preciso voltar para meu Padawan. Ele está na entrada com o Gungan que foi ferido durante o ataque — disse Vernestra, e a mulher assentiu.

— Irei com você.

Enquanto andavam, Ashdree continuou a questioná-la, analisando cada detalhe do que Vernestra vira, o que não era muita coisa. Após atravessarem o escritório destruído, com o incêndio apagado e a fumaça se dissipando rapidamente, as duas estavam frustradas.

— Sinceramente, não sei por que aquele homem destruiu o escritório ou atirou no Gungan — disse Vernestra. — Parece tudo tão sem sentido. Esse tipo de ataque costuma acontecer por aqui?

— Nunca — disse Ashdree, dois pontos coloridos aparecendo em suas bochechas pálidas. — Nós monitoramos todos esses corredores de um local central e conseguimos notar encrenqueiros antes de eles poderem fazer alguma coisa.

— Então vocês viram quando ele entrou? — perguntou Vernestra.

A mulher franziu os lábios e sacudiu a cabeça.

— Nós não o vimos. Vimos uma Jedi com sabre de luz no corredor. Investigaremos tudo, mas o mais provável é que alguém tenha feito algo com nossa transmissão. Está acontecendo muito ultimamente.

Vernestra voltou ao saguão franzindo o cenho, e a expressão virou uma carranca ao ver Jordanna com o braço ao redor de Imri, confortando-o. Sylvestri Yarrow estava parada um pouco mais para o lado, parecendo incomodada, Remy encostada nela. A vollka estava adorando a garota, e Vernestra achava que isso fazia sentido. Era óbvio que Sylvestri e Jordanna se conheciam há mais tempo, e o comportamento da gata só reforçava essa ideia.

— Imri, você está bem? — perguntou Vernestra. Jordanna lançou a ela um olhar cortante, que foi embora quando viu que era Vernestra.

— Você está sangrando — disse ela, tirando um lenço do bolso de trás para dá-lo à Jedi.

— Obrigada — falou, colocando o pano em sua bochecha. — Nós deveríamos ir à clínica do Templo, Imri, para eles darem uma olhada nesse braço.

— Ah, estou bem — disse Imri, mostrando-o a Vernestra. O rasgo em sua túnica continuava lá, mas a pele sob a roupa estava rosa e lisa. — Jordanna usou um medicamento em mim. Um com bacta!

Jordanna abriu um sorriso envergonhado.

— Uma das vantagens de ser uma San Tekka, mesmo só uma prima distante: bolsos muito fundos. Tenho um pouco de spray de bacta se quiser passar na sua bochecha.

— Estou bem, obrigada. Você viu o que aconteceu? — perguntou Vernestra. O dia não correra como ela esperava, e suas frustrações estavam começando a se empilhar para virar raiva. Ela só conseguia aguentar até certo ponto antes de perder a calma. Era uma Jedi, não uma estátua.

— Não, o Professor Wolk já estava morto quando nós chegamos — disse Sylvestri com tristeza.

A raiva de Vernestra se desfez e a confusão tomou conta dela.

— Professor Wolk? O Gungan era o Professor Wolk?

— Era — disse Sylvestri, a expressão conturbada. — Ontem ele falou que alguém queria matá-lo. Parece que finalmente conseguiram. Este planeta deveria ser a joia da República, mas, a julgar pelo número de gente correndo por aí e tentando matar os outros, eles têm alguns problemas sérios aqui na Cidade Galáctica. — A tristeza no rosto da garota fez Vernestra se perguntar qual seria seu relacionamento com o Gungan.

— Quem mais sofreu um atentado? — perguntou Vernestra.

— Bem, eu. Mas isso deve ter sido culpa de Xylan Graf, mais do que qualquer outra coisa.

Jordanna a cercou.

— Por que você não me disse que estava correndo perigo?

— Até uns quinze minutos atrás, eu nem sabia que você estava viva, que dirá em Coruscant — rebateu Sylvestri. — Você não respondeu nenhuma das mensagens que enviei, sabe.

— Respondi, sim! Foi você que não respondeu as minhas!

Vernestra olhou para Jordanna e depois para Sylvestri e notou que tinha caído de paraquedas bem no meio do tipo de aventura holo que menos curtia: romances complicados.

— Estou começando a ficar com uma enxaqueca — falou Imri, indo para o lado de Vernestra. — E a notar que estou morrendo de fome, já que perdemos o almoço.

Vernestra deu um tapinha reconfortante no ombro dele antes de se virar para Sylvestri.

— Por que você acha que Xylan Graf estava por trás disto? — perguntou antes que mais alguém pudesse falar.

Sylvestri franziu os lábios e sacudiu a cabeça.

— Tem algo naquele cara que me deixa com um pé atrás.

— Eu sinto o mesmo — disse Imri. Quando todas olharam para ele, abriu um sorriso encabulado e deu de ombros. — E não é só porque ele nos insultou. Ele está escondendo alguma coisa, só não sei o quê.

— Ele está tramando uma coisa atrás da outra. Dane-se tudo, mas eu queria mesmo era beber alguma coisa — falou Sylvestri com um suspiro antes de voltar-se para Vernestra. — Além do mais, se você tem alguma pergunta sobre o hiperespaço, provavelmente deveria voltar lá e fazer a social com Xylan Graf já que, com o Professor Wolk morto, ele é o segundo melhor em Coruscant. Quer dizer, até alguém tentar matá-lo também. Quem sabe, talvez o motivo pelo qual fui atacada é porque estava no quarto de Xylan e ele era o verdadeiro alvo. Todo mundo neste planeta é meio suspeito.

Vernestra suspirou. Parecia que a missão envolvia muito mais do que parecia à primeira vista.

# VINTE E DOIS

Reath lutou contra um bocejo enquanto os senadores faziam as mesmas perguntas ao Mestre Cohmac vezes seguidas, apenas formulando-as de maneiras diferentes. Apenas um par de membros do Conselho Jedi estava presente, o Mestre Yarael Poof e o Mestre Stellan, cuja câmara de reunião era utilizada no momento. Havia quatro senadores presentes, e Reath já esquecera seus nomes, o que o incomodava. Mas havia sido um longo dia, e ele não mostrava nenhum sinal de terminar.

Reath desejava desesperadamente poder voltar à biblioteca. Parecia bobo terem viajado desde o Farol da Luz Estelar para aquele inquérito, especialmente porque a maior parte das perguntas feitas pelos senadores já tinham resposta no relatório que eles escreveram. Sim, a República deveria se preocupar com a guerra civil em Genetia. Não, não parecia haver nenhuma influência externa. Sim, uma força pacificadora poderia ser uma boa ideia para diminuir a perda de vidas.

A porta da câmara se abriu e uma mulher humana de pele escura entrou na sala. Mestre Stellan ficou de pé, pedindo desculpas ao grupo com um sorriso.

— Caros amigos, temo que nosso tempo tenha acabado. Enviarei uma cópia do relatório feito por Mestre Cohmac a respeito de sua recente viagem, e espero que esta reunião tenha sido esclarecedora.

Os senadores se levantaram e, enquanto saíam, com o Mestre Yarael logo atrás, Reath ficou de pé para segui-los.

— Mestre Cohmac, Padawan Reath, fiquem, por favor. Minha próxima reunião é de seu interesse — disse Mestre Stellan.

Reath olhou para o Mestre Cohmac, mas seu mestre apenas sacudiu a cabeça de leve, o que significava que também não fazia ideia do que Stellan poderia querer com eles.

Assim que todos saíram, com exceção da mulher de pele escura que interrompeu a reunião, o Mestre Stellan fez um gesto para que se sentassem mais uma vez. Reath e Mestre Cohmac se acomodaram nas cadeiras que acabavam de liberar, enquanto a mulher — que, pelo que Reath acabava de notar, carregava um datapad com o selo do Senado — e o Mestre Stellan tomavam assentos perto dali.

— Cohmac, Reath, esta é a Senadora Ghirra Starros. Ela passou as últimas semanas trabalhando de perto junto ao Conselho no que diz respeito à resposta unificada para a questão Nihil.

— Jedi, é bom conhecê-los. Não tenho muito tempo, mas gostaria de dizer que estou investindo pessoalmente em assegurar que a ameaça Nihil não demore em ser resolvida. E é por esse motivo que preciso de sua ajuda nesse assunto. — Ela abriu um sorriso tenso para Mestre Cohmac e Reath, e a raiva saiu dela em ondas de frustração. Os Nihil haviam feito algo pessoal contra aquela mulher, e Reath se perguntou quantos senadores seriam como ela.

— Hoje me encontrei com Xylan Graf, o neto da matriarca da família Graf. Ele passou as últimas semanas instigando para assumir o aluguel expirado do setor Berenge. Os San Tekka costumavam tê-lo em décadas passadas, para conduzir alguns experimentos muito perigosos do hiperespaço, já que o vasto vazio do sistema assegura que haja pouca interferência de sombras de massa. Alguns de nós, no Senado, esperávamos poder deixar o aluguel de lado para estudos acadêmicos, não experimentos corporativos, especialmente desde que o setor virou um atalho popular quando os San Tekka pararam de utilizar a zona. Temo não poder mais evitar o requerimento dele, já que o Senado poderia fazer um bom uso do valor, especialmente porque a ofensiva contra os Nihil já excedeu as primeiras expectativas de custo. Hoje, mais cedo, pedi para Vern Rwoh e Imri Cantaros ajudarem a inspecionar o sistema, e ele pensou que a oferta de ter... acompanhantes tão jovens era um insulto.

— Vernestra é uma Cavaleira Jedi — disse Reath, sentindo a necessidade de defender a amiga.

— Sim, mas temo não poder fazer Xylan entender isso e, com o plano do ataque unificado se intensificando, não tenho tempo para aplacar os Graf e suas mágoas. Preciso de uma solução improvisada.

Stellan sorriu para a Senadora Starros, indulgente.

— Como posso ajudá-la, Ghirra?

O sorriso que ela abriu para Stellan era cálido, talvez um pouco íntimo demais, e Mestre Cohmac franziu o cenho de leve. Ninguém mais teria notado, mas, como seu Padawan, Reath estava acostumado a perceber as mudanças no humor do mestre. Havia algo que ele não parecia gostar muito na Senadora Starros, mas Reath não podia imaginar o que seria. A mulher parecia competente e amigável.

— O que estou pedindo é que aceitem de bom grado atrasar sua volta para o Farol da Luz Estelar e me ajudem com essa missão também — disse a Senadora Starros, direcionando o pedido a Reath e ao Mestre Cohmac. — O fato é que há relatos de que os Nihil estão construindo uma arma destrutiva no setor Berenge, e estou parcialmente preocupada de que essa situação inteira significa que Xylan Graf está brincando com algo muito mais perigoso. Os Graf nunca foram muito honestos em seus negócios, e me preocupa que isso possa ser algo muito maior do que eles estão falando. Ter um grupo de Jedi seria mais eficiente em acabar com isto do que nossas forças de defesa, caso haja algo mais nefasto em andamento.

— Realmente acredita que os Nihil estejam construindo algum tipo de arma? — perguntou o Mestre Cohmac.

— Um de meus especialistas acredita que sim, e ele foi assassinado hoje — disse a Senadora Starros, franzindo os lábios. — Parece difícil. Os Nihil não são tão sofisticados, mas eu detestaria arriscar. Já temos tantas outras batalhas para travar. Precisamos eliminar qualquer tipo de vantagem possível do lado Nihil.

Mestre Cohmac assentiu.

— Concordo. Reath e eu ficaremos contentes em nos juntarmos aos outros Jedi da missão.

— Excelente — disse a Senadora Starros, ficando de pé e sorrindo. — É provável que seja apenas uma missão rápida, ir e voltar sem nada interessante para relatar, mas, caso não seja assim, saibam que terão minha assistência imediata se precisarem. Mandarei uma mensagem a Xylan Graf dizendo para ele aguardar sua chegada amanhã. Que a Força esteja com vocês. — E saiu sem dizer mais nada.

Reath sentiu uma ansiedade curiosa borbulhando em sua barriga.

— Mestre Cohmac, Mestre Stellan, eu, hã, tenho uma sensação ruim a respeito de tudo isso.

— Ah, é definitivamente algum tipo de armadilha — disse o Mestre Stellan, com um sorriso divertido. — Eu já suspeitava que alguém muito importante estava ajudando os Nihil, dando a eles informações, e Ghirra compartilha minhas suspeitas. Mas ser um membro da família Graf vai muito além da minha imaginação. Por favor, não digam isso a ninguém além de Vernestra quando se encontrarem com ela. Queremos pegar os Graf no pulo. — Mestre Stellan puxou os pelos de seu queixo enquanto pensava. — Se pudermos acabar com cada um dos recursos dos Nihil, nós poderemos acabar com esse conflito mais rapidamente. Eles já mataram milhões. Nosso objetivo precisa ser que mais nenhuma vida seja perdida.

Mestre Cohmac e Reath assentiram e foram embora. Enquanto caminhavam, a ansiedade se recusou a abandonar Reath, que sabia que não era bom ignorar seus instintos.

— Mestre Cohmac, eu sinto que há alguma coisa muito maior acontecendo aqui. E não gosto disso.

— Concordo. Que a Força nos ajude, há gente demais com seus próprios objetivos neste exato momento para eu poder ficar tranquilo. Mas uma coisa de cada vez. Precisamos manter a informação em segredo por enquanto, como Mestre Stellan pediu. Sei que você tem um grande respeito por Vernestra, e diremos a ela assim que pudermos. Stellan Gios sempre faz o que é melhor para a Ordem.

Reath queria perguntar "E o que é melhor para a Força?". Mas teve a sensação de que não ia gostar da resposta.

# VINTE E TRÊS

Syl sentou na cabine de um restaurante ali perto com dois Jedi, sua ex-namorada, uma vollka aborrecida e uma enxaqueca latejante, e tentou não sentir como se tudo à sua volta estivesse desmoronando.

Quando correra no prédio do Senado atrás de Jordanna, com Beti pronta para a ação, Syl vira o garoto Imri falando com o Professor Wolk enquanto o Gungan engasgava com seus últimos suspiros, e soube que não importava o que sentisse a respeito de Jordanna Sparkburn. Syl não tinha tempo para raiva ou remorso; ela tinha que terminar o acordo que fez com Xylan Graf e voltar para a fronteira. Havia algo mais civilizado, em sua opinião, a respeito de batalhar com piratas e lutar para sobreviver nas estrelas do que mentir para oficiais do governo e morrer por um disparo de blaster nos fundos de um prédio chique.

Não se importava mais com a vida secreta da mãe. Syl deixaria o passado permanecer morto. Quando o Professor Wolk se foi, a pessoa que tinha conhecimento real da mulher que Chancey Yarrow foi um dia morreu com ele. A única versão que permanecia da mãe era a de sua memória, e notar isso era reconfortante.

Era o suficiente para ajudar Syl a decidir que não queria saber a verdade. Queria a nave patrocinada pelos Graf e uma linha de crédito. Que tudo mais fosse para o meio de um sol vermelho. Ao ligar rapidamente para Neeto em Porto Haileap, verificou que ele já havia recebido os dez mil créditos que Xylan prometeu como entrada. Ele poderia ser um monte de coisas, mas Xylan Graf parecia manter sua palavra, então a única preocupação de Syl seria fazer sua parte do acordo e deixar a viagem a Coruscant no passado, assim como todas as outras péssimas decisões que já tomara.

Pena que um de seus erros ficava lançando olhares significativos em sua direção, do outro lado da mesa.

Depois das forças de segurança da República os levarem para fora do prédio, eles tentaram retornar ao escritório da Senadora Starros, mas acabou que a segurança do Senado ficou muito mais estrita de repente, e tiveram que aceitar mandar uma mensagem para a senadora detalhando tudo que ocorrera.

Não tinham nada a fazer além de esperar, e Syl não tinha para onde ir além da torre de Xylan Graf, o que significava que seria forçada a sentar-se junto aos Jedi enquanto eles tentavam entender o significado do assassinato de Wolk. Syl não tinha nada relevante a acrescentar, então ficou bebericando seu suco de moof sem dizer nada.

Não conseguia evitar olhar para Jordanna de relance do outro lado da mesa, seus pensamentos voltados ao momento onde se conheceram. A mãe de Syl tinha decidido que ela precisava passar um tempo estudando hiperpropulsor e reparo de motor subluz, então a deixara em uma pensão em Tiikae com uma família de Ugnaughts conhecidos por sua impressionante habilidade de reconstruir praticamente qualquer coisa.

— Um mês não é tanto tempo assim, e quando Neeto e eu tivermos acabado a viagem, acredito que você já vai ter aprendido a desmontar e arrumar um hiperpropulsor. É uma habilidade vital para qualquer um que trabalhe com transporte — disse ela, quando Sylvestri estava parada no meio de uma pista de aterrissagem empoeirada, agarrando sua mochila e tentando não sentir como se estivesse sendo abandonada. Não era a primeira vez que Chancey Yarrow havia deixado a filha em um fim de mundo na galáxia para aprender alguma coisa, mas era a primeira vez que o fazia de forma tão súbita, sem nenhum aviso. — Klanna e Roy vão cuidar bem de você. Os dois são meus amigos de longa data. Dê a eles o mesmo respeito que a mim.

E, então, a mãe de Syl entrou na *Zigue-zague* e partiu.

Nos dias seguintes, Syl tentou aprender tudo que conseguiu de Roy, que era paciente e falava de forma simples, mas acontece que reparo de hiperpropulsor era complicado e entediante. Então, Syl encontrou maneiras de fugir do trabalho sempre que possível, ao mesmo tempo em que pagava sua estadia. Um dia, mexendo em uma moto deslizadora bem antiga — reparo de repulsor era muito mais simples do que os meticulosos requisitos de um hiperpropulsor —, Syl estava na metade de resetar o cronômetro gravitacional reverso quando Jordanna entrou para ver a moto.

Ela só precisou olhar uma vez nos olhos escuros e nos longos cachos de Jordanna para sentir como se estivesse caindo de um precipício. Quando a outra garota sorriu, Syl pôde jurar que seu coração havia explodido.

Os holos sempre falavam de amor à primeira vista; geralmente romances assim terminavam em tragédia, então Syl deveria ter pensado nisso antes de seguir seu coração ao ser atropelada pela aparição de Jordanna na loja de Roy. Mas não conseguiu, e as semanas seguintes se tornaram dias cheios de beijos roubados e noites ficando até de madrugada assistindo às auroras pintarem o céu de Tiikae em um arco-íris salpicado de radiação.

De alguma forma, Syl se convenceu de que sua mãe nunca voltaria a Tiikae, que ela poderia ir morar com Jordanna assim que a tia dela, que também era sua mentora, se aposentasse e Jordanna se tornasse a representante encarregada do planeta. Mas um dia a *Zigue-zague* chegou no campo de aterrissagem e Syl conseguiu sentir que, inevitavelmente, seu coração seria partido.

— Venha comigo — dissera a Jordanna na noite anterior do dia em que Syl partiria. Chancey estava sempre aberta a aceitar mais um membro na tripulação, e sua mãe concordara que a habilidade de defesa de Jordanna, que era muito maior que a de Syl, ajudaria a nave. — A gente pode ver a galáxia inteira juntas! Em alguns meses, vou comprar minha própria nave, imagina como seria. Você, eu e Remy trabalhando com transporte e vivendo a vida que quisermos.

Mas Jordanna sorrira, infeliz.

— Syl, estou treinando para ser representante. Sou uma San Tekka, e alguém precisa cuidar dos vassalos daqui. Você entende isso, não entende? Tenho responsabilidades, assim como você. Além do mais, não posso sair de Tiikae. É meu lar.

Por algum motivo, Syl esperara que Jordanna mudasse de opinião; então, quando ela não apareceu na manhã seguinte, nem para se despedir, Syl tentou embalar seu coração partido e esquecer a sensação de estar apaixonada.

Mas aqui estava ela, sentada do outro lado da garota que quebrara seu coração, e era difícil demais lembrar da dor de amá-la e não só da empolgação.

— Vocês acham que o Twi'lek era um Nihil? — perguntou Imri, sua voz removendo Syl da lembrança e trazendo-a de volta à realidade constrangedora de sua tarde. O Padawan esvaziou o próprio copo e começou a olhar ao redor, ansioso. Ele olhava para o droide serviçal cada vez que o garçom passava perto da mesa, e Syl finalmente o chamou para o garoto poder pedir algo para comer e outra coisa para beber. — Obrigado — murmurou ele.

Vernestra franziu o cenho.

— Eu certamente espero que não seja. Com a propensão dos Nihil à violência, isso seria um mau agouro para os Mundos do Núcleo.

Syl não disse nada, só tomou o resto de seu suco e ficou de pé. Os Jedi pararam de falar para se virar para ela.

— Vou dar uma volta.

— Nós concordamos que seria mais seguro se ficássemos todos juntos — disse Jordanna, franzindo o cenho e olhando para Vernestra e Imri para que eles a apoiassem. — Especialmente porque alguém já tentou matá-la.

Syl fechou a cara. Ela não sabia por que tinha deixado aquela informaçãozinha escapar no prédio do escritório de Wolk. Síndrome de sobrevivente, talvez? Ela tentara aliviar o clima pesado à custa de Coruscant, mas aqueles Jedi eram sérios demais para entender uma piada, mesmo que ela fosse ruim. Até Jordanna, de quem lembrava como sendo intensa mas tendo senso de humor, ficou extremamente séria.

Agora os Jedi a viam como um corpo a ser protegido, e Jordanna concordava com eles, apesar de sua Beti provavelmente ser bem mais eficaz do que aquelas espadas de luz idiotas que eles carregavam por aí.

— Então por que não falamos de nossa missão, em vez de ficar falando do pobre e morto Professor Wolk? — disse Syl. — Porque é óbvio que nunca vamos descobrir por que ele morreu, independente do que tenha acontecido. — Além do mais, cada menção do Professor Wolk era como uma luz brilhante e vermelha em sua cabeça dizendo: *Ei, você realmente acha que deveria ter feito aquele acordo com Xylan Graf?* Estava ficando mais difícil ignorar suas dúvidas, e não fazia nem um dia desde que eles fizeram o acordo.

— Ah, não, ele certamente foi assassinado para levantar suspeitas a respeito de minha família. Então, de certa forma, nossa missão e a morte dele estão relacionadas.

Todos se viraram para ver Basha e Xylan indo até eles, a Gigorana afastando gentilmente um Dresseliano de pele laranja para evitar que o homem esbarrasse contra Xylan ao sair do local. Xylan não pareceu notar; ele jogou a capa para o lado e sentou na ponta da cabine ao lado de Imri, tomando o assento que Syl acabava de deixar.

Jordanna abriu um grande sorriso e deslizou para o lado, dando um tapinha no espaço ao seu lado. Syl afundou no banco com um suspiro pesado. Ela ignoraria o pulinho feliz que seu coração deu quando a coxa de Jordanna encostou na sua. Estava focada em seu acordo com Xylan Graf, mas seu sistema nervoso não tinha recebido a notícia, aparentemente.

— Lorde Graf... hã, desculpe, Xylan — disse Vernestra. — Peço perdão, mas você poderia nos elucidar o que está acontecendo? Especialmente já que diz que as situações estão conectadas? Temo que Imri e eu nunca recebemos os detalhes completos do que você procura na missão.

Xylan assentiu e resumiu rapidamente a luta de sua família pelo aluguel do setor Berenge e as teorias da conspiração do Professor Wolk.

— O Professor Wolk ia nos acompanhar ao setor para eu poder provar que sua teoria estava errada, para continuarmos com o pedido do aluguel, mas, com a morte dele, eu me vejo novamente sem saber como poderia convencer Ghirra Starros a ver as coisas pelo meu lado, maldita seja ela.

Xylan piscou e se virou para Jordanna.

— Desculpe, eu acho que não nos conhecemos.

— Jordanna Sparkburn. Talvez eu possa ajudar? Acredito que, quanto mais gente houver na missão para confirmar que o setor está livre de Nihil, melhor será para seu pedido. — Syl notou que ela preferiu manter a afiliação com os San Tekka para si mesma, provavelmente porque os San Tekka e os Graf sempre estiveram em conflito. Havia até mesmo algumas aventuras holo a respeito da rixa entre as duas famílias, apesar dos nomes sempre serem mudados para evitar processos.

— De jeito nenhum — começou Syl, mas Xylan ergueu a mão.

— Sylvestri, por favor. Nossa tarefa acabou de ficar muito mais difícil do que pensamos que seria. Vamos precisar de toda ajuda que pudermos conseguir. — Xylan inclinou-se para trás com um sorriso. — Além do mais, o testemunho de uma San Tekka seria ainda mais potente do que o daquele velho Gungan.

Jordanna deu uma risada rouca.

— Como você descobriu?

Xylan sorriu, glacial.

— É meu trabalho saber o que acontece com meus concorrentes, especialmente quando eles são vistos nos arredores dos prédios do

Senado. Mas eu realmente ficaria feliz de que nos acompanhasse, nem que seja para demonstrar as táticas superiores dos Graf.

— Parece divertido — disse Jordanna.

Syl praguejou baixinho. Ela compraria cem rifles blaster novos com a linha de crédito de Xylan assim que terminasse aquele trabalho.

— Syl disse que alguém também tentou matá-la — disse Imri, distraindo Syl de suas futuras compras. — Você também acha que eles a usaram para tentar lançar dúvidas a seu respeito? — O rosto do Jedi se iluminou quando o droide serviçal trouxe outro suco de moof e um prato de palitos de amido crocantes. Pegou um punhado e apontou para Syl com um dos salgados. — Ela sabe como construir uma arma do tipo? Você achou que ela estava trabalhando com os Nihil? Foi por isso que mentiu para ela? — Quando Vernestra o fuzilou com o olhar, os olhos de Imri se arregalaram e ele enfiou os palitos de amido dentro da boca e começou a mastigar. — Sinto muito — ele balbuciou no meio da comida. — Tenho muitas perguntas.

Os olhos de todos na mesa se voltaram para Syl. Ela esperou que Xylan respondesse, mas ele inclinou a cabeça na direção dela. Não havia motivo para manter aquilo em segredo. Os Jedi descobririam mais cedo ou mais tarde.

Ela só precisava se assegurar de que isso não fizesse eles notarem sua mentira.

— Não sei de nada, mas o Professor Wolk achou que minha mãe poderia estar por trás de tudo. Ela foi assassinada pelos Nihil uns meses atrás. Mas Wolk achou que ela havia, não sei, forjado a própria morte. Como em um holo dramático. — Syl engoliu o volume que se formava em sua garganta cada vez que pensava na mãe. Será que o luto era o bastante para impedir que os Jedi notassem que ela estava escondendo algo? — É por isso que eu queria falar com o Professor Wolk. Só para ver se ele tinha algum tipo de prova de que ela está viva e por trás disso tudo.

— Ah — disse Imri, as bochechas pálidas tingidas de carmim. — Sinto muito. Senti que você estava guardando um segredo, mas não tinha percebido que era tão, hum, pessoal.

Syl ergueu uma sobrancelha para ele.

— Segredos costumam ser. Pessoais, digo. E tente parar de ler a minha mente.

Imri abriu a boca para responder, mas, antes de conseguir, Vernestra falou:

— A Força não funciona assim. Além do mais — disse ela com um sorriso gentil —, ler sua mente seria quase impossível. Sua cabeça é dura demais para isso.

— É o que eu sempre disse para ela — falou Jordanna com um sorrisinho.

— Tá. Vê se para, mesmo assim — irritou-se Syl. O elogio de Jordanna a incomodou tanto quanto a amoleceu, mas ela estava um pouco aliviada de que os Jedi não pudessem ver sua mentira por omissão. — E agora? Wolk morreu, Jordanna e Remy vão vir conosco, e ainda temos coisas para fazer.

Xylan deu de ombros.

— Parece ser isso, para ser sincero. Estou aguardando uma confirmação da Senadora Starros de que ela vai dar a bênção a esta empreitada, mesmo sem a análise de Wolk. — Ele não parecia nem um pouquinho incomodado, nem um pouquinho nervoso a respeito do que viria a seguir. Era estranho. Um homem estava morto e o projeto corria o risco de não dar certo, mas não havia nem uma pitada de preocupação em seu rosto. O que mais estava em andamento? Xylan Graf era tão bom que Syl não sabia o que era mentira e o que era verdade.

E, a julgar pelas expressões dos Jedi, eles também não sabiam.

Syl suspirou. Era bem como ela imaginava. O plano de Xylan era tão longo que ela já estaria desdentada quando ele começasse a dar resultados. Syl deixou a preocupação de lado. Nada disso tinha a ver com ela. Ela só precisava ir até Berenge e voltar para ganhar sua nave e dar no pé.

— Jedi Vern, por que você precisava ver o Professor Wolk? — perguntou Xylan, mudando de assunto.

A atenção de todos se voltou para a Mirialana, e Vernestra pareceu desconcertada de ser o centro da atenção de Xylan.

— Ah, eu, hã, tenho uma caixa-segredo. Achei que ele poderia ser capaz de entender os glifos. — Ela tirou do bolso de seu cinto uma caixa azul e preta gravada com rabiscos estranhos.

Xylan franziu o cenho e esticou a mão, pegando a caixa e virando-a.

— Já vi uma caixa assim antes. Minha avó tem umas quantas.

— Então você consegue abri-la? — perguntou Vernestra, inclinando-se um pouco para a frente. Syl roubou um dos palitos de amido da pilha que estava acabando com rapidez e começou a mastigá-lo. Debaixo da mesa, Remy a cutucou, e ela deu alguns para a vollka.

Xylan sacudiu a cabeça e devolveu a caixa para Vernestra.

— Não, eu só conheço alguns desses símbolos. Isso é estenografia de prospectores do hiperespaço de antigamente. Mas acho que minha avó conseguiria ler o que diz. E você tem sorte, porque nossa próxima parada antes de irmos ao setor Berenge é no complexo de minha família perto da lua de Neral.

Todos na mesa ficaram em silêncio, e Syl foi a primeira a se recuperar.

— Desculpa, por que a gente vai para a lua de Neral e não direto para o setor Berenge? Só eu não entendi?

— Não foi só você — disse Vernestra, franzindo o cenho. — Por que faríamos um desvio tão grande?

— Porque minha nave está lá. Um empreendimento tão grande precisa de algo maior do que uma nave de lazer — disse Xylan, com um sorriso que fez Syl querer dar uma porrada na cara dele.

— Você não tem uma nave aqui em Coruscant? — perguntou Syl, cruzando os braços.

— Nenhuma com armas tão experimentais quanto essa. — A resposta foi suave, e ele ficou de pé. — O complexo de minha família também funciona como centro de pesquisa para a ramificação militar da Corporação Graf, então precisamos ir lá pegar alguns recursos importantes. Só por precaução. — Xylan pareceu pensativo por um momento antes de abrir um sorriso largo. — Vocês todos deveriam passar a noite em minha torre! Vamos tornar isto algo especial. Tenho espaço de sobra para todos vocês, e isso permitiria que nos conhecêssemos melhor antes de partirmos. Adoro ter hóspedes, e seria uma honra hospedar Jedi. Vejam isso como um pedido de desculpas pelo comportamento grosseiro que tive mais cedo — disse ele, direcionando a última parte para Imri e Vernestra.

— Parece um bom plano — disse Jordanna com um sorriso aberto, olhando longamente para Syl e Vernestra. Syl encontrou o olhar de Vernestra do outro lado da mesa, que, pela expressão da Jedi, estava tão infeliz com a ideia de dormir lá quanto ela.

Jordanna, os Jedi e Graf. Syl era mais do que um peixe fora d'água. Era um peixe sufocando.

Mas não havia nada que pudesse fazer além de concordar. O prêmio que a aguardava valeria a pena. Ou esperava que sim.

Então Syl endireitou os ombros e empurrou o turbilhão de sentimentos para o âmago de seu ser.

Não era como se tivesse outro lugar para ficar, de qualquer forma. Então sugaria até a última gota de hospitalidade que conseguisse do rebento dos Graf.

Xylan bateu palmas e sorriu, risonho.

— Ótimo, então está decidido, vamos encontrar algo decente para comer aqui perto. Porque aqui é que não vai ser — disse, olhando de soslaio para os palitos de amido restantes.

Syl abriu um grande sorriso. Ela não estava prestes a suportar outra refeição de pratinhos minúsculos e porções insatisfatórias com Xylan Graf. Por sorte, conhecia um local.

— O que vocês acham de ensopado de joppa? — perguntou.

Foi só depois de estarem na metade do caminho para ir a um restaurante próximo que Syl notou que ninguém perguntou a Xylan o que ele queria dizer com pegar alguns recursos familiares "só por precaução".

# VINTE E QUATRO

Nan andou de um lado para o outro. Ela e o Dr. Uttersond não tinham permissão de ir a nenhuma parte da estação além da sala onde haviam colocado a Oráculo, Mari San Tekka, e Nan estava começando a sentir que estava enlouquecendo um pouquinho com o isolamento.

As horas e os dias e as noites pareciam tudo a mesma coisa. Aquele local não era como nenhuma outra base Nihil a que Nan já fora. Ser Nihil costumava ser excitante, não incrivelmente entediante. Não tinha nada para fazer, nenhum lugar para ir. Sem apostas, sem lutas, sem bebidas. Sem estímulos. E, apesar de realçadores químicos não serem muito a praia de Nan, era mais o princípio da coisa. Ser Nihil significava viver sem regras e, apesar disso, o Coração da Gravidade não parecia ter entendido essa parte.

Não havia nem mesmo um refeitório comunal onde Nan pudesse assistir a brigas espontâneas que deixavam a vida Nihil tão divertida. Em vez disso, Chancey Yarrow fez com que todas as refeições fossem levadas até Nan, e seus intervalos biológicos de hora em hora eram vigiados por uma Quarren como se ela estivesse procurando uma desculpa para matá-la.

Dois dias após o cativeiro ter começado, Nan decidiu que odiava o Coração da Gravidade. Tudo porque matara um Weequay idiota de cara pontuda? Era absolutamente bizarro.

A pior parte é que ninguém procurava por ela, porque ninguém se importava. O médico estava perfeitamente feliz trancado no quarto cuidando da paciente só de vez em quando. Ele assistia a holo após holo, tudo, desde romances dramáticos a aventuras arriscadas e, quando Nan perguntou-lhe sobre isso, ele a olhou, confuso.

— São as primeiras férias que tive em quase uma década. Meu trabalho vai esperar até que eu esteja pronto para fazê-lo. Além do mais, eles ainda são Nihil. Se você quiser um pouco de carnificina, sua oportunidade aparecerá eventualmente.

Nan decidiu, naquele momento, que faria qualquer coisa para sair do Coração da Gravidade e se divertir um pouco.

E foi assim que acabou levando a *Sussurro Mortal* para uma localização desconhecida no setor Hynestiano um dia depois, com Chancey Yarrow e um punhado de seus Nihil mais leais junto.

Ela não fazia ideia para onde iria nem por que, mas ao menos não estava presa no Coração da Gravidade enquanto o médico assistia a outra holonovela romântica.

# VINTE E CINCO

Vernestra já estava na metade das Vinte e Sete Meditações para a Clareza quando Sylvestri Yarrow entrou na principal sala de estar no andar onde estavam ficando na torre de Xylan Graf. Sentiu o exato momento em que a garota a viu, porque o atordoamento sonolento de Syl evaporou e uma forte sensação de apreensão emanou da garota. Não era de se espantar que Syl ficasse preocupada de os Jedi lerem sua mente. Ela projetava as próprias emoções como se fosse um holo. Não precisava da Força para saber o que ela estava pensando; era só olhar de relance para seu rosto escuro.

Vernestra descruzou as pernas, soltando a Força para poder colocar os pés no carpete felpudo da sala de estar sem esquecer como ficar de pé. Corpos físicos às vezes ficavam estranhos depois de uma conexão tão profunda com a Força.

— Bom dia. Dormiu bem? — perguntou Vernestra, talvez de forma um pouco radiante demais. Queria se dar bem com Syl na medida do possível, mas também estava muito consciente de que insistir teria o efeito oposto.

— Sim — disse Syl. O macacão de mecânica do dia anterior havia sido trocado, e agora a garota usava calças pretas e soltas de cintura baixa, com uma regata vermelha e justa e uma jaqueta preta, as alças da mochila coldre cruzadas sobre o peito. A coronha do blaster era ligeiramente visível por cima de seu ombro direito, o coldre atado um pouco mais para cima do que no dia anterior. — Você pode voltar para sua, hã, reflexão. Eu só estava procurando o Xylan.

— Ah, eu não o vi. O elevador está trancado, então estamos presos neste andar por enquanto, mas há um droide por perto se estiver com fome ou quiser um chá.

— Tá. Valeu. — A garota deu meia-volta para sair de lá, e Vernestra notou que não queria isso.

— Posso perguntar uma coisa?

Syl se virou, desconfiada.

— Claro, por que não poderia?

— Por que você não gosta dos Jedi? Se não quiser falar, não tem problema, mas achei que eu deveria perguntar, já que vamos trabalhar juntas pelos próximos dias.

Syl fechou a cara antes de se deixar cair no sofá mais próximo.

— Não é que eu não goste dos Jedi. Isso seria bobo. É que eu sempre me perguntei por que vocês nunca aparecem quando as pessoas precisam de vocês. Os Nihil existem há anos, rondando a fronteira, mas foi só quando eles mataram toda aquela gente em Valo que os Jedi começaram a levá-los a sério. Vocês deveriam ter ido atrás deles muito tempo atrás — disse ela. Vernestra se sentou no sofá diante de Syl. — Ah, isso não é... — Antes de Syl conseguir acabar a frase, o sofá mudou de lugar, e Vernestra precisou levantar em um pulo quando uma criatura massiva se aconchegou contra ela, esperando por carinho. — Essa aí é Plinka, a cachorra da neve de Xylan, uma Grand Theljian. Ela gosta de fingir que é algo de sentar — disse Syl com uma gargalhada. — Relaxa, eu também caí nessa.

— Eu sequer notei. Devia prestar mais atenção — disse Vernestra. Com a Força, ela deveria ter sentido a presença de Plinka, mas estava tão ocupada com a missão que sequer detectou a criatura.

Syl se levantou, franzindo o cenho, e virou-se para as portas do elevador mais próximo.

— Você disse que o elevador está trancado?

— Ah, sim, por quê?

— Não acho que Xylan é o tipo de pessoa que nos trancaria em um andar, e este é o andar de hóspedes. Por que a cachorra dele está aqui?

A sensação de que havia algo errado vibrou em Vernestra, e ela se virou para Syl assim que a garota pegou o próprio blaster.

— Vou pegar o Imri, você pega a Jordanna — disse Vernestra, e Syl assentiu, correndo sem dizer mais nada.

Vernestra mal batera na porta de Imri quando ela deslizou para o lado.

— Tem algo errado — disse ele. O garoto já estava vestido, e seguiu Vernestra de volta à área de estar, onde Jordanna e Remy estavam esticadas em um sofá, Syl andando de um lado para o outro e lançando olhares significativos em direção ao elevador.

— O que faz vocês acharem que tem algo errado? — perguntou Jordanna. Ao contrário do resto do grupo, ela não parecia alarmada.

— O elevador está trancado e Xylan deixou Plinka aqui — disse Syl, apontando para o animal enorme que estava, sem sucesso, tentando convencer Remy a brincar com ela. A vollka bocejou e se encolheu no canto do sofá.

— Alguém tentou os intercoms? — perguntou Jordanna. — Não é incomum que tranquem os elevadores durante o período de descanso. Fica mais fácil de parar possíveis ameaças.

Todos olharam para Jordanna e ela deu de ombros.

— Muita gente acha que sequestrar alguém é uma boa forma de ganhar créditos rápidos.

— Ele deixou a cachorra aqui, porém — disse Syl, como se isso estivesse na mesma categoria que abandonar uma nave cheia de crianças nas mãos de escravagistas Zygerrianos.

Jordanna abriu um sorriso carinhoso para Syl.

— Talvez tenha um motivo para Xylan ter deixado a cachorra aqui. Talvez esse seja o andar dela. Tenho certeza de que meus primos têm salas inteiras para o zoológico deles.

Vernestra olhou para Syl, sabendo que a outra garota se sentia tão tola quanto ela. Elas tinham mesmo entrado em pânico?

O elevador apitou e as portas se abriram para revelar Xylan Graf e sua guarda-costas, a Gigorana de cabelo sedoso, com uma incrível pelagem branca. Atrás dele estavam Mestre Cohmac e Reath, e a preocupação de Vernestra se esvaiu.

— Mestre Cohmac. Reath. Vocês vão nos acompanhar? — perguntou Vernestra.

Mestre Cohmac assentiu e Reath abriu um sorriso encabulado para Vernestra.

— Parece que a aventura continua me encontrando, queira eu ou não.

— Ótimo — resmungou Sylvestri, guardando o blaster no coldre e cruzando os braços. — Agora tem quatro.

— Bem, é provável que isso seja uma perda de tempo, então vocês podem esperar algumas semanas bem entediantes — disse Xylan, ignorando Sylvestri e falando direto para Reath. Ele vestia um conjunto bem mais discreto que no dia anterior, e Vernestra ficou um pouco decepcionada de este não incluir uma capa. Ele tinha feito uma performance e tanto quando jogou a capa para o lado de maneira tão dramática no escritório da Senadora Starros. Cenas assim seriam mais difíceis com as práticas calças pretas e a túnica verde que ele trajava agora.

Xylan entrou na sala com Basha e franziu o cenho ao olhar para o grupo.

— Algo errado?

— O elevador estava trancado e achamos que tinha acontecido alguma coisa — disse Syl, dando um passo para a frente. Ela bateu no peito no estilo da fronteira. — Sylvestri Yarrow — disse, apresentando-se ao Mestre Cohmac e Reath.

— Um prazer. Sou o Mestre Jedi Cohmac Vitus e este é meu Padawan, Reath Silas. Estamos todos aqui em nome do Mestre Stellan Gios, caso as coisas fiquem um pouco mais tensas do que pareciam a princípio. — A inclinação discreta que fez em direção a Vernestra e Imri deixou claro que eles estavam incluídos na afirmação.

— Bem, quanto mais, melhor, suponho. Não é como se tivesse uma ameaça iminente na galáxia ou qualquer coisa assim — disse Sylvestri. A expressão dela ao encarar Xylan Graf parecia a de alguém que acabara de morder um folhado amargo. Vernestra não havia se incomodado em imaginar o que Sylvestri ganharia com a missão, mas agora começava a se perguntar.

— E o elevador? — perguntou Syl, voltando-se para Xylan.

— Ah, sim, tivemos um incidente na noite passada — disse Xylan com um sorriso educado. — Sempre que algo assim acontece, tomamos algumas medidas de precaução, e trancar os elevadores faz parte dessas medidas. Espero que nenhum de vocês tenha se preocupado.

— Outro ataque? — perguntou Vernestra.

Xylan assentiu.

— Sim. Apesar de ter sido imprudente. Os facínoras não ganharam nada além de queimaduras de blaster. Minha torre foi construída com a defesa em mente; sou um Graf, afinal. Então não há como alguém entrar a não ser que eu queira que eles entrem.

— Eu disse — falou Jordanna, piscando para Syl de forma brincalhona, ainda jogada no sofá.

— Gente rica é sempre estranha — resmungou Syl, sacudindo a cabeça. Vernestra precisava concordar. As partes mais altas de Coruscant deviam ser os locais mais seguros da República. Era necessário ser tão precavido?

— Nós estamos saindo? — perguntou Jordanna. Ela não fez menção alguma de se levantar, e Vernestra perguntou-se por que uma representante San Tekka teria se convidado para ir com eles. Seria por Sylvestri? Estaria ela esperando por um bom momento para fazer um gesto grandioso como em holos românticos? Talvez, já que Jordanna parecia não se importar com nada além de suas próprias e momentâneas vontades. Não era assim que uma Jedi agia, e Vernestra achava o comportamento intrigante e um tanto irritante. Jordanna parecia muito irresponsável e, ainda assim, ela defendeu Tiikae de todo tipo de ameaça. Era um dilema curioso.

— Sim — falou Xylan, respondendo a pergunta de Jordanna e arrancando Vernestra de seus pensamentos. — Mas, primeiro, vamos mudar de recinto e ir à sala de jantar para aproveitar um leve repasto enquanto reviso nossos próximos passos para assegurar que todos nós compreendemos o objetivo desta expedição.

Xylan os guiou, atravessando a sala de estar para ir a uma sala feita para refeições. Como o resto do andar, ela fora construída tanto para entreter quanto para oferecer conforto, então a mesa baixa no centro da sala ampla e aberta estava cercada de almofadas multicoloridas que pareciam feitas para que alguém se recostasse nelas. Todos acharam um lugar, Xylan na ponta da mesa e a Gigorana ajoelhada atrás dele, à esquerda. Syl afundou na almofada à esquerda de Xylan e Jordanna sentou bem ao lado dela, Remy ainda na sala de estar de onde vieram. Cohmac e Reath sentaram diante de Syl e Jordanna, e Vernestra sentou perto deles, com Imri também afundando em uma série de almofadas. Ainda havia espaço para mais uma dúzia de convidados, e Vernestra imaginou que, quando a sala estava cheia, o barulho da conversa deveria ser ensurdecedor.

Um trio de droides apareceu e começou a colocar vários pratos cobertos na mesa.

— Os pratos com tampa vermelha contêm carne — disse Xylan, sorrindo para Syl. Não era exatamente amigável, e sim mais como se ele soubesse algo especial a respeito dela. A carranca que Syl fez a seguir foi interessante, mas o rápido olhar de Jordanna de um para o outro foi ainda mais intrigante.

Assim que todos encheram os pratos diante deles, Mestre Cohmac começou a falar.

— Lorde Graf...

— Xylan, por favor — interrompeu ele, e Mestre Cohmac inclinou a cabeça.

— Xylan, agora que estamos todos reunidos, talvez seja o momento propício para que explique seu interesse nesse setor específico do espaço. Porque eu tenho a sensação de que a Senadora Starros possui uma compreensão limitada de seu pedido.

Xylan sorriu e Vernestra conseguiu sentir as ondas de frustração emanando dele antes que conseguisse recuperar o controle de suas emoções.

— Ah, Mestre Cohmac, você está correto. Agora que estamos prestes a partir, preciso confessar que o aluguel que minha família procura é apenas uma parte da história, e, para manter a transparência, ficarei feliz em compartilhar tudo que puder com vocês, tendo em mente que posso reter algumas informações para não mostrar todas as minhas cartas para a competição. — A última parte foi dita com um aceno de cabeça na direção de Jordanna, que estava dando um prato de linguiças para a vollka que aparecera atrás de sua cadeira.

— Acho justo, e ficarei feliz em ajudar com qualquer detalhe do setor — disse Jordanna, sorrindo docemente para Xylan.

Perto de Vernestra, Imri se remexeu, desconfortável.

— Eles realmente se odeiam — sussurrou para Vernestra, que assentiu.

— O conflito entre as famílias deles é lendário. Pelo que sei, chega a ser um grande feito que os dois sequer estejam na mesma sala — disse antes de se virar para prestar atenção no que Xylan estava dizendo.

— Alguns séculos atrás, a República tinha o hábito de distribuir aluguéis de setores desocupados que estivessem perto de planetas membros, os mais notáveis destes sendo áreas que pudessem ser utilizadas para experimentos no hiperespaço. O setor Berenge era o melhor deles, e tanto a minha família quanto os San Tekka disputaram a mesma porção do espaço. A área tinha certas qualidades que pensamos serem excelentes para experimentos mais arriscados.

— Uma dessas qualidades é a falta de vida planetar ativa — disse Jordanna. — Não há o risco de destruir um sistema estelar por acidente ou que os destroços colidam com algum planeta, como aconteceu nas Emergências ano passado.

Xylan apertou os lábios por ser interrompido, mas assentiu.

— Depois do aluguel dos San Tekka expirar duas décadas atrás, minha família se candidatou de imediato. Mas fomos sumariamente rejeitados por um grupo de acadêmicos liderados pelo Professor Wolk, que indicou que as propriedades únicas do setor faziam com que ele fosse ideal para pesquisas acadêmicas. O setor não é muito mais que um agrupamento administrativo de estrelas sem planetas, sem colônias e, o que é mais importante, objetos indesejados do espaço real que possam projetar sombras no hiperespaço, é por isso que há várias rotas no setor, umas quantas delas sendo rotas Graf privadas. Então temos um interesse muito, muito grande em ocupá-lo.

— Mas o Professor Wolk acreditava que havia uma arma Nihil no setor — disse Cohmac, e Xylan assentiu.

— Sim, mas o velho Gungan também acreditava que os Nihil eram responsáveis pelo Grande Desastre e as Emergências que se seguiram — riu ele, sacudindo a cabeça. — O homem era cheio de teorias que não conseguia provar.

— Mas você perdeu sua nave no hiperespaço, certo? — Jordanna perguntou a Syl, e os olhos da garota se arregalaram.

— Não exatamente. Eu, hã, perdi a nave para os Nihil. Quando eles mataram minha mãe — disse Syl, encarando o próprio prato.

Xylan estalou a língua.

— Syl, não há motivo para mentir. — A cabeça dela se ergueu de repente, e ela olhou enquanto Xylan se virava para ver o resto do grupo. — Assim como nossa cara Sylvestri, eu detesto falar mal dos mortos, mas o Professor Wolk tinha uma teoria insana a respeito das naves que sumiram e como as coisas estavam sendo removidas do hiperespaço. Ele acreditava que a mãe de Sylvestri, que foi assassinada em um ataque Nihil, forjou a própria morte para poder construir um projetor de poço de gravidade no setor. Ele tentou convencer Syl de que sua remoção súbita do hiperespaço não foi causada por uma pane no hiperpropulsor, mas por uma arma criada por sua mãe. Não faz sentido algum.

— Você não acredita que os Nihil construíram uma arma hiperespacial altamente experimental? — Mestre Cohmac questionou, suas sobrancelhas escuras se unindo com preocupação.

— De jeito nenhum — Xylan respondeu com um gesto de rejeição. — O custo por si só seria obsceno. Mas a Senadora Starros parece pensar que os Nihil são mais do que o lixo espacial que são, e se eu quiser garantir o aluguel do setor, tenho que apaziguar seus receios. O plano original era provar a ela e a Wolk de uma vez por todas que as "teorias" dele tinham mais a ver com proteger o setor para seus próprios interesses do que uma questão de segurança.

— E o atentado contra a vida de Syl? — perguntou Jordanna. — Alguém tentou matá-la de verdade.

— Sim, e a família Graf tem muitos inimigos — falou Xylan, forçando um sorriso. — Sua própria estirpe tentou matar *grandmere* ao menos uma dúzia de vezes. Sou inclinado a acreditar que isso foi apenas um caso de confusão de identidade.

Nem Jordanna nem Sylvestri pareciam convencidas pela resposta suave de Xylan, mas não tentaram discutir.

— Por que a República não mandou um cruzador para investigar? Deve ser algo simples — disse Reath.

— Eles mandaram, acredite — respondeu Xylan com um suspiro longo e sofrido. — E eu mandei droides exploradores. As leituras de energia são sempre normais. A teoria de Wolk é que a arma só poderia ser detectada enquanto estivesse sendo usada.

— Se isto for uma conspiração dos Nihil, precisaremos manter a Ordem e a República a par de nossos movimentos — disse Mestre Cohmac, e Xylan inclinou a cabeça. — Para que a questão possa ser resolvida antes que mais vidas sejam perdidas.

— É claro — disse ele. — Mas tenho certeza de que não haverá nada no setor e, assim que voarmos pela maior parte do espaço, caberá a todos me ajudar a validar as descobertas para a Senadora Starros.

— Por que os Jedi? — perguntou Sylvestri de repente. — Quer dizer, quatro Jedi é muita coisa. Ouvi dizer que um único Jedi consegue acabar com uma Tempestade Nihil inteira. Me parece que vocês seriam mais úteis para a galáxia e para a República lutando contra esses saqueadores do que dando uma volta no setor Berenge. — As emoções dela eram uma bagunça, e Vernestra se perguntou se essa conversa a respeito de sua mãe estava sendo demais para Sylvestri. Toda vez que a mulher era mencionada, Sylvestri empalidecia e ficava taciturna; o luto era óbvio. Essa não deveria ser uma conversa fácil para ela.

Mestre Cohmac sorriu para a garota de pele escura.

— Já há um grande número de Jedi auxiliando a República a acabar com os Nihil. Mas, a respeito de seu argumento, também fiquei me perguntando por que estávamos sendo chamados para resolver... uma disputa de negócios. A Ordem está sempre disposta a ajudar quando requisitada, mas tive pensamentos similares.

Xylan deu de ombros, lânguido.

— A Senadora Starros parece acreditar que os Jedi estão acima de qualquer repreensão e exigiu que vocês fossem observadores neutros. E estou disposto a fazer qualquer coisa para acabar com essa tolice.

Os droides entraram e tiraram os pratos da mesa e, enquanto isso, o centro se abriu para revelar um aparelho de holo. Um mapa da galáxia cintilou no meio da mesa, e Vernestra ficou um tanto impressionada com a visão. Ela deixou de lado seu prato de frutas e folhados comidos pela metade para focar mais nas palavras de Xylan.

— Estamos aqui, em Coruscant. Tenho um transporte que nos levará aqui, na lua de Neral, uma viagem de dois dias pelas rotas privadas dos Graf.

— Como uma rota do hiperespaço pode ser privada? — perguntou Imri.

— Porque ninguém tem os códigos dos sinais além de minha família, e eles não aparecem em nenhum navicomputador além dos nossos — disse Xylan com um tom suave. — Sem os sinais de navegação, é absolutamente possível que uma nave tenha problemas com o hiperespaço. Sinais navegacionais garantem uma passagem segura por darem aos pilotos uma ideia do caminho e por ajudá-los a ficar longe de qualquer obstáculo possível. Há vários sinais que sobraram da Corrida do Hiperespaço, e muitos deles pertencem à família Graf, e são criptografados para que só nós possamos ler seus dados de posicionamento. Ao usar esses caminhos privados, podemos ir ao setor Hynestiano e chegar no satélite familiar muito mais rápido do que em rotas públicas.

Uma linha amarela apareceu no mapa holo no meio da mesa, mapeando a rota que seguiriam.

— E sua nave de verdade fica no complexo da família Graf? — perguntou Syl.

— Ah, sim. A *Deusa Vingativa* é uma nave bastante experimental. Canhões laser inovadores, quatro motores de subluz, e até mesmo um hiperpropulsor de classificação cinco com um navicomputador de processamento duplo que opera duas vezes mais rápido que os outros. Minha família trouxe uma frota de Corellia há mais ou menos uma década, e essa nave está prestes a servir de modelo para as forças de segurança da República, assim que eles virem a beleza do design. Ouso dizer que, depois de voarem nela, não vão querer voltar a ser transportadores comuns de novo. — Ele piscou para Syl como se estivessem compartilhando uma piada.

A garota respondeu com uma carranca.

— Também tenho vários caças menores que podemos usar. Outros protótipos. Nada tão sofisticado quanto seus Vectors, mas eficazes mesmo assim. Vamos querer todos que possam pilotar uma nave para que a inspeção termine mais rápido.

Imri abriu a boca para falar alguma coisa, e Vernestra deu uma cotovelada na lateral do corpo dele.

— Nem uma única palavra — murmurou para ele, a diversão dançando no rosto pálido de seu Padawan.

— E depois disso? — perguntou Mestre Cohmac. Vernestra se perguntou como ele tinha sido designado à missão. Será que Stellan sempre considerara mandar o Mestre Jedi? Por algum motivo, isso a aborreceu um pouquinho. Talvez fosse porque, um dia antes apenas, Xylan Graf a chamara de criança.

— Depois disso, voamos e fazemos uma inspeção cuidadosa do setor até mapearmos o espaço. Oneroso, mas é o que a Senadora Starros quer, então daremos isso a ela — falou Xylan.

— Se você acha que existem Nihil por lá, deveríamos informar a República e a Ordem — disse Mestre Cohmac. — Seria ilógico entrarmos em uma armadilha.

— Não há, no momento, prova alguma de que os Nihil estejam operando no setor Berenge — disse Xylan, brando. — Nem o pobre Professor Wolk conseguiu encontrar nada conclusivo que demonstrasse qualquer tipo de presença na região. Todos os droides de pesquisa que ele enviou voltaram com leituras completamente normais, assim como os meus. Detesto gastar o tempo da República e da Ordem quando existem ameaças muito reais com as quais precisam lidar. Viram que as batalhas recomeçaram no sistema Hetzal?

— Sim — disse Mestre Cohmac, observando Xylan enquanto tomava uma xícara de chá. — Entendo seu dilema. — Vernestra percebeu que o Mestre Cohmac confiava tanto em Xylan Graf quanto Sylvestri Yarrow. Eles teriam que ficar alertas a qualquer coisa suspeita, caso houvesse algum perigo que Xylan não estivesse contando a eles.

— Mas confie em mim que, no primeiro sinal de perigo, alertaremos a República — disse Xylan com um gesto condescendente.

— E o que estamos esperando? — perguntou Sylvestri, ficando de pé. — Devemos partir o quanto antes.

Xylan Graf sorriu devagar e assentiu.

— Sim, vamos lá.

# VINTE E SEIS

Syl estava tão feliz de ir embora de Coruscant que quase deu saltos quando a *Pérola Resplandecente*, o iate de lazer de Xylan, atravessou o restante do nebuloso horizonte do planeta. Claro, ela estava presa ali para trabalhar para um homem rico que mentia tanto que a verdade era quase impossível de encontrar, um homem que a enroscara em sua teia de mentiras, e para onde quer que olhasse havia Jedi, mas ao menos ela finalmente estava fazendo alguma coisa. Syl era uma mulher de ação, não de política. Se ela tivesse escolhido, já teria pulado em uma nave e ido direto ao setor Berenge, dane-se o que ela poderia encontrar por lá.

Ela precisava terminar sua obrigação e voltar para Porto Haileap o quanto antes. Syl odiava tudo isso — o bate-e-volta de conversas, as mentiras, a possibilidade de intriga. Ela trabalhava com cargas, não com política. Ela só queria sua nave e sua linha de créditos para poder continuar com sua vida.

Talvez notando um pouco da agitação de Syl, Xylan anunciou a todos assim que se acomodaram que Syl pilotaria a nave, e Syl nunca estivera tão feliz em ter uma cabine toda para si. Ela já tivera de manter todos os seus sentimentos — as mentiras, a aparição súbita de Jordanna — para si, mas os olhares angustiados que os Jedi — Imri, mais que todos — ficavam lançando em sua direção faziam com que sentisse que estava falhando em escondê-los.

E não era como se não gostasse dos Jedi ou como se tivesse algum problema com eles, é só que eles a deixavam nervosa. Estar perto deles era como andar em uma corda bamba sobre um poço de sarlacc. Naquela manhã, quando ela entrou cambaleante e de olhos embaçados na sala de estar, Vernestra parecera estar morta, de tão parada que estava. Aquilo não era normal. Não havia motivo para Syl fingir que era.

Ainda assim, estava um pouco aliviada de tê-los ali, caso algo desse errado.

— Olá para você.

Syl se virou no assento do piloto para ver Jordanna e Remy paradas na porta da cabine. Remy se apertou para passar por Jordanna e empurrar seu rosto felino contra o de Syl, os chifres da vollka se enredando um pouco no cabelo da garota, e ela riu e coçou a gata de caça antes de afastá-la. Seu coração deu o mesmo pulinho que sempre dava quando via Jordanna, e empurrou a felicidade o mais longe possível, procurando encontrar sua raiva.

Precisava proteger seu coração. A qualquer custo.

— Olá para você também. Xylan não queria perguntar alguma coisa a respeito de Remy e da espécie dela? — disse Syl, indicando de maneira não tão sutil que Jordanna deveria estar em outro lugar.

— Ah. Ele pode encontrar isso em qualquer banco de dados — ela falou, sentando na cadeira do copiloto. — Eu queria uma oportunidade para falarmos sozinhas.

— Achei que já tínhamos falado tudo que precisávamos falar uma com a outra.

— Isso não é verdade — disse Jordanna, batendo as botas na caixa metálica que abrigava parte do navicomputador. — Para onde sua mãe foi quando ela te deixou em Tiikae por um mês?

Syl estava decepcionada que Jordanna queria falar sobre sua mãe. Não que Syl estivesse se coçando para ter uma conversa emocionada com ela. Mas Chancey Yarrow era o último assunto que gostaria de falar enquanto pilotava o iate de lazer de Xylan sobre o campo gravitacional de Coruscant.

Mas, agora que Jordanna mencionava a respeito, Syl notou que não sabia o que havia acontecido durante as quatro semanas que a mãe a deixou em Tiikae. Quando ela passou para pegá-la, Syl estava tão devastada de ter que deixar Jordanna que ficou fechada em si mesma por semanas, só saindo do casulo quando a mãe foi morta pelos Nihil e ela não teve mais escolha.

O momento em que isso aconteceu foi conveniente demais.

— Você acha que minha mãe me largou em Tiikae para fazer o quê? Falar com os Nihil e negociar um contrato? — perguntou Syl, os nós dos dedos ficando brancos de apertar o manche com muita força. Ela tomou cuidado para não olhar para a outra mulher. Pensar naquela época de sua vida não era uma coisa que Syl gostava de fazer, e tinha medo de que Jordanna pudesse ter um vislumbre do que ela passou naqueles meses terríveis. Mas, mais do que isso, tinha sido ótima em não pensar muito no que o Professor Wolk falou a ela, porque a verdade é que ela não queria considerar que ele pudesse estar correto de nenhuma forma. Era melhor aceitar dinheiro da família Graf do que passar seus dias juntando suspeitas.

E Jordanna estava ali, projetando uma luz brilhante em todas as sombras.

— Não foi o que eu disse — começou Jordanna, mas Syl sacudiu a cabeça.

— Mas é o que você pensa. Se não fosse, por que trazer isso à tona agora?

— Não sei. Mas não é estranho que ela tenha te deixado lá dessa maneira? — perguntou Jordanna, e Syl bufou.

— Não. Aí é que está. Ela sempre me deixava com um amigo ou outro pra eu aprender alguma habilidade. Eu sempre achei que era normal. Mas agora você acha que minha mãe é o quê? Uma lacaia dos Nihil ou algo assim? Se você tivesse passado um único momento com Chancey Yarrow, você saberia que ela é o tipo de pessoa que não aceita crueldade desnecessária.

— "Pessoas vão embora, é o que elas fazem. Não significa que elas não te amem" — disse Jordanna, e Syl se virou para olhá-la. — Você me disse isso uma vez, e eu sempre achei uma coisa tão estranha de se dizer. Mas, agora, suponho que finalmente entendi.

— Eu pedi para você vir comigo — disse Syl, mesmo que ela soubesse que o problema era muito maior que isso. — Falar isso não tinha nada que ver com minha mãe.

— Eu sei. E não vou deixar você ir para longe de mim de novo — falou Jordanna. — Mas estou preocupada. O que você vai fazer se chegar ao setor Berenge e ela estiver lá, atrás de um canhão gigante, atirando em cada transportadora que vê pela frente?

A imagem era tão ridícula que Syl riu, o som da risada mais amargo do que tinha querido que fosse.

— Podemos falar de outra coisa que não seja minha mãe ou os Nihil ou Xylan Graf? — perguntou, a exasperação afetando todas as suas palavras.

— Claro. O que você acha dos Jedi?

Syl suspirou.

— Não conheço eles há tempo o bastante pra tomar uma decisão.

— Claro que conhece. Está escrito na sua cara cada vez que você olha para eles.

Syl mordeu o lábio.

— Eles são estranhos, tudo bem? Tem algo a respeito deles que parece... antigo. Até Vernestra, que tem um ano a menos que eu. Eu tava esperando, sei lá, alguém mais heroica? Eles parecem capazes, mas um pouco ingênuos. Quer dizer, Mestre Cohmac é basicamente um bibliotecário magrelo ou algo assim, pelo que ele diz. Eu tava esperando gente mais impressionante.

— É — disse Jordanna e, quando Syl a olhou de relance, seus olhos escuros tinham ficado distantes, olhando para uma outra época. — Eu senti a mesma coisa a respeito deles quando foram para Tiikae.

Gente boa, mas talvez um pouco... distantes das dificuldades da vida na fronteira. Posso dizer que os Jedi são muito, muito ruins no que diz respeito a mudanças. A se adaptar ao mundo ao redor deles. Os Jedi são corajosos e determinados e heroicos, mas nada disso vale uma semana de provisões sem a capacidade de perceber a verdade da galáxia ao seu redor. A Força deles pode levá-los a uma verdade maior, e eu fico contente que eles estejam ao lado da República contra os Nihil, mas eles não são como nós, só isso.

— O que você quer dizer? — perguntou Syl.

— Eu acho que, talvez, eles tenham se afastado de coisas demais da vida, de modo que aquilo pelo que lutam são ideias, não pessoas. Não é algo ruim. Acho que deve ser assim quando você consegue ver a galáxia inteira e seus segredos na sua frente, em diferentes tons do bem e do mal.

— Você acha que os Jedi são mesmo tão, sei lá, simples?

— Acho que a Força os mantém em um caminho que a maior parte de nós só conseguiria sonhar a respeito. Só pensa como sua vida seria fácil se você sempre soubesse a coisa certa a se fazer.

Syl não achava que era tão fácil assim para os Jedi, já que tanto Vernestra quanto Imri pareceram preocupados e apreensivos a respeito de coisas desde o momento em que ela os conheceu, mas parecia mesmo uma existência idílica. Talvez fosse por isso que eles pareciam tão serenos. Porque eles tinham as respostas pelas quais todas as outras pessoas buscavam.

Syl pensara, um dia, que essa resposta era Jordanna, mas agora ela não tinha mais certeza. Aquele momento, pilotando uma nave com Jordanna e Remy na cabine para acompanhá-la, fora seu sonho, um dia. Mas agora Syl se perguntava se ela quisera muito pouco e se o que Jordanna estava oferecendo viera tarde demais.

Syl nunca pensou que teria que considerar algo assim. Ainda amava Jordanna? Ou o tempo que passaram juntas foi alimentado pela rápida labareda emocional de uma paixonite?

— Não sei como você pode dizer que os Jedi não se importam com pessoas. A Força não é a própria vida? — Syl não sabia por que sentia a necessidade de defender os Jedi, mas sentia. Ver Jordanna tirando sarro deles era um pouco como tentar dar uma gorjeta a um bantha por diversão: não era culpa dos mamíferos de rebanho que eles eram tão burros. Às vezes, as pessoas eram como elas eram, não dava para fazer nada quanto a isso.

— As pessoas compõem a vida, isso é verdade. Mas a Força nem sempre leva as pessoas em consideração. É muito maior que os problemas menores de colonos ou senadores. E, às vezes, se você está olhando para a floresta, você perde o que está acontecendo nas árvores. — Jordanna pareceu ficar triste ao falar, e Syl se perguntou se havia algum outro motivo para ela ter decidido vir junto além da oportunidade de parar qualquer coisa que os Nihil estivessem tramando ou ter outro momento roubado com Syl.

O que acontecera em Tiikae desde a última vez que Syl viu a ex-namorada?

Um som suave ecoou no console diante de Syl, mostrando que haviam ultrapassado a relevante gravidade de Coruscant e podiam saltar para o hiperespaço.

— Até os alertas da nave são chiques — murmurou ela.

Houve um tranco e uma sacudida conforme Syl fazia o salto para o hiperespaço. Depois de um momento de silêncio, suspirou.

— Tá bom, Jordanna, o que tá acontecendo, hein? Essa é uma conversa bem diferente de todas as outras. Lembra de todas as noites que você ficava me dizendo como a Força era maravilhosa? Agora você não parece gostar muito dos Jedi. — Jordanna costumava ser uma entusiasta da Força, com interesses geralmente focados em todas as maneiras que diferentes culturas se relacionavam com ela, e ela até mesmo dissera que gostaria de estudar a Força se algum dia saísse de Tiikae e fosse para uma universidade. Talvez fossem só as divagações que aconteciam de madrugada entre duas garotas com tempo de sobra, mas Jordanna acreditava que a Força era real, ao contrário de sua tia, a representante que só via os Jedi como recursos para manter a ordem em Tiikae.

— A Ordem e a Força são duas coisas diferentes. É só algo que eu tenho pensado muito a respeito, por que pessoas se tornam Jedi ou até mesmo representantes. E não é uma questão de gostar ou desgostar, é a respeito de entender a verdade de uma coisa. Você sabe por que as pessoas se unem aos Nihil?

— Porque são monstros?

Jordanna deu risada.

— Não, porque todos nós queremos pertencer a algum lugar. Os Nihil deram um lar a todos os rejeitados e perdedores da galáxia. Eles deram algo a gente que não tinha nada, e isso é uma coisa muito poderosa. Eles são ruins? Claro. Mas eles são ruins porque é tudo uma mentira baseada em violência. — Jordanna bocejou. — Desculpa, o hiperespaço sempre me dá sono. É um truque San Tekka das antigas. Quer botar um bebê para dormir? Entra no hiperespaço. Agora eu nunca consigo ficar acordada durante um salto.

— Por que você tá me dizendo tudo isso? — perguntou Syl, virando o assento na direção de Jordanna. Era estranho; elas só passaram seis meses longe uma da outra e, de alguma forma, parecia apenas um instante. Ainda se sentia confortável perto de Jordanna de um jeito que jamais se sentiu perto de qualquer outra pessoa, como se finalmente tivesse encontrado a pessoa com quem deveria estar. Mas, de outra forma, Jordanna parecia alguém totalmente diferente. O jeito que seu rosto mudava quando ela achava que ninguém estava olhando, como se não conseguisse escapar de uma lembrança terrível que sempre pairava nos cantos de sua mente.

— Porque é um fato engraçado da minha família? — perguntou Jordanna.

— Não, toda essa coisa a respeito dos Jedi.

A outra garota riu, apesar de Syl não achar o óbvio redirecionamento algo engraçado.

— Você já ouviu falar da Igreja da Força? Meus tios são bem fissurados, é uma coisa que deixou as pessoas apaixonadas lá em Naboo. Eles mencionaram ela para mim por alto da última vez que fiz meu relatório, um mês atrás ou algo assim, e eu estive pensando nisso desde então. Eu quero saber o que significa ser boa. Você não pensa a respeito disso? Passei os últimos seis meses tentando manter as pessoas vivas e falhando espetacularmente. — Ela riu sem vontade. — Mas eu não sei se isso significa que sou boa ou não. Como posso fazer a diferença em uma galáxia que parece se inclinar naturalmente para a destruição? É por isso que fui embora de Tiikae. Porque eu não sentia que estivesse fazendo muito por lá, e eu achei que talvez pudesse fazer mais pela galáxia ao, sei lá, ser proativa em vez de ser reativa. Se isso faz algum sentido.

O pulso de Syl latejou em seu peito. Era por isso que se apaixonara por Jordanna em primeiro lugar: ela sempre pensava a respeito das coisas de uma forma que também fazia Syl querer pensar com profundidade. Jordanna deveria ter sido uma filósofa em um átrio em algum lugar como Naboo, onde eles valorizavam esse tipo de contemplação, não uma representante em um planeta sofrido onde todo dia se lutava para sobreviver.

— Bom, eu é que não vou saber — disse Syl, dando de ombros. — Só estou aqui por dinheiro.

Jordanna gargalhou.

— Tá. E você viajou até Coruscant só para ver a paisagem. Você mente tão mal.

— Por que você está aqui, Jordanna? — perguntou Syl de repente, seus sentimentos conflitantes finalmente focando em um único alvo. Jordanna sabia lê-la bem demais, e se sua ex-namorada perguntasse diretamente a respeito de seus acordos com Xylan, todas as suas dúvidas começariam a vazar. — E não estou falando filosoficamente. Quero dizer, por que você está aqui, agora? Comigo?

— Porque eu passei muito tempo lutando e notei que, quando tive a oportunidade, não lutei pela única coisa com a qual eu me importava. — Ela encarou Syl, o olhar intenso, e foi nesse momento que Syl notou que só tinha olhos para ela.

Ela não podia proteger seu coração de Jordanna, porque a outra garota já o tinha em suas mãos. Syl ainda estava perdidamente apaixonada por ela.

Jordanna abriu um enorme sorriso.

— Eu adoro quando você fica sem nenhuma resposta. Enfim, eu planejo passar o resto dessa missão tentando te convencer de me dar outra chance, só para você saber. Prepare-se para ser conquistada!

O rosto de Syl ficou quente quando pensou em todas as maneiras que Jordanna poderia tentar fazê-la amolecer.

— Tem certeza de que não é só uma semana ruim? Você gosta bastante de mudar de opinião — resmungou Syl.

— Dessa vez não, e você não deveria nunca, nunca, nunca jogar sabacc, pelo jeito que seu rosto lindo revela suas emoções. — Jordanna fez um alongamento. — As coisas vão dar certo, e vão correr da forma que deveriam correr. É isso que sei, porque apesar de não ser uma Jedi, eu acredito na Força. Agora eu vou tirar um cochilo. Me acorda quando for hora de comer.

Como Remy, Jordanna fechou os olhos e, logo, começou a roncar de leve. Syl tirou a atenção de Jordanna e puxou a tela do navicomputador. Ela franziu o cenho ao ver as coordenadas.

Elas pareciam erradas. Syl reconheceu um dos sinais, que ficava no setor Dalnano, não no setor Hynestiano. Ela só o sabia de cor porque, uma vez, trocou os números nos cálculos de voo e levou a nave ao planeta congelado de Hynestia, em vez de Haileap, o que causou a ira da mãe. Foi um erro que custou caro e que ensinou Syl a sempre, *sempre* checar duas ou três vezes as rotas que tomaria.

Então, por que estavam indo para Haileap agora?

Syl foi até um armarinho ali perto e pegou o navicron que continha o mapa estelar com marcas temporais. Navegar por mapas estelares era coisa de antigamente, mas a maior parte das naves continham um caso o navicomputador morresse. A mãe de Syl fez com que ela aprendesse a navegar assim antes de deixá-la voar na *Zigue-zague*. Enquanto Syl comparava os locais no navicomputador com o trajeto do voo que fora registrado com a República, uma sensação de horror começou a tomar conta dela.

Eles não iriam nem perto da lua de Neral. Eles estavam indo para uma porção vazia do espaço que não ficava muito longe de Porto Haileap.

O que Xylan Graf estava fazendo?

E, mais importante, os Jedi a bordo sabiam disso?

# VINTE E SETE

Vernestra estava sentada no chão da área de carregamento com Mestre Cohmac, Reath e Imri quando a nave deu a sacolejada característica que significava que eles haviam entrado no hiperespaço. Pelas últimas horas, desde que embarcaram na nave, o Mestre Cohmac os orientara por uma meditação guiada que os ajudaria a trabalhar melhor como grupo caso alguma batalha ocorresse, algo que parecia inevitável apesar das palavras vazias de Xylan Graf.

— Acho que nós deveríamos fazer uma pausa — disse Mestre Cohmac, levantando de onde antes estava sentado de pernas cruzadas. — Imri, Reath, por que vocês não vão ver se não há nada que possam fazer para ajudar Basha com o preparo da comida?

Os Padawans assentiram e saíram pelo corredor que levava ao centro da nave. Vernestra mal havia se levantado quando Mestre Cohmac a olhou.

— É sua oportunidade de fazer perguntas — disse, e Vernestra sentiu o rosto corar.

— Peço perdão, Mestre Cohmac, não percebi que estava sendo tão óbvia.

— Você é jovem, Jedi. Pode ser talentosa, mas estou fazendo isso há muito tempo. Consegui ver por sua surpresa ao ver Reath e eu saindo do elevador hoje de manhã que você queria perguntar se Stellan nos mandou para ficar de olho em você ou não.

— Ele mandou? — perguntou Vernestra, e Mestre Cohmac sorriu.

— Sim. Mas não pelos motivos que suspeita. Passei para falar com ele depois de ele receber sua mensagem. Boa ideia, mandar uma mensagem criptografada.

Antes de eles irem ao restaurante após a morte do Professor Wolk, Vernestra decidira mandar uma mensagem ao Mestre Stellan, alertando-o não só do falecimento do acadêmico, mas da natureza estranha de sua reunião com a Senadora Starros e Xylan Graf. Mas ela não recebeu resposta, então achou que estava sendo um pouco tola.

— Então Mestre Stellan o enviou porque, bem, porque ele achou que Imri e eu não conseguiríamos lidar com a missão sozinhos?

Mestre Cohmac sacudiu a cabeça.

— De jeito nenhum. Ele estava preocupado que a Senadora Starros não estivesse sendo completamente honesta quando requisitou sua ajuda, e sua mensagem confirmou essas suspeitas. Há algumas políticas em jogo aqui, e nem mesmo eu sei quais são as motivações da Senadora Starros e de Xylan Graf.

Os ombros de Vernestra se curvaram.

— Sinto que só fico estragando tudo. — Ela sentira desonestidade da parte de Xylan, mas duvidou de si mesma e achou que poderia ser outra coisa.

— Não, você fez o que pensou ser correto — disse Mestre Cohmac. — Vou ser bem direto com você, Vernestra: seu mestre não a ajudou ao incentivá-la a se tornar Cavaleira tão cedo. E também acho que foi um erro que tenham deixado que tomasse um Padawan tão rápido.

Vernestra se contraiu como se tivesse levado um tapa, mas, antes de poder dizer qualquer coisa, Cohmac continuou.

— Não por você não ser capaz ou não ter um bom controle da Força. E não por não ser uma boa mentora para o garoto. Mas porque me preocupo que sua trajetória atual seja insustentável.

— Eu estou bem — falou Vernestra, seca.

— Tenho certeza de que está. Mas aceite esta lição de um velho Jedi que já viu muito mais do que deveria em sua vida. Ser uma Cavaleira é mais do que se conectar à Força. É compreender a galáxia ao nosso redor. Você é responsável e fez um trabalho excelente em ajudar Imri a entender suas habilidades. Mas você é jovem, e não tem uma enorme quantidade de experiência. As pessoas tiram vantagem disso, Vernestra. A Senadora Starros queria constranger Xylan Graf e sua família, e não há muitas dúvidas de que ela a tenha usado para tal. Os Graf possuem, porém, uma influência muito além da de Starros, e Stellan me pediu para vir junto para eliminar qualquer possibilidade de a Ordem parecer parcial. Não sei dizer qual deles, Xylan Graf ou a Senadora Starros, está sendo honesto conosco. Mas sinto que não é nenhum dos dois. E é isto que um Jedi deve sempre lembrar: a galáxia está cheia de pessoas que usariam a Ordem e a Força para seus próprios propósitos, mas nossa aliança sempre deve ser a de manter o equilíbrio da Força. Então, precisamos ir aonde formos chamados.

Vernestra se sentiu pequena e envergonhada. Ficara tão feliz com a confiança que Stellan depositara nela que sequer pensou em questionar as ramificações maiores. Mas Sylvestri entendera. Ela soubera que Vernestra estava sendo usada como uma peça num tabuleiro, e uma peça de pouca importância.

— Os Jedi têm a responsabilidade de parar os Nihil — disse Vernestra, finalmente. — Assim como a República. Eles são assassinos e ladrões e, enquanto permitirmos que abusem da fronteira, a galáxia ficará pior com a presença deles. Eles já mataram milhões de pessoas! Ajudar a República a parar os Nihil é o que deveríamos estar fazendo. Mestre Cohmac, fico pensando a respeito do que Sylvestri Yarrow disse hoje de manhã, e concordo com ela. Nós não deveríamos estar aqui. Nós deveríamos estar salvando vidas, não negociando disputas de negócios.

Um olhar de decepção passou pelo rosto de Mestre Cohmac.

— A República existe para manter a ordem, mas, às vezes, são membros da República que utilizam o pretexto de oferecer ajuda para seus próprios negócios, e temo que você tenha entrado em uma dessas situações com esta missão. Sinto que a Senadora Starros está tramando algo muito maior do que qualquer um de nós percebe neste momento. E o mesmo pode ser dito a respeito dos Graf, que têm uma longa história com a Ordem, de acordo com minha pesquisa. Mas concordo; temos uma tarefa maior diante de nós, como mediadores da luz.

— Precisamos parar os Nihil, Mestre Cohmac, mesmo que isso nos coloque na órbita de aliados questionáveis. O senhor já viu do que eles são capazes. São os Jedi que deveriam tomar a liderança. E é aí que deveríamos estar neste momento.

— Talvez — disse Mestre Cohmac. — Isso parece, de fato, uma distração, e não tenho nenhum apreço pelos Graf, já que eles provaram ser capazes de coisas terríveis, e talvez pior. — Um olhar de asco passou brevemente pelo rosto de Mestre Cohmac antes de ele treinar sua expressão para voltar a uma de interesse educado. — Há um grande espaço entre a vontade da Força e a vontade da República ou da Ordem Jedi. Mas esta é uma discussão para outro momento. Só saiba que minha presença aqui não tem nada a ver com suas habilidades e tudo a ver com a política.

Ele descansou a mão no ombro de Vernestra por um momento antes de sair da baía de carga, deixando-a a sós consigo mesma e seu turbilhão de emoções. Estava se sentindo mais e mais desequilibrada ultimamente, e não era uma sensação da qual gostava.

Ela afundou no chão metálico. Não queria sentir a raiva e a frustração que pesavam em sua barriga, mas era importante reconhecer este momento pelo que era: uma oportunidade para crescer. Havia aprendido uma lição importante. Os Jedi poderiam reconhecer seu valor, mas sempre existiriam forasteiros que duvidariam dela e a veriam como uma ferramenta para seus próprios objetivos. E ela não poderia deixar que isso a tornasse uma pessoa amarga. Ao contrário, precisava compreender que era parte da vida da galáxia e aceitar, como aceitava todo o resto.

O que não significava que não sentisse raiva.

Vernestra fechou os olhos. Precisava encontrar seu centro, livrar-se da raiva que sentia da Senadora Starros e de Xylan Graf, da raiva de ser manipulada. Vernestra respirou fundo e sentiu tudo mudar de lugar, como se o mundo tivesse se inclinado ligeiramente para a esquerda. Ela abriu os olhos e se viu em um lugar completamente diferente.

*Jedi. Eu a chamo há um tempo*, disse uma voz sussurrante. Não parecia ser masculina nem feminina, e seu Básico carregava uma cadência desconhecida. *Você está perto*.

Vernestra piscou. Como da última vez, a visão parecia incrivelmente real. Ela estava em uma nave, diferente da de Xylan, os corredores feitos de uma mistura de materiais que faziam com que o veículo parecesse um ferro-velho gigante. Dessa vez, a visão estava banhada pelos tons do azul do hiperespaço, o que a fez saber que sua antiga aflição não sumira, como havia pensado.

Mas aquele era um local real ou só uma divagação criada pela Força?

*Você já tem a resposta*, disse a voz, apesar de Vernestra ter certeza de não ter falado em voz alta. *O caminho é claro*.

Ela estava meio tentada a voltar ao próprio corpo, mas sabia que não era assim que as coisas funcionavam. Era preciso aceitar plenamente a visão para que ela a libertasse, e só podia torcer para que isso acontecesse antes de alguém encontrar seu corpo.

— Você me chamou — falou Vernestra para o corredor vazio. — Mostre-se.

*Você precisa vir até mim*, disse a voz, e Vernestra seguiu o som por um corredor curvo, até ele se ramificar. Após um momento de hesitação, ela tomou o caminho da esquerda, as paredes pintadas com símbolos estranhos. Não eram os da caixa-segredo que ainda carregava, mas símbolos que pareciam tirados de várias línguas. Finalmente notou que eram cálculos matemáticos, os números estranhos em alguns dos teoremas. Mas a que propósito eles serviam?

*Tão perto, criança*, disse a voz. *Tão perto*.

Vernestra começou a correr, dando tudo de si como fizera no prédio onde perseguira o Twi'lek que matara o Professor Wolk. Mas na visão não podia alcançar a Força, então os passos eram todos seus, correndo tão rápido quanto podia, as botas ecoando no corredor naquele espaço fantasmagórico. Ela estava tão perto, só a alguns metros de uma sala que brilhava com o azul perfeito do hiperespaço. Mas, quanto mais corria, mais notava que não estava indo a lugar algum.

Tentou ainda mais, esforçando-se para alcançar a voz. O coração batia rápido e a respiração falhava. Só um pouco além, só um pouco mais e o mistério terminaria.

— Vern! Acorde!

Vernestra se assustou. Seu coração estava a toda enquanto a visão se esvaía e ela era lançada à realidade e para dentro do próprio corpo. Ela estava deitada de costas no chão, Imri olhando-a de cima, os olhos arregalados e as bochechas coradas.

— Vern. Está tudo bem?

Vernestra sentou-se e olhou ao seu redor. Ela estava mais uma vez na pequena baía de carga da *Pérola Resplandecente*. Imri a olhava, preocupado, mas, por sorte, era o único na baía com ela.

— Sim, tudo bem. Ainda estamos no hiperespaço? — Sua cabeça latejava. Ela inspirou fundo e soltou a respiração.

Imri franziu o cenho.

— Estamos sim. É por isso que você estava... hã, na verdade, onde você estava?

Vernestra descansou a cabeça nas mãos.

— Acho que eu estava tendo uma visão.

Imri sacudiu a cabeça.

— Vern, você não estava aqui. Quero dizer, seu corpo estava, e se Syl ou Xylan a encontrassem aqui, eles só achariam que você estava dormindo, mas qualquer outra pessoa... — A voz dele morreu, e Vernestra não precisou se perguntar o que ele queria dizer com "qualquer outra pessoa". Qualquer Jedi teria querido saber por que ela estava meditando tão profundamente, mais profundamente que a maior parte dos Jedi costumavam entrar na Força. Então, de certa forma, Vernestra estava feliz de ter sido encontrada por Imri; significava menos perguntas a serem respondidas.

Mas ela estava mais preocupada que isso estivesse acontecendo em primeiro lugar.

— Imri, preciso te contar uma coisa. Uma coisa que poucos Jedi sabem a meu respeito.

Imri franziu o cenho.

— Tem a ver com seu chicote de luz?

— Não. Na verdade, ainda não contei a ninguém no templo principal a respeito disso. Quando era Padawan, eu costumava ter... episódios. Não acontecia o tempo todo, só às vezes, quando viajávamos longas distâncias e estávamos no hiperespaço por muito tempo. Tenho visões, só que elas não são tanto visões propriamente ditas, mas mais como eu saindo de meu corpo para visitar outros lugares. Sigo sem saber muito bem o que elas são.

Imri piscou perplexo, seus olhos aumentando e a boca formando um círculo de surpresa.

— A meditação profunda pode ser muito perigosa, Vern.

— Eu sei, e é por isso que é importante compreender que essa coisa que eu faço não é de propósito. Não consigo controlá-la, Imri. E achei que tinha parado de acontecer depois de eu passar por minhas provações. Mestre Stellan sempre achou que era algo que eu poderia treinar, transformar em uma habilidade real. Mas tentei e... bem, não consigo. Falei ao Mestre Stellan que deixei isso de lado, mas a verdade é que nunca consegui ter as visões de propósito. Tenho certeza de que o Mestre Stellan deve ter falado com o Templo quando eu era Padawan, e espero que ninguém me peça para fazer isto. Porque não consigo. — Parecia algo que Vernestra deveria confessar ao Mestre Stellan ou ao Mestre Cohmac, não ao seu Padawan. Mas ela sempre manteve uma comunicação aberta e honesta com Imri, e era tarde demais para mudar isso agora.

— Então por que está acontecendo agora? — perguntou Imri com uma expressão pensativa. — Não aconteceu durante o tempo todo que você foi minha mestra, certo?

Vernestra sacudiu a cabeça.

— Não, e eu não sei por que está acontecendo agora. Não sei se houve algum gatilho ou se é como sua sensibilidade às emoções, uma habilidade que está lentamente ficando mais forte.

— Você notou, foi? — perguntou Imri, mudando o peso de um pé para o outro. — Eu não queria pensar que isso estava acontecendo, mas está ficando cada vez mais difícil bloquear as outras pessoas. Até mesmo com os exercícios de Samara, a Azul. Acho que pode ter algo a ver com eu ser metade Genetiano, mas estou... preocupado.

A cabeça de Vernestra latejou, lembrando-a de um efeito subsequente de viagens anteriores no hiperespaço, e ela engoliu um suspiro.

— Acho que é bom ficar preocupado. No meu caso, acho que estou passando por isso de novo porque tem algo acontecendo, algo grande, e preciso estar lá para ajudar alguma pessoa. Mas o que pode ser? Não sei. E, quanto às suas habilidades, assim que retornarmos desta missão, espero que possamos voltar ao Templo em Coruscant para ver se o Conselho não pode nos ajudar. Existem outros humanos de Genetia na Ordem. Talvez algumas experiências deles possam elucidar algo sobre suas habilidades e a melhor forma de controlá-las.

Imri assentiu e abriu um sorriso encabulado para Vernestra.

— Bem, como seu Padawan, cuido de você. Prometo que não vou deixar ninguém aparecer de fininho.

Vernestra sorriu.

— E eu cuido de você, como deveria ser.

— Achei vocês.

Tanto Imri quanto Vernestra se viraram para ver Sylvestri parada na porta que levava ao saguão principal.

Imri ajudou Vernestra a se levantar, e a Jedi sorriu para a pilota.

— É hora de comer? — perguntou ele.

— Daqui a pouco, mas queria falar sobre outra coisa.

— Ah, você tem perguntas sobre a Força? — disse Vernestra. Ela conseguia sentir as perguntas rodopiando ao redor de Sylvestri, e ensinar os outros a respeito da Força era uma das coisas que Vernestra mais gostava de fazer.

— Quê? Não. Não ligo pra Força. Bem, quer dizer, não no exato momento. Olha — disse Sylvestri, olhando da esquerda para a direita enquanto se aproximava de Vernestra e Imri. — Eu estava checando as coordenadas no navicomputador e no mapa estelar com marcas temporais só para ter certeza...

— Isso não é um pouco antiquado? — perguntou Vernestra, franzindo o cenho.

— Sim, mas o navicomputador da minha nave anda meio ruim, então é um hábito já antigo. Enfim, essas coordenadas que o Xylan colocou não vão nos levar para nenhum lugar perto da lua de Neral. Estamos indo para o setor Dalnano.

— Você perguntou a ele sobre isso? — disse Imri, e Sylvestri bufou.

— De jeito nenhum. Vim até aqui para saber se vocês sabiam disso — falou Sylvestri, fixando os olhos em Vernestra.

Vernestra sacudiu a cabeça.

— É a primeira vez que ouço falar do assunto. E compartilho suas preocupações. Nosso primeiro passo deveria ser falar com Xylan.

Sylvestri sacudiu a cabeça.

— Se tem algo que eu sei sobre Xylan Graf é que ele sempre tem uma explicação que parece perfeitamente plausível, mesmo que a lógica seja mais turva que suco de bemeer. Olha, eu te falei que Xylan Graf não é meu amigo, e falei pra valer. Meu único interesse nessa viagem é ganhar alguns créditos e, talvez, pensar quais serão meus próximos passos como transportadora. Mas ele está tramando algo. Só não sei o quê. Estou contando isso pra vocês falarem com seus amigos e ficarmos preparados para o que possa estar esperando no fim desta viagem.

Antes de Vernestra poder dizer qualquer coisa, Sylvestri deu meia-volta e foi embora, o som de suas botas ecoando no caminho de volta à cabine.

— Você acha que Xylan Graf está trabalhando com os Nihil? — perguntou Imri, suas sobrancelhas claras unindo-se em uma expressão contemplativa.

— Talvez. O Mestre Cohmac definitivamente não confia nele ou na família Graf. O aviso de Sylvestri está correto: precisamos levantar a guarda. Mas também deveríamos pedir ao Mestre Cohmac que fale com ele.

— Acha que ele vai negar?

— Sim. Mas nós devemos conseguir notar se ele estiver mentindo de cara. De qualquer forma, precisamos lembrar que o perigo pode estar à espreita em qualquer lugar. Ninguém tem como saber o que nos aguarda, mas não quero ser pega de surpresa.

Enquanto andavam de volta ao refeitório, os pensamentos de Vernestra retornaram para a visão que tivera. O lugar para o qual fora puxada, na verdade. Da última vez, ela vira a estalagem em Tiikae e a visão implorou para que ela encontrasse a caixa. Agora o cubo era um peso desconcertante em seu bolso.

Será que Xylan Graf estava levando a nave para o local onde acabara de estar? A nave estranha, vazia e fantasmagórica com os cálculos inusitados nas paredes? Seria esse o complexo da família Graf? Vernestra não sabia, mas o aviso de Sylvestri não seria ignorado.

Vernestra repassaria a mensagem a Cohmac e Reath assim que pudesse, e faria o que sempre fez: torcer para que a Força estivesse com eles.

# VINTE E OITO

Nan reconhecia dinheiro quando o via. A velha falando com Chancey Yarrow era o tipo de gente rica cujo rosto parecia jovial mesmo que seu corpo denunciasse o fato de já ser ancião. A estação inteira cheirava a flores e a frescor, e plantas floresciam em tudo que é canto, um feito da engenharia que gritava *tenho créditos demais*. Não era como a estação Amaxine, onde Nan entrara em conflito com os Jedi no ano anterior; este lugar era bem-cuidado e estava cheio de gente cuidando de suas próprias coisas. Havia uma abóbada, pelo amor das estrelas. Nan tentou imaginar o custo do combustível necessário só para manter tudo funcionando, o ar respirável e úmido, e notou que era um número tão alto que chegava a ser chocante.

Essa gente não era só rica; eles tinham o tipo de dinheiro que tornava o impossível algo possível, e os dedos de Nan tremiam para pegar algo aqui e ali. Quanto valeriam as joias daquela velha, afinal?

— Nem sonhe — disse a Nautolana ao lado de Nan, os braços musculosos cruzados. O nome dela era Jara, e Nan só sabia disso porque Chancey falara algumas vezes durante a conversa. Ninguém se incomodou de se apresentar para Nan. Ela ocupava um estranho espaço dentro daquela hierarquia, sem ser exatamente uma prisioneira, mas também sem poder ficar sem alguém de olho nela.

Nan nem sabia por que Chancey Yarrow a convidara a ir com ela. A viagem inteira parecera um teste. Os Nihil estavam sempre testando uns aos outros, forçando limites e esperando que alguém cedesse, então isso não a incomodava. Era boa em transitar por esse tipo de complexidade. O que a incomodava era que, de todos os lugares na galáxia, elas foram a uma estação que fedia a dinheiro.

Deveriam roubar essa velha, não compartilhar receitas ou sei lá o que estava acontecendo.

Nan pousara a *Sussurro Mortal* em um pequeno cais com uma quantidade abundante de iates de lazer e outras naves brilhantes demais, as paredes do espaço parecendo algo saído de Naboo, chiques demais e com uma multidão de espirais e placas prateadas. Parecia uma versão ainda mais ostensiva e filigranada do horror inflado da República, aquele Farol da Luz Estelar. Não que Nan já tivesse ido à estação lendária, mas já vira holodocs a respeito da grande maravilha que era, fundada em grande parte pela família Graf, mais especificamente por Catriona Graf.

A mesma mulher que agora encarava Chancey Yarrow, que não parecia nem um pouco desconcertada com o luxo que a cercava.

— O que estamos fazendo aqui? — perguntou Nan, mais ou menos esperando que a mulher roxa ao seu lado respondesse.

— Negociando — disse ela.

Achara que, talvez, fossem levar a Oráculo, mas ficou claro na metade do caminho que o que eles queriam era uma nave que pudesse ser facilmente descartada. Eles acharam que seria a nave de Nan.

Não achariam por muito tempo.

De repente, a velha assentiu bruscamente com a cabeça para Chancey e voltou para a entrada do grande complexo, os guardas Gigoranos e Twi'leks que a flanqueavam cobrindo sua retaguarda. Chancey voltou, seu rosto escuro estampando um enorme sorriso.

— Temos umas quantas horas antes de eles chegarem. A Matriarca deixou que façamos a emboscada aqui e concordou com nossos novos termos, compreendendo que serão benéficos para ambos os lados. Preparem-se.

Além de Nan, havia uns cinco Nihil, e eles riram e comemoraram enquanto voltavam correndo para a nave. Nan se virou para ir com eles, mas Chancey Yarrow a parou.

— Nan, fique comigo — disse Chancey. Ela ainda usava o vestido até o joelho com uma estampa Hosniana, e suas tranças haviam sido torcidas para ficarem retas contra sua cabeça, permitindo a ela usar melhor a máscara pendendo de seu pescoço.

Nan sentiu uma onda de desconforto na barriga. A mulher não parecia prestes a matá-la, mas não era assim que trabalhavam os melhores profissionais? A lâmina sempre chegava de surpresa.

— Falei sobre você com Lourna Dee, e ela me disse que você é firmemente leal a Marchion Ro. É verdade?

Nan sentiu a barriga dar um pulo. Será que Chancey sabia que Nan enviara uma mensagem ao escritório do conglomerado San Tekka para dizer que Mari San Tekka estava sendo mantida em cativeiro no Coração da Gravidade?

O objetivo de Nan era simples: ela faria os San Tekka atacarem o Coração da Gravidade e, com essa distração, escaparia. Pensou que, mesmo que achassem que Mari estava morta, eles gostariam de ter a honra de punir seus sequestradores. Era o que Nan teria gostado. A vingança era uma coisa simples e satisfatória, e certamente os San Tekka concordavam com ela. Não havia, claro, nenhuma garantia de que eles morderiam a isca. Mas, se o fizessem, bem, seria delicioso demais para imaginar.

Nan já conversara com Uttersond a respeito do que fazer em caso de ataque, e o médico dissera a ela que a cápsula da Oráculo levitaria facilmente graças a um mecanismo repulsor interno. Seria um bom plano se as peças fossem aos seus devidos lugares. E se não fossem? Bem, a situação de Nan não estaria pior do que já estava.

Contanto que ninguém soubesse que ela enviara as coordenadas aos San Tekka.

— Sou a mais leal a Marchion Ro — disse Nan, cruzando os braços e encarando Chancey. — É por isso que ele confiou em mim para proteger sua Oráculo. O fato de eu estar aqui não será ignorado.

— Mari San Tekka está tão a salvo quanto uma humana com mais de cem anos poderia estar. Perguntei porque o que estamos prestes a fazer é por um pedido direto de Marchion Ro, e eu gostaria de saber se posso confiar em você para seguir minhas instruções. Se tudo der certo, seu Ro a terá em grande estima.

Nan se endireitou.

— Sou toda ouvidos.

— Ótimo — disse Chancey Yarrow, explicando o resto do plano. — Ah, e bom trabalho com sua mensagenzinha para os San Tekka. Ela nunca foi enviada, é claro. Não sou ingênua a ponto de não rastrear todas as mensagens enviadas e recebidas na nave. Mas aprecio sua engenhosidade no que parecia ser uma situação impossível de ser vencida.

Nan piscou, atônita.

— Você não está brava? — Ela tinha uma faca na bota, mas era sua única arma e, se matasse Chancey, não teria quase nenhuma chance de fugir.

A mulher sorriu e, por um momento, Nan pensou que estava morta. Mas Chancey não fez nenhuma menção de ataque.

— Você é um desperdício sob Marchion Ro. Ele não sabe o que tem em seu arsenal, e você não sabe como poderia estar ficando rica. Se a limpassem um pouco para não ser tão óbvio que você é Nihil, você poderia ser uma espiã e tanto. Mas isso é assunto para outro dia. Agora, vamos repassar o plano.

Nan não conseguiu evitar um sorriso enquanto a mulher falava, e notou que havia subestimado muito a malícia da cientista.

Talvez Nan pudesse se divertir um pouco, afinal.

# VINTE E NOVE

Syl entrou no refeitório para a segunda refeição e viu Xylan sendo o centro das atenções, gargalhando a respeito de alguma coisa com Basha enquanto Mestre Cohmac ficava ali perto, impassível. Jordanna continuava cochilando na cabine, Remy ocupava grande parte do chão, e Vernestra e Imri estavam sentados com Reath em um banco no canto de trás, sussurrando entre si, todos de cenho franzido. As vibrações eram contraditórias, e Syl queria dar meia-volta e se esconder na cabine.

Ela sabia que não era nenhuma diplomata. Perdia as estribeiras com frequência, o que era mais um motivo pelo qual ficava desconfortável perto de Jedi. A calma perpétua só fazia com que Syl lembrasse de seus próprios fracassos, seu temperamento sendo o que a mãe mais criticava. Quando descobriu que as coordenadas do navicomputador tinham mudado, seu instinto foi pegar Beti e exigir respostas diretas de Xylan Graf. Mas, em vez disso, decidiu ir até os Jedi, que não ajudaram muito. E, agora, eles estavam bem longe do objetivo, sem nenhuma pista do que os esperava no fim da viagem.

Syl podia não se importar em mentir para uma senadora, mas parecia que ela não tinha a fibra para ir contra os Jedi.

Então ela estava prestes a estourar quando foi até o refeitório e viu Xylan parecendo de boa como sempre. Especialmente quando ele se virou para ela e abriu o mesmo sorriso irritante e lindo de sempre.

— Syl! O que achou de pilotar a *Pérola Resplandecente*? Ela é uma belezinha, não é?

— Por que estamos indo ao setor Dalnano e não para o Hynestiano? — Syl deixou escapar. Assim que as palavras saíram de sua boca, ela se arrependeu da impulsividade. Planejara deixar os Jedi cuidarem do assunto, para usarem o bizarro poder de ler mentes ao questionar Xylan. Mas estava em uma mistura ansiosa tão grande de emoções que não conseguiu controlar a boca.

O sorriso de Xylan não diminuiu; na verdade, ele gargalhou. *Gargalhou*. Syl cruzou os braços quando ele se levantou e foi até ela. Ele deu uma batidinha em seu ombro como se fossem velhos amigos, e os dedos de Syl se contraíram de vontade de socá-lo só para ver se isso o incomodaria.

— Quanto mais tempo passamos juntos, Sylvestri Yarrow, mais eu gosto de você. — Syl teve a impressão de que ele estava sendo sincero, e antes de poder responder, ele girou para olhar para o resto do grupo. — Syl está correta. Eu mudei, de fato, as coordenadas no navicomputador um pouco antes de sairmos de Coruscant. Mas prefiro esperar que Jordanna se junte a nós antes de eu explicar tudo.

— Bom, que ótimo que acabei de cochilar, então — disse Jordanna, alongando-se enquanto entrava no refeitório. Ela piscou para Syl e deu um encontro carinhoso de ombro ao passar pela outra garota, de forma discreta o bastante para o resto da sala não perceber.

Syl a ignorou.

— Ah, excelente — disse Xylan, batendo palmas uma vez para juntar as mãos. — Bem, já que todos vocês estão me olhando como se eu tivesse roubado o último bolinho de gnostra, deixem-me ir direto ao ponto: há muitos que desejam que esta expedição seja um fracasso; então, para me certificar de que nossa empreitada seja um sucesso, eu enviei um plano de voo falso.

— Então por que você não nos contou a verdade? — perguntou Mestre Cohmac, sua expressão inescrutável.

— Bem, temos uma San Tekka entre nós — disse, gesticulando na direção de Jordanna, que bocejou amplamente como resposta. — Imaginei que, se alguém tentasse interferir em nossa tarefa, seria ela. E ainda assim, conforme meu novo acordo com a Senadora Starros, preciso dela para verificar meu argumento de que não há nada no setor Berenge.

Jordanna riu.

— Isso é ridículo. Se os San Tekka quisessem que você morresse, você já estaria morto. E não seria eu a matá-lo. Você sabe disso tão bem quanto eu.

— Talvez — disse Xylan. — Mas, com tantos Jedi por aqui, eu sabia que você não ousaria fazer nada depois que partíssemos de Coruscant, então eu precisava ter certeza de que não estávamos sendo seguidos. A esta velocidade, chegaremos em Floreterna, a propriedade de minha avó, antes que você possa chamar reforços.

Jordanna sacudiu a cabeça, mas não respondeu.

— Meu plano também nos mantém a salvo dos Nihil, que possuem alguns dos seus trabalhando para a República, disso tenho certeza. É a única explicação para a forma assustadora com a qual sempre atingem cargas grandes e de alto valor.

— Acredito que presumir que a República está mancomunada com os Nihil é muito, muito temerário — disse Mestre Cohmac. O Jedi mais velho não parecia tão relaxado quanto antes, a tensão radiando por seu corpo inteiro. Syl não achava que o Mestre Jedi atacaria Xylan, mas até mesmo Basha começou a prestar mais atenção na conversa.

— Não, o senhor tem razão, Mestre Cohmac. Minha família vem monitorando os ataques Nihil desde antes da destruição da *Legacy Run*. É uma questão de bons negócios, sabe como é. A República não pode estar em todos os lugares, e saber o padrão dos piratas em determinadas áreas faz parte de nos certificarmos de que nossos carregamentos cheguem aonde precisam ir. Mas há algumas coisas a respeito dos Nihil que não fazem sentido. A primeira é o uso do hiperespaço, que o Professor Wolk tentava compreender, mas a segunda é o quanto eles parecem saber a respeito da resposta da República. No último mês, os Jedi levaram a cabo várias operações de grande porte contra os Nihil, e elas não parecem tê-los afetado tanto quanto deveriam. O que parece nos levar a concluir que há, sim, alguns operadores dentro do governo que são astutos o suficiente para jogar nos dois lados. E, quanto a mim, não quero arriscar termos qualquer tipo de distração que nos impeça de atingir nosso objetivo. Mas peço desculpas por não ter compartilhado essa informação.

O Jedi se inclinou para trás, um olhar contemplativo em seu rosto, e Xylan se virou para o resto do grupo.

— Dito isto, nós chegaremos ao complexo familiar dos Graf amanhã no fim do dia. Descansem até lá, porque combinei de ficarmos pouco tempo antes de irmos ao setor Berenge. E Syl — disse ele enquanto caminhava em direção à porta que levava aos alojamentos da tripulação —, da próxima vez, é só perguntar. Acho que você deveria confiar um pouco mais em mim depois de tudo que passamos juntos. — Ele afagou a cabeça dela como se fizesse carinho em Plinka, e Syl precisou trincar os dentes para não cometer uma violência.

Ele foi embora e Basha ficou de pé para ir atrás dele com passos pesados. Syl sacudiu a cabeça.

— Uma explicação que parece lógica para tudo — disse. — Eu realmente odeio esse cara.

Ela odiava mais que a lógica fizesse bastante sentido, muito mais que qualquer uma de suas outras lorotas.

— Nesse caso, ele diz a verdade — falou Mestre Cohmac. — Não notei nenhum subterfúgio da parte dele enquanto falava. Então, seja qual for a verdade, ele *acredita* que alguém dentro da República está trabalhando com os Nihil.

— Será que deveríamos enviar uma mensagem ao Mestre Stellan? — perguntou Vernestra. Syl reconheceu o nome. Gravações dele, maltrapilho e empoeirado, aninhando a Chanceler Soh, que fora ferida, apareceram em tudo que é lugar da holonet por semanas depois do ataque.

— Ainda não — disse Mestre Cohmac. — Seja lá quem estiver por trás das células Nihil é esperto o suficiente para fazer com que eles pareçam estar perdendo e, ainda assim, permanecerem ativos como sempre. Temo que enviar uma mensagem para Stellan poderia revelar mais do que gostaríamos, já que, gostando ou não, Xylan conseguiu um elemento-surpresa para nosso lado, caso algo aconteça. Vamos esperar até termos algo mais certeiro do que suspeitas. Mas, por enquanto, vamos comer. Temo que a comida não vá ficar mais apetecível ao esfriar.

— Ei, nós seguimos a receita — disse Reath. — É que rações são assim mesmo.

— Elas devem ser ao menos comestíveis — disse Vern, provocando o garoto, que corou em resposta. Syl se perguntou se todos os Jedi se conheciam. Era o que parecia.

Quando todos se voltaram para os pratos cobertos que os Padawans prepararam, Syl notou que estava irritada de novo. Jordanna tentou fazer contato visual do outro lado da mesa, mas Syl a ignorou, focando dentro de si. Havia muitas perguntas e poucas respostas. Tudo que ela quisera era avisar a República a respeito dos Nihil para que eles fizessem alguma coisa, e agora ela estava rodeada de mentiras.

Ela só esperava que nenhuma delas voltasse para machucá-la.

# TRINTA

Vernestra não achou que veria algum dia uma coisa mais impressionante que o Farol da Luz Estelar, aquela cidade cintilante no meio do espaço, mas o complexo da família Graf — que Xylan dissera a todos se chamar Floreterna por seus jardins que sempre floresciam — chegou muito, muito perto. Ela havia esperado que o complexo familiar estivesse localizado em alguma lua menor ou algo do tipo, mas quando a *Pérola Resplandecente* se aproximou de uma estação espacial fulgurante na ponta do setor Dalnano, Vernestra percebeu que ela subestimara muito o poder dos créditos. Havia até mesmo uma abóbada. Que engenheiros haviam feito aquilo?

— É espalhafatoso — disse Xylan, indo até onde ela estava ao lado do portal de observação no refeitório.

Vernestra se virou e abriu um sorriso educado. Sylvestri não confiava no homem; o desgostar e as suspeitas irradiavam dela em ondas cada vez que ele aparecia, e Vernestra tinha a impressão de que os instintos da garota estavam corretos. Havia algo amigável demais, suave demais a respeito dele. Ele fazia Vernestra se lembrar de um comerciante de blaster que conheceu em Porto Haileap. O homem fora citado por fraude várias vezes, e Vernestra sentia que Xylan também tinha uma compreensão bastante vaga a respeito da verdade.

— Me lembra o Farol da Luz Estelar — disse Vernestra.

— Ah, e deveria. Grande parte do design daquela estação veio do trabalho feito aqui em Floreterna nos últimos cem anos. Alguns dos melhores engenheiros aeronáuticos e estruturais trabalharam neste lugar. A Matriarca, minha avó, já brincou com a ideia de acrescentar aparelhos de suporte de vida em um asteroide, mas era muito mais barato construir tudo do zero. Isso também permite que ela se mova pela galáxia do jeito que quiser.

— Ele se desloca? — perguntou Vernestra, tentando imaginar a estação massiva atravessando o espaço.

— É claro. Até consegue saltar para o hiperespaço. Mas você não ouviu isso de mim. Vamos, já está quase na hora de aterrissarmos, e há alguns protocolos que precisam ser seguidos.

Vernestra assentiu e foi atrás de Xylan conforme ele andava até a baía de carga. Um lado da parede ali se abriria para revelar a rampa de embarque assim que aterrissassem, e Xylan declarou que os Jedi deveriam conhecer sua avó, a líder do clã Graf, em uma apresentação formal, como ela pedira. Só Syl poderia ficar de fora, principalmente porque ela cruzou os braços em uma careta quando Xylan apresentou a ideia a todos.

Se Xylan estava esperando por uma entrada estilo desfile, ele ficaria desapontado. Todos os Jedi trajavam as vestes de missão. Xylan, que parecia ter esquecido o propósito da viagem, vestia um collant que parecia feito de couro roxo, a parte da frente aberta até o umbigo em um profundo decote em V que revelava boa parte de seu peito marrom, fazendo o Mestre Cohmac erguer uma sobrancelha em apreciação quando achou que ninguém estava olhando. Xylan também vestia uma capa prateada sobre o ombro direito, e Vernestra sentiu que aquele era seu verdadeiro eu. Essas modas extravagantes eram parte de sua identidade tanto quanto um sabre de luz era parte da identidade de um Jedi.

— Prontos para o show? — disse Jordanna, de braços cruzados. Ela insistira em ter uma boa visão de tudo para ver "a ridícula pompa e circunstância pela qual os Graf eram conhecidos". Não havia maldade na afirmação, apenas fria sinceridade. Remy estava sentada aos seus pés, a vollka fazendo cara feia para Imri, suas pálpebras caindo cada vez que ele a olhava, a vontade de fazer carinho nela óbvia no enorme sorriso estampado em seu rosto.

— Parece um pouco demais para uma nave — disse Vernestra. Uma apreensão irritante fez os braços de Vernestra se arrepiarem, mas ela não sabia dizer se era a sensação de Imri se aproximando de Remy ou alguma outra coisa. — Suponho que Floreterna não receba Jedi com frequência.

— Acredito que isto caiba na categoria de diplomacia — falou Reath com um sorriso tímido. O Padawan estava preocupado desde que deixaram Coruscant, e Vernestra se perguntou se ele já estava com saudade do planeta.

Imri deu uns passos na direção da vollka, e ela bocejou casualmente, mostrando fileiras de dentes muito afiados. Ele reconsiderou sua intenção de acariciá-la e ficou ao lado de Vernestra com uma expressão pesada.

— Não se preocupe, ela vai ceder em algum momento.

— Não, não é isso — respondeu Imri.

— Tudo bem? — perguntou Vernestra.

— Tudo. Syl tem muitas, muitas suspeitas a respeito de tudo isso, e eu estou tentando não deixar que o medo dela entre dentro de mim. Mas continuo com a sensação de que algo está errado. Alguém definitivamente está escondendo algo ruim.

— De quem está vindo a sensação? — perguntou Vernestra, porque ela tivera a mesma sensação a manhã inteira. Quanto mais se aproximavam do complexo dos Graf, mais receosa ela ficava. Mas não conseguia identificar o que a fazia sentir tudo isso: se seus próprios instintos ou os receios de Syl.

— Não tenho certeza — murmurou Imri.

Houve uma batida suave e depois outra conforme a nave aterrissava. No intercom, Syl anunciou que eles haviam chegado. Xylan se virou para os Jedi agrupados e abriu um sorriso polido.

— Xylan — disse Basha, dando um passo à frente. — Você deveria dar uns passos para trás. Deixe que os Jedi tomem a dianteira.

Xylan deu risada.

— Por que eu faria isso? Um Graf sempre toma a dianteira.

— Basha — disse Imri com os olhos arregalados. Vernestra girou na direção da gigante e sentiu o mesmo. Era ela que estava escondendo a verdade.

A Gigorana agarrou Xylan Graf pela cintura e o levantou bruscamente enquanto a rampa se abaixava, revelando a traição mais à frente. Um grupo de pessoas usando máscaras estava na base, lideradas por uma mulher em um vestido azul de padrões giratórios e uma máscara azul que brilhava como o coração do hiperespaço.

Era uma armadilha.

Os olhos de Xylan se arregalaram enquanto ele inutilmente tentava se debater nos braços de Basha.

— O que você está fazendo? Você não deveria estar aqui!

— Você está atrasado, Xylan — veio a voz abafada da mulher. — Nós renegociamos os termos.

Vernestra não teve tempo de se perguntar quem seria ela. O barulho de algo se abrindo veio de latas de gás. Vernestra ligou o sabre de luz. Remy uivou e voltou correndo para dentro da nave, fugindo da briga. A vollka era esperta. Gás roxo começou a encher rapidamente o interior do compartimento de carga, crescendo em uma nuvem grossa e terrível.

— Respiradores! — gritou Mestre Cohmac.

O Jedi começou a levar os aparelhos depois do ataque em Valo, e isso foi bom. Eles eram volumosos e incômodos, mas era melhor do que sufocar com a névoa da guerra. Assim que Vernestra respirou bem e fundo algumas vezes, ela analisou o caos friamente.

Jordanna pegou um blaster e disparou contra os Nihil, mas foi atingida bem no peito por um tiro, desmoronando no chão. Reath correu para ajudar Xylan Graf, mas a Gigorana, Basha, cujo vocalizador parecia funcionar também como algum tipo de máscara de gás, pegou Reath com um único braço enquanto segurava Xylan e o jogou para o outro lado do compartimento, onde ele caiu em um amontoado de coisas. Xylan Graf começou a tossir, e Basha andou para o interior da nave, a porta do compartimento de carga deslizando até fechar atrás dela, prendendo os Jedi.

Imri se abaixou para evitar os disparos de blaster. O compartimento de carga era pequeno, e não havia espaço para ativar seu sabre de luz de forma segura. Então, recuou alguns passos, dando espaço para os Jedi mais velhos. Mestre Cohmac foi para trás, tentando usar a Força para empurrar o gás para longe, sem sucesso. Especialmente quando os Nihil começaram a atirar.

Reath caiu primeiro, um disparo de blaster acertando-o no peito. Mestre Cohmac ativou seu sabre de luz e imediatamente caiu para a frente quando um disparo de blaster o atingiu do nada, o azul brilhante do sabre se extinguindo antes da empunhadura rolar para baixo de uma pilha de caixotes. Vernestra tentou manter seu sabre de luz erguido, lutando para continuar. Ela precisava parar os Nihil.

O gás pairou no ar em uma nuvem densa, e Vernestra viu-se lutando no meio do miasma. O primeiro golpe de seu sabre de luz atingiu um humano, cortando fora sua mão e fazendo o blaster cair no chão. Enquanto ele gritava, Vernestra deu uma cotovelada em seu rosto, afundando a máscara contra seu nariz com um barulho doentio. Ela poderia tê-lo partido ao meio, mas não mataria ninguém que não precisasse matar.

O que foi um erro.

Ele caiu sobre seus pés, mas, ao despencar, tentou chutar seu joelho, e ela se esquivou do chute.

Mas não do soco que recebeu do lado esquerdo, que afrouxou seu respirador.

Vernestra caiu de joelhos, e uma explosão de disparos de blaster choveu sobre ela. Tentou repelir os tiros, mas estava fraca demais, a energia vinda de um deles fazendo com que deixasse cair o sabre de luz. Enquanto tentava se levantar, uma mão veio da névoa e arrancou o respirador de seu rosto.

— Imri, corra. Avise Sylvestri — disse Vernestra, seu último pensamento sendo seu Padawan, que acabara de dar um passo à frente com o sabre ligado, o último Jedi de pé. Mas um disparo de blaster perdido o atingiu e ele caiu diante de seus olhos.

Vernestra começou a tossir ao inalar o gás que preenchia o compartimento de carga. Isso fez sua cabeça dar voltas, e o disparo de blaster que chamuscou sua bochecha derrubou-a enquanto tentava se esquivar. Então, viu-se no chão, o peito arfando com a tosse.

Então, não havia nada a fazer além de sucumbir diante da escuridão.

# TRINTA E UM

Syl acabou os procedimentos de aterrissagem e se esticou. Havia sido um alívio quando Xylan Graf disse a ela que poderia ficar na nave enquanto os Jedi iam fazer sala para a matriarca dos Graf. Depois da visita desastrosa à Senadora Starros, Syl não tinha certeza se conseguiria dar sorrisinhos e dizer a uma das mulheres mais ricas da galáxia tudo que ela queria ouvir e, aparentemente, Xylan Graf pensava o mesmo. Por isso estava ali na cabine até tudo aquilo acabar, e então ela iria ao complexo com Basha, como se tivesse sido contratada.

Deveria ficar incomodada, mas não ficou. Syl sabia quem ela era, e estava mais perto de uma empregada do que de alguém de importância. Que os Jedi fizessem a politicagem; ela aproveitaria a paz e o silêncio. Isso lhe daria a oportunidade de aguardar na cabine e recuperar o atraso com os últimos episódios dos holos que acompanhava. Com tudo que aconteceu, estava terrivelmente para trás em *Amor na Fenda*. Um momento para ser apenas a garota que fora antes de ir para Coruscant parecia ser a forma perfeita de passar o tempo.

Syl tinha acabado de ligar a tela holo — é claro que Xylan tinha uma na cabine; ela havia checado mais cedo — quando Remy apareceu, derrapando no espaço pequeno. A vollka sibilou, e todos os seus pelos se levantaram.

Syl não precisava ser Jedi para saber que havia algo errado.

A unidade de comunicação tinha vários canais diferentes pré-programados, então Syl clicou neles até encontrar a comunicação interna da nave. Apertou o botão, mas, em vez de ouvir os Jedi se apresentando educadamente, ouviu tosses seguidas de fogo blaster, e o som inconfundível de corpos caindo no chão.

— Imri, corra. Avise Sylvestri — ouviu no alto-falante, e o coração de Syl deu um pulo, só para voltar disparado. Seus medos se tornavam realidade, e ela não podia nem contar com os Jedi para ajudá-la.

Syl considerou as opções. Ela poderia tentar decolar mais uma vez, mas a nave não tinha armas que ela tivesse conseguido encontrar, além dos canhões laser mais básicos possíveis. Poderia correr até o compartimento e tentar entender o que aconteceu, mas se algo tinha abatido quatro Jedi, Syl seria só um detalhe insignificante.

Tentou mudar a rota na própria cabeça. Ela tinha Beti e Remy, que andava em círculos na pequena área, voltando para o corredor de segundos em segundos para sibilar, seus chifres estalando com eletricidade. As duas conseguiriam fazer um pouco de dano juntas, contanto que pegassem alguém de surpresa.

— Remy, fique aqui até eu te chamar — disse Syl à vollka que, provavelmente, não entendeu nada do que ela falou. Era isto; este seria o momento onde ela perderia a sanidade. Já que não continuaria viva por muito tempo, essa era a menor de suas preocupações.

Maldito fosse aquele Xylan Graf. Ela nunca deveria ter concordado em ajudá-lo. Em só alguns dias, atiraram nela, a entediaram com teoria do hiperespaço, a forçaram a fazer parte da política, e agora ela estava tentando salvar Jedi de algo tão ruim que até a vollka estava ouriçada de medo. Tudo isso porque Syl quisera o dinheiro dele e uma refeição chique. Todo esse estresse porque Graf tinha bolsos pesados e ela foi gananciosa.

Se ela sobrevivesse a essa bagunça, nunca mentiria de novo. Falaria a verdade e cuidaria da própria vida para sempre.

Syl respirou fundo e saiu da cabine, voltando ao refeitório, andando de leve para as botas não ecoarem no chão. Só havia dado alguns passos quando Basha apareceu na sua frente, carregando um Xylan Graf inconsciente nos braços.

— Você deveria voltar à cabine até sermos chamados pela Matriarca — disse a Gigorana com sua voz mecânica.

— Acho que eu gostaria de esticar as pernas, se você não se importar. Parece que seu garoto acabou tomando Toniray demais, afinal. — Syl deu risada. — Aliás, vivo querendo perguntar, que sabão você usa no pelo? É tão brilhante. — Ela estava tagarelando, o que não era estranho para ela. Mas era o pior momento para isso.

— Sylvestri Yarrow, por favor, retorne à cabine até eu voltar para pegá-la — disse Basha, recusando-se a se mover. Ela era grande o bastante para bloquear o corredor inteiro, e a única forma de chegar ao compartimento de carga era pegar as escadas que ficavam do outro lado do refeitório.

— É, eu não vou fazer isso — disse Syl, abrindo um sorriso para Basha.

A Gigorana não achou graça.

Basha lançou uma mão pesada na direção de Syl e a garota se esquivou antes de se agachar. Ela costumava odiar sua baixa estatura, mas, no espaço estreito do corredor da nave, era uma vantagem. Syl ficou de quatro, achando que poderia contra-atacar se atingisse os joelhos de Basha. Quando fez isso, a vollka rugiu. Syl só viu um borrão azul e verde lançando-se sobre ela, Remy indo direto para a garganta de Basha enquanto a Gigorana soltava Xylan para se defender. Ai, ele sentiria essa quando acordasse.

Syl não quisera machucar Basha; mas Remy não tinha as mesmas reservas. Syl se perguntou o que a vollka vira no compartimento de carga, exatamente.

A Gigorana recuou, indo mais para trás no corredor, Remy perseguindo-a enquanto ela fugia em direção ao refeitório. O pelo branco de Basha estava manchado de vermelho da ferida que Remy causara. Um arco de eletricidade pareceu se formar no corredor, e Syl sentiu o formigamento de energia em seu couro cabeludo, a boca aberta ao ver a vollka soltar a descarga de eletricidade. Um raio atingiu a Gigorana e ela grunhiu, o vocalizador traduzindo o som com uma explosão de estática.

Syl respirou fundo, levantou do chão, sacou Beti e correu atrás de Basha, pulando sobre Xylan Graf.

Não havia como voltar atrás agora. Tinha pulado de cabeça.

Basha caiu para trás sobre uma cadeira do refeitório, atordoada pelo ataque elétrico, e Syl passou por ela quando Remy a cercou, procurando por outra abertura.

— Agora não, gata! Vamos achar a Jordanna. — Syl notou que a preocupação borbulhando em sua barriga, ácida e quente, não era pelos Jedi, e sim por sua ex-namorada. Já era todo aquele esforço de controlar as próprias emoções.

O som das patas correndo ali perto fez Syl se sentir um pouco melhor. A vollka era uma arma feroz quando escolhia ser, e suas chances eram muito melhores com uma aliada dessas.

Syl chegou às portas da baía de carga, mas, por mais que apertasse os botões, o mecanismo não se abria. Ela apontou Beti na direção do sistema de trave e disparou uma, duas, três vezes, o rifle ricocheteando, mas acertando o alvo. No quarto disparo, a tranca cedeu e Syl conseguiu deslizar a porta pelo trilho por meio metro e dar uma olhada pela abertura.

Ela tentou se preparar para qualquer coisa enquanto as portas se abriam, mas não havia contado com o gás roxo que mais parecia um carpete sobre o chão. Várias pessoas mascaradas davam tapinhas nas costas um dos outros, e o som de wreckpunk retumbava em um reprodutor de música no compartimento de carga, os Nihil aparentemente celebrando a vitória. Mas a música alta permitiu que Syl surpreendesse os saqueadores. Reath foi colocado sobre o ombro de alguém conforme um homem descia a rampa, e ela conseguia ver as formas inconfundíveis dos Jedi caídas no chão.

De alguma forma, os Nihil os haviam emboscado.

Syl não precisou ver mais nada. Nivelou o blaster e disparou contra o Nihil mais próximo, um humano, atingindo-o bem no peito. Sem esperar que ele caísse, disparou contra uma figura mascarada correndo pela rampa, sem conseguir atingi-la, mas atingindo outra em seu lugar. Atirara contra as costas de uma Nautolana. Não era muito nobre de sua parte, mas foi efetivo.

Os Nihil começaram a disparar de volta.

Syl se escondeu atrás da porta da baía de carga, usando o metal pesado como escudo. A música parou de repente; ela havia arruinado a festa, e não conseguia parar de sorrir mesmo enquanto eles disparavam contra ela. Uma enxurrada de fogo blaster veio do outro lado, e pessoas começaram a gritar, as palavras abafadas e indistintas. Syl contou até seis — muito melhor do que três, o que todos esperariam — e correu até a abertura outra vez, atingindo um Kage que parecia quase humano, exceto por sua pele cinzenta e excessivamente pálida.

Os disparos do outro lado pararam e ela começou a ouvir um zumbido vindo de lá, como um ventilador gigante. Remy andava atrás de Syl, cobrindo a retaguarda, mas obviamente ansiosa para ir até onde Jordanna estava jogada no chão do compartimento de carga, uma marca chamuscada no centro de seu peito.

— Syl, você não deve nada a esses Jedi — veio uma voz. Era familiar, mas, no calor do momento, Syl não conseguiu reconhecê-la direito.

— Vá se ferrar, lixo Nihil!

— Sylvestri Yarrow, você vai abaixar Beti e vir até aqui com suas mãos para cima antes que se machuque.

O coração de Syl acelerou, e então um pouco mais, e ela precisou fechar os olhos e respirar fundo, mas começou a retumbar em seu peito. Não podia ser. Ela estava imaginando coisas.

Syl engoliu em seco. Ela conhecia aquela voz. É claro que conhecia. Não tinha como ser sua imaginação.

— Eu não te conheço — Syl berrou, recusando-se a acreditar naquela verdade horrível. Seus olhos queimavam com lágrimas quentes, e os últimos meses voltaram como uma porrada. Todas as lágrimas que chorou, todas as dúvidas; tudo pesava em seu peito naquele momento.

— Conhece, sim. Xylan Graf deveria ter contado a verdade, deixado as coisas mais simples, mas vejo que ele estragou isso ainda mais do que todo o resto.

Syl espiou pelo canto da porta da baía de carga, segurando o rifle com o cano para baixo ao seu lado. Lá, parada no porão de carga, estava Chancey Yarrow. Sua mãe estava igual à última vez que a vira: o cabelo trançado em fileiras idênticas, as pontas presas à base de seu crânio em um nó complicado. Mas a máscara pendurada em seu pescoço, no mesmo tom de azul do hiperespaço, era nova, e seu significado era inconfundível: Chancey Yarrow com certeza estava trabalhando com os Nihil.

— Você deveria estar morta — disse Syl, apática. Não era o que ela gostaria de ter dito. Nem de perto. Mas seu cérebro estava no modo de sobrevivência, e a única coisa que a impediu de atirar contra o espectro diante dela foi a mais pura determinação. Só para ter certeza de que não estava imaginando. — Se você estiver do lado dos Nihil, é melhor continuar morta.

— Eu sei, e temos muito a discutir. Mas preciso cuidar disso primeiro, e então prometo que contarei tudo — disse ela, sorrindo para a filha.

E então, Chancey Yarrow, a mulher pela qual Syl estivera em luto nos últimos seis meses, disparou contra a própria filha bem no meio do peito.

# TRINTA E DOIS

Vernestra acordou com dor. Era uma dor debilitante, que corria do topo de sua cabeça até os dedos de seus pés e depois voltava. Não conseguia pensar, mal podia respirar, e levou um longo minuto para perceber que estava gritando.

A garganta estava em carne viva pela força do berro e, conforme registrava a dor e a secura em sua garganta, a agonia em seu corpo começou a passar, deixando o formigamento da sensação.

— Em alguns segundos, a dor deve desaparecer completamente. Por favor, só relaxe até lá, tenho um copo de suco para você quando estiver pronta.

Vernestra piscou diante da voz calma, mas achou difícil focar em algo além do desconforto de sua existência. Nunca experimentara uma dor tão intensa.

— O gás que os Nihil usaram foi manufaturado pelos Zygerrianos para conter revoltas entre povos escravizados. É algo muito, muito brutal. Em nome da Matriarca, peço perdão por este terrível incidente ter ocorrido em Floreterna. Não antecipávamos tal ataque, ou teríamos tomado medidas mais severas.

Vernestra piscou de novo, mas, dessa vez, o simples ato não pareceu ser o mesmo que uma semana de práticas intensas de corridas usando a Força. Ela se sentou e olhou ao redor. Ela estava deitada em um chão macio em uma sala sem nenhuma decoração, as paredes um bege lúgubre, e uma Twi'lek de pele lavanda a observava. Ela segurava uma bandeja com um copo de suco azul e, com um sorriso gentil, ofereceu-o a Vernestra.

— Meu nome é Saffa, e estou aqui para levá-la até a Matriarca quando se sentir pronta.

— Onde estão os outros? — Vernestra esticou uma mão trêmula para o suco e sentiu uma pontada de orgulho ao conseguir segurar o copo e tomar uma longa golada sem derrubá-lo. Em sua mente, a visão de Imri recebendo um disparo no peito passava vezes sem conta. Ele tinha de estar vivo em algum lugar, já que ela também fora atingida, e cá estava, viva. Por que os Nihil usariam blasters de choque em vez da opção mais letal? Não fazia muito sentido.

— Estão se recuperando, como você. E se juntarão a nós em breve.

Vernestra tentou ficar de pé e, imediatamente, desmoronou no chão, o copo caindo de sua mão e rolando para longe.

— Vou pegar mais suco para você — disse Saffa, dobrando-se até a cintura antes de pegar o copo com primor e sair da sala.

A porta ficou aberta quando ela partiu, mostrando que Vernestra não era uma prisioneira, mesmo que parecesse que deveria ser.

O que, nas sete luas flamejantes, estava acontecendo?

Vernestra fechou os olhos e tentou alcançar a Força, mas não havia nada. A descarga de percepção que costumava ter quando procurava pela Força, como o som de água distante, estava completamente ausente. Era alarmante. Não, era mais que isso. Vernestra estava aterrorizada. Passara a maior parte da vida — toda a vida que conseguia lembrar, ao menos — procurando pela Força e encontrando-a lá, como o som da chuva em uma janela ou um riacho borbulhando, contente. E, agora, havia sido cortada completa e absolutamente dessa fonte. Ela sabia que era porque o gás continuava anuviando sua mente e impedindo-a de focar direito em chamar a Força. Mas ainda era chocante.

Vernestra soluçou e piscou para parar as lágrimas. Ela estava viva. Conseguiria superar isto.

E, quando conseguisse, se certificaria de que Stellan e o resto do Conselho Jedi ouvissem tudo o que tinha a dizer a respeito da família Graf.

Havia um motivo pelo qual ainda estavam todos vivos, e Vernestra duvidava que isso tivesse acontecido em um ataque não planejado. Os Nihil estavam esperando por eles.

Ouviu o som de passos correndo do lado de fora, e alguém atravessou às pressas a porta de Vernestra antes de dar um passo atrás. Ela se esforçou para se sentar antes de suspirar ao ver Jordanna Sparkburn parada na porta com um enorme blaster em mãos.

— Isso não é de Syl? — perguntou Vernestra.

— É, Beti — disse Jordanna. Ela parecia furiosa o bastante para cuspir fogo. — Eles levaram Syl e os Padawans. Você precisa se levantar e se apressar para irmos atrás deles.

— Quê? Como você sabe? — disse Vernestra.

— Porque eles não estão aqui. Quanto mais você se mexe, mais rápido os efeitos passam. Vem.

Jordanna entrou na sala e ajudou Vernestra a se levantar, a garota mais velha da altura perfeita para Vernestra se apoiar nela, já que era quase uma cabeça mais alta.

— Para onde vamos? — perguntou Vernestra.

— Encontrar Cohmac e roubar uma nave. Estou correndo pelo complexo desde que acordei. Tinha uma Aleena tagarelando a respeito de como ela estava feliz de eu estar em Floreterna, mas a última coisa que eu lembro é de ver Basha pegando Xylan antes de atirarem em mim, por sorte com um blaster de choque. Remy me encontrou e me levou até você, a primeira pessoa que consegui encontrar. A maior parte destas salas estão vazias.

— O que será que está acontecendo aqui? — murmurou Vernestra enquanto ela e Jordanna começavam a ir lentamente pelo corredor.

Enquanto caminhavam, Vernestra estudou o local com cuidado. Estivera com medo de que as paredes acabariam sendo as mesmas das de sua visão, mas aquele não era o mesmo lugar. As paredes pareciam caras e bonitas, não dilapidadas. Vernestra teve a sensação de que as paredes não tinham nada porque esperavam alguma coisa, não porque deveriam ser assim.

— Senhorita Vernestra! Senhorita Jordanna! Por favor, voltem às suas salas até a Matriarca poder falar com vocês. — O som de passos atrás delas se aproximou, e Jordanna continuou andando, o único sinal de que havia ouvido as criadas sendo o aumento da velocidade em que se movia.

Vernestra se virou para olhar por cima do próprio ombro e viu a Twi'lek de sua sala, assim como uma Aleena pequena e reptiliana com uma aparência sarapintada em preto e amarelo, e um olho que inchava com rapidez.

— Você atacou a criada cuidando de você?

— Sim, Jedi, às vezes a melhor forma de sair de uma situação é com um soco. — Jordanna olhou para Vernestra com o canto do olho. — Ela não me contava nada e não me deixava sair, então fiquei um pouco violenta. Desculpe, minha confiança não está grande coisa neste exato momento. Malditos sejam os Graf. Eles continuam fazendo jus ao próprio nome.

Vernestra soluçou e então começou a rir, o som fraco e vazio. O canto da boca de Jordanna se curvou para cima.

— Suponho que eu poderia ter lidado melhor com a situação. Mas tive uma semana horrível.

— Bom, acabam de nos expor a gás Zygerriano para controlar multidões, então consigo imaginar que sim. Como você já está andando?

O riso de Jordanna sumiu.

— Quanto mais você é exposta ao gás, menos efeito ele tem. Não se esqueça que passei um bom tempo lutando contra os Nihil em Tiikae. Já passei por essa coisa várias vezes, além de outras substâncias.

Vernestra ficou séria. Estava começando a entender por que Jordanna tinha endurecido tanto. Ninguém deveria ter que passar tanto tempo lutando.

A expressão de Jordanna se iluminou.

— Olha! Não é o Mestre Cohmac?

Mais à frente, uma Belugana estava no corredor, a alguns metros do Mestre Cohmac, que se apoiava contra a jamba da porta. As costeletas carnudas da mulher tremeram, alarmadas, com a carranca do Mestre Jedi. Ele estava com a mão erguida, procurando pela Força, mas nada estava acontecendo.

— Mestre Cohmac! — gritou Jordanna.

Ele abaixou a mão enquanto a Belugana fugia, coaxando de ansiedade.

— Onde estamos, e o que aconteceu? — disse Mestre Cohmac, trincando os dentes.

Antes que alguém pudesse responder, uma mão fria agarrou o braço de Vernestra, e a Twi'lek puxou-a um pouco para trás, detendo o progresso de Jordanna.

— Por favor, você realmente deveria voltar para o quarto até...

Ela não conseguiu acabar a frase, porque Remy se lançou de forma explosiva entre Jordanna e a Twi'lek, fazendo a criada recuar. Vernestra não havia notado a vollka ao lado deles, e os chifres do animal crepitaram conforme ela grunhia do fundo da garganta. O pelo de Remy estava emaranhado com sangue e sujeira, e ela estava um pouco acabada, mas, fora isso, parecia bem.

— Eu não me meteria com ela agora — disse Jordanna com uma risadinha. — Ela não está de bom humor. — Jordanna foi até o lado de Mestre Cohmac, que a olhou, incrédulo.

— Como você já está de pé? — perguntou. — Me sinto absolutamente demolido.

— Eu já me desentendi com os Nihil algumas vezes. — Jordanna apoiou a mão na cabeça de Remy e a vollka se afastou da criada para se inclinar contra o quadril de Jordanna. — Mas, mais importante do que isso, Sylvestri Yarrow e seus Padawans sumiram — disse.

— Sabemos para onde foram? — perguntou Mestre Cohmac.

Jordanna sacudiu a cabeça.

— Suponho que os Nihil os pegaram, e que fugiram assim que a segurança do complexo apareceu para proteger a nave. Eles deviam nos querer vivos, e é por isso que continuamos respirando. Armaram para nós.

— Sim, armaram. Mas não como você imagina. Aparentemente, meu neto não foi o único passado para trás. — A voz idosa veio do fim do corredor para onde as criadas tinham fugido.

Um Gigorano — mas não Basha, considerando a pelagem clara e cinzenta — andava ao lado de uma mulher alta com cabelo grisalho preso em um penteado complicado no topo da cabeça. Seu rosto pálido não tinha linhas de expressão, e um dos lados tinha sido tatuado com rodopios azuis que poderiam ser uma linguagem antiga ou um design bonito. Seu rosto era curiosamente liso, apesar de seu corpo irradiar idade. Não havia malícia emanando dela; na verdade, ela parecia verdadeiramente irritada e incomodada com a forma como os Jedi tinham sido tratados.

Vernestra percebeu que estava sentindo a mulher, e procurou pela Força com todo seu coração. A sensação a inundou de volta, como um rio sem barragem corredeira abaixo, e ela arfou pela rapidez de sua melhora assim que se conectou à energia da Força. Os efeitos do gás, que deixaram sua mente desorganizada e sem foco, desapareceram, e se sentir mentalmente normal fez bastante diferença no que dizia respeito a Vernestra se equilibrar fisicamente.

Vernestra ficou de pé sozinha, sem precisar da ajuda de Jordanna, ao mesmo tempo que Mestre Cohmac começou a se endireitar, e a mulher mais velha abriu um sorriso retesado.

— Ah, vejo que o suco de sassa começou a fazer efeito. Ele é pensado para fazer o corpo remover impurezas. É um restaurativo excelente para dissipar os efeitos de gases venenosos. Vou me certificar de que levem alguns com vocês quando voltarem ao Templo. Como pedido de desculpas pelo incidente lamentável que ocorreu aqui.

Mestre Cohmac se endireitou até ficar na altura de sempre.

— Senhora Graf, obrigado pela, ah, hospitalidade. Mas temo que precise exigir o retorno imediato de nossos Padawans e de nossos sabres de luz.

— É claro — disse ela. — E, por favor, me chame de Matriarca. Eu gostaria de dar as boas-vindas a Floreterna formalmente, apesar de minha saudação ser um ato tardio, já que sua recepção inicial foi tão terrível. Kantuck, por favor, devolva os sabres de luz aos Jedi.

O Gigorano se moveu para a frente. Em suas mãos massivas ele segurava quatro sabres de luz. Vernestra pegou o dela e o de Imri, e Mestre Cohmac se esticou para pegar os dois restantes. Quando olhou para Jordanna de relance, ela sacudiu a cabeça.

— Não se preocupe, tenho a Beti de Syl — disse, erguendo o rifle blaster. Ela o equilibrou na direção da idosa. — O que me leva ao assunto mais urgente: onde está minha namorada?

Vernestra piscou de surpresa e olhou para Mestre Cohmac de imediato. Ela sentira as emoções rodopiando entre as duas, mas não sabia que haviam se comprometido uma com a outra. Mestre Cohmac pareceu se divertir com a declaração.

— Sylvestri Yarrow sabe que é sua namorada? — perguntou ele.

— Ainda não! E é por isso que é melhor que eu descubra onde ela está nos próximos cinco segundos — disse Jordanna com um sorriso frio para a Matriarca.

— E nossos Padawans, Reath e Imri. Vocês obviamente estavam trabalhando com os Nihil, então onde estão eles? — perguntou Vernestra, e a Matriarca abriu um sorriso educado para ela.

— Sinto muito, não havia mais ninguém — disse a idosa. — E desde quando os Jedi atiram em outras pessoas por diversão?

— Não sou uma Jedi. Sou uma San Tekka — disse Jordanna, e a velha deu um passo para trás.

— É melhor que comece a falar — disse Mestre Cohmac, endurecendo a voz.

— Que seja — suspirou a idosa, como se eles não estivessem sendo razoáveis. — Xylan pensou que poderia ter a dianteira em alguma tecnologia experimental, e chamou algum contato feito através dos

Nihil. Ele reembolsou certos membros dessa facção para proteger nossos transportes durante o último ano, desde que a *Legacy Run* foi destruída. O contato foi receptivo a respeito das descobertas com a condição de que ele levasse até eles uma garota: Sylvestri Yarrow. Aparentemente, acharam que ela seria útil para ajudar a cientista deles a permanecer focada.

— Então a família Graf está trabalhando com os Nihil? — disse Mestre Cohmac, e a Matriarca deu de ombros, o gesto parecendo estranho vindo de uma mulher tão refinada.

— De forma alguma. Quando descobri a verdade, insisti para que Xylan acabasse com essas maquinações de imediato. Mas vocês sabem como são as crianças — disse com um gesto lânguido. — Tão impulsivas.

— Então, onde está meu Padawan? — disse Vernestra, com a voz estável. Catriona Graf estava mentindo, mas havia problemas mais importantes. Imri, Reath e Sylvestri estavam em perigo. Uma pontada aguda de pânico começou a gorgolejar no coração de Vernestra, e ela chamou a Força para se manter centrada na ação, e não na emoção.

— Me ameacem o quanto quiserem, mas não posso dar a vocês respostas que não tenho. Os Nihil vieram aqui para exigir seu pagamento, ameaçando minha vida no processo, e concordei com que pegassem seja lá o que meu neto estúpido prometeu que encontrariam aqui. Sinto que preciso reiterar que não sabia que ele havia trazido Jedi consigo. Desde quando a República envia Jedi em "inquéritos científicos", que é o que pensei que esta viagem seria? Esperava que tudo acabasse de forma rápida e indolor, e que este negócio desagradável estivesse terminado a esta altura.

— Rápida e indolor para quem? — perguntou Jordanna, e o silêncio escancarado foi tudo que precisava saber.

— Fique tranquila, Jordanna — disse Cohmac, usando a mão para abaixar o rifle blaster. Para a Matriarca, falou: — Entende que haverá consequências? Seu neto mentiu para uma senadora e é cúmplice do sequestro de dois Padawans e uma civil. Não é pouca coisa.

— Estou absolutamente preparada para responder pelas ações de meu neto, mas acredito que, talvez, vocês queiram encontrar seus amigos com toda a pressa. Ou eu ficarei feliz em deixar que usem minha unidade de comunicação para chamar as autoridades apropriadas. Não deve levar mais do que um dia ou dois até alguém chegar a esta parte do setor.

Vernestra respirou fundo e expirou. Catriona Graf estava mentindo a respeito de seu envolvimento. Ela sabia muito mais do que estava compartilhando. Mas tinha razão. Levaria algum tempo até qualquer agente chegar para prender a idosa, e eles precisavam encontrar Reath, Imri e Sylvestri o quanto antes. Será que realmente teriam que deixar a mulher se safar para encontrar os outros?

Jordanna claramente não teve problema nenhum em decidir o que era mais importante.

— Você vai nos dar sua nave mais rápida e direções para encontrá-los.

Mestre Cohmac assentiu, brusco.

— A República decidirá o que a aguarda.

— A nave é sua, mas não tenho a mínima ideia de como encontrar os Nihil. Eles levaram a nave remendada deles e partiram para seja lá onde irão — disse a mulher, com um gesto desdenhoso. — Não é como se eu tivesse um mapa com possíveis áreas Nihil. Bem, eu tenho, mas já o dei à República, e presumo que já lidaram com esses esconderijos.

*Você já tem a resposta.*

Vernestra levou um susto com a lembrança da voz em sua mente e pensou na caixa-segredo pendurada em seu cinto com uma clareza pouco natural. A Força ou alguma coisa, alguém incentivando-a? Decidiu que, no momento, isso não importava.

— A senhora reconhece isto? — Vernestra pegou a caixa e a empurrou em direção a Catriona Graf, aliviada de que o objeto ainda estivesse em seu bolso. A mulher a olhou com desprezo. No começo, pareceu ignorar a pergunta, mas então pegou a caixa e a girou nas mãos.

— Sim. Estes selos são gravuras dos prospectores de antigamente. Algum tipo de notação feita caso perdessem as vidas enquanto forjavam novos caminhos entre os sinais. Isto significa *aumento, redução, casa* e assim por adiante. — A idosa virou a caixa-segredo várias vezes, um sorriso lento começando a aparecer em seu rosto. — Não via uma dessas desde que eu era muito pequena.

— Você consegue abri-la? — perguntou Jordanna, e a Matriarca ergueu uma única sobrancelha.

— Mas é claro. — Ela pressionou três lados rapidamente, e o cubo se abriu como uma flor. — A resposta é "Sempre volte para casa". É um antigo ditado dos prospectores.

— Se não pode ir adiante, volte para onde começou — murmurou Jordanna. Ao ver o olhar confuso de Vernestra, ela deu de ombros. — É um antigo ditado San Tekka.

— Um antigo ditado de prospectores do hiperespaço. — A Matriarca fungou. — Os San Tekka não são a única família que perdeu vidas durante a corrida.

Jordanna pareceu que retorquiria com alguma outra coisa, mas engoliu a resposta. Devia saber que eles não tinham tempo para isso. Precisavam achar os Nihil que haviam sequestrado seus colegas o quanto antes.

A Matriarca devolveu a caixa para Vernestra e espanou as mãos como se estivesse limpando a plebe para longe delas.

— Posso ver que todos vocês estão sofrendo; então saibam, por favor, que qualquer coisa que precisarem estará à sua disposição.

— Uma nave, como disse Mestre Cohmac — disse Jordanna. — Com armas extragrandes. Xylan disse que você está com uma das naves dele.

— Ah, sim. A *Deusa Vingativa*. Uma frivolidade, decerto. É simplesmente ridículo pensar que tantas armas seriam necessárias para transportar carga. Mas é de vocês — falou ela com um sorriso. — Como pedido de desculpas.

Jordanna cruzou os braços.

— E Xylan?

— Meu neto? Ah, eu lidarei com ele.

— A República lidará com ele — disse Mestre Cohmac.

A Matriarca fez pouco da afirmação.

— Sim, suponho que isso seja verdade. Agora, sugiro que partam antes de eu mudar de ideia. Ouso dizer que não pegaria bem para a Ordem se ela fosse acusada de assediar cidadãs em seus lares. A não ser que os Jedi agora sejam rufiões da República?

Houve um silêncio enquanto todos observavam a Matriarca e seu guarda-costas saírem de lá.

— Não gosto dela — disse Jordanna. — E não é só por ser uma Graf.

— Concordo — disse Mestre Cohmac. — E não acredito em uma palavra do que ela falou. Ela pode tentar culpar Xylan por isto, mas ele teve ajuda. Porém, ela está correta em dizer que não cabe a nós decidir, então deixaremos que a República lide com a situação de forma apropriada.

— Certamente há mais coisas que ela não contou, e eu gostaria de saber o quê — disse Vernestra, sua frustração afastando sua preocupação por Imri por um único momento.

— Só podemos lidar com a verdade diante de nós. O que tem no cubo, Vern? — perguntou Jordanna.

Vernestra o segurou de forma que todos pudessem ver a projeção de uma menininha rindo e correndo pela grama alta de algum planeta distante. A cena pulou para uma casa modesta, a menininha brincando com uma série de peças de montar. Ela apontou para os números e bateu palmas.

— Olha, papai! Consegui. É ali que deveria começar. Bem ali.

— Quem é essa? — Jordanna perguntou-se em voz alta. — Ela parece familiar, por algum motivo. Por que os Nihil estavam dispostos a matar por isso lá em Tiikae?

— Eu não sei quem ela é, mas o que é aquilo? — disse Vernestra, apontando para os números no chão.

— Nas peças? — disse Mestre Cohmac, aproximando-se.

— Sim. Ela disse que deveria começar ali — disse Vernestra. — O que isso significa?

— Se isso tiver sido gravado durante a Corrida do Hiperespaço, deve ser um ponto de partida — falou Jordanna, franzindo o cenho. — Para navegação. Vamos lá, tive uma ideia. Vamos pegar aquela nave.

— Eu ficarei feliz em levá-los até a *Deusa Vingativa* — disse a criada Twi'lek, que ficara para trás.

— Corram — disse Vernestra e, assim que começaram a ir em direção à nave, Vernestra torceu para não ser tarde demais.

# TRINTA E TRÊS

Syl sentia mais raiva do que em muito, muito tempo, deitada no convés de uma nave desconhecida, as mãos amarradas à sua frente. Reath e Imri estavam deitados perto dela, ambos inconscientes, os grunhidos ocasionais de dor lembrando-a de que ainda estavam vivos.

Mas por quanto tempo?

O peito de Syl se esticava e doía quando ela se movia, e ela considerou que ver sua mãe mais uma vez não correu do jeito que achou que correria. Sua mãe estava viva. E tinha *atirado* nela. E atirou por ser uma Nihil.

Sua mãe estava viva e trabalhando para os Nihil.

E isso deixava Syl com uma combinação complexa de raiva com tristeza. Ela conseguia sentir o calor delas em seu coração, e não era só a quentura restante do raio de choque que a mãe usara contra ela. Era ira, pura e direta, e Syl não sentia isso em relação à mãe desde que tinha doze anos e ela se recusara a deixá-la ir a um festival em Zeltros com uma amiga.

Sua mãe estava viva.

Sua mãe era uma mentirosa.

Sua mãe estava trabalhando com os Nihil, que era o pensamento que ameaçava fazer Syl desabar toda vez que passava por sua cabeça. Como ela ousava, sabendo do caos e da dor que os saqueadores lançaram sobre a galáxia? Elas tinham amigos na *Legacy Run*, outros membros da Guilda Byne que morreram tentando cuidar da nave. Elas conheciam ao menos uma dúzia de transportadores que desapareceram nos meses que se passaram após os piratas expandirem suas operações para mais além das margens da fronteira.

Havia milhões de motivos para não cooperar com os Nihil, mas, aparentemente, Chancey Yarrow encontrou ao menos um para justificar fingir a própria morte e deixar a filha para trás para que se virasse sozinha. Há quanto tempo Chancey estava com os Nihil? Será que Syl trabalhara para os Nihil sem saber durante a vida inteira, com os abandonos aleatórios de Chancey significando mais do que apenas uma oportunidade para se livrar da filha em nome da educação? As estranhas peças de sua infância se reorganizaram em uma nova ordem perturbadora. Fazia sentido demais para não ser verdade.

E isso deixava Syl com raiva, porque doía saber que ela podia ser jogada fora tão facilmente.

Uma porta distante se abriu e Syl fechou os olhos, deixando seu corpo amolecer quando passos ecoaram em sua direção. Ela forçou a respiração a ficar mais lenta e, quando os passos pararam a uma distância próxima, ela começou a aguardar sua vez.

— Raios, Reath. Por que você continua cruzando meu caminho? — disse alguém não muito mais velha do que Syl, pelo que conseguia deduzir.

Era a chance que precisava.

Syl ignorou os gritos de seus músculos quando ela abriu os olhos e arremessou as pernas para o lado, jogando a garota no chão. Ao cair para trás, Syl se jogou por cima de seu peito, usando as pernas para forçar os braços da garota humana pálida contra as laterais de seu corpo. Ela lhe deu um sorriso despreocupado.

— Sexy — disse ela, e Syl jogou as duas mãos contra um dos lados da cabeça da garota.

— Você não faz meu tipo — grunhiu Syl. Com a garota inconsciente, Syl procurou para ver se ela tinha algum tipo de arma, mas não encontrou nada.

— Não a machuque. Pelo que entendi, ela é a favorita do Olho. Também estou tentando ver se ela poderia ser útil, já que parece ser bem engenhosa.

Syl se virou para ver a mãe sentada no canto da sala, as pernas cruzadas, totalmente relaxada. Ela a observara o tempo todo e, de alguma forma, Syl não notara sua presença.

— Sempre analise o espaço inteiro ao seu redor. Não acredito que você continua esquecendo dessa parte da lição.

Chancey Yarrow tinha a mesma aparência da última vez que a vira, e a visão familiar fez o coração de Syl dar um salto doloroso antes de voltar ao desespero.

— Qual era mesmo a lição que incluía me juntar a assassinos por meus próprios interesses? Acho que perdi essa parte — disse Syl, ficando de pé. Ela deveria ter imaginado que esse seria um dos joguinhos de sua mãe quando viu que suas mãos estavam amarradas à sua frente, e não atrás das costas como as dos Jedi.

— Não seja tão dramática. Você tem sorte que só te atordoei. Eu poderia ter te matado.

— E eu poderia ter ficado em casa. Tantas oportunidades perdidas.

Pela primeira vez, Syl olhou para sua infância sob uma ótica diferente, como a filha de uma mulher que passou muitos anos em uma universidade militar. É claro que era verdade. Chancey Yarrow não havia treinado a filha de exercício em exercício, com a precisão de um instrutor de simulação? Syl sempre achou que era normal; afinal, o transporte era um negócio perigoso, e as tripulações sempre precisavam estar prontas para piratas, vigaristas e caloteiros. Não era incomum que transportadores focassem tanto em segurança e autodefesa. Mas esse era o problema de estar afundada até os joelhos em um poço de sarlacc. Você nunca sentia o perigo até ser tarde demais.

— Você pode me soltar ou ao menos dizer o que acha que vai acontecer agora? Não vai conseguir manter os Jedi incapacitados para sempre.

— Eles são apenas aprendizes Padawan. Fui esperta em deixar os outros para trás. Assim como Jordanna. Não sei como voltou com ela depois de todo esse tempo, mas você é uma tola por sequer falar com a garota. Quantas vezes você vai deixar uma San Tekka partir seu coração?

Syl engoliu em seco, o coração batucando de esperança. Jordanna viria atrás dela, e os Jedi viriam atrás dos Padawans. Syl observara o jeito como eles trabalhavam juntos; havia afeto, mesmo que os Jedi não fossem conhecidos por isso. Mestre Cohmac e Vernestra iriam atrás de seus Padawans.

— Há quanto tempo? — perguntou Syl, mudando de assunto. — Há quanto tempo você trabalha para os Nihil?

— Não muito, muito menos do que deveria. Fui teimosa, mas eles finalmente fizeram uma proposta a que não pude resistir.

A dúvida passou pela cabeça de Syl, as palavras da mãe atingindo muito perto seu mais novo medo: que sua mãe sempre fora um monstro, e que ela havia confundido crueldade com amor; então, gesticulou na direção da nave, que parecia acabada.

— Que lugar é este, afinal?

— A culminação de anos de trabalho. Você lembra da sua tia Lourna, não lembra?

A imagem da Twi'lek esguia com uma predileção por macacões pretos voltou à sua mente. Ela passara um ano com Lourna aprendendo a se defender em espaços apertados. Na primeira vez que treinaram, Syl desmaiou com o golpe. Quando acordou, Lourna disse que ela tinha sorte por estar viva, e que ninguém ia pegar leve. Quando Chancey voltou para pegar Syl, seu braço já havia sido quebrado duas vezes, e ela tinha certeza de que seu maxilar também fora fraturado algumas vezes.

Syl tinha treze anos.

— Sim, lembro.

— Nós mantivemos contato enquanto ela construía sua reputação. Cerca de um ano atrás, ela me contou a respeito de um oráculo que viajava pelo hiperespaço como ninguém. Ofereceu-me a chance de finalmente poder provar que minha teoria estava correta, de ser capaz de finalmente construir minha máquina com a ajuda da maior mente navegacional que já existiu. Lourna acreditou em mim e achou que seria possível criar um aparelho que replicasse a gravidade de um corpo celeste no espaço real, transformando o hiperespaço em uma arma. — Syl nunca ouvira sua mãe falar daquele jeito. Bem, isso não era verdade. Ela estava igual às gravações que o Professor Wolk mostrou a ela. Parecia que os holos não haviam sido alterados, afinal.

— Bom pra você — disse Syl. A exaustão, física e emocional, surgiu, e ela se sentou perto de um caixote vazio. Sentia como se tivesse acabado de acordar de um pesadelo só para descobrir que havia sido tudo verdade. — Por que você sequestrou a mim e aos Jedi?

— Ah, esses Padawans são um tributo para o Olho.

Syl piscou, confusa.

— Quem é o Olho, pelos sóis gêmeos?

— Ele é a alma dos Nihil, o centro das Tempestades e um visionário que compreende que a República não merece o respeito que ela exige de todos. Ele está trabalhando em uma coisa, e precisa testá-la em Jedi. — Ela disse isso de forma tão casual, como se não fosse nada de mais sequestrar gente e dar a um homem que achava que destruir um planeta era uma forma esperta de passar o tempo. E, enquanto a retórica em relação à República era familiar, Syl duvidava que um homem que matou civis em um festival era algo tão nobre quanto um dissidente político. Não, os Nihil não eram nada além de assassinos e ladrões, mesmo que Chancey Yarrow tentasse reescrever suas histórias.

Foi aí que Syl percebeu que nunca havia conhecido sua mãe de verdade. Como ela não havia visto essa parte dela em todos esses anos?

— Não pode dar os outros para que se tornem cobaias. O que há de errado com você?

A mãe de Syl sempre fora estranha, diferente de outras mães, mas alguma coisa havia acontecido e ela estava agora trabalhando dentro de uma realidade diferente da de Syl. Era influência dos Nihil ou de Lourna? Ela estava inventando uma história para afastar Syl, para protegê-la? Mas, se esse fosse o caso, por que a trouxera junto dos Jedi?

Syl não sabia nem se importava com a resposta. Ela queria sair daquela nave e ficar longe daquela mulher, o medo superando qualquer obrigação familiar. Teria sido melhor que ela tivesse morrido no primeiro ataque Nihil, que Syl agora percebia ter sido orquestrado por Lourna, para oferecer uma oportunidade para Chancey Yarrow "morrer" sem que ninguém suspeitasse que havia algo errado.

Pobre Professor Wolk. Ele sempre tivera razão. Isso fez Syl se perguntar se Xylan estava trabalhando com os Nihil desde o começo, o atentado contra sua vida no hotel sendo uma forma de fazê-la confiar nele.

E ela fora estúpida o bastante não só em aceitar seu dinheiro como em mentir por ele. Se só tivesse dito a verdade à Senadora Starros, ela estaria muito melhor agora.

Syl empurrou o pensamento para longe. Ela tinha coisas mais urgentes para pensar do que seus arrependimentos ou as motivações de Xylan Graf.

— Tá, saquei, os Jedi vão virar cobaias dos Nihil. E eu? Estou viva por algum motivo. — Ela conhecia a mãe bem demais. Chancey Yarrow sempre estava vários passos à frente de todo mundo e, se ela havia colocado o blaster no modo de choque, foi porque precisava de Syl viva. Ela se preocupava que aquela encarnação de sua mãe poderia matá-la se isso fosse necessário.

— Querida, você é a única que pode me ajudar com meu trabalho — disse Chancey, o sorriso tão cheio de amor e afeto que Syl sentiu vontade de chorar. Como ela poderia reconciliar esse monstro que sua mãe havia virado com a mulher pela qual sempre sentiu adoração? Mesmo que as duas fossem a mesma pessoa o tempo todo?

— O Coração da Gravidade é um empreendimento massivo, e apesar de eu ter conseguido convencer alguns cientistas a me ajudar

— Syl tinha certeza de que "convencer", para Chancey, significava algo muito menos benigno — eles são um grupo de preguiçosos e precisam ser supervisionados constantemente. Quem mais eu gostaria que estivesse ao meu lado senão minha filha? De que outra forma eu poderia mantê-la em segurança? — Havia algo na voz de Chancey mostrando que suas palavras eram uma mentira, e Syl finalmente conseguia ver a verdade de forma clara: sua mãe estava fazendo isso para protegê-la. Talvez não tivesse forjado a própria morte, não do jeito que Syl pensou.

Lourna a havia sequestrado e, de alguma forma, Chancey tinha feito uma manobra para ficar no controle da situação. E, agora, trouxera Syl para a própria prisão, tudo em nome do amor familiar, mas ela estava no Coração da Gravidade porque a mãe queria mantê-la em segurança.

Levando-a ao covil da fera. Era algo tão estúpido e arriscado, exatamente o tipo de coisa que Syl esperava da mãe.

Então, o Professor Wolk estava certo, mas não exatamente. Porque ele parecia ter esquecido como Chancey Yarrow podia ser engenhosa quando era colocada contra a parede.

— Nós podemos sair daqui — murmurou Syl, aproximando-se da mãe. — Você não precisa ficar aqui.

O rosto de Chancey se contorceu de tristeza antes de voltar à mesma expressão serena.

— Os Nihil têm espiões em todo lugar. Lourna me disse que eles têm simpatizantes até mesmo no próprio Senado. Para onde você acha que poderíamos ir, em toda a galáxia?

Syl não conseguiu controlar a risada histérica que gorgolejou e, quando ela escapou, foi incapaz de se conter. Ela só podia sacudir a cabeça enquanto os olhos marejavam.

— Se você acha — arfou Syl, quando finalmente conseguiu recobrar um pouco do controle — que vou te ajudar, que vou pagar por minha vida com as vidas dos outros, então você está muito errada. Eu prefiro morrer a te ajudar. Minha mãe me criou para acreditar que a galáxia é um lugar vasto e sem compaixão, mas que isso não significa que devemos ser egoístas e irresponsáveis. — Falar as palavras em voz alta fez Syl sentir vergonha. Ela deveria ter sido inteligente e não ter se metido com Xylan Graf. Deveria ter lembrado de sua moral e não ser tentada por créditos. Não cometeria o mesmo erro novamente.

O sorriso calmo de Chancey desapareceu e ela estreitou os olhos.

— Você sempre foi uma criança tão emburrada — resmungou ela, levantando-se do trono de caixotes empilhados. — Você vai mudar de ideia. Vou deixar Nan aqui. Quando ela acordar, provavelmente vai querer trocar algumas ideias com você. Talvez passar um pouco de tempo com ela te convença de que a sobrevivência nesta galáxia às vezes significa participar de atividades desagradáveis.

Sem dizer outra palavra, saiu de lá, a única porta da sala de armazenamento deslizando até fechar, o som da tranca estranhamente alto naquele espaço pequeno. Syl fez muito esforço para não chorar quando começou a se afundar no desespero.

Ela conseguiu só até certo ponto.

A única coisa que a reconfortava era saber que ao menos Jordanna e Remy estavam a salvo.

# TRINTA E QUATRO

A *Deusa Vingativa* era uma bela nave e, enquanto Jordanna sentava no assento do copiloto, com Vernestra ficando para trás em um acordo tácito, ela até mesmo acariciou o painel de controle.

— Ah, Syl teria te amado — disse Jordanna à nave. E, apesar de Vernestra só ter passado alguns dias com Sylvestri Yarrow, ela concordou.

Esperava que Sylvestri tivesse a oportunidade de admirar a nave ela mesma.

Assim que saíram de Floreterna e entraram no espaço preto feito tinta do lado de fora do complexo Graf, Mestre Cohmac acionou a estação de controle para ligar para o Templo e contar tudo a eles, incluindo a traição dos Graf. Enquanto fazia isso, Jordanna se virou para Vernestra.

— Quer fazer as honras?

— Você realmente acha que o código nas peças é um local? — perguntou Vernestra.

Jordanna assentiu e Vernestra digitou o código no navicomputador com dedos surpreendentemente firmes.

— Pronto — disse Jordanna. — É um sinal no setor Berenge, obviamente.

— Obviamente por quê? — perguntou Vernestra.

— Foi nossa primeira casa. Ao menos é o que diz a tradição. Minha tia me disse que a família inteira já viveu em naves no setor, basicamente como nômades. Mas tudo isso mudou quando Mari San Tekka desapareceu. Ela era um gênio, e ajudou minha família a passar de transportadores sem bom senso para prospectores de verdade. Quando ela sumiu, ainda menina, os San Tekka abandonaram o setor Berenge e deixaram o aluguel expirar. Aquele lugar, bem — Jordanna franziu o cenho, pensativa —, é um pouco amaldiçoado.

— Vamos investigar e torcer pelo melhor — disse Mestre Cohmac com um tom sóbrio.

Assim que a nave saltou para o hiperespaço, Vernestra achou um local para sentar no compartimento de carga. Até agora, meditar no hiperespaço havia sido útil, e ela queria torcer para a Força levá-los até Sylvestri, Imri e Reath, antes de que algo acontecesse com eles. Ignorou o coração batendo rápido demais e o suor que molhava suas palmas.

Ela torceria para que a Força a achasse digna de ter mais uma visão.

Vernestra começou a respirar fundo, estável, seu corpo afundando no ritmo familiar da meditação. Sentiu-se aprofundar na Força, uma onda em um vasto oceano, tirada de seu corpo, como se estivesse entrando em um banho quente depois de um longo dia. Só que ela não estava entrando em água aquecida; estava sendo puxada para a Força cósmica.

Tentou impedir que isso acontecesse. Tentou alcançar sua forma física, procurando afundar de volta no corpo como ensinavam os Jedi quando eles começavam a aprender a meditar para não se perderem demais na vastidão da Força, mas não conseguiu impedir o mergulho de cabeça na maravilha que era a galáxia.

Era a primeira vez que Vernestra ficava consciente no começo de uma de suas visões, e podia sentir que estava sendo ao mesmo tempo empurrada e puxada em direção a um certo lugar na galáxia. Será que era isso que um Andarilho fazia? Se fosse, Vernestra podia entender por que alguns Jedi se sentiam na obrigação de seguir esse caminho.

Ela olhou ao seu redor ou, melhor, viu com sua consciência deslocada que estava de volta à enorme nave até a qual viajara da última vez. Não hesitou, disparando pelos corredores que já atravessara, indo em direção à voz que a chamara em sua última visão.

*Rápido, rápido. Tenho tão pouco tempo.*

Vernestra chegou à esquina da nave vazia e parou diante de uma porta. Ela abriu facilmente quando Vernestra se aproximou e, na sala, havia fileiras de navicomputadores e um módulo médico que já vira dias melhores. Máquinas apitavam e zuniam e, quando olhou para o módulo de cima, ela viu uma humana velha e frágil, a pele clara enrugada e dobrada sobre si mesma.

*Sim. Precisamos nos apressar. Tenho um presente para você. Uma última Trilha antes de eu seguir adiante. Sempre deveria ter sido sua.*

A idosa abriu os olhos e não abriu, e Vernestra teve a sensação de ver duas versões da mulher: a que ela queria que as pessoas vissem e a que existia de verdade. Será que era um truque da Força, criado pelas aflições da idosa? Não sabia, e tinha a sensação de que havia algo de muito errado com a mulher, e que esse algo estava errado por muito tempo.

— Fui viajar — disse a mulher. — Mas tenho uma Trilha para você.

— Vern! Acorda!

Vernestra enrijeceu. Jordanna e Mestre Cohmac estavam de pé ao lado dela, e o coração de Vernestra disparou enquanto seu rosto corava pela vergonha.

— Tudo bem? — perguntou Mestre Cohmac.

— Sim. Eu estava tendo uma visão — disse Vernestra, sentindo-se instável.

Mestre Cohmac ergueu uma sobrancelha.

— E foi útil?

— Está sendo cada vez mais, ao que parece — murmurou Vernestra. Jordanna voltou à cabine, e Remy lambeu a mão de Vernestra como se estivesse preocupada.

— Acho bom você ser legal com Imri quando a gente encontrá--lo — disse Vernestra à vollka, a voz embargada de preocupação, e a gata respondeu se lambendo de uma forma bem pouco elegante.

Mestre Cohmac limpou a garganta.

— Temos algumas horas até o fim do salto. Você deveria descansar um pouco para estar totalmente bem quando chegarmos. — Ele ofereceu uma mão para Vernestra se levantar e ela a aceitou, ficando de pé e seguindo o outro Jedi de volta à cabine.

Mestre Cohmac se acomodou no assento do piloto.

— Suponho que sua visão não nos deu nenhuma noção de onde Reath e Imri estão?

Vernestra sacudiu a cabeça.

— Não, mas sinto que estamos indo no caminho certo, que esta viagem nos levará até eles.

A expressão de Mestre Cohmac não mudou, apesar de Vernestra imaginar que ele deveria estar tão preocupado com Reath quanto ela estava com Imri.

— Se eles tiverem vindo por aqui, então devem ter levado tanto tempo quanto nós levaremos para atravessar o hiperespaço. Então devemos ficar revitalizados. Eles podem estar a apenas algumas horas de distância. E sinto que teremos uma batalha pela frente. Mandei uma mensagem para um templo próximo para pedir ajuda.

— E eles virão? — perguntou Jordanna, de braços cruzados.

— Eles virão se puderem — respondeu Vernestra.

Jordanna sacudiu a cabeça.

— Gostaria de poder ter tanta certeza.

Havia uma sombra em sua expressão que a fez pensar que ela já mandara mensagens que não tinham sido respondidas, e Vernestra pensou mais uma vez em todos os planetas como Tiikae, que passaram tanto tempo à mercê dos Nihil.

Mestre Cohmac ergueu a mão para impedir qualquer discussão.

— Vamos focar no que podemos. Por enquanto, isso significa descansar e resguardar nossa força para a batalha que nos aguarda.

Vernestra assentiu e saiu da cabine para voltar para o compartimento de carga e meditar um pouco mais, torcendo para que, dessa vez, tivesse uma visão de Imri e Reath a salvo.

Esperava que a Força os guiasse para onde deveriam ir.

As vidas de Imri e Reath dependiam disso.

# TRINTA E CINCO

Assim que a *Deusa Vingativa* saiu do hiperespaço, todos os sentidos de Vernestra ficaram em alerta. Ela não tivera outras visões, mas a meditação a deixou calma, centrada e pronta para o que viesse a seguir.

Sua pele formigou e ela pulou de onde descansava no refeitório para correr até a cabine da nave. Jordanna a seguiu.

— Mestre Cohmac! Eu senti... — a voz de Vernestra morreu quando ela olhou pela panorâmica para ver o espaço diante deles. — O que é isso?

— Acho — disse Jordanna, a voz baixa — que essa é a arma não tão secreta dos Nihil.

O que parecia ser uma roda gigante feita dos remendos de centenas de naves girava lentamente no vazio do espaço. Centelhas de luz emanavam dela, como se alguém ainda estivesse se ocupando de acrescentar novas naves à roda, os motores aquecendo de forma aleatória para manter a coisa rodando. Era, sem dúvida, a nave dilapidada da visão de Vernestra, mas ela ainda não estava pronta para compartilhar a informação com alguém.

Mas era um bom sinal que eles tivessem feito a escolha correta em saltar para o sinal da caixa-segredo.

— Olha lá — disse Jordanna, apontando para a nave que apareceu diante deles. — Acho que é a festa de boas-vindas.

— Acredito que consigo lidar com o que eles fizerem até os reforços chegarem — disse Mestre Cohmac, ligando as armas da nave.

— Não podemos esperar por ajuda. Precisamos encontrar uma forma de entrar naquela estação — disse Jordanna.

— Usem a nave auxiliar. Vou distraí-los enquanto vocês vão até a estação — disse Mestre Cohmac, levantando da cadeira do piloto. Ele ligou alguns interruptores da unidade de comunicação. — Também vou enviar um pedido de ajuda atualizado, desta vez ao templo principal em Coruscant, assim como para a frequência local da coalizão da República. Stellan vai querer saber o que encontramos aqui, mas precisamos de reforços e rápido.

— Vamos torcer para que alguém escute — resmungou Jordanna.

Mestre Cohmac apenas ergueu uma sobrancelha na direção dela.

— Vocês deveriam se apressar — disse Cohmac, e Vernestra e Jordanna assentiram antes de saírem de lá.

— Há fones de comunicação no armário de armas do arsenal — exclamou Jordanna enquanto seguia Vernestra pelo corredor que levava à nave auxiliar. O coração dela estava disparado, e não conseguia evitar tentar alcançar Imri enquanto colocava a unidade de comunicação em sua cabeça, ajustando o cabelo para que a massa reunida ali não interferisse com os fones.

Mas, por mais que tentasse alcançar Imri com a Força, não conseguia senti-lo. Não havia nem sinal de sua presença, o que ela precisava acreditar que significava que ele ainda estava inconsciente, sob o efeito do gás que os Nihil usaram neles.

— Tome — disse Jordanna, pegando máscaras e jogando uma para Vernestra.

— Boa ideia — disse ela, ajustando a máscara por cima da cabeça. A última coisa que precisava era ser exposta ao gás roxo mais uma vez. Não seria pega de surpresa novamente.

Quando chegaram à nave auxiliar, Jordanna deu para trás.

— Eu piloto muito mal — disse ela. — Então vai você.

Vernestra abriu um grande sorriso e pulou no assento do piloto. Apesar de sua preocupação com Reath e Imri, sentia-se bem de ter a oportunidade de voar mais uma vez. Remy se apertou no espaço antes das portas se fecharem, a vollka andando de um lado para o outro na pequena nave, agitada. Em alguns segundos, a auxiliar foi ativada e Vernestra ejetou a cápsula, virando-a direto para a estação giratória.

Fogo laser derrapou nos escudos da nave auxiliar, e Jordanna suspirou.

— Lá se vai o elemento-surpresa. Ah, o que temos aqui? — Ela começou a mexer nos interruptores e deu risada ao ligar as armas. — Duas séries de armas em uma auxiliar? Gosto do jeito que esses Graf pensam.

— Parece um exagero — disse Vernestra, incapaz de conter a preocupação na voz.

— Ah, e é. Mas também é brilhante. Pronta?

— Sim — disse Vernestra, girando a auxiliar para a direita para evitar a manobra de tunô de um esquife contra elas. Era uma das dez naves que saíram da estação giratória, e ela não achou que os reforços chegariam a tempo. Estavam por conta própria.

— Mestre Cohmac?

— Façam o que precisam fazer para chegar à doca. Vou tentar distrair o resto até os reforços chegarem. Que a Força esteja com vocês. — Ele cortou a comunicação para se concentrar nas naves indo em sua direção, e Vernestra respirou fundo.

Não havia nada que pudesse fazer além de focar em sobreviver.

O esquife fez uma nova tentativa, e Jordanna soltou uma barragem de fogo laser que atingiu o propulsor de Trilha, detonando a nave em uma explosão de centelhas, fagulhas e chamas azuis.

— Gosto que eles nos dão um bom alvo para mirarmos melhor — disse ela, gargalhando quando passaram pelos destroços. — Nihil idiotas.

Alguns destroços da outra nave bateram contra a auxiliar, o metal berrando ao levar um golpe direto na lateral.

— Hã, talvez você devesse tentar evitar os destroços da próxima vez — disse Jordanna, mirando contra outra nave Nihil, esta parecendo um iate de lazer costurado com pedaços de uma transportadora de carga em um formato estranho e bagunçado.

— Como essa coisa sequer voa? — perguntou-se Vernestra em voz alta.

— Inventividade Nihil, suponho. — Jordanna disparou contra a nave, mas ela sumiu diante delas só para aparecer na traseira.

— Ela acabou de pular para trás da gente? — perguntou Vernestra, e Jordanna praguejou.

— Desgraçados inconsequentes — resmungou enquanto a nave disparava contra elas por trás. — Só tem mais alguns quilômetros até a estação. Você consegue voar rápido até lá? Essas armas menores estão começando a ficar superaquecidas, e quanto mais tempo passarmos aqui fora, pior vai ser para nós.

Jordanna tinha razão. Uns dez alarmes diferentes já tinham apitado ou piscado na frente de Vernestra, e os escudos da auxiliar estavam com míseros cinquenta por centro de disponibilidade. Se continuassem assim, iam acabar mal.

— Tenho uma ideia — disse Vernestra, ligando alguns interruptores. — Segure firme.

Atrás delas, Remy uivou seu desagrado e se agachou, pressionando a barriga no chão.

— É, também estou com uma sensação ruim — disse Jordanna.

Vernestra poderia pilotar de forma medíocre, mas era excelente em bater naves.

# TRINTA E SEIS

Reath acordou com uma sensação de pânico pressionando-o por todos os lados. O que fazia sentido, porque algo definitivamente estava pegando fogo.

Ele se sentou, a cabeça latejando quando piscou para a visão diante dele. Syl esmurrava uma porta fechada, exclamando insultos generosos enquanto exigia que a tirassem dali. Um pouco de fumaça entrou por baixo da porta, e houve sons de gritos e correria do outro lado, mas ninguém respondeu aos pedidos de Syl.

— Oi — disse Imri quando Reath olhou para ele. — Tudo dói. Como ainda estamos vivos?

Reath fechou a cara para o Padawan mais jovem.

— Não faço a mínima ideia — respondeu, gesticulando para o material chamuscado de seu tabardo. — Suponho que era um blaster de choque. Você sabe onde estamos?

— Não — disse Imri, contraindo-se.

— Estamos no Coração da Gravidade, a arma de hiperespaço dos Nihil — disse Syl, parando perto dos Jedi. — Estamos trancados aqui, mas parece que alguém está atacando a estação, então precisamos bolar um plano rapidamente. Alguma ideia?

Reath se esforçou para se levantar, os movimentos desajeitados já que suas mãos estavam amarradas atrás de suas costas.

— Não tenho um sabre de luz. Temos alguma arma?

— Não. Ela não tinha nenhuma — disse Syl, apontando para a garota encolhida perto de alguns caixotes no canto mais afastado. Um hematoma brilhante coloria a lateral de seu rosto, e ela olhou para Syl com cara fechada.

— Vocês têm sorte de eu não ter uma arma, ou estariam mortos.

Syl bufou.

— Boa sorte com isso.

— Nan? — disse Reath, sem conseguir acreditar no que estava vendo. Ele tentou alcançar a Força, mas desistiu. Ainda estava fraco demais para poder fazer qualquer coisa impressionante.

— Oi, Reath. Que bom que você não está morto. Acha que consegue nos tirar daqui? — disse ela com um sorriso enviesado.

— Como ela te conhece? — perguntou Imri, seu rosto pálido contorcido em uma carranca. — Ela é uma Nihil.

— Nós estávamos na mesma estação, um tempo atrás. Eu salvei a vida dela e ela devolveu o favor a contragosto — disse Reath, apático.

Nan deu de ombros.

— Não foi nada pessoal.

— Se você quiser, posso bater nela de novo — ofereceu Syl, e Reath sacudiu a cabeça.

— Suponho que esses caixotes não tenham nada útil? — perguntou, mudando de assunto.

— Como uma chave para isso, quer dizer? — disse Syl, erguendo as mãos algemadas diante de si. — Não que eu tenha visto. Estava torcendo para que vocês dois usassem a magia Jedi para nos soltar.

Tanto Imri quanto Reath sacudiram a cabeça, e Syl suspirou.

— Bom, então acho que estou de volta a meu plano anterior. — Ela começou a chutar a porta enquanto gritava. Reath notou que ela estava chutando um painel de acesso, e andou até ficar parado ao lado dela.

— Se você conseguir abrir esse painel de acesso, nós poderíamos destravar o mecanismo de tranca da porta.

Syl começou a chutar o painel para valer, e a placa de metal caiu para o lado. Reath se abaixou para olhar para os fios de dentro e abriu um sorriso.

— Excelente. Se você conseguir puxar aquele fio vermelho e aquele fio amarelo, deve dar para destrancar a porta.

Syl se abaixou e puxou os fios que Reath indicou, pulando para trás quando o mecanismo soltou faíscas. A porta deslizou para o lado alguns centímetros, o suficiente para Syl enfiar os dedos e empurrar o resto.

A porta mal tinha aberto e Nan saltou, empurrando Syl para fora do caminho e saindo em disparada pelo corredor.

— Será que deveríamos ir atrás dela? — perguntou Imri, indo até Syl e Reath.

— Não, precisamos achar uma forma de sair desta coisa — disse Syl. — Alguma ideia? Sabe, já que não temos armas e a nave está cheia de Nihil.

— Uma coisa de cada vez — disse Reath. — E concordo. Acho que não consigo usar a Força agora. Ainda estou um pouco tonto.

— Mesma coisa aqui — disse Imri.

— Tá, bom saber — falou Syl. — Então sugiro que a gente corra, com sorte para longe da batalha.

Eles fugiram em direção ao corredor e, quando começaram a aumentar de velocidade, houve uma explosão distante e o som nítido de metal rasgando.

— O que foi isso? — gritou Syl enquanto eles continuavam a correr.

— Não sei — Imri gritou de volta. — Mas vou te dizer que espero que seja sua namorada e que ela esteja com muita, muita raiva.

— Jordanna não é minha namorada — grunhiu Syl.

Reath não entendeu o diálogo; teve certeza de que havia perdido alguma coisa, mas então eles estavam entrando em uma sala com um módulo médico e seu foco foi para a coisa que dominava o centro do aposento. A porta se fechou atrás deles, prendendo-os ali.

— O que é aquilo? — perguntou Syl, os olhos arregalados e um olhar de nojo torcendo seus traços enquanto ela encarava o módulo.

— Ela precisa de ajuda — disse Imri, com um olhar desfocado.

A sensação ruim de Reath se transformou em preocupação total.

— Um passo e vocês estão todos mortos — disse um Chadra-Fan com uma prótese na perna. Ele tinha um blaster em uma mão e uma lata de gás na outra e, juntos, Reath, Imri e Syl deram um passo atrás em direção ao módulo médico.

— Acho que a gente deveria ter corrido para o lado contrário — disse Syl, e Reath teve a compreensão terrível de que ela tinha razão.

# TRINTA E SETE

Vernestra virou o manche com força, arremessando a auxiliar em uma espiral, como se tivesse sido atingida. Ela apontou o nariz do veículo em direção a uma nave Nihil que se aproximava, incitando-a a desafiá-la.

A nave sumiu de repente, liberando o caminho até a doca da estação espacial.

— Segurem-se! — berrou Vernestra. Ela forçou a auxiliar em aceleração máxima, a doca se aproximando rápido demais. Jordanna deu um grito e Remy uivou.

O que Vernestra fez não foi exatamente aterrissar a auxiliar, e sim lançá-la contra as docas da enorme estação, o metal berrando enquanto a nave colidia com outro veículo nas docas antes de girar loucamente. O mundo de Vernestra ficou de ponta-cabeça antes da nave parar com o lado direito para cima. Jordanna não disse nada quando pararam, perto de várias outras naves, a maior parte delas parecendo sucata.

— Você é *realmente* ótima em bater naves — disse ela, parecendo prestes a vomitar.

— Tá, não foi tão ruim assim, considerando tudo.

Jordanna não falou nada, só tirou a restrição do assento antes de desfazer o estranho cinto que vestia. Começou, então, a montar um anel com pedaços aleatórios do cinto. Remy apareceu atrás delas e grunhiu baixo com a garganta, e Vernestra não conseguiu evitar o desconforto.

— O que é isso? — perguntou Vernestra.

— É o que eu uso em situações de desespero — disse Jordanna, ainda montando as peças. Também tinha um par de luvas que ela colocou nas mãos, umas coisas estranhas que pareciam feitas de algum tipo de liga metálica flexível. — O que, caso você não tenha notado, é a situação em que estamos. Você não vai gostar. — Do lado de fora da panorâmica, meia dúzia de Nihil se aproximavam, armados com blasters.

— Como você sabe? — perguntou Vernestra.

— Porque a única vez que eu usei o Folião, Mestre Oprand me deu a maior bronca. É uma arma Nihil que peguei de um deles quando eles levaram os Drengir para Tiikae.

Vernestra não gostava da ideia de usar qualquer coisa criada pelos Nihil. A arma que Jordanna estava montando parecia um pouco os componentes descartados de vários sabres de luz, mas antes de ela terminar, choveu fogo de blaster, destruindo a janela dianteira da auxiliar, e Vernestra estava se jogando para a traseira da nave enquanto pegava seu sabre de luz.

— Jordanna!

— Estou bem, Vern. Me faz um favor. Fique onde está pelos próximos segundos e me deixe cuidar disso.

Antes que Vernestra pudesse objetar, Jordanna ficou de pé e ergueu a mão na direção da porta lateral da auxiliar.

— Você pode tirar isso do caminho para mim? — perguntou ela, e Vernestra assentiu.

O metal se torceu e voou para fora, atingindo uma humana que se aproximava delas, arremessando-a pelo hangar e amassando-a contra uma nave. No mesmo instante, Jordanna jogou o aro que havia montado. Ele piscou com uma luz rosa como um tipo estranho de vibrolâmina, mas Jordanna o lançou com um giro sem nenhum cuidado ou elegância, a coisa formando um arco no ar e cortando tudo que tocava.

Ele cortou um dos Nihil mascarados mais próximos como uma faca quente em um queijo mole, e então fez outro arco antes de atingir o próximo. O estômago de Vernestra se contraiu ao ver a carnificina, os homens cortados pela metade como frutas maduras. Não era o método dos Jedi; era um massacre desenfreado.

E estava só começando.

Os Nihil restantes tentaram disparar contra o aro giratório ou fugir dele, sem sucesso. O círculo rosa voltou para Jordanna, que o pegou com as luvas estranhas, o esforço fazendo com que grunhisse antes de jogá-lo de novo. Uma, duas vezes. Da terceira vez que o círculo rosa voltou para Jordanna, quase todo mundo no hangar estava morto.

Vernestra andou em passadas largas até a outra mulher, nauseada.

— Jordanna, chega.

— Eu ainda preciso lidar com alguns Nihil. — A voz de Jordanna era indiferente, distante, e o olhar em seu rosto estava vazio, como se não visse a estação à sua frente, e sim outro lugar.

— Você precisa parar — disse Vernestra, apontando para o círculo rosa com seu sabre de luz. Mas o círculo não parou. Jordanna esticou a mão, fazendo pequenos ajustes para cortar uma mulher Nihil mascarada que corria de volta para o corredor, atingindo seu braço, mas sem feri-la mais. O hangar estava entulhado com nada menos do que uns dez Nihil, todos mortos em instantes. Jordanna os ignorou conforme começou a correr em direção aos Nihil que escapavam.

— Não, chega! — falou Vernestra, esticando a mão e usando a Força para empurrar Jordanna. A mulher caiu, os pés escorregando em uma poça de sangue verde de um dos Nihil que ela matara e, ao ficar de pé em um pulo, o círculo voltou até ela, pairando sobre sua cabeça como uma coroa ameaçadora antes de cair em suas mãos enluvadas.

— Tudo bem — disse Jordanna, desligando a arma até ela virar um aro metálico e deprimente sem a energia assassina que o tornara tão letal. — Mas da próxima vez que eu estiver de frente com os Nihil, não vou deixar nenhum deles vivo. Ninguém sobreviverá. — A expressão dela era dura, e Vernestra não tinha dúvidas de que, se ela não estivesse lá, Jordanna teria perdido o foco e perseguido todos os Nihil da estação.

— Basta. Matar indiscriminadamente não é bom — disse Vernestra, sentindo-se um pouco tola por afirmar o óbvio. Mas era mais do que isso. Pela primeira vez, conseguia sentir a tristeza que Imri disse vazar de Jordanna. Ela cercava a garota mais velha como um miasma, e a Jedi sentiu sua própria preocupação se fortalecer ainda mais quando considerou o peso que Jordanna carregava consigo.

Mais uma vez, Vernestra pensou em como batalhar contra os Nihil, e o rastro incessante de sangue que deixavam por onde passavam, estava mudando a galáxia. Que tipo de pessoa Jordanna havia sido antes de sua vida se tornar uma luta por sobrevivência? A garota que estivera com Sylvestri Yarrow não era nada parecida com a assassina sem emoções diante dela.

Jordanna matara os Nihil em autodefesa, mas havia algo ali que Vernestra não conseguia engolir.

— Talvez — disse Jordanna, dando de ombros, o rosto uma máscara sem nada. — Mas também acho que, talvez, a Força poderia querer me ajudar um pouquinho. Afinal, alguém precisa parar os Nihil. Somos todos parte da República, não é?

— Não sei — disse Vernestra, sem querer entrar em uma discussão filosófica a respeito da Força. Será que ela poderia estar mesmo conectada a uma arma tão brutal? Era melhor que estivesse nas mãos de Jordanna do que nas mãos dos Nihil, mas, por mais ruins que os blasters fossem, isso era muito pior.

Antes de Vernestra poder falar mais alguma coisa, Remy cheirou o ar e uivou, correndo na mesma direção que os Nihil haviam fugido.

— Peraí, você ouviu isso? — disse Jordanna, claramente mudando de assunto. Ela correu atrás da vollka, ainda agarrando o aro com a mão, e Vernestra precisou se apressar para alcançá-la.

Quando deu a volta na esquina do corredor, Jordanna e Remy haviam sumido, e Vernestra precisou parar. Seu coração começou a palpitar, sua cabeça latejou e era difícil respirar. Primeiro achou que fosse o efeito de algum tipo de gás, e lutou contra a máscara que pendia de seu cinto. Mas, quando já estava na metade, parou, notando que era uma coisa completamente diferente.

O corredor era o mesmo de sua visão.

Vernestra segurou o sabre de luz e andou sem pensar. Começou a correr. Uma mistura de apreensão e empolgação a levou adiante, porque seja lá o que fosse que a aguardava no fim do longo corredor seria igualmente bom e ruim.

Por sorte, Vernestra conhecia o caminho. As visões eram reais.

Ela não hesitou. Andou por todo o vazio rangente da estação. Havia algo a respeito do espaço que era ameaçador e frio, como se as paredes tivessem sido testemunhas de incontáveis desgraças. A energia negativa escorria delas. Mas não podia partir antes de encontrar Imri e Reath ou identificar a voz de suas visões.

Se a Força quisesse, tudo estaria no mesmo lugar.

Vernestra deu a volta na última esquina e correu em linha reta para uma porta bem iluminada. Ela jogara fora qualquer vestígio de precaução e entrara na sala pronta para lutar, mas, quando cruzou o umbral, encontrou Jordanna inclinada sobre Reath, que estava inconsciente. Uma lata de gás vazava fracamente em um canto, e Syl colocava uma lixeira por cima dela enquanto tossia. Imri estava de pé ali perto, o rosto contorcido de dor.

— Onde você estava? — Jordanna exigiu saber. Seu aro ainda estava desligado, e pendia de seu pescoço como um colar muito feio. — Eu tentei te contatar pelo comunicador várias vezes.

— Ah, não te ouvi — disse Vernestra. Ela se sentia desorientada, como se sua viagem tivesse parecido mais rápida do que havia sido. Ela estava logo atrás de Jordanna. Não estava?

— Imri, você está bem? — perguntou Vernestra, sem compreender como ela havia perdido parte do tempo.

— Sim, mas ela não está — disse ele, apontando com a cabeça para a idosa deitada em um módulo médico. A luz dentro da cápsula brilhava com o mesmo azul do hiperespaço e, para qualquer pessoa além de um usuário da Força, pareceria que a senhora ali dentro dormia pacificamente. Mas Vernestra conseguia sentir que o cérebro da mulher parara de funcionar, apesar de seu coração bater e seu peito subir e descer como se estivesse respirando.

— O que é isso? — perguntou Imri, a voz embargada com uma combinação de pena e asco.

— Acho que a cápsula a mantém viva, mesmo que seu espírito já tenha partido.

— É ela? — Jordanna se aproximou da cápsula, e prendeu a respiração ao olhar para a mulher ali dentro. — É Mari San Tekka? — murmurou.

— Quem é Mari San Tekka? — perguntou Vernestra, indo até o lado de Jordanna.

— É uma garota que desapareceu. Dizem que ela ajudou a transformar a onda de dor e perda de minha família em lucro no fim da Corrida do Hiperespaço, mas os pais dela pagaram por nossa sorte com o sofrimento deles — disse Jordanna. — Ela teria sido uma prima distante.

*Fui viajar*, dissera a voz sussurrante da visão de Vernestra. Conseguia ver a idosa na cápsula falando com ela, mas sentira que aquele corpo não tinha ocupante, como se o espírito da mulher tivesse partido na morte, mas, de alguma forma, se negava a abandonar a carne por inteiro.

— Eu tive uma visão dela. Ela disse que tinha algo para mim.

*Sim. Precisamos nos apressar. Tenho um presente para você. Uma última Trilha antes de eu seguir adiante. Sempre deveria ter sido sua*. A lembrança estava fresca, dando a Vernestra a sensação de falar com a mulher morta.

— Vernestra, você consegue ouvi-la? — perguntou Jordanna.

— Não, é só uma lembrança da minha visão — disse Vernestra.

— Ao menos você sabe que suas visões mostram a verdade às vezes, então — falou Imri. — Este lugar me deixa desconfortável. Nós realmente precisamos sair daqui.

— Especialmente antes daquele Chadra-Fan lançador de gás acordar — disse Syl, apontando para o homem curvado em um canto. — Ele parece ser responsável por esta mulher, e não tem nada bom que possa vir disso.

— Concordo — disse Reath, sentando-se com um grunhido. — Por que minha cabeça está latejando?

— Efeito colateral da lata de gás que o Chadra-Fan jogou em você — respondeu Jordanna, ajudando Reath a se levantar.

Ele grunhiu ao levantar e se apoiou contra ela, pesado.

— Como é que fui o único a ser atingido pelo gás? Meu dia de sorte, suponho.

— Os efeitos devem passar rapidamente — disse Jordanna com um sorriso divertido. Ela olhou por cima da cabeça de Reath, o olhar fixo em Syl. — Olá para você.

— Olá para você também. Essa aí é a minha Beti? — falou Syl, apontando para o rifle blaster modificado preso nas costas de Jordanna.

— Achei que você gostaria de uma amiga — disse Jordanna com um sorriso, oferecendo o blaster a Syl. Ela sorriu de volta e ergueu as mãos algemadas.

— Dá pra ajudar um pouquinho, primeiro?

Vernestra cortou as algemas, soltando Syl primeiro, depois Reath e Imri. Então ela se aproximou do módulo médico.

— Já que ela é da sua família, o que devemos fazer com ela?

Jordanna olhou para a idosa e suspirou.

— Como ela já se foi, nós devemos dar-lhe paz ao desligar a cápsula. Posso dizer à família o que descobri quando voltarmos a Coruscant. *Se* voltarmos a Coruscant.

— A caixa-segredo deve ter sido dela, um dia. Você também deveria levá-la — disse Vernestra, sua própria voz soando distante. Ainda havia algo ali, uma tarefa a ser completada, e ela ainda não queria deixar a mulher para trás. Nas bordas de seus sentidos, ela conseguia sentir a estação vibrando sob seus pés de forma angustiante. — Vou libertar sua ancestral. Guie os outros até um lugar seguro.

— Acho que a estação está começando a desabar. Precisamos sair daqui — disse Sylvestri Yarrow, apontando para a porta.

— Você deve ter razão. Cohmac falou pra gente se apressar — disse Jordanna, apontando para o comunicador que usava.

Jordanna meio carregou, meio arrastou Reath para fora da sala, Imri e Syl logo atrás. Enquanto saíam, a estação começou a se inclinar para o lado, e explosões distantes ecoaram pelo espaço apertado.

Por um instante, Vernestra hesitou, mas então fechou os olhos e tentou alcançar a mulher meio morta. A mulher a chamou de volta, a conexão parecendo e não parecendo um elo da Força. Por um momento, nada aconteceu, mas então Vernestra começou a ter vislumbres da vida da idosa: uma infância passada em um planeta idílico, a primeira viagem no hiperespaço, e então algo diferente — o azul do hiperespaço parecendo menos aleatório e mais deliberado, desviando e fluindo da mesma forma que Vernestra percebia a Força, um fluxo que corria e se dividia, que podia ser traçado, mapeado e explorado.

E, então, Vernestra a viu — a Trilha, uma coisa apropriada para ser nomeada, seguida e lembrada. Sentiu a lembrança disso ser entalhada em sua mente. Não importava o que acontecesse, ela saberia como chegar lá, o lugar além das margens da galáxia, um lugar onde nenhum ser vivo deveria ir, e que ninguém fora em muito, muito tempo.

E então Vernestra estava sozinha, por conta própria, e a presença da velha se esvaía, retirando-se por uma distância que ela não conseguia seguir. Mas a Trilha para aquele lugar longínquo estava dentro de Vernestra, e ela finalmente entendeu por que Mestre Stellan estava tão enamorado com a ideia de suas visões do hiperespaço. Atravessar o hiperespaço da mesma forma que um Jedi viaja através da Força era algo difícil de fazer, e aquela frágil idosa passara uma vida nos caminhos escondidos da galáxia.

Um talento explorado pelos Nihil das piores maneiras possíveis.

— Obrigada — disse Vernestra, colocando a mão contra o vidro da cápsula médica enquanto a mulher ali dentro desmoronava em si mesma. Não existia mais a percepção dupla da mulher: a do corpo e a do espírito. Só havia seu cadáver, há muito já morto, a forma física que a manteve prisioneira até ela poder oferecer uma última Trilha para Vernestra.

— Vern! Precisamos ir! — berrou Syl do corredor.

Vernestra usou seu sabre de luz para cortar os canos conectados à cápsula de Mari San Tekka. Alarmes brilharam e a luz dentro da cápsula médica escureceu, escondendo o cadáver.

Então, Vernestra disparou para fora da sala e correu o máximo que podia para se salvar.

# TRINTA E OITO

Não encontraram resistência enquanto corriam pelos corredores, Remy liderando o caminho de volta ao hangar. Syl teve um vislumbre de uma batalha acontecendo do lado de fora da estação enquanto passavam por uma panorâmica, e sorriu.

— Parece que vocês trouxeram alguns amigos — ela gritou enquanto seguiam pelo corredor.

Jordanna assentiu e tocou no comunicador em sua orelha.

— Mestre Cohmac disse que nossos reforços chegaram. Eles não estão disparando contra a estação, mas ela está tendo grandes danos por culpa da batalha.

— Vamos torcer para conseguir uma carona — disse Vernestra, correndo atrás deles.

Os Nihil não eram do tipo que aguardava quando tudo estava indo ladeira abaixo, e era melhor assim. Significava que podiam escapar muito mais rápido.

O corredor se abriu para chegar ao hangar bem na hora que o mundo inteiro se inclinou. Ouviram o som de metal rangendo atrás deles, e depois veio um estrondo oco quando parte da estação desmoronou.

Mais além do hangar, várias naves passavam voando, atirando umas contra as outras, incluindo uma embarcação esticada e de aparência frágil que Syl nunca vira antes.

— O que é aquilo? — disse Syl, berrando para ser ouvida na balbúrdia da estação, rangendo e grunhindo conforme ela se partia.

— Vectors — falou Reath, grunhindo ao se levantar por conta própria, soltando-se de Jordanna. — Vários deles.

— E um cruzador Proa-longa — disse Vernestra.

— Mestre Stellan convocou o Mestre Elzar do templo em Dubrovia, que não fica muito longe daqui. Ele trouxe junto alguns pacificadores da coalizão que estavam na área. Mestre Cohmac falou que eles estão detonando os Nihil — disse Vernestra com um sorriso para o resto do grupo, repetindo a conversa que ouvia por seu comunicador.

— Quem fez isso? — perguntou Reath, com a voz tão baixa que mal dava para ouvi-lo.

E foi aí que Syl viu a carnificina que entulhava o canto do hangar. Corpos, aparentemente cortados em pedaços, todos Nihil.

Reath olhou de relance para Vernestra, que sacudiu a cabeça um pouco, os olhos arregalados de preocupação. Mas seu olhar passou por Jordanna só por um instante, e Syl se virou para olhar para a garota que amava.

O rosto de Jordanna estava inexpressivo, quase flácido, e uma espiral de pânico se desenroscou no peito de Syl. Estaria acontecendo mais uma vez? Syl havia depositado seu amor e sua confiança em alguém que não conhecia de verdade?

— Jor? — perguntou.

— Depois — disse Jordanna, a palavra parecendo causar dor física nela.

Por um momento, ninguém se moveu, os Jedi consternados, Syl perguntando-se como Jordanna poderia ter causado tamanho estrago. Mas então veio outra explosão, e o momento passou.

— Bom, vamos dar o fora daqui antes que a gente vire lixo espacial. Onde está a nave de vocês? — perguntou Syl, a voz parecendo bem, de modo geral.

Jordanna limpou a garganta, seu olhar parando em um pedaço de destroços do qual ainda saía fumaça.

— A Vern meio que bateu a auxiliar.

— Em minha defesa, isso nos trouxe até aqui — disse ela.

Syl suspirou.

— Bom, vamos torcer para que um desses pedaços de sucata consiga voar.

Remy enrijeceu de repente, uivando antes de correr para o outro lado do hangar.

— Ela deve ter sentido o cheiro de algo familiar — disse Jordanna. — Deveríamos ir atrás dela.

Foram para lá também, Vernestra cobrindo a traseira do grupo. Só deram alguns passos antes de fogo blaster chover sobre eles. Syl se agachou atrás de um caixote ali perto enquanto todos também se escondiam.

Ela espiou por cima do caixote e, a aproximadamente vinte metros de distância, estava a *Zigue-zague*.

E parada na rampa de bordo estava Chancey Yarrow.

— Mãe, pare de atirar! Já acabou.

— Não seja ridícula. Isto é apenas um contratempo para gente como Lourna.

Ninguém mais notaria o medo na voz de Chancey, mas era tudo que Syl conseguia ouvir.

— Desista e venha com a gente. As coisas não precisam ser assim.

— Eu não te criei para ser fraca, Sylvestri Yarrow — ela gritou de volta. — Vou pegar minha nave e sair daqui antes que este local fique em ruínas. Eu te ensinei a ser uma sobrevivente. Esta é sua última chance de fazer a escolha certa.

Syl não era mais criança. Ela entendia que sua mãe era uma mulher desesperada, pressionada a fazer algo terrível para sobreviver. Isso não significava que era correto. Mas a dor em seu peito era real. Essa era a última vez que veria sua mãe, e não seria como a mulher que a ensinara a ser forte, a se defender e fazer o que era correto mesmo em circunstâncias difíceis. Syl se recusava a ficar triste.

O blaster voou para longe das mãos de Chancey Yarrow de repente, Vernestra parada ali perto com a mão esticada na direção da mãe de Syl. A Jedi puxou o blaster em sua direção, e Chancey Yarrow não aguardou para ver o que aconteceria a seguir. Voltou a entrar na *Zigue-zague* e ergueu a rampa, seu olhar focado em Syl o tempo todo. *Estou te deixando aqui para que morra*, seus olhos pareciam dizer, e Syl notou que sua mãe realmente estava morta, afinal. Não importava se havia sido o medo ou qualquer outra coisa que matou seu espírito luminoso. Chancey escolhera seu próprio caminho.

E Syl escolheria o seu.

A nave foi ligada e Jordanna, Reath e Imri espiaram por trás do local onde haviam se escondido.

— Lá se vai nossa carona — gritou Imri, o rosto contraído de preocupação.

Remy apareceu do nada ao lado de Syl, uivando para ela.

— Talvez não! — Syl fez gestos para que eles a seguissem, mas parou. — Cadê a Vern?

— Aqui! Encontrei uma nave. Bom, Remy encontrou.

Vernestra estava parada ao lado de um esquife, só um pouco maior do que uma auxiliar. Seria apertado para todo mundo, mas teria que funcionar. Não era como se tivessem outra escolha.

— Não tem nenhuma arma — disse Syl.

Vernestra deu de ombros.

— Para que você precisa de armas? Você tem Jedi.

— Preferiria ter armas — resmungou Syl, gesticulando para a batalha que continuava do lado de fora do hangar.

Mas não dava para escolher demais, então ela se espremeu no esquife com os outros.

Estava apertado, com todos tentando encontrar um lugar. Imri deixou-se cair no chão perto da porta, Remy deitou-se perto dele com um suspiro, descansando sua enorme cabeça no colo dele, seus chifres prendendo no material chamuscado de seu tabardo. Os olhos de Imri se arregalaram e Jordanna sorriu.

Houve um pequeno momento de confusão quando Vernestra e Sylvestri disputaram o assento do piloto, mas a Jedi o cedeu com um sorriso.

— Acabei de bater uma nave, e você é uma profissional.

Syl gargalhou, o momento de diversão quase fazendo-a esquecer que sua mãe a abandonara para morrer na arma que ela mesma construíra e agora desabava lentamente.

— Ei, tudo bem aí? — perguntou Jordanna. A outra garota acabou ficando no assento do copiloto, apesar de Syl não entender bem como isso havia acontecido. Imaginou que tinha algo a ver com os sussurros vindos da parte de trás da nave.

— Sim, eu vou ficar bem. Nós vamos ficar bem — disse Syl. E, então, ela se inclinou, agarrando a parte da frente da camisa de Jordanna e puxando-a até seus lábios se tocarem. Ela não sabia o que havia acontecido no hangar, mas sabia que amava Jordanna.

Elas conseguiriam dar um jeito.

— Ei! Dá pra deixar os beijos pra depois? — exclamou Reath. — Ainda não fomos resgatados.

Syl soltou Jordanna com um sorriso que se refletia no rosto de sua namorada, e acabou de ligar o esquife sem problemas.

— Tudo bem. Próxima parada, qualquer lugar que não seja este — disse Syl, engolindo em seco ao ver o caos com que teria que lidar fora do hangar. — Que a Força esteja conosco.

# TRINTA E NOVE

Vernestra nunca havia sido o assunto de uma reunião do Conselho, e decidiu que não gostava muito de ser.

Imri estava de pé ao seu lado, suas vestes de templo novinhas em folha, assim como as dela, e ele se remexia, nervoso. No dia anterior, ela conseguiu fazê-lo sentar para conversar com outro Mestre Jedi que também era bastante hábil em discernir os sentimentos dos outros. O Mirialano ficou muito impressionado com as habilidades de Imri e mostrou uns quantos exercícios pensados para dar a ele mais controle sobre sua sensibilidade, que era comum em Jedi humanos com descendência Genetiana. Vernestra tinha esperança de que estivesse funcionando, já que Imri agora parecia mais preocupado em almoçar do que nas emoções daqueles que o cercavam.

— Jedi Vernestra Rwoh, acredita que sua pouca idade levou Xylan Graf a pensar que poderia usá-la com mais facilidade como moeda de troca em seus negócios com os Nihil? — perguntou a Mestra Rosason.

As coisas estavam indo assim pela última hora, e Vernestra sorriu com serenidade enquanto respondia a mais uma versão da mesma pergunta.

— Mestra, sou uma Jedi, assim como Mestre Cohmac e os Padawans Reath e Imri. Xylan Graf é que deve explicar suas ações aos senhores. Não posso fazer conjecturas a respeito de qual era seu plano. Até onde sabemos, Xylan convenceu a República a financiar uma missão científica no setor Berenge. A abundante precaução do Mestre Cohmac foi a responsável por se certificar de que as forças da coalizão do sistema Hetzal pudessem responder de forma oportuna.

Não sobrou nada do Coração da Gravidade. Depois de Vernestra e os outros escaparem da estação, conseguiram aterrissar com a navezinha em uma das três Proas-longas que chegaram para conter os Nihil. A batalha foi rápida e efetiva, e vários piratas foram presos. Então, as Proas-longas dispararam contra a estação, já extremamente danificada, e não sobrou nada além de pó.

— Você já viu os documentos que a Senadora Starros providenciou, Mestra Rosason. E Catriona Graf já confirmou que o líder dos Nihil, o Olho, é Lourna Dee. Catriona e Xylan Graf também providenciaram informações a respeito da nave de Lourna Dee, incluindo um sinal de rastreamento, já que a nave foi construída pelos Graf. Isso está mais para um plano financiado e concebido por um membro do clã Graf do que para uma conspiração dos Nihil — disse Mestre Stellan. — Nós deveríamos utilizar este momento para perceber que os Nihil são mais engenhosos do que pensamos anteriormente. Eles estão colaborando com cidadãos abastados; não podemos permitir que isso continue. E deveria começar com um julgamento público para responsabilizar os Graf, mas deveria acabar com os Jedi dedicando-se a esse conflito acima de tudo. Conseguimos pará-los desta vez. Quem sabe se descobriremos a próxima conspiração antes que isso custe vidas de mais pessoas na República? O que precisamos é uma resposta plenamente coordenada com a República, não as ações fragmentadas que tomamos nos últimos meses.

— Os Jedi não são soldados, e o que você está descrevendo parece perigosamente próximo de uma guerra — disse a Mestra Rosason. — Esta nunca deveria ser a inclinação da Ordem. Deveria ser sempre um último recurso.

Vernestra deixou sua mente divagar enquanto o Conselho discutia o assunto, e levou um susto ao ver o Mestre Stellan finalmente levantando.

— Se não há mais nada para Vernestra e seu aprendiz Padawan, sugiro que sejam dispensados para conversarmos apenas entre nós. — Quando ninguém disse nada, ele assentiu para Vernestra. — Estão dispensados.

Vernestra e Imri fizeram uma mesura e saíram das câmaras do Conselho, só para encontrar Mestre Cohmac e Reath do lado de fora, aguardando para entrar.

— Como foi? — perguntou Mestre Cohmac.

— Bem, aparentemente eu fui enganada por Xylan Graf porque eu era nova demais para ter virado Cavaleira, apesar de minhas diversas realizações — disse Vernestra, incapaz de conter sua frustração. Nada disso era verdade, mas não parecia estar claro para a Mestra Rosason.

Mestre Cohmac suspirou.

— Não se preocupe, eles dirão que talvez eu tenha passado tempo demais em minhas atividades acadêmicas para reconhecer completamente o perigo à minha frente. Fizemos o melhor que podíamos com as informações que tínhamos, Vern, e não há nada além disso.

Ela respirou fundo para se centrar.

— Suponho que seja verdade. Você sabe se vamos voltar ao Farol da Luz Estelar?

Mestre Cohmac franziu o cenho.

— Não tenho certeza. Precisa de uma carona?

Vernestra sacudiu a cabeça e sorriu.

— Não, já temos uma. Mestre Cohmac, Reath.

— Foi ótimo trabalhar com vocês! — exclamou Reath quando Vernestra e Imri se viraram para sair. Vernestra viu o Padawan corar enquanto abaixava a cabeça, e se perguntou o que estava acontecendo. Mas não precisou esperar muito tempo para pensar quando notou Imri franzindo o cenho.

— O que foi?

— Você não contou a eles sobre sua conexão com Mari San Tekka ou sobre a Trilha que ela te deu. — Depois de Syl levá-los à Proa-longa mais próxima, uma tarefa mais fácil com a batalha acabando enquanto eles saíam do Coração da Gravidade, Vernestra contou a Imri sobre sua conversa com a mulher semimorta.

— Não. Falei com o Mestre Stellan e disse a ele que a encontramos e que dei a caixa-segredo a Jordanna para que ela pudesse devolvê-la para sua família. Mas não acho que ele esteja pronto para saber a respeito da Trilha. Sinto que isso deveria ficar entre nós dois. — Vernestra meditara por muito tempo para decidir se mostraria ou não ao seu antigo mestre as modificações que fizera em seu sabre de luz e como suas visões do hiperespaço a levaram a encontrar a mulher responsável por dar aos Nihil a maestria sobrenatural que eles tinham sobre o hiperespaço. No fim, decidiu manter essas informações para si. Não sabia bem dizer o porquê, mas sentia que não era algo que deveria compartilhar ainda, da forma que só sentia quando a Força a guiava em direção a uma decisão. Tinha certeza de que a Trilha seria necessária, mas agora havia outros assuntos mais urgentes a tratar.

Além do mais, ela não precisava contar tudo para o Mestre Stellan. Não era mais sua Padawan, e era hora de começar a traçar seu próprio caminho na galáxia.

Isso significava que seguiria seus próprios conselhos em algumas coisas. Ou, ao menos, só os compartilharia com seu Padawan.

— Vamos lá — disse Vernestra, descansando uma mão no ombro de Imri. — Temos uma carona nos esperando.

# QUARENTA

Syl parou na frente da nave reluzente e franziu o cenho.

— Isso não é meu — disse ao oficial da República parado na frente da rampa de bordo.

O Devaroniano esfregou os chifres, suspirou e olhou para o tablet. Ele tinha a cara de alguém que não tinha mais paciência.

— Você não é Sylvestri Yarrow?

— Sou, mas não sei como isso daí seria minha nave.

Ele mostrou o tablet para que Syl pudesse vê-lo.

— Diz bem aqui que esta nave foi transferida legalmente a você ontem, em nome da Corporação Graf, Ilimitada. O que é uma boa coisa, também. A maior parte dos ativos deles foram congelados desde então. É o que ouvi dizer.

Syl olhou para a nave e engoliu em seco. Quando a mensagem chegou em seu hotel — não era um muquifo nem os aposentos suntuosos onde ela quase fora morta por um assassino de aluguel contratado por ninguém menos do que o próprio Xylan —, ela havia esperado encontrar a *Zigue-zague*, confiscada pelos Jedi após eles começarem a prender os Nihil depois da batalha no setor Berenge.

Mas essa nave era algo diferente, e Syl tinha dificuldade de acreditar que era sua.

— E qual é o nome disso? — perguntou, e o oficial da República suspirou.

— Você não sabe o nome de sua própria nave?

— Eu fui atacada pelos Nihil e bati a cabeça. Você sabe como humanos são frágeis — disse.

O Devaroniano revirou os olhos.

— *Deusa Vingativa*. Mas posso mudar o nome se você não gostar dele.

Ah, ela gostou. Gostou muito.

Assim que Syl acusou o recebimento da nave, o Devaroniano foi embora, resmungando a respeito de marginais da fronteira, mas ela o ignorou. Tinha uma nave para explorar.

Syl chegou à cabine sem hesitar. Ativou os sistemas, armas, hiperpropulsor e motores de subluz. Tinha realmente quatro, e ela quase chorou de alegria. A *Zigue-zague* só tinha dois. Aquela nave estava mesmo em sua própria categoria.

Ela tinha armas que Syl nunca ouvira falar, e em uma quantidade maior do que qualquer nave daquele tamanho precisava ter, mas ela não se importou. Era tudo dela.

— Você viu isso daqui? — falou uma voz atrás de Syl. Ela se virou para ver Jordanna andando pelo corredor, vestindo um collant preto de couro Wellsiano. Syl piscou de surpresa, e levou um momento até seu cérebro começar a pensar de novo depois de ver Jordanna vestindo qualquer coisa que não fossem as roupas caseiras da fronteira.

— Vi o quê? — perguntou Syl finalmente, imaginando que Jordanna não estava falando do novo visual.

Ela sorriu como se soubesse de algo e passou um envelope para Syl. Dentro havia um objeto pequeno e peculiar e um bilhete escrito à mão por Xylan Graf. Papel? O homem não perdia uma oportunidade de esfregar sua riqueza na cara dos outros.

Syl leu o bilhete:

*Peço perdão por meu subterfúgio, mas sempre mantenho minha palavra. Na maior parte do tempo. Aqui está sua nave e, apesar de a República ter congelado minhas finanças e tomado o resto de meus bens, tenho uma amiga em Takodana que sempre procura por novos parceiros de empreendimento. Você deveria procurá-la e dar isso a ela quando passar por lá.*

— Takodana? — disse Syl, olhando para o pequeno objeto enquanto passava o bilhete para Jordanna ler. — Só tem piratas por lá.

— Sei lá, acho que seria bom a gente tentar — disse Jordanna.

— A gente — disse Syl, e Jordanna abriu um enorme sorriso.

— Você, eu, Remy.

— E a sua família? — perguntou Syl, o coração batendo dolorosamente.

Jordanna deu de ombros.

— Tem muitos primos San Tekka para que alguém possa se tornar o próximo representante se os vassalos decidirem um dia voltar a Tiikae. Meu coração já está em outro lugar.

Syl cruzou os braços, o objeto pesando em sua mão.

— É tão fácil assim?

Depois de terem testemunhado para os oficiais da República, elas descobriram que não tinham nada além de tempo para fazer o que quisessem. Então deram um jeito de dar uma fugidinha e conversar. Um monte.

E o coração de Syl continuava o mesmo. Mas, ainda assim, se preocupava de que tudo fosse um erro.

Talvez ela só não estivesse acostumada a ser feliz.

— Geralmente, não. Escapar da minha família não é sempre possível. Mas a revelação de que os Nihil estavam trabalhando com os Graf e que eles estavam com Mari San Tekka deixou a família em alerta máximo, focando todos os recursos no resto das forças de coalizão. Eles estão ocupados demais para se preocuparem com o que estou fazendo agora.

Syl mordeu o lábio.

— Ouvi dizer que houve outros ataques.

— Bom, então vamos para Takodana — falou Jordanna com um sorriso travesso. — Vai ser um novo começo. Para nós duas.

— Preciso parar em Porto Haileap e pegar o resto de minha tripulação primeiro — disse Syl. Ela já havia enviado uma mensagem para Neeto, e o Sulustano estava ansioso para voltar às estrelas. Ele ficaria louco quando visse a nova nave.

Além do mais, ela tinha tanta coisa para contar a ele. Como diria a Neeto que, no fim, sua mãe era leal aos Nihil? A própria Syl ainda tinha dificuldade de entender.

— Oooooi! Syl? Você está aí? — chamou uma voz do lado de fora da nave. Jordanna e Syl conseguiram ouvir vozes da cabine. — Imri, se você continuar tentando fazer carinho nessa vollka, vai perder a mão.

Os olhos de Jordanna se arregalaram, horrorizados, e Syl gargalhou. Ela levantou e puxou Jordanna para seus braços, beijando-a como sonhara em fazer em meses. Quando os lábios dela encontraram os seus, todas as outras coisas ruins do mundo desapareceram, e só sobraram as batidas de seu coração e o calor de Jordanna em seus braços.

Syl se inclinou um pouco para trás e sorriu para Jordanna.

— Precisamos dar uma carona para alguns amigos indo para o Farol. Achei que você não se importaria.

— Vern! Olha! Ela finalmente gosta de mim. Viu como ela rolou?

Jordanna olhou para Syl e não conseguiu evitar uma risada. Seria uma viagem interessante até o Farol da Luz Estelar — com certeza.

— Você tem sorte que eu te ame — suspirou Jordanna.

E Syl precisou concordar.

# QUARENTA E UM

Nan sentou no assento do copiloto e não disse nada enquanto Chancey Yarrow conduzia a nave para a localização já familiar de Floreterna. Quando Nan fugiu dos Jedi que continuavam algemados em direção à própria nave, não esperava descobrir que ela havia desaparecido, nem que Chancey Yarrow estivesse andando intencionalmente até outra nave do hangar.

Ela certamente não esperava que a mulher oferecesse a ela uma carona.

— Muito bem, espiãzinha. Você vai precisar seguir o que digo se quiser viver — falou Chancey Yarrow, aterrissando sua nave decrépita no amplo pátio do complexo Graf enquanto vários Gigoranos corriam até elas. — A não ser que você queira apostar a própria sorte com Marchion Ro.

Nan mordeu o lábio. A ameaça de Chancey tinha seu mérito. Nan perdera a Oráculo e o desonesto Chadra-Fan de Ro, e voltar à *Olhar Elétrico* de mãos vazias seria uma asneira. Nan era uma sobrevivente muito antes de ser uma Nihil e, talvez, fosse hora de fazer um breve hiato das tarefas de Lorde Ro.

O coração de Nan doía, porém. Tudo que queria era voltar para o Olho, que ele apreciasse como lutara para sobreviver. E talvez pudesse, algum dia. Mas ela precisaria de algo bom, alguma informação à qual ele não poderia resistir, para voltar a ser sua favorita. A Oráculo estava perdida, o que significava que as Trilhas também estavam. Os Nihil precisariam de algo novo para estar à frente da República e dos Jedi.

Nan estava disposta a aguardar até o momento certo aparecer. A paciência era grande parte da vida, e Nan poderia esperar para voltar para o Olho.

A *Zigue-zague* foi tomada pela segurança da família Graf. Chancey ergueu as mãos e Nan fez o mesmo. As forças de segurança ergueram blasters na direção delas e as escoltaram para fora da nave. Enquanto andavam, Nan lançava olhares frequentes na direção de Chancey. A expressão da mulher mais velha era serena, como se estivesse passeando pela natureza, e não marchando pela vasta planície que levava ao ridículo complexo da mansão da família Graf.

A Matriarca estava lá na frente, assim como da última vez que vieram, mas agora um homem jovem de barba bem aparada e uma vestimenta bizarra estava ao lado da velha imponente. Ele parecia tão plácido quanto Chancey, como se aquela situação toda fosse uma tarde comum.

— Sem armas — disse a Gigorana mais perto de Nan, o vocalizador tornando sua voz estranha. Ela não tinha vários pedaços de pelo perto da garganta, e uma cicatriz que ainda não sarara de todo enrugava sua pele.

— Obrigada, Basha — disse a velha. — Chancey, você manteve sua palavra.

— Como prometi. Você encontrará as rotas e meus dados preliminares nos datacrons localizados no compartimento de carga. Mas, direto ao ponto: provei minha hipótese. O hiperespaço pode ser vulnerável a ataques, e não só os ataques grosseiros privilegiados por Marchion Ro. Um tipo mais sofisticado de levante, um que requer planejamento e estudo e que precisa ser refinado.

— Eu passei a *Deusa Vingativa* para sua filha — disse Xylan Graf. — Meu representante disse que ela e uma mulher alta de cabelo escuro já pegaram a nave. E Maz me certificou de que enviaram uma mensagem e concordaram em falar com ela.

— Ótimo. Maz vai cuidar de Syl o tanto que for possível — disse Chancey Yarrow. Ela relaxou, como se finalmente estivesse largando o peso em seus ombros. — E vocês têm certeza de que podem me manter a salvo?

A Matriarca fungou.

— Os Nihil continuam sendo piratas. Nada pode penetrar as defesas de Floreterna além de um ataque massivo da República.

Chancey assentiu.

— E meu laboratório?

— Só aguardando o momento que estiver pronta — disse Xylan com um sorriso carismático. — Uma estação não listada construída em um asteroide no setor Hynestiano. Ela virará a principal instalação para pesquisa e desenvolvimento do hiperespaço sob sua liderança. Há formas piores de se aposentar.

— De fato — disse a Graf mais velha, com um sorriso que nunca alcançava seus olhos. — Quem é essa, aliás?

— É a informante em potencial que prometi trazer.

Ser chamada de informante não era uma boa coisa, e Nan considerou suas opções para fugir.

Não havia nenhuma.

— É uma pena termos perdido todos os Jedi — disse a Matriarca, torcendo os lábios. — Eles teriam sido uma boa distração para Ro, quando ele perceber que o apunhalamos pelas costas.

— Espera, o que querem dizer? — perguntou Nan, seus medos anteriores reaparecendo.

Chancey Yarrow soltou um suspiro pesado.

— Lourna Dee e os Graf planejaram tudo isso muito tempo atrás. Eles me ofereceram uma oportunidade de testar minhas teorias e os recursos para construir a arma.

Nan piscou de perplexidade quando as peças começaram a se encaixar.

— Você sempre soube que seria pega.

Xylan Graf deu risada.

— É claro. Uma arma que pode tirar naves do hiperespaço? Ela seria descoberta mais cedo ou mais tarde.

— O importante era fazer Ro acreditar nisso para termos acesso a Mari San Tekka — disse a Matriarca Graf. — Nós conhecemos alguém no Senado que trabalha com Ro desde o começo. Eventualmente, ele seria convencido de que tínhamos uma arma de verdade.

— Ela apenas funcionou umas três ou quatro vezes — disse Chancey Yarrow. — Mas com a família Graf berrando aos quatro ventos sobre naves perdidas, era convincente o bastante para Ro concordar com o pedido de Lourna Dee para deixar sua Oráculo passar um tempo no Coração da Gravidade. Ela era a peça que faltava do mapeamento de dados que precisávamos para, um dia, criar uma versão mais bem-sucedida do projetor de poço de gravidade, um que possa prever tanto o tempo quanto a direção.

— Por que vocês estão me contando isso? — perguntou Nan, a náusea florescendo em seu abdômen.

— Porque quero que você saiba que pode conseguir algo melhor do que lamber as botas de Ro — disse Chancey Yarrow. — Famílias como os Graf estão sempre atrás de gente que possa servi-los com informação.

— E pagamos quantias generosas — disse a Matriarca, o olhar endurecido. — Agora, você tem uma escolha. Você pode trabalhar conosco, ou podemos mandá-la de volta à nave de Ro. E não temos muito tempo. Lourna será capturada rapidamente pelos Jedi e, assim que isso acontecer, a República sem dúvida tentará nos levar ao que eles consideram justiça. Não temos intenção de dar a eles essa satisfação.

— Você terá algum tempo para decidir que história contará a ele — disse Chancey, cruzando os braços e parecendo entediada. — Ele continua em sua viagem mais recente. E, mesmo que lhe conte a verdade sobre o Coração da Gravidade, ele não terá tempo para fazer nada a respeito disso. Os Jedi e a República estão atrás dos Executores da Tempestade, e é só uma questão de tempo até cada Nihil da galáxia estar morto ou preso.

Nan piscou, atônita, e respirou fundo. Ela já passara por muitas coisas na vida, tudo que fosse necessário para sobreviver. Mas nunca, nunca tinha ficado por conta própria.

Negociar informação já costumava ser bom por si só, e ser parte da folha de pagamentos dos Graf? Bem, isso era algo maior, de fato.

Então, Nan fez o que fazia melhor: cuidou de si mesma.

— O que vocês querem saber?